SUPERNOVA

Livro I – O Encantador de Flechas

SUPERNOVA

Livro I – O Encantador de Flechas

RENAN CARVALHO

Ilustrações
Licínio Souza

Novas Páginas

Esta é uma obra de ficção. Nomes, personagens, lugares e acontecimentos descritos são produto da imaginação do autor. Qualquer semelhança com nomes, datas e acontecimentos reais é mera coincidência.

1ª Impressão — 2015
Impressão e acabamento Corprint 300115

Produção editorial:
Equipe Novo Conceito

Capa: Licínio Souza
Símbolos (Estrela, Arco e Flecha e Cruz): Renan Carvalho

Dados Internacionais de Catalogação na Pubiicação (CIP)
(Câmara Brasileira do Livro, SP, Brasil)

Carvalho, Renan
Supernova : o encantador de flechas / Renan Carvalho. -- 2. ed. Ribeirão Preto, SP : Novo Conceito Editora, 2015.

ISBN 978-85-8163-679-5
1. Ficção brasileira I. Título.

14-13118 CDD-869.93

Índice para catálogo sistemático:
1. Ficção : Literatura brasileira 869.93

Novas Páginas
Rua Dr. Hugo Fortes, 1885
Parque Industrial Lagoinha
14095-260 – Ribeirão Preto – SP
www.grupoeditorialnovoconceito.com.br

Save the Children

Parte da renda deste livro será doada para a **Fundação Abrinq – Save the Children**, que promove a defesa dos direitos e o exercício da cidadania de crianças e adolescentes.
Saiba mais: **www.fundabrinq.org.br**

Para meus pais
E meus irmãos.

Livro I

O Encantador de Flechas

SUMÁRIO

Prólogo

Por milhares de anos, seis deuses irmãos viveram sozinhos, vagando pelo limbo. Não possuíam domínios ou lares, apenas andavam sem rumo em busca de algo, um propósito. Viviam separados, raramente um encontro acontecia. Mas, quando este era inevitável, lutavam por séculos, até a exaustão. Ao ver que não podiam derrotar uns aos outros, cabia-lhes desistir e retomar seus caminhos de volta ao nada.

Certa vez os seis se encontraram ao mesmo tempo. Entreolharam-se, porém nenhum confronto aconteceu. Eles sabiam que a verdadeira força estava na união de seus dons e juntos decidiram criar um mundo do qual cada um dominaria uma parte.

O primeiro e maior de todos, Terra, ergueu os braços e, acima de suas mãos, criou uma esfera gigante. O contorno era perfeito, demonstrando toda a perícia do deus em dar forma à matéria. Ela possuía as virtudes do seu criador: a força e a beleza.

O segundo, Ar, não apreciou a forma impecável da criação. Para ser um mundo real, ele acreditava que algumas imperfeições eram necessárias. Durante anos o deus soprou forte, e rajadas de vento esculpiram a esfera, formando vales, montes, montanhas e cavernas. Todo o relevo foi modificado. Sua audácia e persistência foram transmitidas ao mundo, e as alterações deixaram Terra furioso, mas o gigante aceitou o trabalho do irmão.

Em seguida, Água decidiu lavar todo o pó que Ar deixara sobre a esfera. Movimentou-se até o topo do mundo, observou cuidadosamente cada detalhe e abriu sua imensa boca, despejando oceanos sobre a escultura arredondada. Aos poucos, o líquido preencheu cada declive da rocha, dando lugar a rios, lagos e mares. A paciência e a serenidade de Água foram percebidas enquanto contribuía com a criação. Porém, a deusa se decepcionou ao ver todo o fluido virar gelo devido à baixa temperatura da esfera. Não satisfeita, pediu ajuda a Fogo.

Com suas mãos ardentes, Fogo sentiu o frio emanar. O deus recuou, temendo ferir-se com a atmosfera gélida. Mas, demonstrando coragem e ímpeto, mergulhou o punho no gelo, derretendo tudo o que tocava. Suportou a dor e seguiu até que seu dedo atingisse o centro do mundo, onde a pedra virou magma. O calor irradiado pelas camadas de terra tornou líquida grande parte da água. A deusa irmã o agradeceu e ambos se afastaram, dando espaço para Luz contribuir.

Desde o início, esse deus demonstrara incômodo. O mundo estava em meio a um vazio escuro, desolado. Usando seu conhecimento e criatividade, Luz colocou um enorme ponto luminoso, chamado por ele de Sol, em um dos lados do globo e deu vida a parte do mundo. Porém, o restante permaneceu na escuridão. Ele criou mais fontes de luz para resolver o problema; contudo, sua força, despendida com a primeira criação, permitiu somente o nascimento de focos menores, lançados na imensidão que os rodeava. Apesar da falha em iluminar toda a esfera, o deus criara trilhões de estrelas, tornando o espaço vazio muito mais belo. Já fraco, Luz deu seu lugar a Treva.

Essa deusa, por sua vez, pensou em quais virtudes forneceria ao novo mundo. Sua perspicácia a fez entender que faltava algo na criação, algo em que nenhum dos irmãos pensara. Sua ambição a orientou a se beneficiar disso. Com uma das mãos, ela segurou a rocha por baixo e, em um suave movimento, girou-a. O mundo passou a rodar, e o ponto de luz maior, dado pelo irmão, iluminava toda a esfera, um lado de cada vez. Os deuses apreciaram a ideia, mas concluíram que o esforço da irmã mais nova não fora tão grandioso quanto o deles. Vendo a insatisfação dos semelhantes, Treva os convidou para examinar a criação com mais cuidado. Mostrou-lhes que, ao girar o globo, ela criara o Equilíbrio, força capaz de reger todas as energias e elementos colocados ali por eles. A partir daquele momento, a esfera teria as mesmas proporções de luz e sombra, de frio e calor, de alegria e tristeza, de bem e de mal... Sem deixar que os irmãos percebessem, ela despejou, em cada pequena parte do mundo, um pouco de trevas.

A Criação do Mundo
Livro didático de Acigam

Parte I

Segredos

por Leran Yandel

Capítulo 1

Adoro olhar pela janela do meu quarto. É tudo tão tranquilo daqui de cima. Observo o vento balançar as árvores, a sombra da cerca sobre as flores do jardim, os pássaros no ninho do arbusto e até as formigas que andam sobre o parapeito de madeira. Vejo detalhes, tudo me chama a atenção: movimentos, luzes, cores. Meu olhar se aguça a cada novidade. Sinto como se o mundo todo ficasse lento e só eu estivesse ali para apreciar a paisagem, durante o tempo que fosse necessário. A concentração é máxima, fazendo com que os sons cheguem a desaparecer. Ouço só os pensamentos, meus questionamentos. Enquanto observo o balançar dos galhos, respiro fundo e minha cabeça se movimenta no mesmo ritmo, de um lado a outro, com a calmaria do momento. No céu, uma grande nuvem se aproxima. Seu formato é engraçado, um urso, talvez. Aos poucos, ela cobre o sol e a sombra no formato da cerca some, dando lugar a outra muito maior, que engole todo o jardim.

— Leeeeee! — ouço me chamarem, quebrando o silêncio tão precioso.

— Leran, estou gritando há dez minutos, meu filho. Você vai se atrasar.

É minha mãe, entrando no quarto. Ela me lembra de que tenho aula hoje.

Rapidamente, troco de roupa e escovo os dentes. Penteio o cabelo para o lado, tentando algo diferente. Não fica bom. Bagunço-o com as mãos e ele volta ao estilo de sempre: dividido ao meio e com franja. Desço correndo, pego minha pasta, apanho uma rosquinha na mesa do café e saio com pressa.

— Le. E meu beijo? — Volto com a rosca já na boca e ofereço a bochecha para ela beijar. — Vai logo, antes que se atrase — ela diz, em seguida. Faço cara de bravo e saio.

Odeio acordar cedo. Felizmente, esse sacrifício está chegando ao fim. Falta pouco mais de um mês para o fim das aulas. Vou sentir saudade dessa época, dos amigos, dos professores; pelo menos dos que não são tão rígidos. Houve algumas aulas chatas, é verdade, mas outras foram bastante proveitosas. Dizem que as coisas aprendidas em Acigam são diferentes das ensinadas em outras cidades pelo mundo. Não sei se isso é verdade, porém tudo sempre foi muito focado em nossa cultura, sem espaço para aprender sobre outros povos e lugares. Tive aulas de matemática, história e diversas matérias práticas, que nos ensinaram a ser bons jardineiros, construtores, cozinheiros e até especialistas em algumas armas e tipos de combate. É a estas últimas que, geralmente, os alunos se dedicam mais. O exército é sempre uma boa opção como primeiro emprego para os jovens.

Hoje, por exemplo, tenho treinamento de arco e flecha. É uma de minhas matérias favoritas. Posso dizer que sou o melhor da turma; pelo menos consigo atingir o alvo a distâncias maiores. Meu professor diz que tenho uma ótima capacidade de concentração e observação; e isso me ajuda. Afinal, é preciso ter alguma vantagem em ser tão, digamos, desligado. Pois é assim que minha família e meus amigos me consideram. Para eles, eu tenho uma facilidade tremenda de me desligar do mundo a meu redor. Mas não acho que seja dessa forma; eles exageram. Apenas gosto de olhar as coisas com cuidado.

No caminho para a escola, sigo devagar, observando a grama e a terra pisada da estradinha. Posso ver alguns buracos muito pequenos no chão, e eles incitam minha mente.

Talvez sejam insetos que façam isso. Paro e aguardo algo sair dali, no entanto minutos se passam e nada acontece. Olho ao redor para ver se alguma coisa mudou e não tenho novidades. Agacho-me e observo mais de perto, tentando ver o que há ali dentro. Fico mais alguns minutos e então o susto: ouço o sinal do colégio.

— Droga! A aula.

Tinha me esquecido dela, e, para piorar, ainda estou longe. Por sorte, o novo sinal que instalaram é realmente potente. Serve para avisar a vizinhança inteira de que as aulas começaram. Muito útil e bastante irritante também.

Chego quase morto de tanto correr. Passo pelo portão e encontro os outros alunos, que já pegaram seus equipamentos e seguem para o campo de tiro. Pego os meus e me encaixo na turma, escondido. Entro empurrando dois colegas e rapidamente paro na fila, segundos antes de o professor olhar para nós. Perfeito!

— Bom dia, senhor Yandel. Acordou atrasado de novo? — Se existem pessoas com olhos nas costas, certamente o professor Cortez é uma delas. Como ele me viu? Minha cara de surpresa com a pergunta ainda me entrega.

— Na verdade, eu me perdi em um buraco de insetos — respondo, com um sorriso de canto. No fundo da turma, ouço risos.

— Muito engraçado. Você vai ser o primeiro — ele diz, preparando a marcação na terra. — Um tiro a cinquenta metros está bom para a primeira tentativa do dia, senhor Yandel?

Observo o alvo, vou até a marca, olho para o alvo novamente e digo:

— Pequeno daqui, não? — Mais alguns risos dos colegas.

— Estamos esperando — informa o professor.

Retiro a flecha da aljava, posiciono-a no descanso, miro e puxo. Seguro o arco envergado, mas não disparo. Tento focar melhor. Por mais que me esforce, não consigo enxergar direito. Está realmente longe, mais do que estou acostumado. Toda a turma está logo atrás de mim em silêncio, aguardando o meu disparo.

— Concentre-se — diz o professor em voz baixa, próximo ao meu ouvido. — Traga-o até você.

Aperto os olhos para enxergar melhor e deixo de prestar atenção ao meu entorno. Por alguns segundos, somos somente eu e o alvo. Aos poucos, noto mais detalhes. Já posso ver com clareza as falhas na pintura dos círculos e as marcas de outras flechas atiradas contra ele. É como se o alvo estivesse poucos metros a minha frente. A grama se move para a esquerda, o que mostra a direção do vento. Isso me ajuda a redirecionar a mira. Viro levemente o arco para a direita, em um movimento tão cuidadoso que olhos desatentos o perderam. Então, solto. Foi. Vejo a flecha se distanciando e, em segundos, lá está ela, presa no alvo. Acerto o terceiro círculo do centro para a borda. Ouço as palmas e os gritos de comemoração.

— Eu esperava mais, Leran — afirma Cortez, em tom sério. Mas em seguida abre um sorriso. — De qualquer forma, você é o melhor atirador que já ensinei.

Sorrio em retorno e dou espaço para os outros treinarem. O professor Cortez é, sem dúvida, um dos que me farão falta. Apesar de duro, ele é motivador. Só me dediquei ao arco por causa dele. Vou até os bancos e me sento por alguns minutos. Finalmente posso descansar e assistir à tentativa dos outros. E me divirto com isso. É a vez de um rapaz desengonçado cujo nome nunca me lembro. Ele treinou durante todo o período do colégio, assim como os demais, porém, até hoje, continua atirando a flecha para trás. A maioria já sabe disso e prefere ficar na sua frente para vê-lo disparar. De fato, quando ele atira, o lugar mais seguro é o alvo. Para sorte de todos, Cortez nunca o deixou praticar com flechas de verdade. Ainda utiliza aquelas de ponta de borracha, usadas no primeiro ano. Depois de alguns copos de água, estou pronto para praticar mais. Fico atirando até o fim da aula. Nem vejo o tempo passar.

No restante do dia, temos ciências. Essa sim é uma matéria que detesto. Eles só ensinam besteira, eu sei. Mas não me atrevo a dividir essa opinião com outros alunos. O governo é bastante rígido com pessoas que desafiam a veracidade de seus ensinamentos. Eu estudo e tento sempre manter minhas notas as melhores possíveis, mas hoje não estou a fim. O pior de tudo é que as aulas chatas sempre passam mais devagar. Durante as explicações, faço desenhos, penso nos planos para o fim de semana, troco algumas palavras com os colegas e não presto atenção em nada do que é dito pela professora. Por sorte, os professores também já deram aquela relaxada. Em outros tempos, provavelmente eu já teria sido advertido ou até mesmo recebido alguma punição por indisciplina. As principais provas já passaram, e estamos tão próximos do final do curso que uma aula a mais ou a menos não fará diferença. Afinal, qual a importância de algumas horas para quem passou a maior parte dos seus dezessete anos estudando?

Finalmente, o sinal toca e anuncia o fim da chatice. Arrumo rapidamente as minhas coisas, que já estavam quase prontas, e saio da sala. Dou tchau para alguns colegas e, quando estou deixando o colégio, sou chamado pelo professor Cortez:

— Leran, venha aqui, por favor. — Ele entra em seu escritório.

Dou meia-volta e vou até lá. Entro e me sento. Olho para ele e levanto as sobrancelhas, esperando uma bronca pelo atraso, talvez.

— Leran, depois de todos esses anos ensinando tiro com arco, estou muito orgulhoso de seu desempenho. Não brinquei quando disse que você foi meu melhor aluno. Eu gostaria de presenteá-lo.

Oba, um presente! O que será? Estou inquieto, ansioso, mas tento demonstrar calma.

— Imagina, professor, não precisava...

— Precisava, sim — ele me interrompe. — Hoje foi nossa última aula e você deve continuar praticando.

Ele se levanta, vai até o armário e pega um pacote grande. Nossa, será o que eu estou pensando?

Quando me entrega, rasgo o papel depressa, sem pensar. Surpreendo-me com o que vejo. É um arco novinho, lindo. Limbos de madeira firme, levemente curvados e revestidos com couro avermelhado. O tamanho e o peso são perfeitos para mim. É maravilhoso.

— Muito obrigado, ele é excelente. Vou praticar sempre.

— Tome cuidado para não ferir os outros. Fique com isto também — diz ele, me entregando uma aljava com várias flechas. — Elas têm pontas de borracha, podem ser usadas em alvos normalmente e não são letais, você sabe. Serão perfeitas para treinar.

Entendo sua preocupação de me deixar sair com flechas de verdade por aí, afinal, não haveria ninguém supervisionando meus treinos fora do colégio. De qualquer forma, estou sem palavras. O presente é fantástico. Arcos assim são raros no mercado. Já procurei alguns para comprar, mas nunca achei nada parecido. Fico muito feliz em saber que o professor está realmente satisfeito com meu desempenho nas aulas. Agradeço-o outra vez e, em seguida, dou-lhe um abraço.

— Vou praticar, fique tranquilo. — Saio da sala e sigo até a rua.

Não vejo a hora de estrear meu novo brinquedo. Mas terei de esperar até amanhã. Tinha me esquecido de que combinei com meu avô de visitar a loja dele hoje. Passo a alça da pasta em um dos ombros e a deixo pendurada ao lado de minha cintura. Coloco a aljava nas costas e prendo o arco nela. Devo estar estranho carregando esse monte de coisas.

Sigo até a avenida principal da região e pego o trem em direção ao centro. Sento-me no fundo do vagão. Encosto a cabeça na lateral e cochilo por alguns minutos. Acordo com o chacoalhar do trem quando ele entra nas trincheiras que escondem os trilhos na área central. Os poucos minutos de sono foram o suficiente para sonhar com as aulas de ciências, com a criação do mundo e todo aquele blá-blá-blá. Um tremendo saco! Mas acho que esse sonho tem um motivo: estou indo ver meu avô para desvendar mais sobre a ciência que ele sabe. Uma ciência bastante diferente da ensinada no colégio. Estou cansado de saber que o mundo foi criado por deuses e que só eles têm o poder de alterá-lo, que os seres não podem influenciar o meio, que os elementos são coisas inanimadas, pouco dinâmicas e que controlá-los é algo impossível. Nada disso é verdade.

Inicialmente, ouvi falar que alguns indivíduos podiam modificar o ambiente à sua volta. Eram capazes de controlar o campo de energia que rodeava seus corpos e, a partir disso, alterar os elementos da natureza. Eles eram chamados vulgarmente de "magos" e, no passado, foram caçados e punidos por essa prática. Um dia decidi questionar meu avô sobre isso, pois ele já viajou muito e aprendeu com outros povos e culturas; eu sabia que ele teria a resposta. Depois que eu insisti bastante com as perguntas, ele me confirmou que, em outros lugares, esses "magos" existem mesmo, mas em Acigam a prática dessa curiosa ciência é proibida. Lá fora eles até possuem outros nomes: modeladores, orientadores ou simplesmente controladores de energia. Essa sim é a verdadeira ciência que estuda o mundo. Depois de descobrir a verdade, passei a desconfiar de que algumas coisas ensinadas em Acigam não passam de enganação para controlar melhor os jovens, para manter os questionamentos longe de nossas mentes. Mas tudo bem; tenho sorte de conhecer alguém capaz de me mostrar outras visões.

Meu avô pediu que eu não contasse nada a ninguém, nem mesmo minha mãe. Eu concordei. Certa vez rolou um boato na escola de que o pai de um colega nosso praticava "magia". Algumas semanas depois, o garoto sumiu e os professores afirmaram que ele havia se mudado para outra cidade. Foi uma história bem estranha. Alguns até disseram que o governo capturou a família toda e provavelmente os matou. Mas sabe como são boatos de colégio, não é? De qualquer forma, decidi ficar quietinho para evitar problemas. Em paralelo, pedi para meu avô me ensinar tudo.

Em sua profissão oficial, ele é um artesão muito habilidoso. Sabe lidar com diversos tipos de materiais e faz móveis e objetos decorativos muito bonitos. Sua loja está sempre cheia, e o lucro das vendas é bom. No entanto, não é o que meu avô mostra para os outros que me chama a atenção. Gosto de aprender o que ele faz como hobby. Aquilo que pratica nos porões da loja, escondido dos olhos curiosos e principalmente do governo. Gosto de aprender mais sobre a ciência dele, a ciência ensinada fora dos muros da cidade.

Chego à loja, que já está quase fechando. Meu avô atende os últimos clientes com a simpatia de sempre, e, assim que eles se vão, baixamos as portas.

— Como vão os treinos de arco e flecha?

— Acabaram hoje. O professor me deu isto para poder treinar em casa — digo, mostrando o arco.

— Parece uma arma excelente, Le.

Orgulhoso do meu presente, eu aceno com a cabeça, sorrindo.

— Deixe as coisas aí e venha — diz ele, descendo para o porão. — Vamos aprender algo novo hoje.

Não vejo a hora de ter novas lições. Fazia tempo que não o visitava para aprender. Nem sempre temos tempo e espaço para praticar. Hoje ele fechou a loja mais cedo justamente para poder me ensinar com calma. Meu avô sempre diz que temos que ser cautelosos quando estudamos a ciência de verdade.

Os guardas comuns da cidade já são bastante duros, porém, segundo meu avô, existem outros piores, chamados silenciadores. Eles fazem parte de um grupo de elite do exército, especializado em capturar os considerados magos. Suas armas anulam qualquer controle de energia e tornam os praticantes totalmente indefesos. Andam por toda a cidade, inclusive pelo mercado, mas estão sempre disfarçados. É claro que a existência deles é secreta, e meu avô só sabe disso porque tem contatos. Já eu nunca os vi, não tenho ideia de como são. Meu avô também não me conta muitos detalhes. Às vezes tenho a impressão de que isso é mais uma história inventada para me deixar com medo e ter certeza de que não mostrarei o que fazemos a ninguém.

Nesses anos de aulas, aprendi sobre a verdadeira lei que orienta o mundo. Trata-se de energias presentes em todos os lugares, inclusive dentro de nós. Dezoito delas no total, tomando a forma de cada um dos elementos existentes. Seis são primárias: Fogo, Ar, Luz, Água, Terra e Trevas, e doze secundárias, originadas da combinação das seis primeiras. Essa ciência não só estuda o funcionamento dessas energias como também o controle delas, e é esse controle que é considerado "magia" aqui em Acigam.

Meu avô tornou-se especialista em uma das formas de controle: o encanto. Essa arte consiste em organizar as energias intangíveis ao seu redor e concentrá-las em coisas tangíveis, como objetos, armas ou até mesmo o próprio corpo. É isso que tento aprender: controlar a energia para direcioná-la a alguma coisa. Após um tempo, aquele objeto é capaz de liberar toda a força acumulada de uma só vez. Os efeitos são muito legais.

Minhas primeiras tentativas consistiram em aquecer bolinhas de cobre apenas olhando para elas. Para iniciantes como eu, utilizar os materiais certos facilita o trabalho. O cobre, por exemplo, é um excelente receptor de energia. Para aprender, eu observava meu avô e tentava copiá-lo. Ele tem muita facilidade, e bastavam alguns instantes de contato visual com a bola para que ela passasse a brilhar e, então, se incendiasse. Meu avô colocava fogo nelas em segundos. Já eu ficava vesgo de tanto olhar para a bendita esfera e nada acontecia. Demorei meses para conseguir deixá-la morninha. Não é nada fácil. Exige uma concentração muito grande. Seu olhar deve estar fixo no alvo para que a energia se desloque até o lugar certo. Uma vez ateei fogo no tapete, pois desviei os olhos da bolinha por microssegundos.

Além de observação e concentração, é preciso entender e identificar os elementos que estão à sua volta. O ar, a umidade, o calor, o frio, o som. Todos carregam energias que podem ser utilizadas para realizar um encanto. Os sentidos devem ser aguçados para captar as vibrações e, depois, sua visão direciona tudo para o alvo.

A lição de hoje contém bolinhas também, mas desta vez a missão é congelá-las.

— Congelar? — pergunto, espantado. — Como vou fazer isso se nem há água aqui?

— Concentre-se, Le. Tente achar a fonte da energia capaz de congelar seu alvo — ele responde, me encorajando.

Sento em frente à mesa de madeira onde estão as bolinhas. Separo uma delas no centro da tábua e descanso as costas no encosto do assento. Por onde começar?

Inicio observando fixamente a pequena esfera. Vejo os detalhes, noto o reflexo do meu rosto na superfície curva, percebo as ranhuras na face e até algumas rachaduras pequenas que indicam a idade avançada do objeto.

Agora, preciso localizar a fonte de energia na qual buscarei o frio necessário para congelar. O ar está quente; hoje deve fazer uns trinta graus. De onde vou tirar o frio? Penso por alguns minutos e decido imaginar que estamos no meio do inverno, um lugar aberto e muito gelado, cheio de neve... uma tempestade de neve. Imagino o ar ficando rarefeito e, ao respirar fundo, posso sentir um conteúdo gelado preencher meus pulmões. Aos poucos, minha pele se arrepia e começo a tremer. No meu rosto, posso até notar o vento frio. Minha boca já está seca, e os lábios entreabertos parecem rachar. Mantenho o olhar fixo na esfera e solto o ar gelado com a expiração; penso que ele carrega pequenos cristais de neve que envolvem a bolinha. Após alguns segundos, observo a camada de gelo revestir o cobre.

— Arrá! Consegui, vô! — grito enquanto me levanto.

— Cuidado, Le — alerta ele, apontando para a mesa. — Você não pode perder a concentração antes de terminar o encanto.

Olho novamente para a tábua e vejo um rastro de gelo que se inicia na esfera de cobre e segue até a borda da mesa. Meu avô completa:

— Esses segundos finais são a diferença entre acender uma tocha e botar fogo nas próprias mãos.

Inclino a cabeça, sinalizando que entendi o recado, e me sento para tentar de novo.

— E tem outra: olhe para você — ele diz, direcionando-me para o pequeno espelho de parede. — Está roxo de tanto frio.

É verdade, parece que fiquei sem roupa na neve por horas. Pego o agasalho que meu avô me oferece e vou até o sofá, onde me sento, encolhido.

— Você não pode usar seu corpo como meio para a energia. Ela deve passar direto do ambiente para o objeto. Mas tudo bem, isso é comum com iniciantes. Logo, logo você vai conseguir.

É, usar o corpo como condutor não é muito inteligente. Imagine se fosse um encanto explosivo? Ainda bem que esse eu ainda não pratiquei. Espero alguns minutos até me sentir melhor e volto ao treino. Continuo até o anoitecer. Consigo algumas evoluções. Pelo menos, na última tentativa não fiquei me sentindo um pinguim após congelar a esfera.

A esta hora todas as lojas do mercado já devem estar fechadas; quase ninguém mais está na rua. Aqui existe uma espécie de toque de recolher. Não é algo extremo, mas, se um guarda o vê andando pela cidade durante a noite, pode lhe interrogar. Qualquer resposta impensada resulta em problemas, portanto evito ficar até tarde no centro. Só que desta vez não teve jeito. Tanto eu como meu avô voltaremos para casa durante a noite.

Pego minha pasta, o arco novo, a aljava com flechas e vou esperar do lado de fora enquanto meu avô tranca a loja. Assim que ele sai, seguimos em direção ao trem. No caminho, vemos poucas pessoas, e tudo está muito silencioso, bastante diferente do que se pode ver por aqui durante o dia. Os prédios velhos ficam assustadores no escuro, e a iluminação precária da cidade não ajuda. Pelo menos a noite está bonita. A lua cheia pode ser vista com facilidade hoje. Ela está tão enorme e próxima de nós que parece ser possível tocá-la se eu estender o braço. O clima também é agradável: um pouco quente com uma brisa fresca. Não poderia estar melhor.

Continuamos andando até chegarmos à praça principal. Esta, por sua vez, está deserta. Paro alguns instantes para amarrar os cadarços que se soltaram, e meu avô fica em pé ao meu lado, me esperando. Enquanto estou agachado, ouço um barulho vir da esquerda; parece uma explosão. Com o susto, levanto-me, viro o rosto em direção ao estrondo e tento ver o que aconteceu. Noto um pouco de fumaça ao longe e, em seguida, soa uma sirene. O que será isso?

— Vem — diz meu avô, e puxa meu braço.

Com o movimento repentino e os cadarços ainda desamarrados, tropeço e caio na calçada. Do chão, vejo pessoas correndo, vindas da direção da fumaça.

— Rápido, rápido! — grita uma delas.

Logo atrás, guardas armados tentam acertá-las com tiros. Enxergo as rajadas passando e fico paralisado. Um dos fugitivos para de correr em meio ao tiroteio, vira-se para os soldados e levanta uma das mãos. Meus olhos permanecem arregalados enquanto um fluxo de energia se forma ao redor de seu braço. Feixes de luz avermelhada deslizam e se entrelaçam até se concentrarem na palma de sua mão, aberta lá no alto. Forma-se uma esfera luminosa que parece feita de fogo. Tudo acontece muito rápido, porém meus olhos treinados são capazes de ver os detalhes das luzes até a esfera ficar completa, do tamanho de um melão. Ele a lança e grita, como se também dissipasse a energia com a voz.

A esfera voa até os guardas. Quando atinge o solo, acontece uma nova explosão, enorme. Meus olhos se fecham com a luz forte, e, ao sentir o ar quente, viro o rosto. Após o impacto, o grupo corre em direção ao outro lado da praça e os guardas ficam no chão, feridos e atordoados pelo ataque.

— O que é isso, vô? — pergunto, assustado.

— Vamos sair daqui antes que eles cheguem — diz ele, me levantando pelo braço. — Rápido.

— Eles quem?

— Os silenciadores.

É claro, os fugitivos são magos. Os silenciadores virão para capturá-los.

— Temos que ajudá-los — digo em voz baixa, sacando o arco.

— Você está louco? — pergunta ele, irritado. — Não dá para vencê-los, você não tem ideia. Guarda isso e vamos sair daqui agora!

Obedeço. Corremos até um beco e o atravessamos. Assim que chegamos à outra rua, escuto um chiado muito agudo. Ponho as mãos nos ouvidos, mas não adianta. Com o fim do barulho, sobra o silêncio total. Falo com meu avô e não ouço minha própria voz. Com gestos, ele me orienta a voltar para o beco e ficar escondido. Vou para a passagem e me agacho, apoiado no muro, atrás de algumas caixas. Fico olhando para a rua enquanto espero. Meu avô para logo atrás de mim.

O silêncio permanece, e, poucos minutos depois, algo passa pela calçada tão rápido que não consigo identificar o que é. Fico mais atento e, quando outro aparece, já posso ver mais detalhes, apesar de sua velocidade. É um homem vestido com roupas escuras e uma capa que voa para trás enquanto se movimenta. No entanto, não parece correr; ele levita. Nunca tinha visto nada igual. Mais deles passam pelos telhados do outro lado da rua, e tenho certeza de que estão flutuando. Percebo sombras acima de mim e vejo outros em movimento, de uma casa para outra. O que é isso? Serão esses os silenciadores? Parecem mais monstros. E essa surdez? São eles os responsáveis?

Flashes de luz vêm da direção para a qual as criaturas seguiram. Elas devem estar enfrentando os magos neste exato momento. Mais luzes são emitidas, e alguns fugitivos voltam, passando pela nossa frente. Há dois deles. Posso ver a expressão em seus rostos: estão assombrados. O da esquerda lança diversas esferas de energia para um lugar que não enxergo. A explosão gera mais luz, porém nenhum ruído. Eles, então, ficam parados e tentam ver se atingiram algo.

Olham para cima e o da direita lança alguns raios. Uma corda vem da direção em que ele atirou e amarra um de seus braços. Com a outra mão, ele tenta atacar novamente, mas nada é disparado. É como se sua energia fosse drenada ou anulada. Segurando a outra ponta da corda, o silenciador pousa na frente dos dois. Seu rosto está protegido pelo traje de tecido negro, e algumas partes da veste são elaboradas com placas de material rígido e detalhes amarelados: ombros, cinto, tórax, antebraços e botas.

O homem que está do lado esquerdo aponta para o guarda encapuzado e dispara quatro ou cinco rajadas de fogo. O silenciador, com apenas uma das mãos livre, se defende dos ataques fazendo a energia se dissipar entre seus dedos cobertos pela luva preta. Ao mesmo tempo em que rebate os disparos, ele se aproxima do atirador e, quando chega perto o suficiente, revela uma adaga, que puxa do cinto e golpeia a jugular do mago. O homem ferido cai de joelhos e, em seguida, se deita aos pés do monstro. O sangue flui do corte aberto e forma uma poça vermelha abaixo do corpo. O outro mago, paralisado pela corda, começa a chorar e faz pequenos gestos que parecem ser um pedido de misericórdia. Mas o homem de capuz não demonstra nenhuma piedade. Puxa a corda, derruba a vítima no chão e a apunhala também.

Após arrancar a adaga do cadáver, ele se levanta e fica de costas para mim. Tomba a cabeça para o lado, como se tivesse percebido algo, e se vira por completo em minha direção, encarando o beco. Tomo um susto com seu movimento e me encolho, tentando evitar que ele me note. Em seu rosto, vejo dois pontos amarelos, acesos na escuridão dentro do capuz; são os olhos da criatura. Ele continua ali por alguns segundos até ser distraído por mais silenciadores, que chegam e recolhem os corpos. Depois de terminarem, o primeiro olha outra vez para onde estamos, mas logo é chamado pelos outros, que saltam pelos telhados da cidade. O assassino acaba fazendo o mesmo e desaparece no breu do céu de Acigam.

No lugar onde os magos estavam, não sobra nenhum sinal da luta. Parece nunca ter ocorrido nada ali. Percebo que estou ouvindo novamente quando meu avô me chama. Contudo, o choque me mantém calado, olhando para o mesmo lugar.

— Le, vamos — ele chama mais uma vez. — Vamos logo.

Ele pega minha mão e me ajuda a ficar de pé. Recobro a consciência, olho no seu rosto e pergunto, assustado:

— O que está acontecendo? Eles morreram?

Vendo que agora não tem mais como esconder nada de mim, meu avô responde:

— Precisamos conversar. Contarei tudo sobre a Guilda de magos e a rebelião.

CAPÍTULO 2

Guilda de magos? Rebelião? Foi isso o que ouvi? Os homens assassinados estariam lutando contra o governo? Como poderia haver algo assim em Acigam, bem debaixo do nosso nariz? A cidade está como sempre esteve, não há nenhum sinal de conflito. Realmente meu avô vai ter de me explicar muita coisa, mas não agora. A cena presenciada há pouco me deixou abalado. Não tenho cabeça para mais informações hoje.

Durante todo o caminho em direção ao trem, sigo em silêncio. Meu avô disse que me acompanharia até em casa, porém não entraria; ele teme confusão com minha mãe. Os dois não se dão muito bem desde a morte do meu pai, há nove anos. Dentro do vagão, fico com a cabeça baixa o tempo todo, pensando nas coisas que aconteceram. Lembro-me da violência com a qual os magos foram mortos. Mas o que não sai da minha cabeça é a forma como os tais rebeldes eram capazes de controlar as energias com tanta perícia. Aquela bola flamejante lançada na praça foi fantástica. O efeito visual da técnica é de tirar o fôlego. Agora, sim, consigo imaginar todo o potencial da ciência que meu avô tem me ensinado. Os magos vão além de simplesmente transportar energia para bolinhas. Eles usam tal poder para lutar.

Descemos na estação do meu bairro e seguimos alguns quarteirões até a rua onde moro. Nos subúrbios de Acigam a iluminação é pior do que no centro. Sigo andando pela estradinha e meu avô vem logo atrás, ambos calados. Quero chegar em casa logo, tomar um banho, deitar e dormir. Assim talvez consiga digerir tudo o que aconteceu. Sinceramente, já tenho dúvidas se quero saber sobre os tais rebeldes. Se eu ficar na minha, como fiz até agora, será muito mais seguro.

Depois de alguns minutos de caminhada, chego: lar, doce lar. Limpo os pés no capacho, abro a porta da sala e vejo minha mãe sentada em sua poltrona vermelha. Ela me olha, furiosa:

— Onde você estava?

— Fiquei até mais tarde no colégio.

— Não sou idiota, Leran. Até esta hora? — ela pergunta, elevando a voz enquanto anda na minha direção.

— Sim, ué — respondo, sem ter muito o que dizer.

— E este arco? — ela indaga, pegando na haste. Seu puxão me vira de costas.

— Ganhei do meu professor, mãe. Eu te disse que tinha treino de tiro hoje, lembra? — Dou um passo para fazê-la soltar. — Ele me deu porque sou bom na matéria e queria que eu praticasse.

Viro-me novamente para ela e vejo sua expressão de desconfiança. Desta vez sem motivos; é tudo verdade. Ela continua:

— Você só pode... — e para de falar logo em seguida, olhando-me com um ar de desespero. — O que é isto? — Ela aponta para minha cabeça.

— O quê? — revido, assustado.

— Isto na sua orelha — diz ela, chegando perto e virando meu rosto com as duas mãos. — Pelos deuses! Está sangrando.

— Sangrando? — pergunto.

— Leran, por favor, me diga onde você esteve. — Estranhamente, ela começa a chorar. Não consigo entender sua reação. É só um pouco de sangue. Eu estou bem. Não estou?

Nessa hora, meu avô entra e tenta acalmá-la:

— Eu posso explicar, Laura.

Mas acho que a ideia não foi muito boa. Ao vê-lo, ela se descontrola:

— O que você está fazendo aqui? — grita.

— Mãe, ele estava comigo, calma.

— Por tudo o que é sagrado, aonde você o levou? — ela indaga, olhando para meu avô.

Nunca vi minha mãe tão nervosa. Sua voz está trêmula. Após terminar a frase, ela sente falta de ar e ameaça um desmaio. Corro e a seguro, fazendo-a se sentar no sofá. Começo a abanar minha mão em frente a seu rosto.

— Você está bem? — pergunto. — Pega um copo de água, vô. Rápido.

— Não quero — diz ela. — Eu preciso conversar com seu avô. Por favor, nos dê licença.

Minha mãe não está nada bem para ter uma conversa. Sua respiração está ofegante; as mãos, geladas; parece que viu um fantasma.

— Mãe, você precisa descansar. Vamos conversar amanhã. Que tal? — sugiro.

— Leran, vá para o seu quarto, agora! — Ela rejeita minha sugestão.

É. Não há espaço para negociações. Pego minhas coisas e deixo a sala. Subo até o segundo andar, mas fico parado na escada, ouvindo o que dizem. A reação dela foi incomum. Tenho certeza de que essa conversa será muito mais séria do que as brigas rotineiras.

— Você está louco? — ela pergunta. — Foram eles, não foram?

— Calma, Laura, eles não nos viram. Estávamos voltando para casa e alguns rebeldes apareceram, seguidos por guardas. Nos escondemos, mas fomos atingidos pelo silêncio.

Tenho a impressão de que minha mãe sabe sobre a rebelião também. Pior... quando ela diz "eles", refere-se aos silenciadores. Como ela sabe disso? E o que meu avô quer dizer com "atingidos pelo silêncio"? Só pode ser uma coisa: aquela surdez foi algo feito pelos silenciadores. Provavelmente o chiado que ouvi segundos antes de não escutar mais nada é alguma arma usada para deixar as vítimas deficientes por um tempo. Mas qual a função disso, além de fazer nossos ouvidos sangrarem? Nem sequer fiquei com sequelas; posso ouvir perfeitamente o que eles falam na sala.

E eles continuam a conversa:

— Por que você estava com ele até esta hora no centro, Bretor?

— Ele foi visitar a loja e ficou me ajudando no porão. Não vimos a hora passar.

A desculpa foi boa, mas ela não engoliu.

— O Leran ajudando você? No quê? Pregando o pé de uma mesa? — A pergunta é irônica. — Ele não move um dedo para me ajudar em casa.

Não é bem assim também. E ela continua:

— Eu fico espantada com a sua cara de pau, Bretor. Você tem coragem de mentir para mim na minha casa. Eu sei o que você está ensinando a ele. Tenho notado o comportamento dele, cada vez mais inserido em um mundo paralelo, tentando achar essas energias de que você tanto fala. Eu te suplico — sua voz muda, enaltecendo o pedido de uma mãe em desespero —, pare com isso agora.

Estou muito surpreso. Ela também sabe sobre o que meu avô faz, sabe dos encantos. Antes eu pensava que o pedido para esconder as aulas da minha mãe era só porque eles não se davam bem, mas é mais do que isso. Meu avô sabia de sua possível reação. Ele queria evitar um problema como esse.

— Eu não tenho escolha, Laura, ele precisa saber...

— Não! — ela grita, interrompendo-o antes de iniciar o choro outra vez. — Não, não... ele não precisa. Ele precisa ficar seguro, longe de tudo isso, longe desses magos malditos, longe de você. Bretor, você está proibido de ver o Leran. Proibido! Saia já daqui!

— Não é assim que as coisas funcionam. Leran já é quase um adulto, um homem feito. Ele tem suas próprias vontades. Já sabe o que é bom para ele. E tem mais: você não pode protegê-lo disso. O tempo está acabando, Laura, você sabe. Se ele não aprender nada agora, não terá chance de ficar seguro lá fora.

Ouço o som da batida da porta e sei que meu avô foi embora. Inclino um pouco o corpo e vejo minha mãe sentada no chão da sala, abraçando uma das almofadas listradas do sofá enquanto chora compulsivamente. Sento-me e penso no que devo fazer, porém não posso ir até lá agora e consolá-la; ela saberia que ouvi toda a conversa. Estou de mãos atadas. Decido ir para o meu quarto dormir. Amanhã pensarei em como lidar com essa situação.

Levanto-me e sigo pelo corredor até encontrar Luana, minha irmã, que acabou de sair de seu quarto.

— O que está acontecendo aqui, Le? — Ela está sonolenta e com o rosto inchado, deve ter acordado com a discussão. Será que ouviu alguma coisa?

— Não foi nada. Era só a dona Laura discutindo com o vovô de novo — respondo.

Por sorte as brigas entre os dois são tão frequentes que Lua nem tem como questionar.

— Ninguém merece, hein? O que era agora?

— Você sabe, eles não podem nem se ver. Fica tranquila — tento encerrar a conversa.

— É. Tudo bem, amanhã você me conta os detalhes. Estou caindo de sono. — Ela vem para me dar um beijo no rosto e reclama:

— Eca, Le! Você está nojento, vai tomar um banho.

— Boa noite para você também, Lua — digo e sorrio.

Depois da bronca, Luana entra no quarto e fecha a porta. Ela deve estar com muito sono mesmo, nem notou o sangue na minha orelha. Foi bom assim, senão eu teria de inventar um monte de desculpas, já que ela é igual a minha mãe no quesito preocupação. Apesar de dois anos mais nova, muitas vezes é ela quem tem a voz do juízo. E agora ela também está certa: preciso de um banho.

No quarto, começo a arrumar as coisas: guardo a pasta no armário, encosto o arco e a aljava no canto da parede e tiro toda a roupa suja, colocando-a no cesto para lavar. Em seguida, me preparo para o banho. Acho meu pijama jogado no chão e pego a toalha na gaveta da cômoda antes de seguir até o banheiro. Penduro tudo nos ganchinhos e entro no chuveiro. Ah... quente, está ótimo. Passo bons minutos debaixo d'água pensando em tudo o que aconteceu. A luta no centro, a tal rebelião, o desespero da minha mãe por saber que estou aprendendo sobre as energias e a frase final do meu avô, que, resumindo, passou a seguinte mensagem: meu tempo está acabando e eu preciso aprender logo para estar seguro. Bem, não faz o menor sentido. Ele talvez queira que eu me torne um rebelde. Provavelmente estamos prestes a ter uma guerra civil em Acigam, por isso saber os encantos pode, sim, me proteger, inclusive vai me ajudar a proteger minha família. Mas ainda assim é difícil acreditar em um conflito dessa proporção. Tudo ia bem até hoje pela manhã.

Se fosse realmente verdade, alguém já teria comentado. Algum colega do colégio, algum professor, algum vizinho, qualquer um. Há quanto tempo ocorrem esses confrontos? E por que o governo de Acigam odeia tanto os magos? Não dá para saber. Posso passar horas gastando água debaixo do chuveiro e não terei esclarecido nenhuma dessas dúvidas.

Saio do banho, enxugo o corpo, visto o pijama e me deito na cama, torcendo para que este dia acabe logo. Mas não é tão fácil assim. As horas passam e os olhos não se fecham. Reviro o corpo e não acho nenhuma posição confortável. Estou exausto; no entanto, nada de dormir. Depois de muito tentar, eu desisto.

Vou para a janela, um dos meus lugares favoritos, e fico olhando a noite. Vejo a lua gigante, que daqui do meu quarto está tão bonita quanto a que vi na praça. As árvores balançam lentamente com a brisa. Observo as flores do jardim e a cerca branca em tons de azul-escuro, iluminadas apenas pela lua. No meio das oliveiras, que formam um pequeno bosque perto de casa, está outra fonte de luz. Ela é verde, muito luminosa. Tento ver do que se trata, mas ela se apaga.

Continuo olhando o bosque, e em cima das árvores há uma coruja enorme, seus olhos se destacam na escuridão. Logo abaixo, na mesma árvore, tem um pequeno ninho. Enquanto o observo, noto que a luz verde se acende novamente, em outro ponto do bosque. Está mais próxima agora. Aos poucos o foco luminoso toma a forma de uma esfera, e, dentro dela, o fluxo energético se movimenta devagar. Será essa a energia do bosque? Finalmente consigo ver as fontes de energia. Talvez, se eu chegar mais perto, consiga transferi-la para uma das bolinhas de cobre.

Saio da janela e procuro a calça que vesti durante o dia. No bolso estão as peças que usei para treinar na loja do meu avô. Vou até a porta do quarto e, no caminho, pego o arco encostado na parede. Pego também as flechas, só por precaução. Nem troco de roupa: vou com meu pijama, descalço, e a aljava presa nas costas. Abro a porta e olho pelo corredor, certificando-me de que todos dormem. Desço as escadas lentamente para evitar o menor dos ruídos. Passo pela sala, onde a almofada está jogada no chão. Destranco a porta da frente e a abro em silêncio.

A noite permanece quente e gostosa. Que bom, não sentirei frio. Vou até o jardim, atravesso a cerca e sigo em direção ao bosque. Sinto a grama fria entre meus dedos enquanto procuro pela luz. A coruja continua no alto da árvore, e eu tenho a clara impressão de que ela me olha e acompanha meus movimentos com a cabeça. Sua posição indica que estou no lugar certo, porém a luz não está mais aqui. Entro no bosque e ando entre as árvores para localizar a fonte de energia mais uma vez. Após alguns minutos, começo a achar que perdi meu tempo.

Dou meia-volta e sigo na direção de minha casa. No entanto, quando estou quase saindo do bosque, ouço um leve ruído, parecido com o som do vento soprando. Viro o rosto e lá está a esfera verde; ela brilha mais do que antes, é linda. Ando alguns metros, na intenção de me aproximar da luz, e fecho os olhos para respirar fundo, permitindo-me sentir todo o poder emanado por ela.

Chego ainda mais perto e, sem perder o contato visual, abaixo-me para colocar a bolinha de cobre no chão. Sento-me na frente dela e me concentro. Foco o olhar no cobre e puxo a energia verde para ele; deixo minha respiração ditar o ritmo. Lentamente, a força se desloca em direção à bolinha. Cada feixe de luz que se desprende da grande esfera segue direto para o metal à minha frente. Aos poucos, mais filetes luminosos se soltam e a esfera verde se torna um pequeno ponto de luz, até que desaparece totalmente.

Já o cobre brilha em um verde vivo, quase fluorescente. Eu consegui. Fiz um encanto perfeito. Levanto-me e aguardo ansioso o que vai acontecer. Após alguns segundos, a bolinha explode e libera toda a energia em forma de anéis luminosos na cor verde. O impacto do ar me derruba para trás e chacoalha as árvores, fazendo a coruja disparar para o alto com o susto. Levanto-me de novo e saio, contente.

Ao me encaminhar para a saída do bosque, ouço um barulho e paro na hora. É como se algo se movesse entre as árvores. Vem primeiro da direita, o que me força a sacar o arco e apontar uma flecha para a direção do som. Agora ouço da esquerda também. Miro para lá e disparo. A flecha entra nas folhagens e se perde. Não acertei nada que não fossem galhos. Olho ao redor e não vejo ninguém, mas o barulho persiste. Os arbustos à minha frente também se mexem, e eu preparo outra flecha. Pode ser algum animal. Talvez eu consiga assustá-lo com outro tiro. Ando para trás e permaneço com a mira na moita. Continuo a me mover até que o barulho cessa. Ele vem agora de trás de mim, como se algo viesse rápido em minha direção. Com o susto, eu corro para sair logo do bosque, porém o som agudo me desorienta:

— Ssssshhhhhhhhh.

Meus ouvidos doem e eu deixo o arco cair para tapá-los. Já não ouço mais nada. Sinto minhas mãos molhadas e, quando olho para elas, vejo que estão sujas de sangue. Começo a ficar tonto, a cabeça fica pesada. Olho para os lados e ainda vejo as árvores balançando. A falta do som não me deixa identificar de onde eles virão. São os silenciadores; eles estão aqui para me pegar. Essa energia foi uma armadilha, e, agora que eles me viram praticar magia, serei morto como aqueles no centro.

Retiro a aljava para aliviar o peso e tento continuar correndo, mas meu equilíbrio está afetado. Dou poucos passos e logo caio. Viro-me com a barriga para cima e respiro fundo para retomar o controle. Assim que tombo a cabeça para o lado, vejo alguém sair do meio dos arbustos: roupa preta, capuz e capa. No rosto, somente o brilho dos olhos, como os da coruja no breu. Tento me levantar e correr, contudo sou pego por uma corda, que amarra meus tornozelos e me faz cair de bruços.

Meus olhos se enchem de lágrimas, pois sei qual será o meu destino: serei assassinado sem piedade por um monstro. Ainda tento me arrastar usando as mãos e, após me mover por alguns centímetros, sou puxado metros para trás. Meus dedos marcam a terra, deixando um rastro de desespero. Tento gritar por socorro, porém minha voz não sai; ninguém vai me ouvir. É o efeito do silêncio.

Sei que o silenciador está atrás de mim. Ele me agarra pelo braço e me vira para me encarar. Vejo seu rosto. Não é um homem, como eu tinha imaginado no centro. É uma espécie de criatura com dentes enormes. Sua cara é a de um animal, uma mistura de vários deles. E os olhos amarelos são cruéis. Ele tem total controle da situação.

Ao me olhar, o assassino inclina a cabeça para o lado e mostra os dentes, como se sorrisse para mim. Ele pode ver minha expressão de medo e parece se deliciar com isso. O monstro se agacha e aproxima a cara do meu rosto, permitindo-me sentir o odor horrendo exalado de sua boca. Eu poderia até tentar tirá-lo de cima de mim, dar algum golpe para derrubá-lo, mas não tenho força para nada, nem mesmo para levantar um dos braços.

Meus olhos se arregalam ao vê-lo sacar a adaga. Sinto minha respiração aumentar involuntariamente, os batimentos disparam e vem um arrepio em toda a espinha. Será esse o sentimento que precede a morte? Ele passa a longa língua na lâmina, mostrando o quanto aprecia este momento, sorri novamente e, em um movimento brusco, crava a arma no meu peito.

Capítulo 3

— Ahhhh!

Estou suando frio, ofegante e assustado. Enquanto meu coração bate forte, eu procuro desesperadamente pelo silenciador, pelo monstro que me agredia há pouco. Viro a cabeça para os lados, olho para cima e nada. Ele não está aqui. É apenas o meu quarto: a janela, a cômoda branca e o arco no canto da parede. Um sonho. Foi só um sonho. Tudo era tão real que levo um tempo para ter certeza de que estou bem. Sento-me na beirada da cama, respiro fundo por alguns instantes, acalmo os batimentos e alivio o suadouro. Ainda é madrugada. Preciso descansar.

Volto para debaixo dos lençóis e me enterro até a cabeça; não quero que nada incomode meu sono. Fecho os olhos e por alguns minutos consigo relaxar, porém minha mente logo é invadida por imagens de esferas de energia, feixes de luz, adagas mortais e banhos de sangue. Não dá, não consigo dormir. Permaneço deitado de olhos abertos enquanto permito que pensamentos desconexos inundem minha consciência; eles me mantêm acordado o resto da noite. Fico ali até notar os raios de sol que passam pelas frestas da persiana semiaberta.

Apesar de mais calmo, uma imagem ainda atormenta minhas lembranças: o olhar amarelado da criatura que me apunhalou. Lembro de todo o prazer sentido por ela quando me viu caído, indefeso, sua frieza em tirar minha vida. Só mesmo um monstro poderia cometer tamanha atrocidade e sorrir.

Esta noite, pelo menos, ajudou-me a perceber que preciso conversar com meu avô o mais rápido possível. É a única solução para acabar com essa agonia. Só não posso ir até ele sem antes falar com minha mãe, e isso eu vou resolver agora.

Levanto-me da cama e nem a arrumo. Lavo o rosto rapidamente e pego uma roupa confortável: camiseta branca, calça marrom e tênis. Apanho minha mochila e coloco um agasalho; mudanças repentinas de temperatura são comuns por aqui. Saio do quarto e desço as escadas. Falarei com minha mãe e, em seguida, irei para o centro ver meu avô na loja. Sigo direto para a cozinha e lá vejo Luana tomando café:

— Onde está a mamãe? — pergunto.

— Saiu logo cedo. Não disse aonde ia.

Isso é estranho. Ela tem de me explicar o motivo de seu espanto quando me viu ontem, falar sobre seus medos e ainda sobre o que sabe da rebelião. Mesmo que me proíba de ver meu avô, de estudar encantos e até de sair de casa, eu devo enfrentá-la. Mas, se ela não está, irei direto para minha outra opção.

— Le? — noto Lua me chamar. — Presta atenção.

— Oi. Desculpe. Estava pensando aqui.

— Você está com uma cara péssima. Dormiu direito?

— Não. Tive um pesadelo estranho... — respondo.

— Com o quê?

— Nada demais. São as provas que ainda tenho para fazer.

— Mas suas provas já não tinham acabado?

De fato, acabaram. Essa foi a melhor desculpa que consegui para evitar mais perguntas sobre o assunto.

— Na verdade, faltam algumas.

— Puxa, que pena. Senta e come um pouco — ela diz, apontando para a cadeira. — Quem sabe você melhora.

Estou faminto. Acabei ficando sem jantar ontem por causa de tudo que aconteceu. Coloco a mochila no chão e me sento à mesa, aceitando o convite de minha irmã. Pego alguns pães e os lambuzo com geleia de damasco; parecem deliciosos. Um a um, os enfio na boca. Como tão rápido que, no fim das contas, nem sinto o gosto.

— Nossa, Leran. Come direito.

— Desculpe — respondo de boca cheia.

— Ah! — esbraveja ela e se levanta da mesa. Ótimo, poderei comer com tranquilidade.

É a vez dos cereais. Coloco um punhado na tigela e derramo leite por cima. Vejo algumas frutas na pia e decido incrementar meu prato. Pico uma banana, morangos e uma maçã sobre o cereal. Agora sim, delicioso. A cada colherada, encho minha boca com a saborosa mistura e preencho meu estômago faminto. Após alguns minutos de comilança, estou pronto para sair. Vou até a sala e lá está Luana, lendo um de seus livros.

— Acabou de devorar suas presas, criatura abominável? — ela ironiza.

— Ah-hã — respondo, sorrindo. Pego a chave e me aproximo da porta.

— Vai aonde?

— Preciso falar com o vovô.

— Verdade. Você disse que eles brigaram ontem, não foi? Por isso que a mamãe estava meio azeda hoje. Boa sorte.

— Obrigado, vou precisar — digo. Abro a porta e saio.

Posso imaginar como minha mãe acordou. Mas nem suspeito para onde tenha ido. Será que foi ver meu avô? Nesse caso, ir para lá agora seria loucura. Uma conversa entre nós três ao mesmo tempo poderia piorar muito as coisas. Mas, quer saber? Não estou nem aí. Afinal, sou eu que estou sendo enganado. Eles me devem explicações e vou cobrá-los disso.

Sigo pela estrada de terra até a estação de trem. Ao chegar, noto que a movimentação está abaixo do normal; os portões de aço da entrada não estão abertos. Avisto os trens estacionados a alguns metros e suspeito que terei problemas para chegar ao centro hoje. Esta é a última estação da linha, e os vagões ficam naquele terreno quando não são usados. Não demoro a ver um aviso preso à grade, confirmando meu temor. Ele indica o período da manutenção nos trilhos: toda a manhã de sábado. Que maravilha!

Acigam tem esses problemas. Tudo é tão precário e abandonado que serviços básicos como transporte, educação e saúde costumeiramente falham. Meu avô diz que, se compararmos a estrutura do centro, que é o lugar mais bem-cuidado que temos, com a de outras cidades, Acigam não passa de um vilarejo, mesmo tendo dezenas de milhares de habitantes. As ruas de paralelepípedos, as lojas de tijolos e os trens a vapor caracterizam a cidade não com um tom clássico, mas sim com um ar de velharia.

Não é a primeira vez que a linha de trem, o único meio de transporte entre o centro e o Bairro das Oliveiras, onde moro, fica assim, inoperante. Por ser uma cidade estreita, construída à beira das montanhas, a linha ferroviária de Acigam cruza todo o território da cidade, de leste a oeste. Quando ela para, todos ficam sem transporte. Felizmente, hoje é só no período da manhã. Para quem já ficou semanas nessa situação, algumas horas é algo fácil de encarar. Como eu não pretendo esperar, minha única saída é ir andando. Se tudo der certo, consigo pegar o trem para voltar. Ainda bem que acordei cedo. O caminho até o centro é longo: levo quase duas horas para percorrer, em passos apressados, um trajeto que o trem faz em quarenta minutos. Mas não tem problema, eu tenho água na mochila.

Andar não é a parte mais difícil. Em minha rota está a Cidade Velha, um dos lugares mais abandonados de Acigam. É o reduto de uma população muito pobre, que não possui negócios próprios e depende ainda mais das políticas sociais ineficientes do governo. Digamos, não é um lugar muito bonito para se fazer uma caminhada.

No percurso, observo as casas apertadas, feitas uma em cima da outra. São construções simples, muitas vezes rústicas, sem acabamento. Tudo parece improvisado. Nas ruas, pessoas malvestidas e maltratadas andam ao lado de montes de lixo. Crianças brincam descalças pelo chão imundo. Os doentes, por sua vez, já têm o destino traçado pela falta de médicos e hospitais. Vê-se apenas fome e miséria por todos os lados.

Sempre que vejo essa situação, agradeço pela sorte que tenho. Mas também me sinto culpado por ter comido um banquete no café da manhã enquanto essas pessoas mendigam por migalhas. Essa é a realidade da maioria da população de Acigam: famílias pobres que fazem o que podem para sobreviver.

Se eu vivesse assim, teria muito mais motivos para me rebelar contra o governo, mais até do que os magos. Porém, quando é necessário lutar para comer, a vontade de lutar por liberdade fica em segundo plano. A briga por direitos só acontece quando nossas necessidades básicas estão sanadas. E isso está longe de acontecer aqui.

É pensando na larga diferença social existente em Acigam que certas ideias se clareiam em minha mente. Acho que agora posso entender alguns dos motivos pelos quais magos estariam desenvolvendo essa rebelião. Acigam passou por mudanças importantes nas últimas décadas, que tiraram a autonomia de classes sociais mais independentes, como a dos comerciantes, por exemplo.

Uma delas, e talvez a mais importante, foi o fechamento das fronteiras há mais de quinze anos. Desde então, é expressamente proibido que um morador de Acigam saia da cidade ou receba algo vindo de fora. Na época, o governo usou a desculpa de que protegia os cidadãos de perigos externos. Todos sabem que é mentira. Eu vivi praticamente minha vida toda nessa situação e nem me lembro de como eram as coisas antes do fechamento. Já para quem teve a oportunidade de conhecer o mundo, essa proibição deve ter incomodado bastante.

Principalmente a classe comerciante, que costumava viajar muito para trocar mercadorias e fazer negócios.

Meu avô sempre me contou histórias sobre suas viagens, inclusive como teve o primeiro contato com os encantos. Ele aprendeu tudo lá fora, mas, com o fechamento das fronteiras, essa prática foi afetada. Quem mais viajaria para outras cidades senão os comerciantes? O resto da população nunca teve condições para isso ou simplesmente não tinha interesse. O conhecimento da ciência das energias deve permear a classe comerciante de Acigam.

Outro fator interessante é que meu avô já disse, inúmeras vezes, que o fechamento das fronteiras afetou seu trabalho. Ele sempre fala de como faturava mais quando podia exportar móveis e conseguia comprar materiais mais baratos de fornecedores externos. Quantos comerciantes estão na mesma situação? Quantos se lembram da época de fartura, na qual obtinham lucros maiores? Teria esse conflito um motivo financeiro por detrás? Para mim, essa teoria faz bastante sentido.

O setor comerciante é forte em Acigam, mas em tamanho não chega aos pés da grande massa desempregada e faminta, como essa que vejo aqui na Cidade Velha. Eles, sim, são vítimas da lavagem cerebral exercida por meio do ensino. O fato de vivermos isolados do mundo, presos dentro dos muros, não os incomoda. Afinal, nenhum deles teve a oportunidade de conhecer algo lá fora. Não parece que têm vontade de mudar as coisas. Na verdade, nem sabem que a vida pode ser diferente... mas eu sei. Essa mediocridade não é para mim.

Apesar de a questão financeira ser um forte motivo para os comerciantes se rebelarem, o que mais me incomoda é o controle que o governo impõe sobre nossas vidas. Quero viajar pelo mundo e conhecer coisas novas. Não tenho ideia de como é lá fora, se é grande, ou pequeno, ou belo. Quantas outras cidades existem? Quantas outras pessoas? Trancado aqui, não é possível saber. Além disso, eu já tenho dezessete anos, estou quase formado e minhas perspectivas de futuro não são nada excitantes. Provavelmente venderei móveis com meu avô para o resto da vida ou trabalharei em outra loja do mercado para um amigo da família. Ou, pior, entrarei para o exército de Acigam e ajudarei o governo a caçar e reprimir aqueles que querem algo diferente para suas vidas. Em todos os casos, precisarei estudar escondido como meu avô faz, a fim de saciar minha fome de conhecimento e manter minha mente saudável. Esse não é um futuro em que imagino viver. Sou muito maior do que tudo isso. Meu potencial é desperdiçado dentro desse sistema. Mas o que posso fazer para mudar? Unir-me à rebelião e arriscar a minha vida? Se eu morrer, nem um futuro terei, não é mesmo?

Após cruzar toda a Cidade Velha, estou quase na loja do meu avô. Falta só passar pela praça principal. Diferentemente da noite passada, hoje posso gastar alguns minutos admirando o lugar. Aproveito os banquinhos de pedra para me sentar e tomar uns goles de água. Enquanto descanso, observo o grande palanque de pedra branca e seus detalhes esculpidos em linhas curvas, que me lembram o vento soprando. Esta é, sem dúvida, uma construção muito bonita. Aqui acontecem grandes encontros e é onde o governo faz os pronunciamentos oficiais. Sempre que isso ocorre, a praça fica lotada de guardas, até porque o quartel principal do exército fica a apenas algumas ruas de distância.

Daqui também é possível ver o Palácio do Governo, que é o prédio mais alto da região e o mais bem conservado. Uma das ruas da praça vai direto aos portões da Vila de Mármore, bairro onde fica o palácio e onde moram todos os ministros e as pessoas importantes do governo. Para entrar na vila é preciso enfrentar diversas burocracias. Visitei o bairro uma vez, com a excursão do colégio. Lembro-me do luxo que as casas ostentavam em suas fachadas. Os acabamentos em pedras nobres dão nome ao lugar.

Ainda na praça está outra escultura de pedra, não tão agradável quanto o palanque, é claro. É a estátua do líder político de Acigam, o rei Evandro Cadorcia. Ela tem mais de três metros e fica sobre uma base da minha altura. O único ângulo pelo qual a vemos é de baixo para cima. Seu tamanho visa transmitir ao povo o poder e a força do governo através da imagem de seu líder.

Todos falam que a perfeição da escultura é excepcional; não tenho como discordar. Cadorcia posa em pé, segurando uma espada em sua mão direita, e apoia o escudo na base de pedra com a outra mão, onde o brasão de Acigam está esculpido em alto-relevo. Ele veste uma armadura sem todas as peças, que deixa mãos, braços e rosto à mostra. Na cabeça, uma coroa fina. Nas costas está a grande capa feita em ondas e curvas, imitando o movimento natural do tecido. É tudo muito bem-feito. No rosto, é possível ver até mesmo os entalhes dos fios de sua barba e dos longos cabelos. O nariz largo, o queixo quadrado e os olhos mais fundos também são características bem trabalhadas.

Dizem que a estátua parece uma pintura do rei; contudo, eu nunca o vi para confirmar. A verdade é que o povo conhece pouco a família real. Sabe-se que Cadorcia se casou com uma plebeia antes de assumir o trono, o que o ajudou a ganhar a simpatia de outros setores da cidade. Mas, assim como o rei, a rainha nunca dá as caras. Sempre enviam representantes a eventos oficiais. Considerando esse fato, imagens de Evandro ficam expostas pela cidade para os moradores se lembrarem de quem os governa.

Após alguns minutos de descanso, deixo a praça e me direciono até a rua do mercado. O movimento está grande hoje. Sábado acaba sendo o dia em que as pessoas com maior poder aquisitivo passeiam pelo centro. A loja do meu avô deve estar cheia. Talvez ele nem tenha tempo para conversar comigo. Provavelmente terei de esperar os clientes saírem; o conteúdo da conversa requer discrição. Assim que me aproximo da loja, noto as portas encostadas. A plaquinha pendurada pelo lado de dentro do vidro diz “fechado”.

Meu avô não veio trabalhar? Isso é estranho. Deve ter acontecido alguma coisa para ele não aparecer logo hoje, quando o movimento é tão bom. Vou até a loja vizinha, uma alfaiataria, e entro procurando pelo dono, Alb Pinmur, mais velho que meu avô. Ajudantes correm de um lado para o outro enquanto tentam atender os clientes. Apesar de minhas perguntas, nenhum parece me dar atenção para indicar onde está a pessoa que procuro. Uma mulher, achando que eu quero comprar algo, para e, simpática, fala comigo. Assim que descobre o meu desejo apenas por informação, o sorriso desaparece e ela aponta para o fundo da loja, querendo que eu saia o mais rápido possível dali e a deixe trabalhar.

Vou até o lugar indicado na esperança de encontrar Alb e, quando passo pela cortina que separa a área de atendimento do ateliê de costura, eu o vejo abaixado, pregando alfinetes na barra da calça de uma cliente. Digo seu nome e ele me olha por cima dos óculos, presos na ponta do nariz; então pede que eu espere uns minutinhos. Saio e me sento para aguardar. Geralmente os comerciantes do mercado me tratam muito bem pelo fato de eu ser neto de Bretor Yandel. Meu avô tem muitos amigos e é bastante querido; isso me ajuda a conseguir até uns descontos.

Enquanto o espero, observo a correria na loja. Há pessoas provando roupas, tirando medidas, os panos voam por todos os lados. Uma bagunça. Alb está tão atordoado com o trabalho que passa por mim e nem me vê.

— Senhor Pinmur — chamo.

— Oi? — ele diz, olhando para mim e apertando os olhos, como se tentasse se lembrar de algo. Tenho a impressão de que ele esqueceu meu nome de novo. A memória não é o forte do senhor Pinmur.

— Leran — recordo-lhe.

— Claro, meu filho. É que hoje isto aqui está uma loucura.

— Estou vendo — confirmo enquanto olho à nossa volta.

— Posso te ajudar em algo? — pergunta ele, de forma prestativa.

— É rápido, não se preocupe. Queria saber se o senhor viu meu avô.

Alb coça a cabeça, tentando buscar alguma lembrança. Nesse momento me questiono se procurei a pessoa certa. Ele me olha como se não pudesse me ajudar.

— Não tem problema, senhor Pinmur. Obrigado mesmo assim. — Viro-me de costas e me encaminho para sair da loja.

— Espere — ele grita —, eu o vi sim. Tomou café comigo pela manhã.

— Tem certeza? — questiono. — A loja está fechada.

— Hum... — Ele coça a cabeça outra vez. — Será que foi ontem?

Meus olhos se desviam involuntariamente para cima e eu viro a cabeça, dando um suspiro. Já estou sem paciência.

— Tudo bem, senhor Pinmur, não tem problema. Acho que ele não veio hoje — digo e vou embora novamente.

— Foi hoje, sim! — ele grita. — Você tentou entrar pela porta dos fundos?

— Não — respondo, surpreso. — Por quê?

Alb se aproxima e diz baixinho, como se revelasse um segredo.

— Ele disse que não abriria a loja porque aguardava algumas pessoas para uma reunião.

Estranho ele fechar a loja no sábado para ter uma reunião com amigos. Se bem que Alb não disse "amigos", disse "pessoas". Quem poderá ser? Agradeço pela informação e saio, pensativo. De volta à rua, vejo mais gente, em um claro sinal de que o movimento vai aumentar muito até o final do dia. Isso também mostra que a tal rebelião não afeta em nada a vida da população, pelo menos por enquanto. Tudo continua como sempre foi.

Dou a volta na loja de móveis e encontro a porta dos fundos destrancada. Alb tinha razão. Na parte de cima, não vejo ninguém e está tudo apagado. Já a luz do porão ilumina as escadas; meu avô deve estar lá. Quando vou descê-las, ouço vozes e descubro que ele já iniciou o encontro.

— Simus não vem? — pergunta um homem, aparentando ser mais velho.

— Deve estar chegando. Deixei a porta aberta para ele entrar — responde meu avô.

Nesse momento, escuto a porta abrir e rapidamente me escondo atrás de um velho armário em exposição próximo à escada. É um homem bem mais novo do que meu avô. Talvez seja o tal Simus. Ele tranca a porta e desce, passando pela minha frente.

— Finalmente, Simus. — Outra voz. Desta vez uma mulher.

Volto para a beira da escada e me inclino para escutar melhor.

— Então, por que nos chamou aqui, Bretor? — Esse deve ser Simus.

— Não sei se vocês já sabem, mas Galek foi morto ontem à noite — diz meu avô.

Quem é Galek? Será que ele se refere a um dos magos assassinados?

— Impossível — a mulher retruca. — Ele é um dos mais poderosos.

— Infelizmente é verdade. Eu vi tudo. Ele e outro homem, que não consegui identificar. Ambos mortos pelo silenciador das adagas.

— Por isso Sandra me perguntou pela manhã se eu o tinha visto. Ele não dormiu em casa esta noite — diz Simus.

— Temos que avisá-la sobre a morte de seu marido — conclui a mulher.

— Sim — Simus concorda. — Falarei com ela ainda hoje. Será uma conversa difícil.

— E você, Bretor, não tentou ajudá-los? Simplesmente ficou olhando enquanto os matavam? — pergunta o homem, indignado.

— Infelizmente eu não pude fazer nada, Babo. Meu neto estava comigo e... — meu avô fala e é interrompido por Simus.

— Ele viu tudo?

— Sim. Nós fomos atingidos pelo silêncio e o Le ficou apavorado. Eu não poderia nos expor, senão seríamos quatro mortos em vez de dois. Além disso, silenciado, não era possível fazer um encanto forte o suficiente para derrubar o inimigo. Foi tudo muito rápido.

— Eram quantos?

— Mais de cinco.

— O quê!? — pergunta Babo, com voz de espanto.

— O grupo era muito maior do que o habitual — explica meu avô.

— Provavelmente acharam necessário enviar mais homens para capturar Galek — conclui Simus.

— E quantos magos eram? — pergunta a mulher.

— Vi cinco deles correndo pela praça antes de os silenciadores chegarem. Não sei se estão vivos.

Agora, sim, as coisas se encaixam. Meu avô faz parte de tudo isso. Ele é um membro da Guilda.

Simus pergunta em seguida:

— Você reconheceu somente Galek?

— Sim, porque o vi atacando os guardas com suas bombas na praça logo antes de enfrentar o silenciador.

— Precisamos achar os outros três que estavam com eles. Descobrir o que aconteceu — diz a mulher.

— Se estiverem vivos — completa Babo.

Com o número de silenciadores que vimos, acho difícil estarem. Pelo visto os magos estão levando a pior nesses confrontos. Meu avô ainda disse que o silêncio o impediria de realizar encantos mais fortes. Essa, sim, deve ser a grande vantagem do governo: um tipo de arma capaz de afetar o controle de energias. Eu não tinha notado antes, mas o homem que jogou a bola flamejante nos guardas foi morto primeiro na frente do beco. Naquela hora, já sob o efeito do silêncio, seus ataques foram muito mais fracos e o silenciador os desviou com facilidade. Pobre Galek.

— O que faremos agora? — ela pergunta.

— Os conflitos estão ficando cada vez mais frequentes e as perdas do nosso lado já são muitas — diz Simus.

— Se quisermos levar isso adiante, precisaremos tomar uma atitude agora — fala Babo.

— Sim, mas será necessário que muitos se juntem novamente à causa — diz meu avô.

— Acho que devemos votar. Se decidirmos entrar nesse conflito pra valer, teremos que escolher um novo líder — sugere Simus. — Você seria ideal para isso, Bretor.

Meu avô liderando uma rebelião? É esquisito demais! Não estou gostando nada das conversas que tenho ouvido ultimamente.

— Eu já estou velho, Simus. Uma liderança jovem seria melhor.

— Mas todos que respeitavam Caio vão confiar em você.

Com essa frase, meu coração dispara. Caio? Meu pai? O susto me faz dar um passo para trás e eu acabo esbarrando no armário. Com o toque, ele balança e emite um rangido baixo. Rapidamente, seguro o móvel para que ele pare de tremer e, com isso, não percebo o que aconteceu lá embaixo. Eles pararam de falar. Ouço barulho de passos na escada e corro para trás do armário outra vez.

— Bem, devemos ir agora — diz a mulher, já no andar em que estou.

— Faremos como combinado, então — responde meu avô.

Droga. Fiquei tão surpreso ao ouvir falar do meu pai que não prestei atenção em como concluíram a conversa.

— Sim, o mais rápido possível — afirma Babo.

Fico olhando escondido e aguardo até saírem. Quando chegam perto da porta, Simus pergunta:

— E o seu neto? O que fará agora que ele viu tudo?

— Não sei ainda — responde meu avô. — Acho que contarei a verdade.

— Entendo.

Simus, que está atrás do grupo, ainda longe da porta, se vira e vem na direção do armário.

— Só que isso não será necessário — diz ele, antes de empurrar o móvel, revelando-me a todos.

CAPÍTULO 4

— Le? — meu avô pergunta, surpreso. — O que você faz aqui? Quase nos matou de susto. Ouvimos um barulho e pensamos que fosse um espião.

— E não é? — diz a mulher, em tom irônico.

Eles então me cercam e exigem explicações. Era só o que faltava... Levanto-me e digo:

— Podem parar com isso. Não sou eu quem deve explicações aqui. Que história é essa em que o meu pai está envolvido? Quero saber agora!

Todos ficam espantados com a minha reação e recuam.

— Podem ir — diz meu avô. — Eu cuido disso.

Após concordarem, eles deixam a loja. Pela janela, vejo-os se misturarem à multidão.

— Agora você vai me explicar tudo, não vai? — pergunto, ainda bravo.

— Vou, mas primeiro me fale como você soube que eu estava aqui, se a loja está fechada.

— Foi o senhor Pinmur. Disse para eu tentar a porta dos fundos.
Meu avô balança a cabeça e suspira:

— Ah, Alb... Ele se lembrou da porta e esqueceu que pedi que ficasse calado. Preciso ter mais cuidado com o que falo para ele.

— Ele é um de vocês?

— Sim, mas por motivos óbvios não tem participado muito de nossos encontros.

Realmente, Alb Pinmur anda meio avoado para se envolver em um movimento desses.

— Entendo. Comece então pela parte que explica o envolvimento do meu pai — cobro.

— Vamos lá para baixo, vou preparar um chá.

Desço enquanto meu avô prepara o chá na cozinha. Ele vem alguns minutos depois e me encontra andando de um lado para o outro, visivelmente nervoso.

— É melhor se sentar.

Ele me serve uma xícara e eu me sento à mesa, apoiando os cotovelos na tábua.

— Pode começar — falo, enquanto bato meus dedos na madeira.

— Antes de chegar ao envolvimento de seu pai com o que existe hoje em Acigam, você precisa entender mais sobre a vida que ele levava até o dia de sua morte.

— Estou ouvindo — respondo, sem paciência. Bato os dedos mais rápido. Ele começa:

— Assim como eu, seu pai era um mago especializado em encantos. Aprendeu-os enquanto viajava comigo pelo mundo e se tornou perito em concentrar energias de calor. Isso até o ajudava na confecção de móveis quando o material era ferro ou aço. Ele aprendeu tudo desde cedo e, quando se tornou adulto, já era tão bom quanto eu. Talvez melhor.

Por incrível que pareça, isso não me surpreende; afinal, se meu avô ensina o controle para mim, é óbvio que ensinou para ele também.

— Mesmo após o casamento com sua mãe, ele viajava para manter os negócios da loja. Eu passei a ficar em Acigam enquanto Caio levava as mercadorias para os clientes em outras cidades. Foi logo após sua última viagem, há quinze anos, que o governo fechou as fronteiras e proibiu a livre passagem. Na época, os comerciantes ficaram muito insatisfeitos com a medida, mas acharam que seria algo provisório. Luana nasceu pouco tempo depois, e isso fez com que seu pai desistisse das viagens para ajudar Laura em casa... — Meu avô para de falar e se senta à minha frente para tomar um pouco de chá.

— O problema é que as fronteiras permanecem fechadas até hoje — digo enquanto ele bebe.

Meu avô dá mais um pequeno gole e repousa a xícara no pires. A explicação prossegue.

— Você está certo. E logo todos perceberam que a situação não iria melhorar se não fizessem nada. Surgiu, então, a Guilda, que nada mais era do que um movimento secreto da classe comerciante contra o governo da cidade. Pessoas se encontravam a fim de propor saídas para a situação e, como lazer, aproveitavam para trocar conhecimentos sobre o controle, antes aprendido somente fora da cidade. Seu pai e eu fomos convidados a participar desse grupo.

Pelo visto, falar de magia há alguns anos não era o tabu que é hoje.

— Mas vocês não eram perseguidos por praticar o controle? — pergunto.

— Tudo o que fazíamos era escondido. Se o governo soubesse que um grupo se reunia para questionar suas ações, já teríamos problemas suficientes. Acigam sempre pregou uma doutrina contra a magia, mas isso não era o foco do governo naquela época, nem o nosso.

Agora tudo faz sentido. Os comerciantes se reuniam para falar sobre os problemas da cidade e, nos intervalos, trocavam conhecimento sobre o controle de energias, uma vez que a fonte desse saber não podia mais ser acessada. Isso confirma minha teoria: o motivo do conflito atual é muito mais financeiro e político do que algo relacionado ao controle. Os magos estão envolvidos pela simples coincidência de que essa prática é mais comum na classe comerciante. Hoje, o controle é a única arma que eles têm contra o governo.

— Depois de alguns meses discutindo, foi decidido que deveríamos pressionar os líderes da cidade para que atuassem com ações mais democráticas, assim como acontece em outros lugares do mundo. Caio, naquela época já bem inserido no grupo, foi eleito o nosso porta-voz.

— Porta-voz? O que ele fazia?

— Comícios. Ele chamava a atenção de outros comerciantes para a causa e angariava mais seguidores. Seu pai tinha o dom da palavra. Ele era muito bom em convencer as pessoas.

Meu avô conta que, em algumas semanas, os comerciantes organizaram passeatas para divulgar os ideais que defendiam. O número de participantes crescia a cada encontro, e foi aí que a repressão começou. Guardas passaram a acompanhar os movimentos do grupo para reprimi-los. Os confrontos ficaram violentos, e, um dia, em meio a um conflito na praça principal, Babo Seranto, que era amigo de meu avô e um dos fundadores da Guilda, viu-se obrigado a usar energia para se defender de um soldado. Era tudo de que o governo precisava: perturbadores da ordem armados com magia.

Comerciantes exigindo mudanças eram um problema, mas disso os guardas poderiam cuidar. Agora, os magos... estes eram capazes de abalar o que Acigam pregava como verdade. Daquele momento em diante, os comerciantes não só desafiavam as ações do governo como também as leis impostas sobre a população. Se o povo descobrisse que era possível controlar os elementos do mundo, contrariando o que é ensinado, todos passariam a questionar outras coisas, aumentando a pressão contra os governantes.

Meu avô continua:

— A repressão só aumentava. Pessoas começaram a desaparecer após os enfrentamentos. Outras sofreram tortura quando foram acusadas de praticar magia. O controle virou uma desculpa para o governo capturar e matar sem ter que dar explicações. Não tivemos escolha.

Paramos tudo o que estávamos fazendo e dispersamos os grupos. Mas para Cadorcia isso não foi suficiente.

O que mais eles poderiam fazer além de torturar e sumir com pessoas? Se os conflitos pararam, o governo tinha conseguido o que queria. Por que isso não seria o suficiente? É claro, eu sei a resposta. Eles tinham de acabar com os líderes para que servissem de exemplo. Ao deduzir isso, sinto um arrepio na espinha.

— Eles foram atrás do meu pai, não foram?

— Sim — diz meu avô, abaixando a cabeça.

Não sei se quero continuar ouvindo essa história. Algumas lágrimas já escorrem sem que eu consiga pará-las. Aperto os dentes e respiro fundo, tentando controlar a raiva.

— Como aconteceu? — pergunto, com a voz firme. Mostro força para aguentar o que vou ouvir.

— Foi uma emboscada — diz ele. — Durante a noite, eles o pegaram enquanto saía da loja. Caio tentou se defender, mas foi em vão. O próprio governo armou para que parecesse um assassinato comum. Naquele dia, o trem que voltava para o Bairro das Oliveiras não funcionou. Dessa forma, seria justificável encontrarem o corpo dele no meio da Cidade Velha. A falsa investigação concluiu que ele teria sido abordado por assaltantes durante a noite e morrido ao reagir. Tudo seria crível se Laura não estivesse na loja na hora em que os silenciadores chegaram. Escondida, ela assistiu a tudo pela janela.

— Ele foi morto por silenciadores? — pergunto, afastando meu tronco da mesa.

Que covardia! Ele só queria o melhor para todos. Meu pai sempre foi uma pessoa tão boa. Tenho ótimas lembranças dele: carinhoso, corajoso. Como puderam fazer isso?

— Foram dois deles. O primeiro ataque de silenciadores de que ficamos sabendo — responde meu avô, que se levanta e coloca a mão sobre um de meus ombros, na tentativa de me oferecer conforto.

Não é preciso dizer o quanto essa história me abala. Meu pai sempre foi um herói para mim, e perdê-lo tão cedo foi difícil de superar. Agora meu ódio contra o governo e esses silenciadores é muito maior. Não apenas por restringirem e controlarem nossas vidas. Eles me tiraram uma das coisas mais importantes que já tive.

Eu tinha oito anos quando ele morreu, e é claro que nenhum desses detalhes havia chegado até mim. Eu achava que meu pai tinha sofrido um acidente. Não posso culpá-los por terem mentido. Se eu soubesse da verdade, teria crescido odiando tanto o governo que, provavelmente, traria problemas para o resto da família. No que isso ajudaria? No que minha revolta resultaria? Em nada. Agora também posso entender a preocupação de minha mãe. Ela já teve um ente querido tirado de sua vida por esse conflito e teme que isso aconteça de novo. E não é à toa que ela detesta o vovô. Ela o culpa por ter encorajado meu pai a participar da Guilda.

Peço um tempo e vou até a cozinha da loja tomar água. Parece que me engasguei com o chá após essa notícia. Enxugo as lágrimas e lavo o rosto na pia. O ódio pelos silenciadores é gigante. Se eu pudesse, enfiaria uma flecha no peito de cada um, inclusive do rei Cadorcia. Eles não têm esse direito. Não podem acabar com a vida de uma família, privar uma criança de ter a companhia do pai.

Sento-me por alguns minutos para me acalmar. Termino de beber a água e respiro pausadamente por um tempo. Quando recobro a calma, desço mais uma vez até o porão para que meu avô me conte o resto. Quero saber tudo.

— Você está bem? — ele pergunta.

— Sim, e vou ficar melhor quando me unir a vocês — respondo, determinado.

— Le, eu entendo sua revolta. Senti a mesma coisa quando vi que o governo havia tirado Caio de mim. Mas você não está pronto.

Como assim? Eu já sei encantos. Eu posso lutar. Não sou mais uma criança. Fico enfurecido.

— Não concordo e você não tem o direito de tentar me impedir.

Meu avô dá a volta na mesa e se senta a meu lado. Fala em um tom mais doce e compreensivo.

— Pense na sua mãe e na sua irmã. Elas precisam de você. Não arrisque sua vida agora.

Nesse momento, abaixo a cabeça para refletir. O que seria delas se eu também morresse? Seria duro demais superar a morte de outra pessoa da família. Inclusive para meu avô, que já perdeu um filho e pode perder um neto. Sei a falta que meu pai me faz; no entanto, não consigo imaginar a dor de enterrar o único filho. Até hoje meu avô anda com um pequeno amuleto de ferro preso ao pescoço; pertencia ao meu pai. Ele não o tira por nada. Muitas vezes já o vi olhar para esse objeto, decerto pensando em como as coisas seriam se seu filho ainda fosse vivo, se tivessem feito escolhas diferentes. Não me resta opção exceto concordar. Não posso me arriscar agora.

Para continuar nossa conversa, pergunto uma coisa que não sai da minha cabeça:

— Por que enviaram os silenciadores?

Após mais alguns goles do chá, ele responde:

— A essa altura, o governo já tinha investigado toda a vida de seu pai e havia descoberto que ele era poderoso. Guardas comuns talvez não fossem páreo para ele. Desconfiamos de que o governo já tivesse um projeto em desenvolvimento naquela época, algo que pudesse acabar com a ameaça da magia. Seu pai foi um excelente pretexto para testarem os novos assassinos.

A cada palavra que ouço, sinto mais nojo e desprezo pelos governantes desta cidade.

— O que aconteceu depois?

— Ficamos assustados, é claro. Sabíamos que o governo tinha colocado na rua um grupo de soldados especializados para acabar conosco. Estávamos totalmente vulneráveis.

— Posso imaginar o pavor que sentiram — falo, revoltado.

— Cadorcia ainda conseguiu abafar todo o barulho que Caio causou — continua ele. — Alguns meses após a morte dele, já não se falava mais no problema das fronteiras. Além disso, outros comerciantes desapareceram sem deixar vestígios. Só pudemos constatar que, além de assassinos, os silenciadores eram peritos em acabar com as provas dos crimes e podiam fazer uma pessoa sumir completamente. Alguns desaparecidos chegaram a ter seus registros apagados em todos os documentos da cidade, como se nunca tivessem existido.

— Por isso levaram os corpos do beco — concluo.

— Exato. É assim que eles conseguem manter esse conflito em segredo. Já tentamos algumas vezes tornar tudo público, mas isso sempre piora as coisas, e o governo contorna a situação com facilidade.

Sem dúvida a briga é muito desequilibrada. Eles podem matar sem ser punidos. Eles ditam as regras. Quantos o governo já assassinou sem ninguém saber? Dezenas? Centenas?

— O pior é que os ataques voltaram a ser frequentes — diz meu avô, preocupado. — Só na semana passada, dois colegas desapareceram. Quando vi Galek sendo atacado pelos silenciadores, achei necessário marcar essa reunião para alertar os outros.

Já mais calmo, decido saber mais sobre os silenciadores e suas técnicas. Pode ser útil.

— Como esse silêncio funciona, afinal? — Essa é uma dúvida que me consome.

— Não sei ao certo. — Ele balança a cabeça, frustrado. — Mas tenho algumas suposições. Lembra o que te falei sobre perceber as energias ao seu redor?

— Sim. Para exercer um bom controle é necessário usar todos os sentidos... — Pauso imediatamente a frase. — É isso? Eles retiram um sentido do mago e isso afeta o controle?

— Exato, Leran. Provavelmente é assim que nos deixam mais fracos. Acredito que seja uma manipulação de ar. Como todas as manipulações, o efeito é mais forte em alvos próximos ao epicentro. No caso do silêncio, é possível sentir seu efeito a um quilômetro de distância. Um silenciador inicia a técnica e a mantém ativa enquanto outros correm e caçam os magos.

Uma manipulação de ar? Aprendi com ele que esse tipo de controle é como se fosse um encanto, porém, em vez de concentrar a energia em um ponto ou objeto, você a lança sobre uma área inteira, manipulando os elementos que ali existem. Geralmente o efeito dura algum tempo ou enquanto o mago permanecer fornecendo energia. O silêncio é uma manipulação porque todos dentro de um raio são afetados, e é, possivelmente, um controle de ar, pois o som viaja por meio desse elemento. Eles manipulam o ar para que o som não se propague, e isso afeta a pressão em nossos ouvidos, fazendo-os sangrar. Galek, mesmo enfraquecido, conseguiu lançar alguns ataques; ele estava longe do epicentro. Certamente, se estivesse perto do silenciador que iniciou o efeito, ele não seria capaz de controlar energia alguma.

Minha dúvida agora é entender se existe uma forma de anular esse efeito. Meu avô responde:

— Ainda não descobri. O ideal é derrubar o silenciador antes que ele o use. O problema é que ultimamente eles têm andado em grupos maiores e nem sempre sabemos onde o epicentro está.

Mesmo assim, eu não acredito que seja fácil derrubar um deles. Lembro-me de como o silenciador das adagas era ágil e manuseava suas armas com habilidade. Eles são letais no combate corpo a corpo.

— Em quantos eles estão andando agora? — pergunto, me referindo aos "grupos maiores" que meu avô citou.

— Não sei, Le. Nunca vimos tantos juntos.

— Mesmo assim, eles podem estar em vantagem contra um grupo de cinco magos, mas não são capazes de derrotar dezenas.

— Você está enganado — diz ele. — Os silenciadores são mestres em usar armas; uma vez que o silêncio é ativado, um deles é capaz de matar uma dúzia de magos sem sofrer um arranhão. É uma briga muito desigual.

— Que tipo de arma eles usam?

— Diferentes tipos — explica meu avô. — Sobreviventes de ataques relataram técnicas e armas diversas usadas por eles. Isso nos dá a ideia de que são indivíduos distintos, treinados em formas de combate também distintas. Aquele que vimos no beco, usando as adagas, já foi visto algumas vezes. É um dos mais rápidos. Existe outro que sabemos ser especializado em bombas e pólvora. Ele derrubou um prédio sozinho e matou dezenas de magos há alguns meses. O governo, é claro, armou para que parecesse um acidente com gás. Perdi três grandes amigos naquele dia.

Especializado em explosões? Esses caras são terríveis. Que outros truques podem ter? Meu avô logo esclarece:

— Outros usam espadas, dardos e correntes. Eles tiram sua capacidade de controlar a energia porque ninguém é capaz de vencê-los com armas normais. E tem mais. Você se lembra da corda que amarrou um dos magos lá no beco? — pergunta ele.

— Sim, parece que o controle dele tinha sido totalmente anulado...

— E foi mesmo — ele me interrompe. — Além do silêncio, eles possuem armas que desabilitam totalmente sua capacidade de controle. Isso sem contar alguns artefatos que permitem levitação, invisibilidade e outras artimanhas.

É verdade, eles estavam voando quando os vi ontem. Podem até ficar invisíveis. Não há maneira de enfrentar seres com tamanho poder de combate. São assassinos muito bem equipados.

Minha maior preocupação agora é saber o que meu avô e os outros pretendem fazer. Irão se unir novamente para enfrentar essa situação? Ou continuarão escondidos esperando que, um a um, os magos sejam capturados e mortos?

— Nossa única saída será convocar uma assembleia entre aqueles que desejam mudanças. Juntos, nós teremos que decidir um rumo a tomar — diz meu avô, encerrando o assunto.

Aceno com a cabeça, indicando meu entendimento. Após essa longa conversa, dou um abraço nele e digo que estarei ao seu lado no que decidir fazer. Ele me faz prometer que não farei nada que possa arriscar minha vida, que ficarei longe dos silenciadores e que manterei essas conversas em segredo.

Fico um pouco aliviado, pois sei que os magos pretendem discutir o assunto em vez de fingir que nada está acontecendo. Assim, poderão proteger uns aos outros e voltar a fazer pressão sobre o governo, se necessário. E, conforme acabei de prometer, não me envolverei com isso agora. Fingirei que nada está acontecendo, principalmente para não prejudicar o final do meu ano no colégio. Ainda quero me formar.

Antes de eu sair da loja, meu avô pergunta se tenho tempo para ficar mais um pouco. Ainda faltam algumas horas para o almoço. Ele me diz que gostaria de me ensinar mais sobre as energias.

— Nada prático desta vez — afirma.

De uma estante, ele puxa um livro empoeirado e sopra a capa, jogando o pó no ar. Tusso um pouco e continuo olhando, curioso. Meu avô diz que, agora que eu sei a verdade sobre a Guilda e os magos, será necessário entender tudo sobre as outras formas de controle, para ter maiores chances de me defender.

Ele tem em suas mãos um autêntico livro de ciências.

CAPÍTULO 5

Sempre focamos meu aprendizado na arte de encantar. Aprendi durante anos a usar objetos para absorver a energia e então liberá-la de outra maneira. Mas essa não é a única forma de controlar a força que rege o mundo, não é o único meio de mudar a inércia dos elementos e fazer com que se comportem a seu favor. Foi isso que meu avô me mostrou com o livro velho retirado da estante. Passei o resto da manhã de sábado ouvindo atentamente cada palavra que ele lia.

As páginas traziam desenhos e textos a respeito de como é possível controlar as energias. Além dos encantos, existem outras formas de controle, e cada uma requer técnicas específicas para captar e dissipar as energias.

A manipulação, por exemplo, é a arte que permite controlar os elementos de uma área inteira, afetando todos dentro dela. O livro diz que se trata de uma técnica poderosa, porém limitada. Com ela, você só consegue manipular elementos que já existam materializados a seu alcance. O ar é um elemento facilmente manipulável, está em todo lugar. Já manipuladores de água e fogo precisam encontrar as fontes de seus elementos para exercer o controle.

Manipulações comuns podem alterar o ambiente ao modificar a umidade do ar, por exemplo, e assim podem controlar o frio e o calor;

elas podem, ainda, mexer com a luminosidade e com a estabilidade do terreno, entre outras coisas. Ao controlar os elementos ao redor de um adversário, o manipulador consegue afetar seus sentidos, causando surdez, cegueira ou simplesmente um mal-estar repentino, como tontura e paralisia. Tudo depende de como o mago combina o que ele tem ao seu alcance. O efeito da manipulação é duradouro se o manipulador permanecer fornecendo energia ao controle. É o que o livro chama de canalização. Contudo, nem sempre é necessário manter uma manipulação por muito tempo, pois segundos do efeito debilitante são suficientes para desequilibrar um combate. O manipulador de fogo pode causar um calor gigantesco a partir de uma simples fagulha, fazendo o adversário desidratar até a morte. Já um manipulador de ar experiente pode causar asfixia na vítima e derrubá-la sem chance de defesa. Meu avô disse que essa é a especialidade de Babo Seranto, um dos homens que estavam em sua loja pela manhã.

Como dito em relação ao silêncio, toda manipulação possui um epicentro, que é de onde o manipulador libera a energia. Dali ela é dissipada por todo o raio de atuação da técnica. Quanto mais próximo a esse centro, maior será o efeito na vítima. Geralmente o epicentro é o próprio mago, que inicia o controle a partir de seu corpo. Manipuladores poderosos conseguem estender o efeito de seu controle por quilômetros. Outro exemplo de manipulador é Alb Pinmur. Segundo meu avô, ele é especializado em mover a terra e pode até causar terremotos. Eu diria que tanto chacoalho afetou um pouco a cabeça dele.

A segunda forma de "fazer magia" é a modelação. No colégio, aprendemos que o deus Terra modela a esfera gigante e cria a base do mundo. É uma clara referência a essa forma de controle. Modelar nada mais é do que criar usando as energias. É transformar a energia intangível em algo tangível. Técnicas mais simples conseguem gerar apenas imagens de objetos, pois concentram somente o elemento luz. Com isso, o modelador é capaz de fazer ilusões, por exemplo.

Já a molda de nível médio pode originar objetos em diferentes formatos e tamanhos, assim como alterar a forma de coisas já existentes. Para isso, o praticante usa todos os elementos a seu redor, criando volumes, pesos e até mesmo odores; a criação é capaz de interagir com os nossos cinco sentidos. Modeladores mais experientes podem criar seres completos, criaturas perfeitas que seguem ordens ou que são inteligentes e possuem desejos próprios. Brenda Rabeli, a mulher que conversava com meu avô no porão, é uma modeladora especializada em criaturas. Dizem que quem faz a faxina e prepara as refeições onde ela mora são criados feitos de pura energia.

Temos também a orientação: o método mais comum de controle. Com ela, o praticante altera o fluxo de um elemento e o direciona para outro lugar. Diferentemente dos outros métodos, na orientação a energia se dissipa mais rápido após o deslocamento, sem se concentrar em um ponto ou ser armazenada. É com ela que os controladores conseguem criar ataques mais destrutivos. Os magos que vi no centro usaram a orientação para lançar bolas explosivas, esferas luminosas e raios. Trata-se de uma técnica puramente ofensiva. Para conseguir deslocar um elemento na forma de ataque, os orientadores utilizam partes do corpo para reunir as energias e disparar tudo na direção do alvo: dedos, mãos, braços, olhos e pernas; todos podem ser usados como disparadores. Também é normal a utilização de objetos específicos como disparadores: cajados, cetros, anéis, colares e armas. Varia muito, dependendo de como o mago prefere atuar. O livro chama esses objetos de fetiche, e seu uso é comum, pois auxiliam controladores a orientar com maior facilidade. Simus Calveta é um exemplo de orientador; sua especialidade está nos relâmpagos e raios.

Por fim, pessoas podem manusear as energias por meio de itens controladores ou artefatos. Diferentemente dos fetiches, esses itens possuem a capacidade inerente de controlar. Geralmente são criados por modeladores ou encantadores e podem proporcionar qualquer um dos outros tipos de controle. Quando esses itens têm como finalidade o combate, são feitos na forma de armas: espadas que lançam chamas ao serem movimentadas, escudos que criam barreiras de luz, além de muitos outros. Mas também existem objetos simples para o dia a dia, como comunicadores, geradores de imagens e veículos. O livro mostra alguns veículos que podem até mesmo voar, pois controlam o ar ao seu redor. Isso deve ser incrível. É claro que essas coisas nunca existiram em Acigam. Mesmo os itens mais simples são raríssimos aqui na cidade.

Meu avô disse que as novas pistolas dos guardas são itens controladores. Em vez de usarem pólvora, como as antigas, elas possuem pequenos cristais encantados ao redor do tambor que geram bolas de fogo no lugar de balas. Os tiros são capazes de perfurar com facilidade a pele, e isso eliminou a necessidade de munição. Os silenciadores também são equipados com esse tipo de arma, afinal a levitação, a invisibilidade e o próprio silêncio são frutos de artefatos capazes de controlar as energias. É claro que, para seu próprio benefício, convém ao governo usar magia.

Perguntei a meu avô como os magos decidem o que escolher, dentre tantas opções de controle, e ele me disse que existe um conceito denominado "afinidade". A maioria dos seres já nasce com uma predisposição a algum tipo de controle, sendo mais fácil movimentar as energias a partir dele. Outros simplesmente nascem sem nenhuma afinidade; são denominados "nulos". Essa predisposição parece ser algo hereditário. É por isso que meu avô, meu pai e eu podemos fazer encantos.

Outro quesito influenciado pela afinidade é o elemento com o qual você tem maior controle. Alguns se dão melhor com a luz, outros com a terra, e assim por diante. A afinidade é definida assim que você nasce e não se pode alterá-la. É semelhante a sua personalidade. Por sinal, os traços da personalidade que carregamos são oriundos dos elementos que nos governam. Três das seis energias primárias são racionais: água, terra e luz. As demais são emocionais. Pessoas mais corajosas têm os traços do fogo, por exemplo. A ambição é relacionada às trevas. A calma é a característica de uma pessoa da água. São como as virtudes presenteadas pelos deuses. É claro que tudo isso tem explicações científicas: as energias estão em todos os lugares, e nós também somos formados por elas. Algumas são predominantes em nossa estrutura e tendem a orientar nossa personalidade, assim como as afinidades que possuímos. Acredito que eu, assim como meu pai e meu avô, sou melhor ao controlar o fogo e seus derivados. Mas isso não quer dizer que eu não consiga usar a água, por exemplo. Só será mais difícil.

Lá fora, todos têm a possibilidade de fazer o que Acigam chama erroneamente de "magia". É algo normal na vida deles. Crianças aprendem a controlar na escola. Desde cedo descobrem quais são suas afinidades e trabalham em cima delas. Já aqui, se dependesse do governo, nem saberíamos da existência das energias. Na verdade, a maioria não sabe. O povo continua acreditando fielmente na história dos deuses, sem perceber que se trata de uma analogia com a ciência real.

Após finalizarmos a conversa, almocei na loja mesmo e logo depois segui para o mercado, onde estou agora. Quero comprar flores para minha mãe. Vou entregá-las assim que chegar em casa. Direi que gosto muito dela e que ela não precisa se preocupar, que eu já sei de tudo, que estou do lado dela agora e não vou arriscar minha vida. Ela tem sido muito forte em guardar essa história por tanto tempo sem dividi-la com ninguém.

Sigo até a loja de flores e, no caminho, olho as pessoas que andam por aqui. É gente de toda parte da cidade. Pessoas diferentes, com jeitos e manias distintas. Quais delas serão magos? Quais afinidades devem ter? Nem mesmo elas devem saber essas respostas. Continuo andando enquanto olho para os outros e tento adivinhar, por meio de seus gestos e trejeitos, qual seria o elemento que predomina em cada um e, consequentemente, qual energia eles seriam capazes de controlar.

Um homem anda do outro lado da rua, veste roupas elegantes: chapéu redondo, casaco bege e calça preta de pregas. Seus passos são apertados, demonstram pressa. Desvia das pessoas com facilidade enquanto se mexe. Fico atento aos seus movimentos até perdê-lo de vista. Acredito que seu elemento seja o ar. O jeito apressado e os gestos ágeis me indicam isso.

Ali perto, na rua onde o homem entrou, está uma mulher brigando com um senhor, seu marido, talvez. Não sei o motivo da briga. Ela abre a boca como se gritasse, mas não consigo ouvir o que diz devido à barulheira do mercado. Os movimentos são agressivos e demonstram irritação. O fogo certamente reside ali. O homem, por outro lado, mostra uma calma tão grande que os dois não parecem estar na mesma sintonia. Poderia uma pessoa da água se casar com alguém do fogo? Acho que não, mas talvez se complementem.

Continuo caminhando e imaginando a afinidade de cada um a meu redor. Vou andando e virando meu rosto para diversas direções, menos para a frente; estou tão distraído que acabo atropelando uma garota em meu caminho. O impacto nos faz cair lado a lado na calçada de ladrilhos. Enquanto olho para cima, um monte de folhas de papel voa à nossa volta. Viro o rosto e vejo que ela, ainda no chão, me olha calada.

— Machuquei você? — pergunto, preocupado.

— Não. — Ela ri. — E você, se machucou?

— Não, não — digo e retribuo com risos.

Levanto-me e em seguida ofereço minha mão para ajudá-la a ficar de pé.

— Me desculpe, por favor. Ando tão distraído que nem te vi. Não está machucada mesmo, né?

— Pode ficar tranquilo — ela diz, batendo as mãos na roupa para se limpar da poeira do chão. — Eu também não te vi. Também te devo desculpas.

Ok. Então, estamos ambos desculpados, certo?

— Certo. Mas só se você me ajudar com as minhas coisas — ela sorri, olhando para a papelada no chão.

— Nossa, será que rasgou alguma folha?

Agacho e começo a recolher os papéis. São folhas simples, parecem ser de embrulho. Não devem ter se danificado com a queda.

— Acho que é tudo — diz, juntando o monte que ela pegou ao meu. — Muito obrigada.

A garota sorri novamente e, por alguns instantes, o tempo para. Não tinha percebido o quanto seu sorriso é belo. A imagem me faz ficar ali parado, encarando-a. Noto o rosa suave que colore seus lábios delicados enquanto a luz faz os dentes brilharem. O vento movimenta os cabelos louros e ondulados, deixando intacta apenas a franja, presa pela tiara de prata. Os olhos têm um tom castanho misterioso, e sua feição é tão gentil que o conjunto me deixa confortável e inquieto ao mesmo tempo; hipnotizado.

— Ei, você! — ela me chama.

— Oi? — respondo, balançando a cabeça ao me recuperar do transe.

— Perguntei seu nome. — O sorriso permanece em seus lábios.

— É Le... Le... Quer dizer, Leran.

— Ok, mas te chamo de Le, Lele ou Leran?

Nossa, estou completamente atrapalhado. Ela deve achar que sou um imbecil. E agora? *Responde e pergunta o nome dela!* Ordeno a mim mesmo.

— Pode ser Le, todos me chamam assim.

— Le? Está bem, então.

— E o seu nome?

— Judra, prazer. — Ela me estende a mão, tentando segurar o monte de papel com o outro braço.

— O prazer é meu.

Aperto sua mão e, vendo a dificuldade dela para manter as centenas de folhas nos braços, ofereço ajuda:

— Posso carregar para você?

— Se realmente não for se incomodar, eu adoraria.

Pego as folhas e vou com ela para uma rua paralela, na direção da papelaria. Ela vai à frente para me mostrar o caminho e, nessa hora, paro para apreciar sua beleza outra vez. Ela veste uma roupa simples, mas que lhe cai perfeitamente: calça preta, uma blusinha listrada sem mangas e alguns acessórios, como um cinto branco e pulseiras prateadas. Ela é linda!

— Você não vem? — ela pergunta, ao notar que fiquei para trás.

— Claro, já estou indo. — E corro para alcançá-la.

No caminho, conto para ela que estou à procura de flores para minha mãe, mas que não sei qual tipo comprar, não entendo nada de plantas. Ela diz que pode me ajudar a escolher e eu fico feliz. Não poderia ter melhor companhia.

Quando chegamos à papelaria, pergunto se ela trabalha ali e ela diz que está apenas fazendo um favor para um amigo. Entrego a pilha de folhas e ela entra na loja. Quando volta, diz estar pronta para irmos à floricultura.

— Nunca vi você por aqui — digo, na tentativa de gerar assunto.

— Não costumo vir aqui mesmo. Moro no Bargio.

Bargio? Nossa, é longe. Fica na outra extremidade da linha de trem. Trata-se de um bairro grande no lado leste da cidade. Geralmente os moradores de lá compram em feiras mais próximas de suas casas. Não costumam vir ao centro com frequência devido à distância. São pessoas simples, mas não são tão pobres. Pelo menos possuem mais condições do que as que vivem na Cidade Velha. Judra parece ser simples também; no entanto, algo nela me chama a atenção. Não sei o que é.

— Pelo jeito, você vem aqui direto. Estou certa?

— Ah-hã — respondo, sorrindo. — Meu avô tem uma loja de móveis perto da avenida principal. Às vezes venho ajudá-lo.

— Que legal.

— Vem, chegamos. — Aponto para a floricultura.

Entro e começo a olhar os arranjos montados. Judra fica ao meu lado e observa.

— O que acha deste? — Mostro um vasinho com flores grandes de pétalas amarelas. Parece bom para presente.

— É bonito, mas acho um pouco chamativo. Não prefere algo mais discreto e delicado?

— Pode ser. Que tal este? — Troco por outro com pequeninas flores brancas.

Ela balança a cabeça em sinal de desaprovação e começa a pegar flores diferentes de alguns vasos. Está montando um arranjo próprio. Anda pela loja inteira, buscando opções.

— Tente algo mais original — diz ela, me mostrando o que fez. E não é que ficou ótimo?

— Acho que este está perfeito. — falo, contente.

Ela sorri e pisca para mim.

— Obrigado — digo, pegando o arranjo.

Não ficou muito grande e é muito bonito. Recebo uma caixa de papelão da dona da floricultura e coloco o presente dentro para poder carregá-lo em segurança até minha casa. Guardo a caixa dentro da mochila, tomando cuidado para não amassar.

— Tenho certeza de que ela vai gostar — Judra diz.

— Eu também. Graças a você. — Sorrio.

Saímos e vamos em direção ao trem.

— Vai para sua casa agora? — ela pergunta.

— Vou, sim. Preciso falar com minha mãe. E você?

— Estou indo para o Mirante. Tinha planejado ver o pôr do sol lá.

O Mirante... Há tanto tempo não ouço falar dele. É um lugar muito legal e faz anos que não o visito. Meu pai costumava me levar lá para observarmos a cidade do alto. A vista é maravilhosa. Dá para ver o centro logo abaixo, o Bairro das Oliveiras de um lado da cidade, e, do outro, o horizonte cai sobre o Bargio. É possível ver também o enorme Palácio do Governo e grande parte dos muros que nos separam do resto do mundo.

— Legal, lá é muito bonito. Você vai sempre?

— Sim. Adoro ver a cidade lá de cima. É o único lugar em que me sinto realmente livre, sabe? Posso ver um pouco do que tem além dos muros.

O que ela disse é verdade. Lembro que tinha uma mata bem verde do lado de fora. Acho que ficava para o oeste. Ao norte era possível ver a estrada e a linha do trem, que seguiam até sumir no horizonte, e ao sul está a grande cordilheira. Percebo que não sou o único que se sente preso. Pude ver o brilho nos olhos dela quando mencionou o sentimento de liberdade. É isso que me chama a atenção em Judra: esse brilho no olhar, esse desejo de liberdade. A cada minuto eu me identifico mais com ela.

— Você vai até a estação, pelo menos? — ela pergunta.

— Sim, pego o trem para o lado oeste. Você sabe se ele já voltou a funcionar?

— Estava quebrado? — Judra questiona, surpresa.

— Sim, tive que vir andando.

— Uau, deve ter andado um bocado.

— Andei, sim.

— Engraçado, quando vim para o centro pela manhã ele estava funcionando. Talvez tenha parado somente na parte oeste.

— Pode ser.

De fato, ao alcançarmos a estação, vejo que a linha para o leste funciona, mas a linha para minha casa permanece inoperante, provando que o aviso de "manutenção durante toda a manhã de sábado" já está desatualizado.

— Como você vai voltar agora?

Não sei. Acho que vou andar de novo. Deixe-me ver se consigo alguma informação.

Sigo até um dos guardas que fazem a segurança e pergunto quando o trem voltará a funcionar. Os guardas geralmente são grosseiros, porém este está de bom humor. Ele afirma que antes de anoitecer o trem já estará em operação. O problema é que falta muito para o sol se pôr. Judra tem uma ideia:

— Por que você não vem comigo? Podemos ficar no Mirante até o trem voltar a funcionar. De lá dá pra ver a linha. Assim que virmos algum trem indo para o lado oeste, você desce e pega o próximo.

— É uma boa ideia. Será um passeio legal. Apenas torço para que não demore muito. Não quero preocupar minha mãe.

— Sem problemas. Vai dar tudo certo.

O Mirante fica próximo a uma estação do lado leste da linha, mas não é tão longe. Devemos chegar em no máximo quinze minutos. A estação está cheia, e o próximo trem vem lotado. Entramos no vagão nos espremendo e eu tento cuidar da minha mochila para que o presente não amasse. Temos de ficar em pé. Judra se segura na barra vertical e eu fico na frente dela, apoiado na pequena grade que separa os assentos da área de entrada do vagão.

A cada parada, o trem fica mais cheio. A gente se olha e começa a rir da situação. Já não consigo me apoiar na grade. Estou de pé no meio da multidão, me segurando onde dá. Quando o trem para novamente, tombo devido à inércia e caio sobre Judra, que tenta me segurar da forma que pode. Sua opção é me abraçar para não me deixar cair.

— Cuidado aí — diz ela, rindo.

— Desculpe — falo e me viro para segurar na mesma barra em que ela se apoia.

— Já é a segunda vez hoje, hein? — ela brinca.

Devo estar vermelho de vergonha, e parece que ela percebeu. Dou um sorriso tímido e permaneço em silêncio até chegarmos à parada do Mirante. Desço do trem, alongo meu corpo para tirar a sensação de aperto e vou com ela para a saída da estação. Atravessamos a rua e já começamos a subir a escadaria para chegar ao topo.

— Quer água? — pergunto, após tirar a garrafinha da mochila.

— Quero, sim, estou com muita sede.

Ela bebe metade da garrafa em poucos segundos.

— Dá para ver — digo, em tom de brincadeira.

— Desculpe.

— Relaxa.

Tomo alguns goles e deixo um pouco para mais tarde. Vamos subindo as escadas feitas na rocha em formato de zigue-zague e, em alguns minutos, chegamos à parte mais alta. A subida vale realmente a pena, posso ver a cidade toda daqui. Lembro-me do meu pai. É bom ter essas lembranças.

O Mirante é muito utilizado pelas famílias de Acigam. Além da vista maravilhosa, ele conta com um parque extenso que serve para piquenique e camping. Os pequenos quiosques podem ser usados para almoços e festas. Vejo um banco de pedra e digo para Judra que costumava me sentar nele com meu pai para olhar o céu e contar as estrelas. Começo a dividir parte do meu passado com a nova amiga, e ela se mostra muito interessada. Fazia tempo que eu não conversava assim com alguém. Nos últimos anos, me afastei um pouco dos amigos do colégio. Senti que minhas ideias não batiam mais com as deles. Porém, com Judra é diferente. Ela pensa como eu.

— Você nunca teve vontade de sair? — ela questiona, apontando para fora dos muros.

— Tenho pensado muito nisso.

— Eu queria voltar para minha cidade.

— Você não é daqui? — pergunto, surpreso.

— Moro aqui faz mais de quinze anos. Vim pra cá logo depois que meus pais faleceram.

— Oh, me desculpe! Eu não sabia...

— Não se preocupe — ela interrompe. — Isso já faz muito tempo.

— E de onde você é?

— Mabra. Conhece?

— Não faço ideia.

Ela ri e fala:

— Fica longe daqui, ao norte. Dizem que é a maior cidade que existe. Mas não me lembro direito dela, eu era muito nova.

Se Judra não é daqui, talvez ela também saiba a respeito das energias. Talvez ela saiba controlar algo. Será que achei alguém com quem possa conversar? Poderia tentar introduzir o assunto de uma forma sutil, mas me lembro da promessa que fiz a meu avô e desisto. É muito arriscado falar sobre isso em lugares públicos.

— Você mora com quem aqui em Acigam? — pergunto.

— Com meus tios. Eles me tratam muito bem, mas não me sinto em casa, sabe? Por isso tenho vontade de me mudar, de conhecer o mundo.

Ela é muito parecida comigo. Tem outros motivos, porém os objetivos são os mesmos. Ela quer algo a mais para a vida, assim como eu. Acigam não oferece o que ela busca. Que sorte esbarrar com uma pessoa assim no meio do mercado. Tenho certeza de que poucos pensam dessa forma por aqui.

O resto da tarde passa voando. Conversamos sobre tantos assuntos diferentes. Uma conversa vai puxando a outra, e falamos de comidas até tipos de bichos de estimação que gostaríamos de ter. Conto para ela do meu passado, das coisas que faço no colégio, e ela me fala um pouco sobre sua vida e seus gostos. A harmonia da conversa é perfeita. Dou risada, discuto sobre coisas sérias e até conto e ouço piadas. Entre um assunto e outro, troco alguns olhares e sinto meu coração acelerar.

Com o entardecer, o clima esfria e vejo Judra cruzar os braços para se aquecer. Lembro-me do meu casaco na mochila e o ofereço a ela. Coloco-o em suas costas e ela me agradece com um sorriso. Ao contrário do que o guarda disse, o sol já está se pondo e nem sinal de o trem funcionar. No fundo, agradeço o atraso. Quero passar o máximo de tempo aqui. Quando a luz começa a baixar e o sol vai sumindo no horizonte, paramos a conversa para admirar a vista. Alguns minutos olhando e ela, ao suspirar, diz:

— É, lindo, não é?

— É sim — digo e olho para seu rosto, enquanto ela continua apreciando o pôr do sol. Sua face, iluminada pela luz laranja, é mais interessante do que o próprio sol se pondo. Fico a observá-la até o crepúsculo tomar todo o céu. Ela nem me nota, de tão concentrada que está. Quando a noite cai, ela se vira e diz, com a voz doce:

— Obrigada por dividir sua tarde comigo. Foi muito legal.

Seus olhos são ainda mais envolventes do que antes. Sem graça, eu desvio o olhar.

— Eu que agradeço. Esse dia não poderia ter sido melhor — falo, encabulado, com a cabeça baixa.

Ela então segura meu queixo com seus dedos e vira minha face. Começo a sentir um arrepio por todo o corpo, não sei o que é. Olho para ela e suas íris escuras me prendem em um vazio hipnótico. Aos poucos, vou fechando os olhos e aproximo meu rosto do dela, até sentir o toque de nossos lábios. Meus braços a envolvem em um abraço firme e carinhoso enquanto sinto meu coração disparar de ansiedade. Estou em estado de êxtase. Nunca tinha sentido algo parecido em um único beijo. Ficamos ali por alguns minutos e, quando acaba, ela afasta a cabeça e me olha um pouco envergonhada. Eu sorrio e ela retribui. Ainda um pouco eufórico, falo:

— Retiro o que disse. Agora, sim, não poderia ter sido melhor!

CAPÍTULO 6

Enquanto estamos de mãos dadas, sinto o calor que emana de seus dedos e, por alguns instantes, fico tão seguro e aconchegado que me disperso; apenas miro seu rosto doce e aproveito esse momento gostoso. Seus olhos são tão enigmáticos que me tentam a adivinhar no que ela está pensando. Será que gostou do que aconteceu? Foi realmente sincera ao me agradecer pela companhia? Seu sorriso me diz que sim. Considerando os acontecimentos dos últimos dois dias, conhecer uma pessoa legal não poderia ser mais perfeito. É bom espairecer um pouco. Esquecer de magos, do governo, de rebeldes. Quero voltar a ser um cara normal, pelo menos por um tempo.

— Melhor correr — ela diz, interrompendo meus pensamentos. — Acabei de ver o trem.

Olho para baixo e também o vejo na linha, indo para o oeste. Está funcionando. Já posso voltar para casa.

— Acho que é hora de ir.

— É... já está tarde, né? Sua mãe vai ficar preocupada.

Ela tem razão. Por sinal, minha mãe já deve estar preocupadíssima. Principalmente porque Luana deve tê-la avisado que eu iria ver meu avô. A contragosto, eu saio do lado de Judra, apanho minha mochila, coloco-a nas costas e dou um selinho de despedida.

— Pega o casaco — ela diz, entregando-me a peça de roupa.

— Não. Pode ficar. Está frio, depois você me devolve.

— Tem certeza?

Com a cabeça, digo que sim. Até porque, dessa forma, terei uma desculpa para vê-la novamente. Saio correndo para não perder o próximo trem, que já se aproxima, e, quando começo a descer as escadas, ouço:

— Le, pega! — Judra grita e joga uma bolinha de papel.

Agarro-a com uma das mãos e continuo correndo.

— Podemos nos ver na segunda? — ela pergunta.

— Claro! — grito.

Enquanto corro, vou abrindo a folha amassada e vejo que tem lugar e hora anotados. É no centro. Em um dos cantos do papel está uma delicada marca de beijo, feita com o batom rosado.

— Isso! — digo em voz baixa, enquanto golpeio o ar. Opa... Acho que ela viu. Disfarço e continuo correndo para a estação. Olho para cima e Judra está rindo. Droga, ela viu!

Chego à parada e o trem já está de partida. Corro muito para entrar; as portas se fecham logo atrás de mim. Sento e abro a mochila para pegar a garrafinha de água. A esta hora os trens estão mais vazios, mas acredito que devam encher um pouco ao passar pela estação central. Depois de mais ou menos cinquenta minutos, alcanço a estação do Bairro das Oliveiras e sigo para casa.

Ao chegar, encontro minha mãe preparando o jantar. Dou um beijo em seu rosto e retiro as flores da mochila. Ela fica feliz ao ver o presente. Judra acertou na escolha. Vou até a sala para me certificar de que Luana não esteja ouvindo; ela está no quarto. Volto e me sento à mesa, peço que minha mãe se sente também. Inicio uma conversa que tem tudo para ser difícil. Falo sobre o que aconteceu, sobre a discussão que ouvi dela com meu avô e ainda sobre a conversa com ele na loja, hoje cedo; não tudo, obviamente, mas o necessário para tranquilizá-la. Após terminarmos, dou um abraço nela e digo que não deixarei nada nos acontecer, nem a mim, nem a ela, nem a Luana. Ela acena com a cabeça e fala que o jantar estará pronto em alguns minutos.

Subo para o quarto e fico pensando em tudo o que conversamos. Minha mãe me disse que saiu para caminhar pela manhã e colocou os pensamentos no lugar. Disse também que eu já sou um homem e que ela não pode mais me poupar da verdade. Ficou aliviada quando soube que eu descobri tudo sobre meu pai e me pediu desculpas por ter mentido todo esse tempo. Falou que o governo a apavora e que o melhor que temos a fazer é tocar nossas vidas, como sempre fizemos. No fim, pediu que eu não contasse nada para Luana, pois precisamos protegê-la. Resolvi não argumentar, mas com isso não concordo. De fato, o que poderia ter sido uma discussão foi mais um bate-papo tranquilo. Tudo ficou bem, pelo menos por enquanto.

Resolvo ir até o quarto de Lua para saber como ela está. Apesar de termos trocado algumas palavras nos últimos dias, já faz tempo que não nos falamos direito. Bato na porta e espero por uma resposta.

— Entra.

Abro e observo o quarto. Mesmo sendo uma menina quieta e na dela, Luana se expressa nas pequenas coisas. Todos os seus pertences têm a sua cara. Com o quarto não é diferente. Às vezes, acho que ela é estranha, mas respeito o seu jeito. Vejo-a sentada na cama com lençóis cheios de detalhes em roxo. Ela lê outro de seus livros de suspense e contos de terror. Já tentei ler um desses antes e, sinceramente, acho uma porcaria. Ela adora. O quarto está escuro, e apenas a pequena luminária de ferro retorcido fica acesa para facilitar a leitura. Ainda não me acostumei com os móveis rústicos dela. Tudo tem um tom meio sinistro. As cortinas cor de vinho estão abertas, o que ajuda a iluminar um pouco mais o ambiente.

— Incomodo a rainha dos vampiros? — pergunto, sarcástico.

— Claro que não, entra — convida ela, rindo. — Acabei de terminar este aqui.

Ela coloca o livro sobre a cômoda de madeira escura e eu, após caminhar da porta até o centro do quarto, sento nos pés da cama. Dou mais uma olhada ao redor e digo:

— Para completar a decoração, você podia colocar um caixão bem ali. — Aponto para o canto do quarto. — O que acha?

— Para com isso — ela corta, brava. — Vai falar o que quer ou não?

— Desculpe, estou só brincando. — Recuo. — Queria saber como você está, faz tempo que não nos falamos direito.

— Estou bem. Você sabe. Últimas semanas de aula. Cheia de coisas para fazer. Ao contrário de você, eu ainda tenho dois anos pela frente. Ando um pouco cansada.

É verdade. Que bom que estou terminando os estudos. Sei como ela se sente. Fico bastante aliviado por não ter mais de ir ao colégio no ano que vem. Só não sei ao certo qual será meu futuro. E qual será o de Lua daqui a dois anos? Provavelmente estará na mesma situação em que eu estou agora; isso, é claro, se não estourar uma guerra na cidade. No fundo, ela também não tem grandes perspectivas. Minha irmã é muito boa com textos, matemática, e é bastante estudiosa, mas o que ela poderia fazer? Talvez pudesse ser uma boa professora, sempre demonstrou paciência em ensinar e adora crianças. Porém, seu jeito deve assustar os baixinhos. Um dia ela terá de parar de usar roupas pretas, pulseiras de couro e maquiagem sombria. Pelo menos eu espero que pare. Tirar a argola de metal do nariz também ajudaria. Até hoje não entendo como minha mãe a deixou fazer isso. Conversamos por uns trinta minutos, enquanto nossa mãe termina o jantar. Nesse tempo, é possível colocar o papo em dia.

Descobrir a verdade sobre a morte de meu pai trouxe à tona os bons momentos que eu tive com ele. Nossa, como eu sinto sua falta. Não quero perder a oportunidade de aproveitar minha família enquanto a tenho. São essas pequenas coisas que fazem a diferença.

Foi isso que decidi fazer. Naquele fim de semana, passei cada minuto com minha família. Jantamos no sábado. Brincamos com alguns jogos antes de dormir e, no domingo, fizemos algumas atividades ao ar livre: piquenique no bosque perto de casa, caminhada, e aproveitei para ajudar minha mãe com alguns afazeres domésticos. De noite, nos reunimos na sala e ficamos conversando. Contei para elas sobre Judra, um grande erro, por sinal. Não me deixaram em paz o resto da noite. Agora minha mãe quer conhecê-la. Nem eu a conheço direito, acho muito cedo para apresentá-la à família. O que ela vai achar? Vai provavelmente correr de mim, pensando que eu já quero casamento. Melhor ir com calma.

Na segunda, como combinado, encontrei-me com ela no centro após a aula. Ficamos na praça, tomamos sorvete, comemos pipoca e nos conhecemos um pouco mais. Agora sei que Judra gosta de sorvete de amora e que sabe dançar, apesar de não ter me mostrado nenhum passo, mesmo eu insistindo bastante.

E durante semanas foi assim: aula pela manhã e Judra à tarde. Acabei dando um tempo com os treinamentos na loja de meu avô. Na verdade, já faz semanas que não visito o mercado. Passei a encontrar Judra perto de casa. Até mostrei a ela onde moro, mas preferi não apresentá-la para minha família por enquanto. Por sinal, a dona Laura ficou mais aliviada quando soube que eu estava saindo frequentemente com a suposta "namoradinha" em vez de ir ver meu avô. É... À medida que os dias passam, se torna mais difícil ficar longe de Judra. Será que estou apaixonado?

Depois desses dias de "namoro" e pouco aproveitamento escolar, finalmente cheguei à minha última semana de aula. Tivemos algumas comemorações no colégio e fomos liberados quase todos os dias mais cedo para aproveitarmos melhor o verão. Mas o que todos estão esperando é a grande festa de final de ano. Nela, os maiores colégios da cidade reúnem seus alunos para a formatura, e a maioria dos jovens está presente. Os pais acabam ficando de fora, o que torna a diversão muito maior. Fui à festa do ano passado como convidado e foi demais. Este ano não vou perdê-la por nada.

Convidei Judra para a comemoração e ela disse que tentaria ir. Foi como um banho de água fria. Eu a quero como minha acompanhante, e não que apareça só para me dar parabéns. Ela falou que está tendo alguns problemas na casa dos tios e que não poderia ficar a noite toda fora. Não exigi maiores detalhes. Nem posso ficar bravo. Apesar de já nos conhecermos há mais de um mês e de termos nos visto quase todos os dias nas últimas semanas, ainda não estamos namorando oficialmente. Que direito eu tenho de cobrar algo dela? Pois é, nenhum.

Hoje, sábado à noite, já duas semanas após o fim de minhas aulas, estou me preparando para a tão esperada festa. Coloco uma roupa bem elegante. Escolho a camisa verde-clara que ganhei de minha mãe no último aniversário; segundo ela, combina com meus olhos. Visto uma calça preta de sarja que era do meu pai e coloco meu par de sapatos e o cinto preto, ambos comprados na loja do senhor Pinmur. Diante do espelho, passo um pouco de gel no cabelo para fixá-lo de lado e, dessa vez, fica bom. Desço até a sala e lá está minha mãe, toda orgulhosa.

— Que coisa linda esse menino! Deixa eu te dar um beijo!

— Para, mãe. — Afasto-me. — Vai desmanchar o penteado. — Por mais velho que eu seja, ela continua me tratando como criança.

Ela ri e pergunta sobre Luana. Digo que não sei se ela já está pronta e minha mãe sobe para checar. Sento no sofá e aguardo. Não demora muito até as duas descerem. O estilo de Lua me surpreende. A longa cabeleira escura está solta, muito lisa. Na cabeça ela tem uma corrente fina, que dá a volta por baixo dos cabelos e fica visível na testa, onde segura uma pequena joia em formato de círculo com um rubi cravejado no centro. Foi presente do meu pai. Suas íris azuis são realçadas pela sombra preta, e a pequena argola no nariz reluz a claridade da luminária do teto. Ela veste uma saia na altura dos joelhos, e uma meia-calça sai das botas pretas. Algumas pulseiras vermelhas estão ali para combinar com a joia da testa, e, por fim, está com uma blusa que valoriza o decote...

— *Mãe*! — digo, indignado. — Vai deixá-la sair assim?

— Que opção eu tenho?

— De jeito nenhum! Pode ir se trocar, menina — digo e aponto para cima.

— Le, com todo o respeito, vai ver se eu estou na esquina — fala Luana, sem dar a mínima atenção à minha ordem. Ela passa pela sala em direção à porta.

Não acredito nisso. Era para ser a minha festa. Agora vou ter de ficar de olho nela. Como vou me divertir? Custava ela ir um pouco menos à vontade? Todos os caras vão ficar dando em cima da minha irmã. Não vou ter sossego.

— Você vai pelo menos vestir isto — digo, cobrindo-a com um casaco preto. — E tem sorte de combinar com essa sua roupa aí.

Ela permanece com o casaco e vai até a porta.

— Ok, vamos logo, vai.

Sigo-a e antes de sair ouço:

— Cuida da sua irmã!

Deixo a casa sem dizer nada e, furioso, bato a porta. Ela permite que a menina use essas roupas de sugadora de sangue sexy e depois pede que eu cuide dela? Tá de sacanagem, né? Bem, não vou me irritar com isso. Não hoje.

— Sua namorada vai? — pergunta Luana, já a caminho do trem.

— Não é minha namorada — respondo, ríspido. Quantas vezes vou ter que dizer isso? Luana percebe minha indisposição para conversar e segue em silêncio até a estação.

A festa vai acontecer perto do centro, porém, para chegarmos até lá, descemos uma estação antes do mercado. Da parada até o salão da festa, precisamos ir por uma rua escura e deserta. Peço que Lua fique atrás de mim e ando atento para ver se há algo suspeito. Não tem nada. Estou um pouco paranoico.

Após alguns minutos de caminhada, alcançamos o lugar. Tinha me esquecido de como é grande. No ano passado a festa foi aqui também. As paredes passam fácil dos oito metros de altura. No alto, o enorme domo branco cobre todo o espaço, e a bandeira com o brasão de Acigam fica presa sobre a entrada principal, formada por quatro imensas portas de madeira. Ali já estão as pessoas que receberão os convidados. Dou meu nome e passo por uma revista simples antes de entrar. Eles fazem isso para evitar a entrada de armas: facas, espadas, flechas, nada disso é bem-vindo em uma festa. Luana entra logo depois.

Chegamos cedo. O salão está praticamente vazio. Isso me ajuda a avaliar o espaço com bastante calma. Em um dos lados, está o palco, onde provavelmente farão as solenidades. Vejo algumas coisas cobertas por lonas pretas; devem ser os instrumentos musicais da banda que tocará após a cerimônia. Do lado oposto ao palco está o bufê onde serão servidos o jantar e as bebidas. Sobre a mesa, posso ver o cardápio da noite e descubro que comerei bem: para a entrada, temos uma massa ao molho vermelho recheada com queijos; o prato principal é um tipo de bife ao molho de ervas acompanhado de risoto de cogumelos; e, de sobremesa, sorvete de creme com bolo de chocolate e bananas flambadas ao rum. Nossa! Acho que vou até passar mal. Além disso, está escrito que teremos uma mesa só de saladas e alguns tipos de pães como aperitivo, as opções perfeitas para Luana.

O salão está todo decorado com balões dourados e faixas escritas com “Parabéns” e mensagens positivas. No centro está a pista de dança. Desenhos abstratos mesclados em diferentes cores vivas enfeitam o piso. Logo acima, preso ao teto, está um grande globo que refletirá luzes durante as músicas. A organização parece impecável. Cada detalhe foi pensado para tornar essa festa inesquecível. Já estão servindo alguns drinques, e eu vou até o balcão para tomar um suco. Lua pegou um copo e está sentada em uma das mesas ao redor da pista de dança. Sento ao seu lado.

Aos poucos, mais pessoas chegam, inclusive alguns conhecidos. Levanto-me e vou cumprimentá-los. Luana também já encontrou uma colega e elas conversam sentadas à mesa. Permaneço de olho na garota para garantir que ela não seja abordada por nenhum rapaz mal-intencionado. Apesar de não ter muitos amigos, Luana chama bastante a atenção, e é comum que meninos tentem se aproximar dela, mesmo com esse estilo excêntrico que ela tem. Mas não comigo aqui. Sempre que vejo algum garoto olhando para ela ou qualquer indício de aproximação, volto para a mesa e fico sentado lá por alguns minutos.

Após estragar a terceira paquera, ela puxa meu braço e fala alto:

— Qual é a sua? Vai ficar atazanando a minha vida? Vai se divertir e me deixa em paz.

Ela se levanta e eu permaneço na mesa, sem reação. Algumas pessoas ficam me olhando após o pequeno escândalo. Envergonhado, me levanto e vou atrás dela. No entanto, não posso entrar no banheiro feminino, que é onde ela está no momento. Minha opção é voltar para a companhia de alguns colegas. Minutos depois, até me esqueço de Luana, e, com o salão cheio, será difícil achá-la.

Há gente da cidade toda aqui. Pessoas de diversas classes, filhos de comerciantes, de aristocratas, de empregados. Tem gente rica e gente pobre. Podemos dizer que a diversidade de Acigam é bem-aceita por vermos todos no mesmo lugar. É claro que isso é o que o governo defende, mas esse tipo de evento sempre deixa claro o quanto os ricos e poderosos, geralmente membros do governo, são privilegiados em detrimento de todos os outros. Por exemplo: há alguns garotos enchendo a cara e sei que causarão problemas. São todos filhos de ministros ou de pessoas importantes de Acigam. Eles são arrogantes e totalmente inconsequentes. Até já iniciaram brincadeiras de mau gosto com outros convidados e ninguém os repreende, pois sabem do poder que seus pais exercem sobre a vida de todos.

Crianças nessa situação crescem sem limites, fazem o que querem e quando querem. Eles não precisam se preocupar com o futuro, terão cargos em alguma área do governo como secretários, ministros ou conselheiros, mesmo sendo, muitas vezes, totalmente ignorantes e incapazes de ocupar posições como essas. E também não importa, porque cargos assim não servem para nada, a não ser para viver à custa dos impostos pagos por comerciantes e trabalhadores. Essa é apenas outra incongruência que há nesta cidade.

Interrompendo a barulheira da conversa, uma música soa nos alto-falantes. Ela anuncia a entrada de um homem baixinho, de cabelos escorridos de cor acaju. Ele veste um casaco branco com uma flor amarela na lapela. Trata-se do mestre de cerimônias da noite, Lui Servante, conhecido por organizar grandes eventos para o governo. Antes de começar a falar, ele solicita algo aos ajudantes e logo vejo que se trata de um banquinho para que possa alcançar o púlpito. Sua voz aguda incomoda.

— Bem-vindos à festa de final de ciclo. Temos a honra de reunir alunos de diversas partes da cidade para homenagear aqueles que este ano terão terminado a primeira fase de suas vidas e serão inseridos, de fato, no mundo adulto.

Ah, o mundo adulto... Quanta emoção! Não vejo a hora de tocar os negócios da família.

Servante continua:

— Esta noite será repleta de atividades. Vocês se lembrarão dela para o resto de suas vidas. Falarei um pouco sobre nossa programação — ele diz, retirando um cartão colorido do bolso. — Iniciaremos a festa com o delicioso jantar e, logo após, teremos o pronunciamento de um de nossos maiores heróis, o capitão da guarda de Acigam, cavaleiro Felix Barolfen.

Muitos aplaudem incansavelmente ao ouvir o nome de Felix. Eu me recuso a fazer o mesmo. Ele é o general de Cadorcia, o responsável por todos os guardas; tenho certeza de que também está por trás dos silenciadores. Para muitos, especialmente os mais pobres, a guarda real é uma excelente oportunidade de futuro. Ver o líder do exército deve ser inspirador para eles. Já somos lobotomizados desde crianças para aceitar o governo e suas regras, mas aqueles que entram no exército sofrem uma lavagem cerebral ainda maior. Tornam-se defensores cegos de tudo o que o governo faz e são capazes de matar inocentes se seu capitão mandar.

— Após as falas do senhor Barolfen, a banda entrará para animar nossa noite. Tenham um excelente jantar. Nos vemos daqui a pouco.

Servante sai do palco, dando a deixa para que os garçons entrem e sirvam os pratos. Avisto Luana pegando algumas folhas no balcão de saladas e logo depois ela se senta sozinha em uma das mesas próximas ao bufê. Vou até lá.

— Está se divertindo? — ela pergunta.

— É, estou mais ansioso pela banda.

— Posso ver que você está ansioso mesmo, mas não acho que é por causa da banda.

— O que você quer dizer?

— Nada não — ela diz, e fica quieta por alguns segundos. Coloca uma garfada na boca, mastiga, engole e volta a falar. — Talvez você esteja esperando alguém, não sei...

Minha expressão diante desse comentário é notável: fico enfurecido. Às vezes quero esganar a Luana.

— Você está enganada — replico.

Mas, na verdade, ela não está. Estou ansioso porque Judra disse que talvez viesse e não chega. E se ela não vier? Terei sido rejeitado? E se vier? O que direi para ela?

— Fica calmo, Le. Pelo que você disse, ela gosta de você. Se não puder vir, tenho certeza de que não será por sua causa — diz Luana, dando um tapinha nas minhas costas.

Obrigado respondo, desviando o olhar para baixo. Apesar de às vezes minha irmã me irritar, eu gosto muito dela. Sempre tem as palavras certas.

Servem o primeiro prato, e eu como toda a massa. Em seguida, vou para o bife com risoto. O molho está uma delícia, mas a carne está um pouco dura. Luana nem arrisca; ela não é muito fã de carne vermelha. A sobremesa é maravilhosa: o sorvete de creme misturado com a banana e os bolinhos de chocolate resulta em uma combinação perfeita. Repito o prato três vezes, até não conseguir mais me levantar, de tão empapuçado.

— Como você não engorda? — pergunta Lua.

Encolho os ombros, sinalizando que não tenho ideia, e, por baixo da mesa, solto um dos botões da calça para libertar a pança cheia.

Enquanto me recupero da comilança, percebo uma movimentação no palco. Estão preparando tudo para o discurso de Felix: retiram o banquinho de Lui, colocam bandeiras de Acigam nos fundos e alguns guardas entram no salão, parando próximo ao tablado. São quatro, dois de cada lado. Provavelmente estão fazendo a segurança do capitão. Lui anuncia a entrada de Felix pelo alto-falante. Os aplausos se iniciam e todos se levantam, inclusive eu; afinal, quero pelo menos enxergar o que está acontecendo.

Um homem de barba e cabelos curtos entra no salão, aproximando-se do palco. Usa uma armadura com ombreiras, proteção de tórax e cinturão. O restante são roupas normais, mas muito finas: calça azul com alguns botões e uma camisa vermelha de mangas longas por baixo da armadura. Ele também veste uma espécie de capa que se prende em um dos ombros. Este é Felix Barolfen. Nunca o tinha visto pessoalmente; não teria como um ser desse tamanho passar despercebido. Ele deve ter quase dois metros de altura!

Ao chegar ao púlpito, inicia:

— Jovens de Acigam. — Sua voz é tão grave que, mesmo com o salão cheio, parece ecoar por todos os cantos. — Estou aqui, hoje, para lhes fazer um convite. Um convite a uma reflexão a respeito do futuro de vocês.

A presença dele no palco e o vozeirão deixam todos atentos. Não se pode ouvir nenhum outro ruído que não seja originário de seu discurso.

— Hoje vocês abandonam a vida de crianças e são requisitados como homens e mulheres para proteger nossa sociedade. — Ele se desloca para o outro lado do palco e olha para as pessoas, demonstrando bastante carisma. — Eu, muitos anos atrás, fiz uma escolha: jurei proteger minha cidade, meu povo. Foi seguindo esse juramento que enfrentei inúmeros desafios para chegar aonde estou. Aqui, e agora, vocês também devem fazer suas escolhas. Alguns já sabem qual caminho seguir, contudo a maioria está confusa e precisa de ajuda neste momento.

Claro que estamos confusos. Que opção temos a não ser virarmos empregados em alguma loja ou entrarmos para o exército? Infelizmente, o governo não nos oferece melhores oportunidades. Apesar de estar um pouco cansado dos estudos, sei qual a importância deles, e, em Acigam, só é possível estudar até o colégio. Em outras cidades, os adultos também podem estudar em escolas chamadas universidades, e assim estão sempre aprendendo para evoluir ainda mais. Aqui, não temos nada disso.

— Acigam passa por um momento difícil — continua Felix, dando um tom de tensão ao discurso. — Muitos de vocês não sabem, mas um inimigo oculto cresce e ameaça atacar nossos costumes e nossa paz.

Do que ele está falando? Assim que Felix termina a frase, posso ouvir o burburinho das pessoas tentando entender o que ele quer dizer.

— Vocês, jovens, podem ajudar a impedir isso. Podem proteger suas famílias e seus amigos dessa ameaça em comum. Sei que todos aqui levam uma vida dentro das regras, seguindo as leis de Acigam. — Nesse momento ele olha para a parte do salão onde estou e tenho a clara impressão de que é para mim que seus olhos apontam. — Por isso, vocês são perfeitos para ingressar em nossa guarda; para unir sua juventude e vontade a nossa experiência e destreza. Estou aqui, hoje, para convidá-los a participar das seleções para a Guarda Real de Acigam. Vocês terão um futuro promissor conosco e manterão suas famílias e a cidade seguras. Conto com vocês. Obrigado. — Todos o aplaudem e Felix deixa o palco seguido dos guardas.

Um futuro promissor? Sem dúvida, para aqueles que morrem de fome, entrar para a guarda é muito mais promissor do que mendigar migalhas nas ruas da Cidade Velha. O governo paga cestas básicas aos membros do exército, o que ajuda a manter a família alimentada. Porém, não é só com isso que eles estão mexendo agora; estão chamando os jovens para defender a cidade de um inimigo oculto que pretende ameaçar a paz? Não tenho dúvida de que ele se refere aos magos. Qual será essa estratégia? Estariam tentando fomentar o medo do povo para angariar seguidores à causa deles?

Essa ideia me deixa perplexo e assustado. Sem reação, me sento e fico ali por alguns minutos até notar Luana ao meu lado.

— Está tudo certo? — ela pergunta, olhando fixamente para meu rosto. — Você está pálido.

— Tudo certo. Acho que a carne não me caiu bem.

— Eu disse para você que carne vermelha... — Mas ela para de falar e aponta com o rosto para trás de mim. — Acho que os guardas estão procurando por você.

— O quê? — Viro-me e olho para onde Luana apontou. Vejo que dois guardas estão conversando com um rapaz do meu colégio e ele indica minha direção. Em seguida, eles se deslocam até nossa mesa. Meu coração dispara.

— Você é Leran Yandel? — pergunta um deles ao se aproximar.

— Sim — respondo baixinho. — Por quê?

— O capitão Barolfen exige te ver agora.

CAPÍTULO 7

O arrepio que cruza minhas vértebras me deixa gelado e momentaneamente paralisado. A boca está seca por completo e minha língua amolece, impedindo as palavras de sair. Luana tenta me ajudar:

— O jantar não caiu bem para ele.

— Não precisa se preocupar, garoto, será rápido.

Terei uma morte rápida? É isso que querem dizer? Será que descobriram que meu avô me ensinou magia? Pretendem me afastar dos outros para me matar? Torturar? O que eu faço? Sem escolha, levanto da cadeira e acompanho os dois pelo salão. Outros alunos nos encaram, sem entender direito o que está acontecendo. No caminho, mais soldados montam uma mesa próxima ao palco e parece que pretendem recolher nomes de jovens já interessados no serviço militar. A fila é grande; pelo visto, o discurso de Felix foi motivador.

Entro por uma porta lateral no corredor que dá acesso às áreas de apoio ao salão: cozinha, lavanderia e alguns escritórios. Os guardas me direcionam até outra porta no final da passagem e pedem que eu entre; eles ficam do lado de fora. Abro-a e me encontro em uma sala comum, com uma grande mesa e algumas cadeiras ao redor dela. Do outro lado, vejo um homem sentado de costas, olhando pela janela. É Felix Barolfen.

— Sente-se, por favor, senhor Yandel.

Obedeço e aguardo, assustado, novas instruções.

— Tudo bem? — diz ele, virando a cadeira para me ver.

Parece que estou diante de um predador enorme. Felix é muito grande, e, do outro lado da mesa, sentado em uma cadeira maior, fica clara a diferença de poder entre nós. É como se ele pudesse me devorar a qualquer momento. E, de fato, se quisesse me matar agora, ninguém saberia.

— Sim — respondo.

— Você parece assustado. Aconteceu algo?

— Não, senhor, foi só o jantar que não me caiu bem.

— Também não posso com cogumelos, sabe? — ele tenta quebrar o gelo, mas logo muda de assunto. — Acredito que você saiba por que está aqui.

— Não, senhor — respondo, sacudindo a cabeça.

— Muito bem. Vou explicar a você. — Antes de iniciar, ele pega um charuto da gaveta e o acende. — Se importa se eu fumar?

Faz alguma diferença? Ele já acendeu o charuto.

— Claro que não — respondo.

O cheiro da fumaça é nojento. Rapidamente empesteia a sala e torna a conversa ainda mais desagradável.

— Yandel, estive de olho em você durante os últimos anos.

Pronto, me ferrei. Ele sabe de tudo: dos encantos, do meu avô, dos rebeldes. Vou ser preso assim que essa conversa acabar. Esse charuto deve ser o início da tortura.

— Suas notas no colégio são exemplares, e, além disso, seu desempenho em matérias de combate é excelente. Conversei pessoalmente com seu professor de arqueria. Ele me disse que você é um exímio arqueiro. Suas habilidades podem ser aproveitadas em nossa guarda. Imagino um rapaz com a sua pontaria empunhando uma de nossas pistolas.

Fico um pouco mais calmo, até dou uma expirada tranquila, liberando todo o ar preso de uma vez. Será isso, então? Ele quer me alistar? Não que seja bom, mas já é bem melhor do que minha primeira percepção.

— Desculpe, senhor. Não sei se entendi direito o motivo de nossa conversa — digo, buscando mais informações.

— Eu é que devo me desculpar. Fiquei entusiasmado com seu currículo e me esqueci de mencionar o motivo pelo qual estou aqui hoje. — Ele apaga o charuto no cinzeiro e continua. — Este ano, a estratégia de alistamento está um pouco mais robusta. Não estamos apenas verificando os interessados, mas também indo atrás de pessoas que acreditamos ter futuro na carreira militar de Acigam. Você tem muito futuro, Leran. O que aprendeu no colégio é apenas um aperitivo. Na guarda, você receberá um treinamento sério, se tornará um combatente habilidoso e poderá melhorar muito sua capacidade de atirar com o arco.

Também me ensinariam a matar, a torturar, a ignorar os direitos de liberdade das pessoas. Devo declinar o convite de uma forma educada.

— Tenho certeza de que é uma oportunidade excelente, senhor. Mas minha família tem negócios no mercado, e, como neto mais velho, é minha obrigação seguir com a loja.

— Eu entendo. Só gostaria de deixar claro o seu potencial, para que você possa fazer a melhor escolha. Como sabe, aqui em Acigam todos são livres para fazer o que querem. — Ele estreita os olhos e me observa com uma expressão estranha, sorrindo com o canto da boca. — Não é mesmo?

— Claro que sim, senhor. Pensarei bastante em sua proposta e também conversarei com minha família para tomarmos a melhor decisão para todos.

— É muito bom saber que você se preocupa com sua família — diz ele ao se levantar. — Agora sei que tomará a decisão correta.

Não sei por que essa frase me soa como uma ameaça. Principalmente pela forma como Felix me olha.

— Por enquanto é isso, senhor Yandel. Manteremos contato. Assim que você se decidir, me avise.

Ele estende a mão para me cumprimentar. Pelo tamanho, acredito que possa esmagar minha cabeça com ela. Após me despedir, saio chacoalhando o punho para aliviar a dor causada pelo aperto firme. Ao passar pela porta, vejo que já tem outro aluno do lado de fora esperando para falar com Felix, o que me deixa mais tranquilo. Ele realmente está conversando com pessoas promissoras para colocar em seu exército. Tive o azar de ser o primeiro.

Volto para o salão e encontro Luana preocupada.

— O que eles falaram?

— Nada demais, apenas recebi um convite para entrar na guarda, devido ao meu currículo escolar.

— E você vai? — ela pergunta, estranhando.

— Não sei.

— Eca, Le! — ela resmunga, depois de aproximar o nariz e cheirar minha roupa. — Você está fedendo a cigarro.

— Não é cigarro, é charuto.

— Você fuma agora, é? Vou contar tudo para...

— Deixe de ser tonta — interrompo. — Foi o Felix Barolfen que ficou fumando dentro da sala enquanto falava comigo. Ele é nojento.

— Ah, ok, entendi. Ele parece ser nojento mesmo.

Levanto para pegar um copo de suco e noto que os instrumentos já estão descobertos. A banda deve começar em poucos minutos. Enquanto isso, volto para a mesa e continuo com meu plano de manter minha irmã longe de pretendentes a cunhado. Fico ao lado dela conversando e me certifico de que ninguém vai abordá-la. Consigo afastar mais dois imbecis e tudo está indo bem.

Quase meia-noite, a banda finalmente inicia o show. O som é ótimo, dançante. Todos vão à pista e começam a se mexer. Até me esqueço do apuro que passei há pouco naquele escritório. Fico na pista por uns vinte minutos e saio para tomar água. Quando estou voltando para o centro do salão, ouço:

— Leran?

Eu me viro apressado e a vejo, linda. Usando um vestido vermelho sem mangas, não muito longo, sandálias prateadas, um bracelete de prata e um colar. Seu cabelo está preso em uma espécie de trança e ela usa uma coroa fina na testa. Os lábios estão pintados de vermelho-claro, quase rosa, e seu olhar... esse me tira até o equilíbrio. Ela veio.

— Ju... Judra. Tudo bem? — pergunto, nervoso.

— Tudo, sim. — Ela ri e vem em minha direção, me dando um beijo.

Sinto o mundo rodar bem rápido enquanto a abraço e ouço a música que toca ao fundo. Essa garota me deixa completamente atordoado.

— Perdi o quê? — ela quer saber.

— Só o discurso chato do capitão da guarda.

— Ainda bem que só vim agora — diz ela. — E sua irmã, veio?

— Sim, vem aqui para eu apresentar você a ela.

Pego a mão de Judra e a levo até a mesa onde Luana estava. Mas ela não está mais. Onde essa menina se meteu?

— Ela estava aqui agora.

— Não tem importância, deve ter ido ao banheiro. Vamos dançar enquanto isso — ela diz e me puxa em direção à pista.

O ritmo animado permanece, e Judra dança muito bem. Seus passos são encantadores, misturam sensualidade com inocência. Eu não danço mal, mas é difícil acompanhá-la. Ela pega minhas mãos e me ajuda a imitar seus passos, porém acaba rindo com minha falta de coordenação.

— Ok, estamos melhorando — Judra elogia.

Depois de mais duas músicas dançantes, a banda troca para um som romântico e eu pego na cintura de Judra e a trago para perto. Ela envolve meu pescoço com seus braços e começamos a dançar com os rostos bem colados.

— Que bom que você veio — digo em seu ouvido.

— Não poderia perder sua festa, poderia?

Sorrio e ofereço um beijo, que ela não recusa. Novamente, ao som da música, ficamos ali nos curtindo, balançando de um lado para o outro, dois passos para lá e dois para cá. Seus lábios são tão macios que eu poderia ficar beijando-a por horas, e o perfume que ela está usando é delicioso; até me lembro do cheiro das flores que minha mãe cultiva em nosso jardim. É tudo perfeito demais. Várias músicas tocam e eu nem noto o tempo passar. Depois de bons minutos agarrado com ela na pista, Judra me pede um copo de água e eu sou obrigado a deixá-la para ir até o bar. Procuro rapidamente por Luana no caminho e não a encontro. Fico um pouco preocupado.

— Tenho que achar minha irmã — explico enquanto entrego o copo para Judra.

— Sem problemas, me diga como ela é que eu ajudo.

— Um pouco mais baixa que você, cabelos escuros e longos. Está vestida de preto, com saia e alguns adereços vermelhos.

— Não é aquela sentada ali? — Judra aponta para o outro canto.

— Nossa, é sim. Que rápida! — falo, sorrindo.

Minha irmã se levanta e vai para outra parte do salão, mas é seguida por um cara de estatura média e aparentemente forte. Ela diz alguma coisa para ele, parece brava.

— Acho que aquele rapaz está incomodando ela — diz Judra.

Não falo nada e vou direto ao local onde minha irmã está. Ao chegar perto, vejo que é um daqueles garotos metidos, filho de gente importante. Já bêbado, ele agarra Luana à força e tenta beijá-la. Ela o empurra e dá um tabefe em seu rosto. Enfurecido, ele levanta a mão para acertá-la e eu, a tempo, paro entre os dois.

— Algum problema aqui? — pergunto, segurando o punho dele.

— Le, eu já pedi inúmeras vezes que ele me deixasse em paz — reclama Luana.

— É o seu namoradinho, princesa? — diz o imbecil com a voz mole.

— Não, sou o irmão dela, e é melhor você sair daqui agora. — Empurro seu braço e o largo. Com o movimento, ele se desequilibra e cai sentado.

Nessa altura, uma roda de jovens já está formada e eu estou no centro, com o garoto caído na minha frente. Eles começam a rir. Raivoso, o bêbado se levanta e parte para cima de mim.

— Quem você pensa que é para sugerir algo para mim? Você sabe com quem você está falando, seu lixo? — Ele me empurra com os dois braços e eu dou alguns passos para trás.

— Não me interessa quem você seja. E eu acho que você não está em condições de brigar. Não vou chutar cachorro morto. — Viro as costas para ver se Luana está bem. Ela grita:

— Le!

Eu me volto para o cara e vejo que ele vem com tudo para me acertar um soco. Desvio seu murro com o braço e coloco minha perna no caminho dele. Com o peso do próprio corpo, ele se espatifa no chão e fica ali, sem conseguir se levantar.

— Vamos sair daqui. — Pego Luana pelo braço e a puxo para fora da roda, passando pelos curiosos.

— Está tudo bem? — Judra aparece, preocupada.

— Era só um bêbado. Agora, está.

— Então, você é a Lua? — Judra indaga.

— Sou, sim. E você deve ser a namorada do meu irmão, certo?

Acredito ser possível ver minhas bochechas roxas a milhares de quilômetros de distância. Meu olhar para Luana é tão agressivo que ela percebe o quanto desaprovo sua pergunta.

— Namorada? — pergunta Judra, sem graça.

— Luana, você não quer voltar a conversar com seu amigo lá? — Aponto para a direção de onde o bêbado ficou caído.

— Não, obrigada, prefiro ficar aqui com a minha cunhada.

Pronto, ela conseguiu. Agora estamos Judra e eu completamente encabulados, sem saber para onde olhar.

— Ué, gente, que caras são essas? Vocês não vão deixar um bêbado acabar com a festa, vão? — Luana faz piada da situação e, em seguida, vai para a pista.

— Muito simpática a sua irmã — diz Judra, com um sorriso amarelo, claramente desconfortável.

— É, ela é autêntica... — É a única palavra não agressiva que me vem à cabeça para descrevê-la.

No fundo, minha vontade é matar a Luana, mas fazer o quê? Acabo imitando-a e vou para a pista com Judra. Após quase meia hora dançando, noto que o cara que derrubei no chão está olhando para a gente. Fala algo com dois amigos e aponta para nossa direção.

— É melhor irmos embora — diz Judra, percebendo a movimentação.

— Eu acho que sim. Luana, vamos — chamo minha irmã para sairmos.

Não é bom arrumar encrenca com esses caras. Dirijo-me para a saída e as meninas vêm logo atrás. Ao notar que estamos deixando o salão, os três bloqueiam nosso caminho e não nos deixam acessar a porta.

— E agora, sabichão? — pergunta o bêbado.

— Não queremos confusão, já vamos embora — Luana interfere.

— Tarde demais pra isso — ele rebate.

Eles me cercam e começam a me empurrar de um lado para o outro. Luana grita por socorro e Judra desaparece. Após um dos empurrões, sou direcionado ao garoto mais alto e uso a inércia para dar mais força ao meu soco, que acerta em cheio o nariz dele. O sangue escorre na hora e ele põe as mãos no rosto para tentar conter a dor. Por trás, recebo um golpe do outro amigo e caio no chão. Antes que começassem a me chutar, quatro guardas aparecem e imobilizam os baderneiros; Judra os trouxe. Os três rapazes são arrastados para fora da festa, cada um por um guarda, e o quarto fica encarregado de dissipar a massa formada para assistir à nova briga. O garoto bêbado sai gritando até ser retirado do local:

— Vocês sabem quem eu sou? Vocês não podem fazer isso comigo, meu pai vai acabar com vocês!

Nem acredito que vi guardas punindo um cara como esse. Não sei quem é o pai dele, mas, se for um alto membro do governo, pode até matar esses guardas se souber o que aconteceu.

— Agora que eles já foram, podemos aproveitar um pouco mais — diz Judra.

E, de fato, fazemos isso. Permanecemos na festa por mais uma hora e, já exaustos, decidimos ir embora. O salão está mais vazio; restam somente aqueles que gostam muito de festa ou outros tão bêbados que ficam jogados pelos cantos.

— Não vamos perder mais nada se sairmos agora — diz Luana, olhando ao redor.

— Concordo.

Saímos da festa e seguimos pela rua em direção ao trem. O caminho permanece escuro, e temos de andar bastante para chegar até a estação. Mas isso não importa: a madrugada está quente, agradável. Vamos conversando, dando risada sobre tudo o que aconteceu. Judra segue comigo de braços dados e Luana vem logo atrás. Nós dois nos afastamos um pouco quando ela para a fim de arrumar as botas. Assim que notamos que minha irmã não nos acompanha, nos viramos para esperá-la.

— Vem logo — digo.

— Calma, preciso soltar um pouco isto aqui. — Lua se refere ao cordão dos calçados.

Antes que ela terminasse, sou surpreendido por alguém que sai da viela próxima e me acerta uma pancada nas costas. Coloco a mão onde fui atingido e caio, com muita dor. Judra grita ao ser agarrada por outro indivíduo, que imobiliza seus braços. Ouço, então, a voz familiar:

— Estávamos esperando por você aqui fora, herói. — É o garoto bêbado.

Judra pede socorro e o cara a lança contra o chão. Com o impacto, ela desmaia. Enfurecido, eu me levanto e esmurro o bêbado, mas o terceiro babaca me impede com uma paulada em minhas costelas. Todos estão armados com pedaços de pau, e foi com isso que me acertaram da primeira vez. A dor do golpe me faz ajoelhar, e recebo outro ataque nas costas antes de cair novamente. Os três começam a me chutar, e eu não posso fazer nada a não ser proteger minha cabeça com os braços. Luana se desespera ao vê-los me espancando.

— Para, para! Vocês vão matá-lo! — ela grita, correndo para me ajudar.

Assim que ela chega perto, um dos garotos a empurra e Lua cai de bruços. É uma covardia gigantesca. Tento me levantar para ajudá-la, porém recebo um chute no estômago que me tira o ar. Sinto que estou prestes a desmaiar. Já quase de olhos fechados, ouço um barulho estridente que me chama a atenção e me traz de volta à consciência. Flashes de luz passam como se uma explosão tivesse acontecido bem a meu lado. Os golpes pararam, e, ao olhar ao redor, avisto os três valentões caídos no chão, imóveis. Levanto-me apoiado nos joelhos e vejo Lua em pé, de braços estendidos, com o rosto virado e os olhos fechados. De suas mãos, resquícios de energia se desprendem e se dissipam em pleno ar. Assustado, eu toco o pescoço de um dos garotos para averiguar os batimentos, mas não sinto nada... Ele está morto. Luana o matou.

Parte II

A Guilda

por Leran Yandel

CAPÍTULO 8

É engraçado como o destino nos prega peças. Venho tentando controlar as energias por anos, e meu sucesso ainda é mensurado em bolinhas que cabem na palma da mão. Minha irmã, por outro lado, parece capaz de mexer com energia suficiente para matar três homens de uma única vez. Como isso é possível? Agora todos estão mortos, e é isso o que digo ao me levantar.

— Mortos? — ela pergunta, chorando. — Eu não queria, não sei o que aconteceu.

— Vamos para casa. Você vai me explicar como fez isso lá.

Judra já está sentada e aos poucos recobra a consciência.

— Você viu algo? — pergunto.

— Viu o quê? — Ela se levanta, atordoada, e nota os corpos. — O que aconteceu aqui?

— Depois explico. Preciso levar minha irmã para casa; ela não está bem.

— Ok, mas e eles?

— Não sei, é melhor deixá-los aí. Vamos embora logo.

Judra concorda.

Sigo até o trem enquanto envolvo Luana em meus braços; ela não para de chorar. Combino de me encontrar com Judra no dia seguinte no centro e me despeço dela quando chegamos à estação. Ela entra no vagão que vai para o sentido oposto ao nosso e se senta em um banco onde, pela janela, consigo ver sua expressão preocupada. Infelizmente, não posso explicar nada agora. Tenho sorte de ela ter desmaiado e não ter visto o que Luana fez.

Durante o percurso, vou consolando minha irmã, mas não adianta, ela está consternada. Nem sei por onde começar a conversa que devo ter com ela. Não consegui ver direito o que ela fez, mas uma coisa ficou clara: foi magia. Como ela conseguiu? Será que ela tem tido aulas com meu avô também? Ele teria me falado... Teria mesmo? Minha cabeça está doendo com tantas dúvidas, e, para piorar, sinto um incômodo horrível nas costas, decorrente das pancadas que levei.

Ao chegarmos em casa, minha mãe, que dormia na sala para nos esperar, acorda com o barulho da porta e nos vê: Luana chorando, com a maquiagem toda borrada, e eu ferido, escorado no batente de madeira.

— O que houve com vocês dois? Pelos deuses!

— Aconteceu de novo, mãe — diz Lua, soluçando.

Como assim "de novo"? Então minha mãe sabia disso e não me contou nada? Será que os segredos não acabarão nunca? O que mais minha família esconde? Viro para as duas e exijo explicações. Luana, abalada, sobe para o quarto após a ordem de minha mãe e eu permaneço na sala, tentando entender o que de fato aconteceu.

Minha mãe diz que Lua vem tendo alguns "ataques" ultimamente — essa foi a expressão usada — e que não consegue mais controlá-los. Ela descobriu há alguns anos, quando encontrou o quarto de Luana praticamente destruído após ela ter um pesadelo. Minha irmã estava sentada no centro da cama, em uma espécie de transe; os móveis ao seu redor ficaram todos revirados. Era possível ver feixes de luz rodeando a menina e, aos poucos, foram se dissolvendo no ar. Na época, meu pai já havia falecido, e minha mãe, sem saber o que fazer, resolveu ocultar o problema. Ordenou que Luana não contasse nada para ninguém e decidiu observar se o quadro dela piorava. Lembro-me que o quarto dela passou por uma reforma durante um bom tempo, mas me disseram que era redecoração. Como fui ingênuo!

Luana ficou sem demonstrar nada durante anos e depois voltou a ter outras crises enquanto dormia. Nada fortes se comparadas com a primeira. Eram apenas lençóis queimados ou um abajur quebrado. Tudo estava aparentemente sob controle, até que, de uns meses para cá, ela passou a ter os tais ataques acordada; e eles têm sido cada vez mais frequentes. Pergunto se o meu avô sabe disso e minha mãe diz que também não contou a ele, algo que considero errado. Afinal, se há alguém capaz de ajudar Luana, essa pessoa é ele. Ela discorda, e prefere manter a menina longe de problemas. Só que agora isso é impossível.

Ao saber o que aconteceu há pouco, ela fica assustada e se senta no sofá, sem saber o que dizer. Pergunta se eles realmente morreram e eu confirmo. Minha mãe teme que o governo venha atrás de Luana. E este é um medo justificável, principalmente se considerarmos a situação atual da cidade: rebelião de magos, recrutamento de novos soldados para enfrentar uma ameaça oculta e os ataques cada vez mais frequentes dos silenciadores. Quanto mais escondidos conseguirmos manter os dons de Luana, melhor será.

Ela pergunta se alguém nos viu e eu digo que não. Na verdade, não estou certo a respeito de Judra. Apesar de atordoada devido ao desmaio, ela viu partes do que aconteceu. Talvez, após algumas horas de descanso e com a cabeça fria, ela se lembre de que minha irmã matou três rapazes lançando bolas de fogo, raios, feixes de luz, seja o que for, pelas mãos. Que reação ela teria? Iria nos denunciar ao governo? Acho que não... Eu espero que não. Judra parece odiar o governo tanto quanto eu.

Apesar de entender a decisão de minha mãe de não envolver meu avô, sei que preciso procurá-lo. Talvez ele possa examinar Luana e achar alguma forma de ajudá-la. Estou muito intrigado com isso. Se eu tenho afinidade com encantos, Luana deveria ter também. Mas não foi um encanto que ela praticou na rua. Foi mais uma orientação. E esse estado de transe em que minha mãe disse tê-la encontrado, com energia ao seu redor? Isso parece manipulação. Será que ela teria afinidade com mais de uma técnica? Segundo meu avô, não é algo tão incomum. Muitos controladores sabem técnicas distintas, porém acabam se especializando em apenas uma. De qualquer forma, é importante levá-la até a loja. Ele saberá identificar o que é.

Subo até os quartos, passo pelo de Luana e vejo que ela já está dormindo. Coitada, deve estar exausta; apenas trocou de roupa e dormiu. Encosto a porta e vou para o meu quarto tentar dormir também. Tomo um banho e visto o pijama. Pedi que minha mãe trouxesse compressas de água quente para eu colocar nas costas. Ela traz também uma pomada para contusões e me ajuda a espalhar o medicamento na região dolorida. Relaxado, eu deito e consigo cochilar.

Mais uma vez me encontro no bosque perto de casa, mas agora estou com Luana ao meu lado. Ambos estamos seguindo a esfera luminosa, que, apesar de saber ser uma armadilha, permaneço na tentativa de transportar a energia para a bolinha de cobre. Peço que minha irmã se afaste e, todo empolgado, mostro o encanto. O cobre explode, libera o belíssimo show de luzes, e, quando termina, Lua aplaude, extasiada. Só que eu não escuto o som de suas palmas.

Olho para ela e vejo que seus ouvidos sangram. Assustado, faço sinal para que ela corra e saia do bosque o mais rápido possível; no entanto, ela não entende. Tenta falar e percebe que sua voz não sai. Permanece ali parada a alguns metros de distância, sem saber o que fazer. Quando vou me aproximar, ele pousa atrás dela. Seu rosto assustador me paralisa: dentes afiados, olhos amarelos e a língua enorme; o silenciador está aqui novamente. Lua vê meu semblante apreensivo e questiona, com um movimento de cabeça, para entender o que me assusta tanto. Sem poder ouvir, ela nem notou o monstro. Antes mesmo que ela se virasse para vê-lo, ele puxa a adaga e corta sua garganta com um golpe rápido e letal. Vejo minha irmã cair com os olhos arregalados e um enorme rasgo em seu pescoço, de onde o sangue jorra. Em segundos, a poça vermelha se forma no chão, igualzinho ao que aconteceu com Galek na noite em que conheci os silenciadores.

Acordo assustado, ofegante, e mais uma vez agradeço por ter sido um sonho. O que eu sentiria se isso de fato acontecesse? Se minha irmã fosse morta por um desses seres desprezíveis só pelo fato de poder controlar as energias? Não posso perdê-la. Quando era apenas eu que corria riscos, podia lidar facilmente com isso, mas agora, com ela na mesma situação, estou certo de que não devemos nos expor. Jamais me perdoarei se algo acontecer a ela.

Fico tão abalado que demoro a perceber a chuva forte lá fora. Amanheceu, contudo as nuvens estão tão carregadas que ainda parece noite. Ouço constantemente trovões rasgando o céu, e o brilho dos relâmpagos ilumina todo o quarto. Com o som da água batendo no telhado, tento pegar no sono outra vez.

Sou impedido por outro brilho que passa por baixo da porta. Não parece ser de um raio; é uma mistura de cores roxas e brancas. Pulo da cama e corro para o corredor. Encontro minha mãe na frente do quarto de Luana. É lá que está a fonte da luminosidade.

— O que é isso? — pergunto, abismado.

— Deve ser outra crise, e parece mais forte. Não consigo abrir a porta. Tem algo prendendo-a.

Ajudo minha mãe e conseguimos deslocar a mesa de cabeceira, que veio parar do outro lado do quarto. Encontro Lua sentada na cama, sob o efeito do transe que minha mãe descreveu. Seus olhos estão abertos e brilham em uma cor púrpura. Ao seu redor, feixes de luz negra e branca se entrelaçam e destroem tudo o que tocam. Nas paredes, vejo marcas profundas de arranhões por onde a energia passou, e o campo formado por ela vai se expandindo até levar consigo parte da porta, bem à nossa frente.

Com o susto, minha mãe cai para trás e eu me afasto. Como posso parar isso? Estou assustado. Só vejo um monte de energia descontrolada. Talvez eu consiga direcioná-la para algum lugar, assim minha mãe conseguiria entrar no quarto e acalmar Luana. Mas como? Nunca mexi com tanto poder, só consigo encantar o cobre! Onde vou encontrar cobre por aqui? As bolinhas que tenho no quarto não são grandes o suficiente para absorver tanta energia. Por alguns segundos, penso e logo me recordo de que minha mãe tem um candelabro grande, daqueles que comportam umas cinco velas. Tenho quase certeza de que é feito de cobre. Corro até a sala para pegá-lo.

— Aonde você vai? — pergunta minha mãe.

— Tive uma ideia.

Volto correndo com o candelabro nas mãos e minha mãe me olha sem entender nada.

— O que vai fazer com isso, Leran?

— Me dá espaço, por favor.

Ela se afasta alguns passos, eu coloco o candelabro perto da porta e me sento na frente dele. Os feixes já estão quase derrubando a parede; preciso ser rápido.

Respiro fundo, concentro o olhar no objeto de cobre e imagino toda a luz da casa indo até ele. Minha mãe fica mais assustada quando as luminárias falham. A energia desenfreada começa a se direcionar para o candelabro em um movimento inicialmente lento, mas que aumenta o ritmo à medida que melhoro minha concentração. O objeto absorve tudo como se fosse um ralo enorme em uma piscina cheia de água. Estou suando e tremendo, mas não posso parar. O cobre brilha em uma cor roxa ofuscante. Está prestes a explodir.

Diminuo bastante a quantidade de energia que rodeia Luana, me levanto com o candelabro, corro até a janela do quarto e o arremesso o mais longe que consigo. Ele cai além da cerca do jardim, no meio da chuva, e rola alguns metros até atolar na lama, perto do bosque. O objeto para de piscar por alguns segundos antes de liberar tudo. A explosão é enorme, expulsa toda a energia no formato de um anel luminoso, que se expande próximo ao chão e derruba árvores, movendo toda a água que cai na área. O forte estrondo se mistura com o barulho dos trovões, e eu sou lançado para dentro do quarto com a força liberada. Lua, livre do turbilhão que a protegia, desmaia na cama. Minha mãe corre para acudi-la e eu permaneço sentado onde caí, tentando recobrar o fôlego.

Luana parece bem; é como se estivesse dormindo. Mesmo assim, minha mãe me olha com uma expressão assustada.

— Seus olhos!

— Meus olhos?

Pego um caco do espelho quebrado e me observo. Meus olhos estão brilhando em um vermelho vivo, que, aos poucos, se apaga e devolve a minha íris a sua cor verde natural. O que foi isso? Nunca tinha visto meus olhos assim. Isso acontece sempre que encanto? Não me lembro de ter me olhado no espelho antes. Aquele dia, na casa do meu avô, após tentar congelar a esfera, eu estava roxo de frio, mas sem os olhos brilhando. Talvez seja porque aqui eu precisei me esforçar muito mais. Isso é sinistro.

Quando vê que estou bem, minha mãe se mostra preocupada com a explosão ocorrida. Teme que ela tenha sido forte o suficiente para chamar a atenção dos silenciadores. Porém, com essa chuva toda, o barulho pode ser justificado por mais um trovão e, quanto ao estrago, podemos dizer que um raio caiu sobre uma das árvores; não seria a primeira vez que isso acontece no Bairro das Oliveiras. Consigo tranquilizá-la e começamos a arrumar o quarto. Com uma lona, fecho a janela quebrada, evitando que a chuva molhe ainda mais o chão. Minha mãe seca tudo, retiramos os cacos de vidro e movemos os móveis quebrados para um canto. Exaustos, ambos vamos para nossos quartos e tentamos descansar pelo menos por mais umas horas.

Mas eu não consigo. Apesar de ter convencido minha mãe de que os silenciadores não viriam, permaneço preocupado com a hipótese de um ataque em busca de minha irmã. Pego meu arco, algumas flechas, e volto para o quarto de Luana, onde fico sentado ao lado da cama durante toda a manhã.

Está quase na hora do almoço e a chuva já parou quando Lua acorda gritando. Ela coça os olhos para ter certeza do que vê. De fato, é real. Seu quarto está destruído. Minha mãe sobe ao ouvir o grito. Ao vê-la entrar pela porta quebrada, Luana pergunta:

— Eu que fiz isso?

— Sim, filha. Dessa vez foi seu irmão que nos salvou.

Ela me vê sentado, sorri e se acalma. Depois olha para minha mãe e questiona:

— E o que vamos fazer agora?

— Que tal almoçarmos? — digo, sério, ao me levantar.

As duas concordam e descemos para a cozinha. Lua está com pouca fome, come só o suficiente para recobrar as energias. Eu, por outro lado, devoro a pratada de macarrão. Por incrível que pareça, desta vez não recebo críticas com relação aos meus modos.

Após o almoço, resolvo ajudar minha mãe e lavo a louça. Alguns minutos depois de iniciado o trabalho na pia, sou interrompido pelo som da sineta, que anuncia alguém na porta. Olho pela janela da cozinha e vejo dois guardas parados perto de casa. Corro até a sala, secando as mãos no guardanapo, e digo para minha mãe do que se trata. Peço que ela fique calma e conte o que combinamos. Ela abre a porta.

— Olá, boa tarde. Em que posso ajudá-los?

— Boa tarde, senhora. Notamos que houve um estrago aqui perto após a chuva forte desta manhã. Gostaríamos de saber se está tudo bem.

Não acredito que seja essa a preocupação, mas permaneço ouvindo.

— Nossa, seu guarda! Tomamos um susto tão grande. Foi um raio que caiu aqui perto e quebrou até as vidraças do quarto da minha filha.

A encenação da minha mãe é de tirar o chapéu. Estou impressionado.

— Percebemos que poderia ter sido um raio mesmo.

— É. E o que mais poderia ter sido, não é? — ela diz, sorrindo.

— Pelo menos vocês estão bem. Se nos dão licença, voltaremos para nossa ronda.

— Claro, toda. Obrigada pela preocupação.

Minha mãe fecha a porta e se senta no sofá. Ela solta um suspiro de alívio:

— Foi por pouco.

Não sei se eles engoliram a história, mas ganhamos tempo. Preciso correr até o local e ter certeza de que não ficou nenhum resquício do candelabro. Espero os guardas saírem da rua e vou até o bosque procurar por qualquer coisa que indique magia. Por sorte, a chuva, que continuou caindo pela manhã, alterou bastante o lugar, e o que sobrou do candelabro, se realmente restou algo, deve estar coberto por lama e em algumas horas estará escondido pela terra seca.

Durante o resto do dia, recebemos visitas de alguns vizinhos, também preocupados com o suposto raio que caiu tão perto de casa. Minha mãe deu um jeito de se livrar rapidamente de todos eles, com exceção de Safira Bordenco, nossa vizinha há anos, muito amiga de meu avô e que ajudou a cuidar do meu pai quando ele era pequeno. Com ela, minha mãe não poderia fazer o mesmo.

Safira é convidada para tomar um café e, durante o bate-papo, diz ter ficado muito assustada com o barulho da explosão. Ela veio correndo quando soube da história do raio. A senhora Bordenco mora a algumas casas daqui e é dona da farmácia do bairro. Sempre nos ajudou quando um de nós ficava doente. Temos certeza de que sua preocupação é legítima e não um motivo para bisbilhotar a vida dos vizinhos, como geralmente os outros fazem.

Minha mãe pede que eu pegue um pouco de açúcar, e, ao me abaixar para abrir o armário da cozinha, sinto uma fisgada nas costas, indicando que ela ainda não está boa. Safira me vê retorcendo a coluna com a dor e pergunta o que aconteceu. Minha mãe rapidamente diz que eu caí e bati as costas. Eu apenas concordo. A senhora questiona se poderia dar uma olhada e eu permito. Ela pede para usar a sala. Diz que é especialista em massagens pós-traumáticas que aliviam qualquer tipo de dor. Minha mãe não se opõe e eu não tenho nada a perder.

Deito no sofá de barriga para baixo e a senhora Bordenco inicia a técnica. Com seus dedos, ela pressiona firmemente os locais doloridos, e eu nem preciso dizer quais são. No início, parece que ela vai arrancar a minha coluna fora. Até solto alguns gemidos de dor, mas após cinco minutos o trauma parece ter sido totalmente eliminado. Ela pede que eu me levante e diz que até amanhã cedo estarei novinho em folha. Tento alguns movimentos que antes geravam dor aguda e agora posso executá-los normalmente. Agradeço muito e me ofereço para ajudá-la em sua farmácia quando ela precisar.

Safira se despede e vai embora antes do anoitecer. Nós subimos e levamos o colchão de Luana para o quarto de minha mãe, assim ela não dormirá sozinha de novo e, se tiver algum pesadelo, poderá ser acordada a tempo. Quando terminamos, enquanto minha mãe vai até a cozinha, eu me sento ao lado de Lua na cama e pergunto:

— Você se lembra do que sonhou?

— Não muito bem. Lembro que você estava lá. Era um lugar muito escuro e eu tentava te ajudar, mas não conseguia. Foi horrível. — Seus olhos se enchem de lágrimas.

— Lua, olha para mim — falo, virando seu rosto. — Você não precisa se preocupar comigo. Eu é que vou proteger você. Combinado?

Ela acena com a cabeça devagar e enxuga as lágrimas com as pontas dos dedos. Eu a abraço.

Vou para o meu quarto e me deito para descansar um pouco. Apesar de a dor nas costas ter passado, minha cabeça está doendo de tantos pensamentos e incertezas. O que aconteceu no quarto com minha irmã foi aterrador. Por alguns momentos, pensei que todos nós fôssemos morrer engolidos por aquela energia. Se eu não tivesse tido calma para pensar, certamente não estaria aqui neste momento.

A quantidade de energia controlada por Luana me intriga. Como ela controla tudo aquilo dormindo? Parece algo tão involuntário que foge de todas as explicações do meu avô sobre estilos de controle. A energia daquele quarto não seguiu nenhuma lógica, ela não saiu de um lugar, não se concentrou nem se dissipou; simplesmente pairava ao redor de Lua como se tentasse protegê-la. Se considerarmos o sonho que ela me descreveu, faz sentido seu inconsciente criar uma espécie de barreira para mantê-la segura.

E foi também o que aconteceu quando os garotos me batiam e ela os acertou. Seu controle deve se manifestar quando está em perigo; é um mecanismo de defesa, algo instintivo. Mas que controlador seria capaz de fazer tamanho estrago só com o inconsciente? É me fazendo perguntas como essa que caio no sono sem nem mesmo esperar pelo jantar. Estou tão exausto que durmo mais de doze horas e acordo na manhã seguinte, com a mesma roupa. Nem o pijama eu coloquei.

Desço até a cozinha para beber um pouco de água e o sol já brilha no céu. Aproveito para comer algo e me sento à mesa. Durante meu café, a sineta da entrada toca e eu levo um susto. Quem poderá ser a esta hora da manhã? Vou meio sonolento até a sala e olho pelo buraco da porta. Judra?

— Nossa — digo em voz baixa. Esqueci completamente que tinha marcado de me encontrar com ela ontem. Deve estar furiosa comigo. Abro a porta já me desculpando e ela me abraça. Fico sem entender o que aconteceu.

— Que bom que você está aqui — ela diz.

— Por quê?

— Você não apareceu ontem. Eu fiquei muito preocupada.

— Me desculpe. Aconteceu um monte de...

— Não. Não tem problema — ela me interrompe. — Pelo menos você está a salvo.

— Judra, eu não entendi. O que está havendo? — pergunto, estranhando sua reação.

— O governo... ele ordenou um arrastão no mercado. Todas as lojas foram reviradas e muitos comerciantes acabaram presos. Parece que estão procurando algo.

Ouço tudo ainda meio zonzo de sono, sem absorver direito. Ela continua falando:

— Como seu avô tem a loja, achei que você tivesse sido pego também.

— Meu avô?

Mesmo após toda a explicação, demoro um pouco para conectar os fatos. E, quando consigo raciocinar, rapidamente o sono passa e eu fico em total alerta. Se o governo revirou as lojas do centro e está prendendo comerciantes, meu avô corre sério perigo.

Capítulo 9

— Judra — corto as explicações ao pegá-la pelos ombros —, você viu se mexeram na loja do meu avô?

— Não. Nem deu tempo — ela responde, se afastando. — Tudo estava uma zona. Fiquei esperando por você onde marcamos e, assim que percebi que você não iria, voltei para casa. Vim hoje logo cedo para me certificar de que não tinha acontecido nada.

— Preciso ir até o centro para encontrar meu avô — digo, agitado.

— Você tem certeza? — Ela me segura pelo braço. — Não sabemos como as coisas estão por lá agora. É muito arriscado.

— Não tenho escolha — falo, olhando em seus olhos. — E se o pegaram também?

Nesse momento, minha mãe e Luana descem para ver quem está na porta e me encontram com Judra.

— Algum problema, Le? — pergunta minha mãe, e então olha para Judra antes de abrir um sorriso. — Ah, você deve ser a garota de quem o Leran tanto fala.

— É um prazer conhecê-la, senhora Yandel — Judra cumprimenta, desconfortável com a situação. Sem dúvida essa não é a melhor forma de se conhecerem.

— Vou até o centro — falo, cortando as apresentações. Não temos tempo para isso.

Explico para elas o que Judra me disse, e ela complementa falando que o governo já tinha intensificado o policiamento nas últimas semanas, quando passaram a vistoriar algumas lojas, inclusive prendendo pessoas. Porém, ontem tudo ficou muito pior. Dezenas de prisioneiros foram levados para o quartel-general e algumas lojas estavam em chamas. Ela não sabe se foram os próprios comerciantes que atearam fogo para esconder algo ou se os guardas estavam punindo-os ao destruir sua fonte de renda.

Ficamos ainda mais preocupados após os detalhes, e, sem demora, penso em um plano para ajudar meu avô: se ele foi realmente pego, irei negociar sua liberdade com Felix. Direi que me alisto no exército se ele o soltar.

Peço que Judra espere na sala enquanto subo até o quarto, troco de roupa e pego algumas coisas, entre elas meu arco e a aljava com flechas. Não sei se vou precisar, mas é melhor garantir. Ao descer, encontro Luana também trocada, segurando sua bolsa e pronta para sair.

— Aonde você pensa que vai? — pergunto.

— Eu vou com você, e isso não é uma negociação. Ele também é meu avô.

— Você não pode se expor agora — digo em voz baixa perto de seu ouvido, para que Judra não escute.

— Ficarei bem — ela retruca, brava.

Luana é teimosa, e, mesmo que minha mãe mande ela ficar, é possível que ela fuja e me siga, tornando a situação muito pior. Sem alternativa, deixo que ela me acompanhe.

— Isso aí não vai chamar muito a atenção, Le? — pergunta minha mãe, apontando para o arco.

Ela tem razão, mas vou levá-lo mesmo assim, afinal o governo não está atrás de arqueiros. Nesse conflito, se alguém fosse revidar uma investida da Guarda, usaria bolas de fogo e relâmpagos antes de atirar flechas. Não devo me preocupar.

Antes de sairmos, minha mãe pede que tenhamos cuidado e digo que tenho tudo sob controle, pelo menos eu acho que sim. Vamos Luana, Judra e eu em direção ao centro. Na estação, um aviso diz que o trem não irá parar na região central devido a problemas técnicos. Provavelmente colocaram isso aqui ontem. É claro que o aviso é para evitar a visita de cidadãos normais ao centro; não querem ninguém presenciando a barbaridade realizada por lá. Não existem problemas técnicos, eles simplesmente fecharam a estação. Assim também dificultam a fuga dos comerciantes.

Nossa opção é descer o mais próximo possível do centro, que é no final da Cidade Velha, e andar aproximadamente vinte minutos até o mercado. Chegando próximo ao nosso ponto final, noto um alvoroço nos arredores da estação. Assim que deixo o trem, tento entender o motivo da bagunça e avisto algumas pessoas em volta de um cartaz. Chego mais perto, me esgueirando pelas brechas deixadas pelos que estão ali parados, até que eu consiga ler.

Nele, o governo chama a atenção dos moradores para uma ameaça. Diz que a cidade está correndo perigo e que um grupo desordeiro pretende derrubar o rei. Fala também da importância de seguir uma vida de acordo com as leis e que o governo lutará até o fim para banir esse mal que ameaça a paz do povo. Nada é explicado com clareza, mas é o suficiente para alardear a todos, principalmente com a frase final, que diz exatamente o seguinte: "Moradores de Acigam, precisamos de sua ajuda para combater aqueles que, por forças do mal, fazem magia e são a causa dos males que assolam nossa cidade". Eles estão usando a ignorância da população para voltá-la contra os magos. Isso é sujo, uma estratégia torpe. O próprio governo está estimulando uma guerra civil.

Durante todo o caminho até o centro, penso em como Cadorcia se beneficiaria com isso. As coisas não fazem sentido. Os verdadeiros inimigos do governo são os comerciantes. Porém, o rei não pode declarar guerra contra eles. São geradores de empregos e riquezas, inclusive para o governo. É muito mais fácil eleger um inimigo maior, algo desconhecido da população e que, justamente por isso, todos temem. No fundo, usar os magos como anti-heróis da sociedade parece ser uma saída de mestre. Agora o governo terá aval para perseguir todos os que são contrários às suas atitudes, alegando que são praticantes de magia, mesmo que o perseguido nem saiba o que são as energias. Estarão livres para prender, torturar e matar com a desculpa de que estão livrando a cidade dos tais inimigos. Cadorcia está transformando um conflito político em uma guerra ideológica muito mais séria, cultivando o ódio pela magia.

Quase chegando ao centro, avisto fumaça no céu, e a direção indica que vem do mercado. Algumas lojas ainda estão em chamas. Corro para verificar o que acontece e as meninas vêm logo atrás. Passo pela praça principal, cortando caminho pelo gramado do centro, e já posso ver o foco do incêndio. É uma casa de ferragens na rua da loja do meu avô. Os próprios lojistas tentam apagar o fogo, e, perto dali, alguns guardas estão parados. Olham sem fazer nada; estão até sorrindo, como se admirassem o que acontece. Como podem? O fogo está acabando com a loja toda. Certamente eles têm algo a ver com isso. Seria uma retaliação do governo? Talvez o dono da loja não deva ter colaborado com alguma coisa, ou talvez o governo desconfie que ele seja um mago.

Os guardas só se dispersam quando o fogo termina de consumir o lugar. Sem a presença de representantes do governo, um homem se aproxima. É um senhor de cabelos grisalhos, um pouco mais baixo do que eu. Será ele o dono da loja? Posso notar a tristeza em seu rosto. Outros vão até ele e o consolam. Um deles chega perto dos restos de madeira e cinzas, levanta uma das mãos em direção ao que resta das chamas, fecha os olhos e respira fundo. O fogo se apaga à medida que ele solta o ar dos pulmões. É um mago.

Judra e Luana olham apreensivas, mas não dizem nada. Ele poderia ter apagado o fogo antes e não o fez. Preferiu não se expor na frente dos guardas. Todos aguentaram assistir às chamas destruírem o sustento de um colega, provavelmente sentindo revolta, pensando na injustiça, achando que talvez pudessem enfrentar os guardas; mas não se arriscaram, suportaram quietos. Após alguns minutos, o grupo se separa e todos desaparecem nas ruas do centro. Só então noto outras lojas também destruídas, dezenas delas. O centro nem parece o mesmo. Nessas semanas que fiquei sem passar por aqui, as coisas mudaram muito. Realmente é um cenário de guerra.

Sigo apressado para a loja do meu avô e, ao chegar lá, encontro a mesma situação. Entro pela abertura, que deveria ter uma porta de vidro, porém só os cacos estão no chão. Judra e Luana esperam do lado de fora para me avisar caso aconteça algo ou alguém suspeito apareça. Dentro, ando sobre móveis quebrados e muita sujeira. Trabalhos de meses estão destruídos. Eles não estavam somente à procura de magos, queriam acabar com a loja; foi puro vandalismo. Meu avô deve ter ficado arrasado. Isso se ele já viu o que aconteceu aqui.

Quando estou me dirigindo novamente até a rua, um brilho debaixo de pedaços de madeira me chama a atenção; parece metal. Chego perto e me abaixo para pegar. É o amuleto do meu avô. Isso é muito precioso para ele ter deixado cair sem perceber; além disso, a corrente está arrebentada. Alguém o arrancou do pescoço dele. Agora tenho certeza de que ele esteve por aqui. Teria meu avô lutado dentro da loja? Com guardas? Silenciadores? Já não tenho dúvida de que ele está em perigo. Coloco o amuleto no bolso e saio. Luana pergunta, apreensiva:

— Achou o vovô?

Balanço a cabeça em resposta. Para evitar que ela entre em desespero, não mostro o que encontrei. Meu avô é forte. Ele está vivo, sei disso. Se não conseguiu fugir, deve ter sido levado ao quartel, e eu o tirarei de lá. Olho ao redor e vejo a alfaiataria de Alb Pinmur, uma das únicas construções intactas na região. Antes de ir até Felix, decido entrar e perguntar se ele viu algo, mesmo achando que o velho não terá resposta alguma. Entro seguido das meninas e vejo Alb sentado atrás do balcão. O lugar está vazio, muito diferente da última vez que passei por aqui; nem os ajudantes vieram. Ao me ver, Alb se levanta e me cumprimenta.

— Bom dia para você também, senhor Pinmur — retribuo. — Preciso te perguntar algo. Por favor, me ajude.

— Você parece bastante aflito, meu jovem. O que aconteceu?

— É o nosso avô — Luana se intromete. — Ele desapareceu e não sabemos onde está.

— Ah, minha querida, como você cresceu — diz Alb, apertando as bochechas dela. — Está linda como a mãe. Carmem está bem?

Quem é Carmem, velho louco?

— Minha mãe é a Laura — diz Lua.

— Claro, claro, foi o que eu disse... Laura. Ela está bem?

— Está, sim.

— Mande lembranças para ela, diga para aparecer mais aqui na loja...

— Espera, senhor Pinmur — interrompo seu devaneio. — O senhor viu meu avô ou não?

— Ele não está na loja? Com todo o movimento de hoje, não tive tempo de visitá-lo.

Judra se aproxima de mim e pergunta baixo ao meu ouvido:

— Esse senhor está bem? Não tem ninguém aqui. O mercado está vazio.

— É assim mesmo — respondo. — Já me acostumei.

Mas ainda tento:

— Senhor, a loja dele está totalmente destruída, assim como várias outras na rua. Você viu o que aconteceu?

— Choveu bastante ontem — ele diz.

— Não foi a chuva — fala Luana, irritada. — E, mesmo que tivesse sido, por que a sua permanece intacta?

Ele para, coloca a mão no queixo, olha para cima e toma uns trinta segundos pensando enquanto nos olhamos, inconformados com a situação.

— Essa é uma boa pergunta... Vão querer experimentar alguma peça hoje?

— Não, senhor Pinmur, muito obrigado — respondo e desisto.

Realmente foi perda de tempo. Chamo as meninas e saio da loja.

— O que vamos fazer agora? — pergunta Judra.

— Vou falar com Felix. Se meu avô foi preso, o capitão será o único que poderá soltá-lo.

— Você está louco! Ele não vai ajudar você, e, se o seu avô foi realmente preso, é possível que ele prenda você também. É loucura ir até lá sem sabermos o que de fato aconteceu aqui.

— Vim para isso, Judra. Vou achar meu avô, onde quer que ele esteja. Você não precisa ir se não quiser. — Minha resposta é dura, e ela se chateia com isso.

Infelizmente, não tenho tempo nem cabeça para me desculpar. Vou até o quartel do exército com Luana ao meu lado e Judra vem atrás, calada. Um atalho nos leva mais rápido até o prédio, sem passar novamente pela praça principal. No caminho, mais lojas depredadas, e o silêncio faz parecer que estamos em outro lugar. Nunca vi o mercado assim durante o dia. Perto do quartel há mais guardas; a segurança foi reforçada.

Ao me aproximar da esquina que separa a rua de onde venho da rua do quartel, noto outros cartazes afixados no muro, e nestes estão os rostos de pessoas, um indivíduo por cartaz. Cada foto contém abaixo a seguinte frase: "Procurado, vivo ou morto". Não sei quem são todos, mas alguns deles são comerciantes e eu os conheço: Magda Selartin, dona de um bar próximo ao Mirante; Bartolomeu Norano, ferreiro famoso por confeccionar armas e armaduras; e a última foto é de Simus Calveta, o amigo do meu avô e dono da maior loja de joias da cidade. Por ele, a recompensa é a melhor de todas, e, acima de sua foto, está destacado: "Cuidado! Muito perigoso". No total, conto oito cartazes com pessoas diferentes.

Luana olha para tudo com o mesmo choque que tive; ela não tem ideia do que está acontecendo. Pergunta se não é melhor irmos para casa e eu respondo que não. Agora que cheguei aqui, vou até o fim. Sigo pela rua do quartel e a desço até parar na frente do enorme prédio. Os grandes pilares de pedra seguram o teto, que avança além das paredes principais, formando uma varanda gigantesca. A entrada é uma única porta, guardada pelo lado de fora por quatro soldados de armadura completa e armados com pistolas disparadoras de bolas de fogo. Quando chego diante deles, sou abordado:

— O que quer, garoto?

— Tenho que falar com o capitão Barolfen.

— Qual seria o motivo? — pergunta outro guarda, debochado.

— Fui convidado pessoalmente por ele a ingressar no exército e vim aceitar a proposta.

Minha resposta o faz mudar sua expressão de zombaria para outra mais sisuda e também afeta Luana, que resmunga atrás de mim:

— O quê? Você ficou maluco?

— Eu sei o que estou fazendo, não atrapalha — retruco em voz baixa ao me virar para ela.

— Pois bem. Não é permitida a entrada com armas — diz o guarda, se referindo ao meu arco.

Retiro o equipamento e o deixo com Luana e Judra.

— Vocês me esperem aqui. — Elas concordam.

Sou encaminhado por um deles pela sala de entrada do quartel. Na parede, vejo armas decorativas e armaduras que adornam todo o caminho até chegar a um corredor mais estreito, que me leva direto para a sala de reuniões. O guarda pede que eu espere enquanto entra e chama Felix. Ao passar pela porta, ele deixa uma fresta pela qual consigo olhar claramente o interior. Felix está de pé na frente de uma grande mesa, apontando para ela. Parece haver um mapa da cidade ali. Outros homens estão com ele, provavelmente traçando planos para novas investidas do exército. Ao falar com o guarda que entrou, Felix pede licença e vem em direção à porta. Rapidamente disfarço e finjo estar esperando.

— Yandel, que grata surpresa. — Ele oferece a mão para um cumprimento. — Pelo visto pensou na proposta. Venha, vamos conversar na minha sala.

O guarda volta pelo corredor e me deixa seguir com Felix até outra porta. O capitão a abre e pede que eu entre e me sente. Vou até a cadeira e me acomodo enquanto ele dá a volta na mesa e se senta à minha frente, apoiando os cotovelos.

— Percebi que algumas coisas mudaram aqui no centro — digo. — Vocês já estão enfrentando o inimigo sobre o qual falaram na festa dois dias atrás?

— Você é um garoto muito perspicaz. Na verdade, já estávamos estudando ações há alguns meses. Foi uma grande coincidência terem se iniciado na mesma semana da festa. — Ele sorri.

— Mas por que tantas lojas foram destruídas?

— Infelizmente, alguns setores da sociedade não entendem o propósito do governo. Eles estão dispostos a passar por cima da lei para atingir benefícios próprios.

Lei? Ele só pode estar brincando. Essa lei só serve para proteger as pessoas que a desenvolveram. No caso em questão, são os membros do governo os únicos favorecidos, ninguém mais.

— Essas pessoas precisam ser punidas e servirão de exemplo para que outros não façam o mesmo — continua ele.

— É por isso que vim aqui, senhor. Acredito que vocês pegaram meu avô. Sua loja foi toda destruída e ele nunca fez mal a ninguém. É um homem de idade.

Felix se estende na cadeira, deixando de se apoiar na mesa. Ele me olha como se não tivesse gostado nem um pouco do que ouviu.

— Se importa se eu fumar? — pergunta, após retirar o maldito charuto fedido da gaveta.

— Não, senhor.

— Gostaria que você me explicasse melhor, senhor Yandel — ele pede, encostando-se na cadeira. Em seguida, coloca o charuto na boca.

— Tenho interesse em entrar no exército, mas faço isso para manter minha família segura, e meu avô faz parte dela. Ele foi preso por engano. Gostaria que o senhor o soltasse em troca do meu alistamento.

A pausa é dramática. Ele dá mais cinco baforadas, enchendo a sala com a fumaça nojenta, e apaga o charuto para falar com bastante clareza.

— Ninguém é preso por engano, senhor Yandel.

Sua resposta me dá um gelo na espinha. Ele continua:

— E seu avô não está conosco, não se preocupe.

Suspiro aliviado e agradeço pela atenção. Levanto-me para ir embora, contudo ele me impede.

— Aonde pensa que vai? Nós não acabamos. — Sua voz se transforma. O tom de camaradagem desapareceu. Resta somente o ruído grave e sério emitido por suas cordas vocais.

Sento-me novamente, assustado.

— Não acha que é muita audácia de sua parte vir aqui me subornar com seu alistamento? Se seu avô estivesse preso, eu jamais o libertaria e ainda poderia prender você por tamanho atrevimento. — Ele não precisa gritar. Sua voz é tão forte que me encolho automaticamente a cada palavra que sai de sua boca.

— Eu não tive essa intenção, senhor, me descul...

— Cale a boca, Yandel! — ele me interrompe. — Não quero ouvir nenhuma desculpa mentirosa. Vou apenas aproveitar sua visita para te mostrar algo. Estou certo de que você poderá me ajudar a descobrir o que é. Dessa forma poderei perdoar sua afoiteza e deixarei você ir.

— Claro, senhor, como quiser — respondo, tremendo.

Ele retira pedaços de ferro retorcidos da gaveta:

— Reconhece isto?

Olho e não tenho ideia do que seja. Balanço a cabeça, negando.

— Olhe mais de perto — diz, ao entregar parte do objeto na minha mão.

Analiso com calma e, após ter certeza do que se trata, meus olhos se arregalam, a tremedeira piora muito. É cobre... Engulo a saliva acumulada, sentindo que entrei em um grande apuro, e, sem resposta, coloco sobre a mesa os restos do candelabro de minha mãe.

Capítulo 10

Como ele conseguiu isso? Só podem ter sido aqueles guardas que nos visitaram logo após a tempestade. Felix vai me matar aqui mesmo. Coloco a mão no bolso e seguro o amuleto, pensando no meu pai e no meu avô, em como são corajosos. Gostaria de ter parte dessa coragem agora para enfrentar o que está por vir.

— Não diga mais nada, senhor Yandel. Seu olhar já me mostrou tudo o que eu precisava saber. Pode sair agora.

Sigo o mais rápido possível até a porta, passo por ela e a solto, deixando-a semiaberta. Enquanto estou no corredor indo para a sala principal, percebo que deixei cair o amuleto do meu avô. Olho para trás e o vejo perto da porta, do lado de fora. Posso morrer ao voltar ali para pegá-lo, mas isso é valioso demais. Sigo com passos rápidos e me agacho para alcançar a joia. Enquanto coloco o objeto de ferro no bolso, ouço uma conversa entre Felix e um homem de voz aguda e chiada, que me lembra o guizalhar de uma cobra.

— Os trens já foram desativados como você pediu, capitão — diz o homem.

— Ótimo, Milo.

— Ele veio com a irmã e com Judra — diz o tal Milo.

Está falando de mim. Como ele sabe o nome de Judra? Será que já investigaram toda a minha vida também?

— Devo chamar os silenciadores e segui-los? — continua Milo.

O quê? Eles já sabem de tudo, então. Até de Luana devem saber. Estamos perdidos.

— Não, não quero alarde — diz Felix. — Sem o trem, eles precisarão ir andando pela Cidade Velha. Faça parecer um acidente.

— Sim, senhor.

Corro pelo corredor, passo pelos guardas e chego até as meninas, que esperavam sentadas na entrada. Eles querem nos matar. E farão isso hoje, enquanto estivermos voltando para casa. Pego minhas coisas e vou andando. As duas vêm logo atrás.

— E o vovô? — pergunta Luana.

— Ele não está aqui. Não temos tempo, vamos para casa agora.

— Calma, Le — diz Judra.

— Não dá. Temos que ver se o trem está funcionando porque...

Nem termino minha frase. Ouço um dos guardas da entrada do quartel gritar para que paremos. Olho para trás e vejo Felix saindo pela porta do prédio; ele aponta em nossa direção. O capitão certamente me ouviu correr e deduziu que eu escutei tudo.

— Corram! — grito para elas e acelero meus passos. — Ele mandou nos matar, eu ouvi tudo.

— Matar? Como? — pergunta Judra.

— Precisamos ir para casa e avisar a mamãe. Ela também corre perigo — digo.

Enquanto corro, já preparo o arco para usá-lo, se for necessário, e faço as meninas irem na frente. A situação saiu totalmente do controle. Não achei meu avô e agora estou fugindo de guardas para salvar minha própria vida. Onde será que ele está? Será que o mataram? Não pode ser. Meu avô deve ter conseguido fugir, assim como

Simus e Magda. Continuamos até a praça, e o número de guardas atrás da gente só aumenta.

— O trem ainda está fechado — grita Luana ao avistar a estação.

— Vamos correr pela linha.

— O quê?

— Vai, pula! — grito ao ver que elas chegaram à grade que fecha a estação central.

A área por onde o trem anda é separada por uma cerca de arame com pouco mais de dois metros de altura. A escalada não parece tão difícil. Judra vai à frente e chega ao topo, tomando cuidado para não se cortar nas farpas na parte mais alta; ela é ágil. Empurro Luana por baixo e Judra a puxa por cima até que ela também consegue subir. As duas passam para o outro lado e eu lanço meu arco para lá, assim posso usar as mãos para escalar. Olho para trás; os guardas já estão a poucos metros de nós, tenho de ser rápido. Subo com pressa e, ao chegar ao topo, um deles alcança a grade e a chacoalha para me derrubar. Com a agitação, sou obrigado a passar para o outro lado depressa e acabo cortando minha coxa esquerda antes de descer. Caio desequilibrado, mas consigo parar em pé e olho para o guarda, que não foi feliz ao me impedir. Ele começa a subir, porém sua armadura pesada o impede. Antes de se elevar um metro do chão, ele despenca para trás. Enfurecido, o soldado se levanta, saca sua pistola e a aponta para mim.

— Vamos! — Judra grita e me puxa.

O guarda inicia os disparos, e as pequenas bolas de fogo passam zunindo perto de nossas orelhas antes de pularmos pelo declive em direção à linha. Escorregamos pelo morro, e eu acabo rolando alguns metros até cair nos trilhos, que ficam em um nível mais baixo do que as ruas da cidade. Nossa posição impede os guardas de nos ver lá de cima. Estamos no meio das trincheiras que escondem os trens na zona central. Não consigo mais ver a grade por onde pulamos, nem o guarda que atirava. Aqui estamos a salvo dos tiros, pelo menos. Eu me levanto e sinto dor na perna; é o corte feito na grade. Não parece fundo, mas, assim que dou os primeiros passos, percebo que ele vai me atrapalhar ao correr.

— Está tudo bem? — pergunta Luana.

Faço sinal com o polegar e as mando continuar. Sei que eles conseguirão passar para cá em pouco tempo. Seguimos pelos trilhos e percebo que outros soldados nos acompanham pelo lado de fora; posso ouvir suas armaduras sacudindo enquanto correm. É claro que na corrida, nós três, que usamos roupas leves e calçados confortáveis, levamos vantagem, mesmo eu tendo machucado a perna. Após alguns minutos, já não ouço mais o ruído na parte de cima; eles ficaram para trás. Mesmo assim, não paramos de correr. Temos sorte de nessa parte da cidade os trilhos serem construídos desta forma. O governo usa isso para abafar o barulho que os trens emitem, principalmente no centro, que é uma zona mais movimentada.

Judra, que corria à frente, diminui o passo para que eu a alcance e pergunta:

— O que você ouviu lá?

— Felix conversava com outro homem e mandou fazer nossa morte parecer um acidente. Ele percebeu que os ouvi e decidiu nos capturar ali mesmo. Não cheguei a ver o rosto do outro, mas seu nome era Milo; pelo menos foi assim que Felix o chamou.

Ela para de correr na hora.

— O que foi? — pergunto, ao voltar até ela. — Conhece o tal Milo?

— Não, não. — Ela sacode a cabeça enquanto respira. — Estou cansada.

Judra está estranha, e não é apenas cansaço. Tive a impressão de que o nome Milo lhe soou familiar. Lembro-me também de que ele citou o nome dela na conversa. Deve ser só coincidência mesmo. O governo certamente já sabe tudo ao meu respeito, inclusive sobre Judra.

— Não podemos parar agora — digo.

— Vamos! — grita Luana, alguns metros à frente.

Pego a mão de Judra e continuamos nossa jornada até chegarmos perto da próxima estação. Aqui as trincheiras vão se nivelando ao terreno normal, e nós nos encontramos expostos aos que olham da rua. Estamos cansados, necessitamos de repouso. Foram quase dois quilômetros de corrida debaixo do sol, e, agora que ele está a pino, o calor é insuportável.

— Será que os despistamos? — pergunta Luana, exausta, apoiando suas mãos nos joelhos.

— Não sei — respondo. Meu estado não é diferente. Tomo um susto com o grito de minha irmã:

— Le! Você está sangrando — diz ela, apontando para a minha coxa.

Toda a corrida e o calor pioraram o ferimento. Minha calça está ensopada de sangue e a dor está atingindo níveis insuportáveis. Luana retira um lenço de sua bolsa e Judra me auxilia a improvisar um curativo que estanca a hemorragia. Eu me sento e Luana oferece um pouco de água da garrafa que ela trouxe. Tomo uns goles e descansamos ali por alguns minutos. Apoio minha cabeça no ombro de Judra e Lua se senta à nossa frente. Estamos todos desgastados, morrendo de calor, ficamos até mudos para evitar qualquer esforço. O silêncio só é quebrado por vozes de pessoas que parecem entrar na estação. Olho para as meninas e as mando ir para debaixo da plataforma a fim de nos escondermos. Ela é de madeira e, indo por baixo, posso ver entre as tábuas e identificar quem está na parte de cima. Devido à escuridão, ver no sentido oposto não é possível.

Ouço passos no tablado e logo uma pessoa para sobre minha cabeça, bloqueando a luz solar que passava pela fresta nas tábuas. É um guarda, reconheço as armaduras; deve estar nos procurando. Após ficar parado alguns instantes, ele vai até a beirada e olha para a linha de trem, provavelmente tentando ver se ainda estamos por lá. Por sorte, corremos muito e chegamos a tempo de nos esconder.

Luana e Judra estão quietas e olham para cima também. Elas percebem quando outros guardas aparecem. Deve haver uns quatro pelo menos, bem acima de nós. Olho para as meninas e faço sinal para se sentarem, mas elas continuam com os rostos voltados para cima, sem notar meus gestos. O melhor que temos a fazer é ficar em silêncio e esperar. Eu me abaixo primeiro e fico de frente para elas. Espero que me vejam sentado e façam o mesmo. Enquanto arrumo minha calça, rasgada devido ao corte, percebo que algo se mexe perto dos pés de Luana. Algo pequeno, não tenho certeza do que é, apesar de poder imaginar. Só torço para que vá embora e não as assuste. Não posso chamá-las, os guardas irão nos ouvir. Fico atento para alertá-las quando olharem para mim.

Judra olha primeiro e eu faço sinal, colocando meu dedo nos lábios ao pedir que ela não faça barulho. Aponto para o chão, onde vi algo se mover e ela olha para lá, levando a mão à boca, em sinal de susto e nojo. Sua expressão confirma que se trata do animal que eu estava imaginando: um rato. É claro, debaixo da plataforma do trem, com toda essa sujeira, só poderia ser um deles, e esse é dos grandes. Lua abaixa o rosto e olha para Judra. É seguindo o olhar dela que minha irmã chega aos pés, notando a criatura, já quase a subir em seus calçados. Ela solta um suspiro agudo de susto e, rapidamente, sua boca é coberta pela mão de Judra, antes que viesse o grito. Luana me olha com os olhos arregalados e o corpo paralisado de nojo.

Por sinais, peço que ela se acalme e também que fique quieta. As fuças imundas cheiram as canelas de Luana e ela começa a tremer de nervoso e repulsa. Os guardas permanecem a poucos metros daqui. Se fizermos barulho, eles irão nos notar. Eu me levanto e vou até elas devagar. Observo de perto o bicho e o pego pela cauda, tirando-o da perna de minha irmã. Os olhos das duas acompanham atentamente a trajetória que minha mão faz enquanto levanto o rato até chegar à altura do meu quadril. Ele se debate para se soltar e emite alguns chiados. Usando as patas, arranha minha mão e eu acabo soltando-o. Com o susto do bicho caindo no chão, nós três damos um salto para trás e Luana esbarra em uma viga de madeira com as costas, o que faz com que o material soe em um rangido. Ela olha para trás e segura o pedaço de pau como se tentasse parar o som, mas é tarde. Olho para cima e vejo os guardas se virarem em nossa direção.

— Ouviu isso? — pergunta um deles.

— Sim, veio lá de baixo.

— Desçam para ver o que é — diz um terceiro.

Dois deles saltam para os trilhos e entram embaixo da plataforma. Começam a andar entre as vigas e não nos notam escondidos mais ao fundo, para onde corremos a fim de aproveitarmos o máximo da escuridão.

— Acho que foi um rato — arrisca um deles ao olhar o bicho, que foi para perto dos trilhos.

— Deve ser um rato muito grande, pelo barulho que fez! — responde um dos que ficaram em cima.

— É que você não está vendo ele. O bicho é enorme.

Para nosso desespero, eles não param de procurar. O segundo já está bem próximo de nós quando grita:

— Achei algo. É um arco.

Bato a mão nas costas para me certificar. Não pode ser... eu o deixei ali quando sentei para arrumar a calça.

O homem pega minha arma e continua vindo em nossa direção. Olho para o outro lado dos trilhos e vejo que temos espaço para correr até a outra plataforma. Podemos atravessar e seguir ocultos pelas vigas de madeira até sairmos da estação. Então, bastará continuar novamente pela linha, torcendo para não sermos atingidos por tiros. Tem um vagão de trem parado mais adiante, talvez seja possível nos escondermos atrás dele. Bem, é melhor a morte provável do que a morte certa. Aponto para onde devemos ir e mostro três dedos para as meninas, iniciando uma contagem regressiva: três... dois... um...

— Vai — digo.

Enquanto elas correm para a direita, eu vou em direção ao guarda, acertando-o na cabeça com um golpe.

— Isto é meu — falo antes de pegar o arco.

Corro atrás delas e vejo que conseguiram passar para o outro lado antes que mais guardas descessem. Coloco uma flecha no arco e preparo o tiro enquanto atravesso os trilhos também. O outro soldado, que estava embaixo, saca a arma apontada para mim:

— Parado!

Não penso duas vezes antes de soltar a corda e disparar uma flecha, que voa até acertar a testa dele. Ela quica e cai no chão. Com o susto, o guarda solta a arma. Continuo correndo enquanto o vejo recuperar a pistola caída. Esqueci que minhas ponteiras eram de borracha. "Serão ideais para você treinar", disse o professor Cortez. Pois bem, melhor tiro que esse era impossível; pena eu não estar em um treino agora.

Furioso, o guarda aponta a arma para mim novamente e inicia os disparos. Corro por entre as vigas de madeira e sinto que tudo ao meu redor vai sendo destruído pelas bolas de fogo. Os dois que permaneceram em cima também atiram, e a plataforma deste lado começa a ruir. Sirvo outra flecha no arco, viro-me e a lanço para cima, em direção aos dois. Acerto o tórax de um deles, fazendo-o parar com os tiros por alguns segundos. Isso me dá tempo de alcançar as meninas e correr para fora da plataforma em direção ao vagão, onde nos escondemos. Atrás de nós, a plataforma inteira do lado esquerdo dos trilhos desmorona sobre a linha. Os guardas não conseguirão passar por um tempo.

— Que arma útil você trouxe! — Luana ironiza.

— Quer tentar algo melhor? — pergunto, irritado.

Ela não responde. Todos estamos cansados e paramos para recuperar as forças encostados na parte de fora do vagão. Ouço os guardas gritando ao acusar que estamos aqui. Será questão de minutos até conseguirem passar pelos escombros.

— Precisamos continuar — diz Judra.

— Como? Os guardas podem até demorar para passar, mas, se continuarmos seguindo pelos trilhos em linha reta, seremos alvo fácil para os tiros — afirma Luana.

Eu acho que sei como impedir isso. Retiro uma bolinha de cobre do bolso, que havia guardado para uma emergência. Se isso não for uma emergência, não sei o que será. Estendo a mão com o pequeno objeto no meio de minha palma e o observo com atenção.

— O que você está fazendo? — questiona Luana.

Não respondo, continuo concentrado. Busco o calor ao meu redor e dentro de mim. Sinto meu corpo queimar, e, na testa, as gotas de suor escorrem em abundância.

— Seus olhos! — Minha irmã aponta.

Judra permanece calada, apenas olhando, e eu, que já sinto a energia pulsando, direciono-a rapidamente à esfera, que começa a brilhar em cor de brasa. Viro o rosto para os restos da plataforma destruída pelos tiros e arremesso a bolinha brilhante no meio do entulho. Só então solto o ar preso em meus pulmões e assisto às chamas que bruscamente engolem toda a madeira, formando uma imensa torre de fogo. A fumaça que sobe irá impedi-los de nos ver e, por consequência, de atirar em nossa direção.

— Vamos — digo com a voz falha devido à falta de ar. Estou exausto, esbaforido.

— Le, você está molhado e ardendo de febre — diz Lua, ao tocar minha testa.

Ao concentrar a energia quente, tive de usar meu corpo como condutor e estou sofrendo as consequências: suadouro, falta de ar e muito cansaço. Tento me mover para forçá-las a fazer o mesmo, mas não tenho forças. Para me ajudar, cada uma apoia um de meus braços nos ombros e seguimos pelos trilhos. Depois de mais alguns quilômetros, o sol começa a descer, o que alivia o calor. Já posso ver os casebres da Cidade Velha. Estamos fora da zona central. É melhor sairmos dos trilhos e nos escondermos pelas ruas estreitas do bairro.

Já não sei se é uma boa ideia ir para casa. É provável que alguns guardas estejam por lá. Será que minha mãe está bem? Não sei o que fazer agora.

— Como você fez aquilo? — pergunta Luana, interrompendo meus pensamentos.

Judra está a alguns metros à frente, impossibilitada de ouvir.

— É algo parecido com o que você fez dois dias atrás — respondo, me referindo aos rapazes que ela matou.

— Mas, pelo que vi, você sabia exatamente o que estava fazendo. Eu não tenho o menor controle sobre aquilo.

— Quando acharmos o vovô, ele vai ajudar você.

— Le, eu preciso entender o que está acontecendo — diz ela, ao segurar meu braço.

— Aqui não é o lugar, Luana. Primeiro devemos estar a salvo. Depois te explico tudo o que sei.

Ela acena com a cabeça e alcançamos Judra.

— Veja, ali tem uma saída dos trilhos — diz Judra, indicando um portão na grade, próximo a outra estação. Sua voz é séria, e ela não troca nenhum olhar comigo, apenas anda em direção à saída. Deve estar assustada com o que viu, e, considerando a forma como a tratei pela manhã, é compreensível que não queira falar muito comigo.

Ao tentar abrir o portão, vejo um enorme cadeado impedindo nossa saída. Aqui não vamos conseguir pular a grade. Na Cidade Velha existem menos guardas, e por isso menos gente protegendo as estações de trem. Para evitar a entrada pelas grades, eles as fizeram muito mais altas e com mais farpas no topo. É loucura tentar ir por cima.

— Por aqui não dá — digo. — Vamos pela plataforma.

Judra toma a frente e pega o cadeado. De seu cabelo ela puxa um grampo que estava preso atrás de uma das orelhas, introduz a ponta do objeto na fechadura e começa a mexer em movimentos circulares, para frente e para trás. Observo, curioso, e me surpreendo ao ver o cadeado se soltar em menos de um minuto. Ela abre o portão, deixando-me boquiaberto. Luana passa para o outro lado e, antes de Judra fazer o mesmo, vira-se e diz:

— Você não é o único com bons truques na manga.

Fico sem resposta. É claro que ela percebeu que meu feito com a pilha de madeira não foi algo normal; em Acigam, pelo menos, não. Ela deve achar que eu não fui totalmente honesto. Está magoada comigo. Mas o que eu poderia ter feito? Contado para ela que sou uma espécie de aprendiz de encantos, que minha família está envolvida em uma rebelião maluca há anos e que minha irmã destrói quartos enquanto dorme? Não podia. Agora, depois de tudo o que ela presenciou, já não faz mais sentido esconder nada dela. Teremos uma boa conversa quando estivermos seguros.

Sigo as meninas pelas ruas da Cidade Velha e nos enfiamos nas vielas, por caminhos fechados e mais protegidos. Temos de ficar fora da visão de qualquer guarda; a essa altura, todos devem estar nos procurando. O lugar está cheio de pessoas, e nossa presença não despertará atenção, apesar de estarmos muito sujos e eu, particularmente, ferido. Não tenho firmeza na perna esquerda e ando coxeando pelo caminho. Nossa água já acabou há algumas horas; estamos morrendo de sede.

Paro em uma espécie de bar pequeno e imundo para pedir água. O homem diz que podemos tomar direto da bica dos fundos. Perfeito; na situação em que estamos, não tenho o menor problema em tomar água da bica. Costumamos filtrar a água em casa, pois sabemos que os serviços de saneamento de Acigam não são muito bons. Mas agora qualquer coisa servirá. Abro o registro e uma água barrenta escorre com dificuldade. Minha sede até passa de tanto nojo ao ver isso. Olho em seguida para as meninas. Quero saber se elas estão dispostas a tentar. Luana toca seu tórax com o dedão e, em seguida, balança o dedo indicador. Judra também não vai encarar. Sem opção e ainda com a garganta seca, agradecemos o homem e seguimos para fora do bar. Sentamos encostados no muro, aproveitando a sombra da casa velha, e permanecemos por quase uma hora até vermos a necessidade de continuar nosso caminho.

Judra vai à frente outra vez, e Luana, com mais paciência, anda ao meu lado, acompanhando meus passos lentos. A loura vira uma esquina e, antes que pudéssemos seguir atrás dela, reaparece diante de nós e nos puxa para a parede.

— Não passem, fiquem aqui — ela ordena. — Está cheio de guardas no outro quarteirão.

— Viram você? — Luana indaga, preocupada.

— Acho que não.

Inclino a cabeça para o outro lado da esquina e vejo muitos soldados revistando casas e interrogando pessoas. Devem estar nos descrevendo. Uma mulher anda na nossa direção e eu começo a conversar com as meninas como se nada estivesse acontecendo. Ela muda para a rua onde estamos, e então algo chama sua atenção para mim. Assustada, observa meu rosto e, quando vou dizer algo, ela dá alguns passos para trás e grita muito alto:

— Socorro! É o bandido com as flechas. É ele, é ele. Aqui!

Mas que maldita! Acabou de nos denunciar. Como fui burro. Devia ter escondido esse arco em algum lugar. A mulher não para de gritar, e eu já ouço os soldados correndo para cá. Judra volta pela rua e é cercada por mais três guardas, que chegaram pelo outro lado. Tentamos correr para frente, mas os demais soldados, que vieram após os gritos, nos impedem. Sou agarrado pelos braços e fico imobilizado. O mesmo acontece com as meninas. Luana se debate e fica muito agitada ao ser pega. Olho para ela e faço sinal com a cabeça para que se acalme e não tente nada. São mais de dez deles nos cercando. Não temos como fugir. Acabou.

CAPÍTULO 11

Com as mãos amarradas, somos escoltados em fila de volta ao centro. No caminho, tento trocar olhares com Judra e Luana, mas os guardas não permitem. Eles nos forçam a andar de cabeça baixa, sem nem olhar para a frente. Estou preocupado com Lua. Toda essa pressão pode fazê-la ter outra crise e aí, sim, estaríamos perdidos. O governo saberia a seu respeito e nossa vida estaria acabada. É tentando ver se ela está bem que avisto algo nos becos e rapidamente disfarço. Tem alguém nos observando. Não pude ver seu rosto devido à sombra no local. Quem será? Ao passar por outro cruzamento, vejo mais um indivíduo à espreita, escondido atrás de algumas lixeiras; ele usa uma máscara. O homem faz um sinal de luz com um tipo de espelho. Mas não é para mim. O que está acontecendo?

Quando cruzamos uma viela, no sentido do centro, alguém grita, chamando a atenção dos guardas. Os soldados olham ao redor, apreensivos, e do alto de uma das casas vem uma bola de luz azulada em alta velocidade, parecendo um meteoro. Ao acertar o chão, ela libera um campo elétrico que paralisa todos, até mesmo Judra, Luana e eu. Dos becos no entorno surgem mascarados que vêm em nossa direção. Não consigo mover um dedo, só meus olhos acompanham o movimento.

Minha respiração está mais difícil, e sinto que meus sentidos estão prestes a desaparecer. Um mascarado se aproxima e toca minha testa com o polegar para cessar a paralisia. O ar volta a preencher meus pulmões e eu respiro aliviado. Também já consigo falar.

— Quem são vocês? — pergunto, um pouco zonzo.

— Hoje? Os seus heróis. Venha — diz ele, e me puxa pelo braço.

Outros também libertam Judra e Luana, e elas nos acompanham. São cinco mascarados que nos escoltam até ruas mais estreitas, passando por dentro de casas e alguns prédios antigos. Dois deles vão na frente, um está com as meninas logo atrás e os outros dois ficam comigo no final do grupo, com passos mais lentos devido ao meu ferimento.

— Você é o neto de Bretor Yandel, não é? — pergunta o homem que me libertou.

— Sim, mas quem é você?

— Gabriel Galek — ele diz, retirando a máscara.

— Achei que você estivesse morto — retruco, um tanto surpreso.

— Você presenciou a morte de meu pai, Carlos Galek.

É claro. Lembro-me até hoje da expressão do homem ao ser capturado pelo silenciador naquele dia. Esse rapaz na minha frente é muito parecido com aquele Galek, mas não poderia ser a mesma pessoa. Gabriel é mais jovem, aparenta ter a minha idade ou poucos anos a mais. Seus traços são idênticos aos do pai: a pele bronzeada do sol, mais alto do que eu, cabelos escuros e olhos claros.

— Não se preocupe com seu avô, ele está bem.

Que bom ouvir isso! Finalmente uma boa notícia. Já não aguentava mais tanta coisa ruim.

— Onde ele está?

— No Covil, com os outros.

O que seria esse Covil? Será que é onde a Guilda está se reunindo? Meu avô disse que iria se encontrar com todos para decidir o rumo a tomar. Talvez esse lugar seja a base dos magos.

— Estamos indo para lá?

— Não. Vamos primeiro até sua casa pegar sua mãe. Ela também corre perigo.

A essa altura, minha casa deve estar guardada por inúmeros soldados esperando nossa volta. Parece loucura. Pergunto se ele tem algum plano, caso seja necessário enfrentar guardas, e ele diz que não precisaremos. Pede que eu aguarde um momento.

— Coiote, na escuta? — diz ele para seu pulso.

— Na escuta, Galek.

Ele tem algo preso no braço que responde às suas palavras. Permaneço observando, perplexo.

— Está tudo calmo por aí ainda?

— Sim. Só alguns guardas na entrada dos Yandel. Estão ali desde manhãzinha.

— Ok, nos aguarde. Devemos chegar em menos de uma hora.

— Entendido. Coiote desliga.

E então o som cessa. Galek me encara ao perceber minha curiosidade.

— Nunca tinha visto um desses, não é?

— Parece um comunicador. Meu avô me contou algo sobre eles. Não imaginei que funcionassem assim. Com quem você falava?

— Com um dos nossos. Está de campana na frente de sua casa. Sua mãe provavelmente não sabe de nada. Ela nem saiu de casa hoje. O lugar está cercado por alguns guardas. Não são muitos. Não estão esperando por todos nós, apenas por você.

— Entendi. E como o aparelho funciona a toda essa distância?

— Ciência — ele responde.

Isso eu sei. E pelo visto ele não está a fim de dar maiores detalhes. No fundo ele também não deve saber, só aprendeu a operar o objeto.

Antes de continuar a caminhada, fazemos uma pausa para recompor as forças. Eles nos dão um pouco de água e alguns biscoitos. Também me ajudam a refazer o curativo da perna. Um dos rebeldes carrega consigo uma pequena mala de primeiros socorros. Ele me oferece panos limpos e uma pomada anestésica que ajudará com a dor e impedirá infecções. Lavo o ferimento, cubro-o com o medicamento e, logo depois, com algumas ataduras. O alívio da dor é quase imediato, e até consigo andar melhor. Quando vê que terminei, Galek diz que devemos seguir. Ainda com algumas dúvidas na cabeça, volto a caminhar ao lado dele.

— Como nos acharam? — pergunto.

— Foi ele — responde Galek, apontando para um dos mascarados.

Observo o homem e noto que anda curvado e tão devagar quanto eu, mas não parece ferido. Ao ver que Galek o menciona, ele vem em minha direção.

— Olá, menino Leran.

Conheço essa voz trêmula.

— Senhor Pinmur?

— Isso mesmo, meu garoto. — Ele retira o disfarce e coloca seus óculos redondos.

O que Alb está fazendo aqui? Será que nos seguiu após sairmos da loja? Provavelmente contatou os rebeldes assim que nos viu fugindo dos guardas no centro. Se não fosse por ele, acho que estaríamos mortos. Devo ao menos agradecê-lo:

— Obrigado, senhor Pinmur.

— Obrigado pelo quê? Eu não fiz nada. — E solta uma gargalhada.

Maluco.

Sigo calado nos próximos minutos e observo os magos mascarados. Eles protegem suas identidades ao enfrentar o governo. É uma decisão sábia. Com tudo o que vi no centro hoje, a retaliação deve ser pesada. O melhor a fazer é lutar no anonimato. Quando saímos das vielas e voltamos a nos misturar com o povo da Cidade Velha, todos os rebeldes tiram suas máscaras para não fazer alarde. Vejo que eles, exceto Pinmur, são jovens, o que prova que não são apenas os velhos comerciantes que lutam. É um conflito que envolve todas as gerações. Esses rapazes devem ser netos e filhos de controladores e aprenderam a técnica dentro da própria família, assim como eu.

Uma garota nos alcança e se aproxima de Galek.

— Deu tudo certo? — pergunta ele para a jovem.

— Sim, ninguém nos seguiu.

Ela é baixinha e tem grandes olhos castanhos. Os cabelos bem curtos são tingidos de vermelho forte, e o nariz é pequeno e largo. Tem algumas sardas também.

— Esta é a Boom, sobrinha de Simus. Acompanhou o resgate por cima das casas — diz ele. — Ela é boa em escaladas. Também é perita na arte da paralisia.

— Prazer. — Ela aperta minha mão. — E você, faz o quê?

— Encantos — respondo.

— Sim, igual ao seu avô, não é? Mas qual a sua especialidade? — ela pergunta.

— Como assim?

Ela ri antes de continuar:

— Ok. Eu faço orientações, mas controlo a eletricidade para paralisar. Você se especializou em quê?

— Em nada, por quê? Eu devo?

Ela demonstra surpresa e se vira para Galek:

— Nossa, Gabriel. Não tinham dito que ele era bom? Ele nem tem uma técnica especial. — Então, ela se volta novamente para mim e diz: — Sem ofensas...

Técnica especial? Ela só pode estar brincando comigo. Galek pede que ela tenha calma e me explique. Boom inicia:

— Você deve saber o que são as afinidades, certo?

— Sim.

— Eu, por exemplo, me dou bem com a eletricidade. Galek, com orientações e com fogo. Mas isso é só o começo para se tornar um bom controlador. É comum que os magos se especializem em algumas técnicas para se dedicar a elas durante a vida; é como uma profissão. Eu escolhi a paralisia. Desde então treinei muito para que minha habilidade se aprimorasse ao máximo. Um dia, ela será perfeita.

— Tenho mais afinidade com fogo também — digo. — Só que até agora não tive muito tempo para desenvolver nenhuma técnica especial. Eu encanto bolinhas de cobre.

Ela ri e logo engole a risada, percebendo que não gosto de sua atitude.

— Me desculpe. Você tem muito a aprender com seu avô.

Quem ela pensa que é para me diminuir assim? Não tive tempo e nem aulas suficientes para desenvolver minha técnica de encantos. Estou até orgulhoso com o que já consegui fazer. Essa garota não tem ideia de como absorvi a energia que minha irmã liberou naquela noite ou de como coloquei fogo na plataforma hoje. Se existe uma técnica na qual devo me especializar, nem descobri qual é. Por enquanto, ainda quebro um galho com o que precisar. Tem dado certo. Enfurecido, ando junto ao grupo e evito trocar olhares com qualquer um deles.

Estamos quase no Bairro das Oliveiras e o sol já está no horizonte. Até agora, tudo ocorreu tranquilamente. Judra seguiu o caminho todo calada, nem sequer notei sua presença. Luana, por sua vez, continua conversando com Alb e outros rebeldes. Parece distraída, e isso é bom. Gostaria de poder protegê-la de tudo isso, porém seu envolvimento é muito maior do que eu imaginava. Com essas crises de descontrole sobre as energias, ela irá se expor cada vez mais. A única coisa que posso fazer é ficar ao lado dela.

Avisto minha rua e Galek dá um sinal pelo comunicador para Coiote. Estamos prontos para pegar minha mãe e sair o mais rápido possível dali.

— Qual é o plano? — pergunto.

— Você vai distrair os guardas para que sua mãe saia.

— O quê? Nem correr direito eu consigo! — respondo, indignado. — Achei que você tivesse algo melhor em mente.

— Você não entendeu... — Ele balança a cabeça. — Olhe para trás.

Viro e dou de cara com uma imagem curiosa: sou eu. Parece um espelho, mas não é exatamente isso. Mexo meu corpo, e a cópia não imita meus movimentos. Olho com mais atenção e percebo algumas diferenças.

— Ele é idêntico a mim, só que tem olhos azuis e não verdes como os meus — digo, inocentemente.

Galek olha furioso para outro rebelde:

— Mael?

— Desculpe, é a primeira vez que o vejo — o rebelde se defende.

Mael aperta os olhos, tentando se concentrar; pelo menos eu acho que é isso. Estou sem entender nada. Quando observo novamente o rapaz parecido comigo, percebo a íris mudar de cor e, em segundos, ficar verde, como a minha. Com o susto, dou um passo para trás.

— O que é isso? — pergunto, surpreso.

— Mael é um ilusionista — diz Galek, atravessando os dedos pela minha cabeça... quer dizer, pela cabeça da cópia.

É uma ilusão, aparentemente perfeita. Mael é um modelador de Luz, e essa figura na minha frente é uma molda incrivelmente real. Seus movimentos são naturais, inclusive os involuntários. A cópia pisca e até imita a respiração humana. Aproximo meu rosto para ver de perto e não consigo olhar através. Parece sólido como um corpo de verdade. Transpasso minha mão pelo tórax e percebo que é apenas luz.

— Entendeu?

— Sim.

— Você só precisará gritar para chamar a atenção dos guardas. Mael se encarregará do resto.

— Parece fácil — digo, impressionado.

— E é — completa Mael. — Infelizmente, não consigo modelar sons para tornar minhas ilusões mais reais.

Fico imaginando o que uma pessoa bem treinada nessa técnica é capaz de fazer. Judra e Luana se aproximam e também ficam surpresas com a criação de Mael.

— Ele deixou você ainda mais feio, Le. Como pode? — provoca Luana.

— Não. Está lindo — defende Judra, entrando na frente de minha irmã. Aparentemente, ela está um pouco mais dócil agora.

Luana, que ficou atrás de Judra, arremeda o movimento que ela fez para me defender e zomba da situação. Olho para ela e balanço a cabeça. Não ligo para sua brincadeira sem graça. Galek pede que nos preparemos. Começaremos assim que o sol se puser por completo. À noite será mais difícil perceber o truque. O ilusionista se posiciona atrás de algumas árvores do bosque e eu chego mais perto de casa com Galek. Todos os outros esperam afastados.

De onde estou, posso ver três guardas parados na entrada de casa. Após o anoitecer, Galek faz sinal para que Mael inicie. Ele se concentra e minha imitação segue andando até ficar visível aos guardas. Eu, então, grito:

— Ei, vocês!

— Vejam, é ele. — Um dos guardas reconhece.

Os três correm na direção da cópia e ela foge para o outro lado, fazendo-os se afastar do bosque e de casa. Mais dois guardas saem dos fundos e também seguem naquela direção. Eles realmente estavam cercando tudo para ter certeza de que me pegariam assim que chegasse.

— Quanto tempo ele conseguirá manter a ilusão, estando aqui? — pergunto para Galek.

— Tempo suficiente. Entre na casa, pegue sua mãe e saia o mais rápido possível. Coiote e outro dos nossos irão ajudá-lo a pegar poucas, *eu disse poucas,* roupas. E é melhor sua irmã ir também. Assim que a ilusão acabar, iremos embora, com vocês ou não. Coiote tem ordens para deixar o local quando receber meu toque pelo comunicador. Entendido?

As instruções foram bastante claras. Galek chama Luana, Coiote e outro rebelde, e seguimos correndo para a entrada de casa. Subo na pequena varanda e empurro a porta, que estava entreaberta. Por dentro, as luzes estão apagadas e a sala, vazia. Chamo por minha mãe. Ninguém responde. Entro na sala e os três me seguem. Luana sobe correndo para procurar por cla nos quartos c já pcgar algumas roupas. Os dois rebeldes esperam próximo ao sofá. Vou até a cozinha, onde a escuridão continua. As cortinas estão fechadas, impedindo que qualquer luz de fora entre. Ao dar alguns passos, vejo a silhueta de alguém sentado em uma das cadeiras.

— Mãe? — pergunto, confuso.

Em resposta recebo um gemido, quase um choro. Tento acender as luminárias e elas não funcionam. Aproximo-me até notar que é ela sentada no escuro, amarrada e amordaçada. Corro para livrá-la e ela se debate desesperada, balançando a cabeça. Assim que tiro a mordaça, grita:

— Não! Corre daqui, meu filho! Corre!

Com o berro, os dois que estavam na sala vêm para a cozinha e percebem o que está acontecendo. Coiote sobe o pulso até a boca e diz assustado:

— É uma armadilha. Galek? É uma armadilha!

Meus olhos, que já se acostumaram com a escuridão, permitem que enxergue algo se materializar na frente dos dois. Trata-se de um ser encapuzado que surge entre mim e eles. Seus olhos amarelos se destacam na escuridão. Antes que qualquer um de nós fizesse algo, ele se vira para os rebeldes e os golpeia, usando duas espadas que retirou do meio das vestes negras. Ambos caem com os olhos abertos e as gargantas cortadas. Fico em estado de choque, observando o monstro. É um silenciador. Ele está dentro da minha casa, ameaça a mim e minha família. Meu pior pesadelo se torna realidade.

— Por favor, poupe o meu filho, por favor! — ela implora enquanto chora.

— Você se acha muito esperto, não é, Yandel? — diz ele, de costas para mim, ignorando completamente minha mãe.

Essa voz, eu a conheço. É aquela semelhante ao guizalhar de uma cobra que ouvi na sala de Felix. Será esse o tal Milo que o capitão mandou atrás de mim? Ele é um silenciador.

— O que você quer? — indago, com firmeza. Não sei de onde veio a coragem. Antes que ele responda, saco o arco das costas e aponto uma flecha em sua direção. — Você não é bem-vindo aqui — completo.

— O que vai fazer com isso? — ele pergunta ao se virar. — Você estará morto antes mesmo de soltar essa corda, garoto.

Talvez Milo tenha razão. Mesmo com sua cabeça na minha mira, eu não sei do que ele é capaz. Poderia me golpear antes mesmo de um disparo? E ainda sim não adiantaria acertá-lo, uma vez que minhas flechas não são letais... Só que ele não sabe disso. Por alguns segundos, o clima de tensão paira no ar e eu o encaro enquanto permaneço com o arco armado. Só me distraio ao ouvir Lua me chamar, assustada. Ela deve ter descido para a sala e viu os corpos na cozinha.

— Fique aí! — grito para ela enquanto retomo a atenção para o silenciador.

Ele sorri para mim e desaparece na escuridão. Disparo, porém minha flecha acerta a parede do outro lado. Como ele faz isso? Termino de soltar minha mãe com uma faca que estava na pia e entrego a lâmina para que ela se defenda. Ainda chorando, ela segura a arma com as duas mãos trêmulas e se desespera ainda mais ao ouvir o grito que vem da sala:

— Leeeeee!

É Luana outra vez. Armo outra flecha e corro para lá. Minha mãe me segue. Lua está na porta olhando para fora. Acelero para chegar até ela e vejo uma batalha acontecendo na frente de casa. Alguns guardas apareceram, e, neste exato momento, estão enfrentando os rebeldes. Todos colocaram suas máscaras novamente, e eu não consigo saber direito quem é quem. Tiros passam rasando pela porta e nos fazem abaixar.

— Precisamos ajudá-los — diz Luana.

Olho para a cozinha e corro agachado até os corpos para pegar o comunicador que estava com Coiote. Presa ao cinto do outro rebelde, encontro uma espada curta. Ela será mais útil que o arco agora. Ponho o comunicador no pulso e prendo o arco novamente nas costas. Volto para a entrada e continuo a observar a batalha.

Alguns guardas estão sem as pistolas e lutam usando grandes lanças. Uma rebelde baixinha, que só pode ser Boom, se movimenta entre eles com uma agilidade incrível. Seu tamanho permite que role e dê cambalhotas, se esquivando de todos os golpes. Ela até passa entre as pernas de um soldado. Enquanto escapa dos ataques, ela revida, socando os inimigos para causar paralisia instantânea. Já derrubou dois deles. Tem um brilho azul em seus punhos, como se estivessem eletrocutados; são seus disparadores. Boom libera energia a cada golpe.

Perto dali reconheço Galek, que, por sua vez, está atacando os dois guardas armados com pistolas. Ele tenta impedir que continuem atirando. Concentrado, o rapaz movimenta os braços e recolhe a energia ao seu redor até centralizá-la nas mãos, que se incendeiam. Após acumular calor suficiente, ele arremessa bolas de fogo na direção dos atiradores, deixando labaredas no ar que marcam a trajetória dos ataques. Um soldado corre em chamas e outro rola na terra, tentando apagar o fogo. Após a pausa nos tiros, conseguimos sair e corremos em direção a eles. No caminho, um soldado, surgido do nada, se coloca à minha frente e tenta me acertar com um golpe de lança. Por instinto, me defendo usando a arma que peguei. Assim que rebato seu ataque, empurro-o com meus ombros e o derrubo. Consigo passar com minha família pelo guarda caído e me junto aos rebeldes.

O grupo se reúne próximo ao bosque e permanece frente a frente com os soldados que restam em pé: quatro no total. Estamos prontos para atacar ou nos defender. Eles nos encaram. Dois deles ainda estão armados com pistolas, e os outros apenas empunham lanças. Mas somos a maioria, eles não têm chance.

Olho ao meu redor e conto cinco rebeldes mascarados: Galek e Boom, que já identifiquei, estão à direita; o homem curvado é Alb Pinmur, um pouco atrás, protegendo Luana e minha mãe; à esquerda, mais dois, sendo Mael o de azul, e o último é aquele que me ajudou com o curativo na perna. Sinto falta de mais gente. Coiote e outro rebelde estão mortos dentro de casa. Porém, não são só eles que faltam. Judra!

— Onde está Judra? — pergunto, apreensivo.

Todos se olham e ninguém sabe a resposta. Onde ela se meteu? Eu tinha dito para ela esperar aqui fora. Não sei o que houve enquanto eu estava dentro de casa. Teria ela fugido? Teria sido capturada? Não preciso pensar muito até ter a resposta. Uns trinta metros à minha esquerda, vejo Judra, presa pelos cabelos no punho de um silenciador. Com a outra mão, ele pressiona a espada contra o pescoço dela.

CAPÍTULO 12

— Judra! — grito, tentando obter resposta.

Sem sucesso, vejo que ela se mexe para se soltar. Ainda está viva. A arma que o silenciador usa para subjugá-la é enorme. Ele é enorme, facilmente ultrapassa os dois metros de altura. É ainda maior do que Felix. O monstro segura Judra com uma das mãos sem apresentar dificuldades. Não vejo seu rosto, mas tenho certeza de que ele não hesitará em matá-la se não fizermos o que ele quer.

— Diga o seu preço — falo, tomando a frente do grupo.

Galek me segura e diz, irritado, ao meu ouvido:

— O que você está fazendo, idiota? Vai bancar o herói agora?

— Precisamos salvá-la — continuo a conversa, cochichando.

— Eu tenho um plano. Coiote poderá nos ajudar... — Galek para imediatamente de falar ao ver meu pulso. — Esse é o comunicador dele?

Abaixo a cabeça, indicando meus sentimentos.

— Onde eles estão? Os dois que entraram com você — ele fala, um pouco mais alto. — Me diga, Leran!

— Eu os matei — a voz de cobra ecoa.

De trás dos guardas, surgem mais três silenciadores que param à nossa frente, e um deles segura duas espadas... É Milo, o assassino que cortou a garganta dos amigos de Galek.

— Desgraçado! — Galek grita, ameaçando atacá-lo.

— Eu não faria isso se fosse você — diz o homem que segura Judra. — Quer ver o sangue dela escorrer pelo jardim?

Galek recua, mas posso sentir seu ódio. O ar quente ao seu redor demonstra que ele está pronto para atacar a qualquer momento. Toda a energia está preparada para explodir. Porém, ele sabe que essa luta é arriscada. Estamos cercados, e um dos nossos é refém. Além dos guardas, quatro silenciadores estão preparados para nos matar. Apesar de dois deles estarem aparentemente desarmados, tenho certeza de que escondem algo em seus mantos, assim como aquele das adagas que vi no centro, e Milo, que retirou suas espadas das roupas. Eles usam armas diferentes mesmo. O que segura Judra empunha uma espada larga e curvada, deve pesar mais de vinte quilos, parecendo um enorme facão. Já as lâminas de Milo são finas e retas; demonstraram um corte bastante preciso ao degolar os rebeldes. Que técnicas esses outros possuem? Que armas irão sacar de suas vestes para nos atacar? Devem ser tão letais quanto as que eu já vi. Estamos com sérios problemas.

— Queremos os Yandel. Os outros podem fugir, assim teremos o prazer de caçá-los outro dia — diz Milo.

— Maldito — sussurra Galek, irritado.

Boom pede calma e pergunta o que devemos fazer. Percebo que Galek troca um longo olhar com ela. Parece-me que a garota entendeu o recado, seja ele qual for. Por alguns segundos, todos os rebeldes trocam olhares rápidos entre si, tudo tão discreto que Milo ainda aguarda a resposta para sua oferta. Galek faz um sinal com a cabeça, e Alb, que se vira no sentido de Judra, levanta um dos pés antes de pisar forte no chão. Por mim passa um tremor, e a terra chacoalha na direção do inimigo. Rachaduras se abrem pelo caminho e lá, onde está o assassino, o abalo é grande o suficiente para desequilibrá-lo e fazê-lo derrubar Judra. Vendo que perdeu seu trunfo, ele coloca o dedo indicador junto aos lábios e sopra, emitindo o chiado agudo que ouvi naquele dia no centro.

Antes mesmo de o barulho nos afetar, Galek lança toda a energia acumulada até o silenciador, que é obrigado a se defender com a grande espada. O impacto na lâmina o desarma, e as fagulhas do ataque respingam sobre as vestimentas negras. O gigante é lançado alguns metros para trás com a força da investida e cai pegando fogo.

Vendo a ofensiva rebelde, os soldados se preparam para atirar, porém Boom é mais rápida e envia uma esfera elétrica, que, ao acertar o chão, eletrocuta todos os inimigos, com exceção de Milo e dos outros dois silenciadores, que saltam para evitar o ataque. Tudo acontece muito rápido e praticamente ao mesmo tempo. Ao se olharem, os rebeldes organizaram um ataque sincronizado para neutralizar as duas frentes de ameaça.

Mas não acabou. Dois silenciadores voam em nossa direção, e o terceiro, que saltou para trás, se desloca para dentro de minha casa. Os guardas caem desacordados, e nós nos preparamos para nos defender dos agressores aéreos. O rebelde perto de Mael concentra um ataque e aponta para o alto; entretanto, antes que concretize a orientação, ele é acertado por uma lâmina bem no peito. Olho chocado para o homem, que cai morto ao meu lado. Logo, sou obrigado a me defender de outra lâmina voadora que ouço cortar o ar. Usando a espada, tenho tempo de desviar o trajeto da arma, que se finca na terra. O silenciador pousa na nossa frente segurando inúmeras lâminas muito afiadas em suas mãos: são diferentes tipos de facas.

Milo cai, investindo contra Galek, e tenta acertá-lo com seus golpes rápidos. O rebelde se esquiva dos primeiros ataques e saca sua arma para se defender. Galek também é ágil na arte da esgrima, mas não parece ser um adversário à altura do assassino. Boom corre para ajudá-

-lo e tenta acertar o inimigo com seus socos. Os movimentos dos três são tão velozes que não consigo acompanhar. Boom e Galek, além de bons magos, também foram treinados no combate corpo a corpo.

Não posso prestar muita atenção neles. O outro silenciador me olha, preparando novos arremessos. Antes que ele me ataque, Mael se coloca à frente e controla a luz, criando várias ilusões. Parece que ele se multiplica ao fazer cópias de si mesmo, e, assim, confunde o atirador de facas. Que técnica incrível!

Galek grita para que corramos. Apesar de eu hesitar em deixá-los para trás, acabo acatando. Principalmente ao ver que o silenciador do facão se levanta furioso e vem em nossa direção empunhando a arma. Ele retirou a capa, e as roupas queimadas já não escondem mais seu corpo. É um homem muito forte, o maior de todos os silenciadores que já vi. Os braços são musculosos, capazes de imprimir golpes potentes. Mas o ataque de Galek foi sério. As queimaduras deixaram grande parte de seus membros em carne viva, e seu rosto ficou deformado pelos ferimentos. Antes que chegasse até nós, Alb emite mais tremores em sua direção, mas ele os evita ao saltar e vir levitando. No ar, o assassino dispara uma corda que sai do dispositivo em seu pulso, prendendo um dos braços de Alb. O velhinho fica impedido de controlar a terra novamente.

Indefeso, Pinmur está prestes a ser golpeado pelo facão quando um raio, vindo do meio do bosque, desarma o silenciador. Surpreso, ele libera a corda e se movimenta para longe das árvores. Olho para trás e vejo mais mascarados chegando para nos salvar. São aproximadamente uma dúzia deles, e, assim que nos alcançam, atacam os silenciadores, forçando-os a recuar. Os três inimigos se juntam na frente da minha casa e o quarto, que havia entrado no sobrado após o ataque de Boom, reaparece. São novamente quatro à nossa frente, mas não são páreo para todos os rebeldes juntos. E eles sabem disso.

— Voltaremos a nos ver — diz Milo, com sua voz sombria.

O quarto assassino, cujas habilidades eu ainda não conheço, lança algo no chão e uma enorme fumaça os encobre. Um dos rebeldes manipula o ar naquela direção, dispersando a neblina, mas eles já sumiram. Não sobrou nenhum sinal dos silenciadores.

— Vocês estão bem? — pergunta um dos que chegaram.

— Sim, mas perdemos três dos nossos — Galek responde, nervoso.

O homem que fez a pergunta retira a máscara e agora posso reconhecê-lo. É Simus Calveta, amigo de meu avô e homem procurado pelos cartazes que vi no centro.

— Sinto muito, Gabriel. Vocês deveriam ter fugido e não os enfrentado.

— Dois morreram dentro da casa. Não tivemos escolha.

— E o terceiro morreu porque você decidiu lutar, não foi? — Simus indaga Galek.

— Fomos encurralados!

— É verdade, tio — diz Boom, que está ao lado de Galek. — Era a única saída.

— Vocês tinham poder suficiente para fugir se quisessem. As ilusões de Mael, suas paralisias e o controle de Pinmur. Além do mais, as ordens eram claras: trazer todos em segurança. — Ele aponta para Galek e continua. — Você, como líder da missão, deveria fazer melhores escolhas.

O sentimento de raiva de Galek é evidente.

— Estou cansado de fugir. Meu pai morreu fugindo. Essa postura de perdedor não é compatível com a posição de liderança que você ocupa. Nem sei por que votaram em você para nos comandar. Nós temos que lutar. Temos que matar esses desgraçados. Hoje eu consegui ferir gravemente um deles. Não são invencíveis... podem morrer.

Simus continua bastante centrado, sem se exaltar, mas é visível que o fato de sua liderança ser questionada não o agrada.

— Ainda não sei o que o seu pai fazia no dia em que morreu, mas definitivamente ele não tentou apenas fugir. Bretor disse que o viu enfrentar os silenciadores. Só que ele não teve a sorte que vocês tiveram agora. Todos iriam morrer se nós não tivéssemos recebido a mensagem de Coiote pelo comunicador. Meu papel é proteger as pessoas que estão ao nosso lado e não colocá-las em uma guerra na qual não possam vencer.

O clima está bastante pesado entre os dois. Boom se intrometeu no início e logo depois recuou. Agora está como todos os outros: em silêncio, observando. Acho que talvez eu possa acabar com essa situação.

— Pelo menos estamos todos a salvo — digo, tentando achar algo positivo.

— Todos a salvo? — pergunta Galek, indignado. — Perdi mais três amigos hoje. Amigos esses que, sem dúvida, já fizeram muito mais pela nossa causa do que qualquer um de vocês, que acabamos de salvar. Você não merece todo esse sacrifício. — Ele me empurra com o dedo indicador.

Furioso, Galek segue em direção ao bosque e desaparece. Alguns rebeldes, entre eles Boom e Mael, o seguem. Simus lamenta o ocorrido:

— Não se importe com o que ele diz. Galek não superou a morte do pai. O importante é que vocês sempre terão nossa proteção. Devemos isso ao Caio.

As palavras de Simus são tocantes. Ele realmente possui uma admiração enorme pelo meu pai. Após falar comigo, o líder da Guilda segue para verificar os rebeldes que permanecem conosco, como Alb.

— Está bem, velho amigo?

— Mas é claro — responde Alb, desprendendo a corda do silenciador, ainda grudada em seu pulso.

Simus ordena que parte dos rebeldes recolha os corpos, e eles começam o trabalho. Em seguida, vai conversar com minha mãe. Tenho a impressão de que eles já se conhecem. Decido não ficar prestando atenção na conversa e vou até Judra para ver como ela está.

Nenhum arranhão à vista, mas parece em choque. Tento acalmá-la por alguns minutos e pergunto para os membros da Guilda se eles têm água. Recebo uma garrafa cheia.

— Isso vai ajudar — digo, oferecendo a bebida.

Ela pega a garrafa e pede para ficar sozinha. Eu respeito sua decisão.

Os rebeldes discutem sobre algo e eu tento entender o que acontece. Um deles pergunta como os silenciadores teriam preparado essa armadilha se Coiote foi enviado logo que Alb avisou sobre a perseguição no centro. Minha mãe diz que eles chegaram poucos minutos após sairmos e a mantiveram como refém o dia todo.

— Mas o tal Milo estava com Felix no centro. Quando cheguei aqui, ele também estava na casa — complemento.

— Quem é Milo?

— O silenciador com as espadas.

— Como você sabe disso, garoto? — pergunta um dos rebeldes.

— Reconheci a voz dele. É bem característica.

— Você tem certeza, Leran? — demanda Simus.

— Absoluta.

— Ótimo, já temos o nome de um deles. Poderemos usar essa informação no futuro.

— Mas como ele entrou na casa sem ser visto? — pergunto.

— Provavelmente ele pode ficar invisível. Alguns silenciadores têm essa habilidade também — diz Simus.

É claro, agora faz sentido o desaparecimento no meio da escuridão. Conto como ele nos surpreendeu e matou Coiote e o outro rebelde com facilidade.

— Não é melhor irmos? — pergunta minha mãe a Simus.

— Vamos esperar a garota se acalmar — diz ele, se referindo a Judra. — Na verdade, todos precisamos de descanso antes de voltarmos. Quinze minutos será o suficiente. Uma longa caminhada até o

Covil nos espera. Além do mais, acho muito improvável que aqueles silenciadores reapareçam por aqui tão cedo.

Minha mãe se senta com Luana e elas conversam com os rebeldes. Simus se afasta do grupo e fica olhando para o bosque. Aproveito a calmaria e me aproximo dele.

— Você o conheceu?

— Seu pai? Sim, um homem de muito valor. Era o meu melhor amigo.

Simus e meu pai eram amigos? A notícia me deixa surpreso, não me lembro de vê-los juntos. Na verdade, vi Simus pela primeira vez na loja de meu avô.

— Crescemos juntos — continua ele —, mas nossa amizade foi se enfraquecendo, e, depois que ele se casou, não nos falamos mais. Fomos nos encontrar novamente em reuniões de comerciantes, em que discutíamos sobre as fronteiras.

— E o meu pai se tornou o primeiro líder de vocês, certo?

— Exato. Desde criança ele tinha essa habilidade: motivar as pessoas. Era carismático. Ao vê-lo liderar as reuniões, me lembrei de como eu o admirava, por isso me ofereci para ajudá-lo. É claro que nossa amizade não voltou a ser como era antes, mas conseguimos conviver o suficiente para reunir um grupo maior que lutaria por nossa causa. Só que tudo tomou proporções inimagináveis naquela época.

— O governo reagiu de forma inesperada — completo.

— Sabíamos que não receberiam bem os protestos, mas não imaginávamos que seriam capazes de fazer o que fizeram, o que continuam fazendo até hoje. Após a morte de seu pai, todos se dispersaram. De uns anos para cá, temos reunido aqueles que estão sob a ameaça do governo para que, juntos, consigamos nos proteger melhor.

Tudo o que ouço me faz admirar Simus. Seu altruísmo e seus ideais são dignos de respeito. Se ele realmente foi um grande amigo do meu pai, também tem minha lealdade. Irei ajudá-lo. Afinal, agora sou tão rebelde quanto ele, quanto todos os outros. Eu e minha família nos tornamos foragidos. Não é mais possível voltar à vida que levávamos antes.

Enquanto conversamos, os rebeldes recolhem o cadáver do homem que foi atingido pela faca e um deles me chama para perguntar onde estão os cadáveres dos outros dois assassinados. Mostro o lugar, mas digo que prefiro não acompanhá-los. Já vi tristeza demais por hoje. Simus pede que eles recolham tudo, a fim de enterrarmos os corpos antes de sairmos. Desta forma o governo não reconhecerá nenhum dos falecidos e não poderá perseguir suas famílias. Os corpos dos soldados, por outro lado, foram amontoados na parte lateral da casa e provavelmente serão deixados ali.

Três rebeldes entram no sobrado para buscar os cadáveres e Alb manipula a terra, preparando grandes buracos, ou melhor, covas, no solo do bosque. Os homens trazem o corpo de Coiote e o colocam na vala. Alb a fecha em seguida. Fazem o mesmo com o rebelde morto pela faca voadora e voltam a adentrar a casa para recolher o último. Lua se lembra de que deixou a sacola com as roupas cair na escada da sala e decide ir até lá para pegá-la.

— Luana, espera! — grita Judra, se levantando. — É melhor você ficar por aqui.

Minha irmã já está quase na entrada quando se vira e olha para Judra, tentando entender o motivo do pedido.

Na verdade, nós precisamos das roupas. Talvez Judra só não queira que Luana veja o corpo dentro da casa. Decido ir até Luana, mas, antes de chegar perto, vejo uma luz no interior de nossa sala que se intensifica e emana pelas portas e janelas. Luana permanece de frente para mim, sem perceber o que acontece lá dentro. Tento alertá-la, mas não dá tempo. A casa inteira explode. Coloco os braços para proteger meus olhos da luz forte e sou arremessado no chão.

— Luana! — minha mãe berra lá de trás.

Levanto-me ainda zonzo e corro para onde a casa estava. No seu lugar, restam apenas pedaços de concreto e madeira em chamas. Tenho que passar por cima de muito entulho até chegar à minha irmã, caída e desmaiada. Seguro sua cabeça, apoiando sua nuca na palma de minha mão. Tento reanimá-la, chamo seu nome... Ela não responde. Sinto apenas sangue escorrer entre meus dedos.

CAPÍTULO 13

Como eu poderia viver sem Luana? Como seria ter outra pessoa querida retirada de mim pelas mãos do governo? Sinto um ódio gigantesco. Só não é maior do que o desespero que inunda minha alma ao vê-la desacordada, gravemente ferida. Levanto-a nos braços e grito por ajuda. Minha mãe, Simus e Judra nos cercam. Luana feriu a cabeça, precisa de cuidados urgentes. Vamos em direção ao bosque enquanto Alb e os poucos rebeldes que sobraram rodeiam a casa em busca dos homens que estavam lá dentro. No fundo, todos sabem que a chance de terem sobrevivido não existe. Até mesmo enterrá-los é desnecessário. Seus corpos foram carbonizados e estão irreconhecíveis agora.

Nossa maior preocupação no momento é salvar minha irmã. O coração ainda bate, mas a hemorragia é forte. Enquanto ando, um rastro de sangue fica pelo caminho.

— Pressione aqui com isso — diz minha mãe, colocando um pano no ferimento.

Entre minha mão e a cabeça dela, seguro o tecido, que logo fica ensopado e vermelho. Lua estava muito próxima à explosão, alguns escombros foram arremessados com violência contra seu corpo, isso sem contar as queimaduras que o calor pode ter causado. Se Judra não tivesse chamado sua atenção, ela teria entrado na casa e estaria morta. Simus se oferece para carregá-la e eu aceito. Minha perna está doendo, não consigo apoiar muito peso nela. Ele vai à frente para mostrar o caminho e o seguimos correndo, para chegarmos ao Covil o mais rápido possível.

Deixando o Bairro das Oliveiras, encontramos Galek e os outros rebeldes que haviam saído antes.

— O que aconteceu? Ouvimos uma explosão e voltamos correndo.

— Colocaram bombas na casa — diz um dos rebeldes que estão conosco.

— É claro, o quarto silenciador desapareceu durante o combate — lembra Boom.

Esse desgraçado deve ser o especialista em explosivos de que meu avô falou. Enquanto lutávamos com os outros, ele entrou em casa e preparou as bombas. Conseguiu matar mais três rebeldes e deixar minha irmã nesse estado. É um covarde.

O caminho é realmente longo; andamos o mais rápido que podemos. Já na Cidade Velha, Simus nos guia por vielas. A essa hora, as ruas estão vazias, o que ajuda a passarmos despercebidos. Após entrar em uma pequena casa, chegamos à escadaria que nos leva ao subterrâneo. Esse é o Covil.

São muitos degraus até uma enorme porta de aço. Galek bate três vezes em um botão do lado direito e diz uma palavra estranha. Deve ser um código. Algum tipo de mecanismo se ativa com a mensagem, a porta se destranca e abre sozinha. Do outro lado, há um galpão com portas nas laterais. Mais rebeldes nos aguardavam, e um deles pega Luana dos braços de Simus e a leva. Tento ir atrás, mas eles permitem somente que minha mãe a acompanhe. Simus pede que eu aguarde.

Permaneço no galpão observando tudo enquanto espero por notícias. Este lugar deve ter sido um grande depósito no passado. A ventilação é feita por tubos no teto, não há janelas. Vigas de aço ficam dispostas por todo o espaço, sustentando a construção.

Boom e Mael trazem comida e água. Arrumam tudo na mesa em um dos cantos e chamam Judra e eu para o jantar. Uma tigela com pães duros e creme de queijo são nossa entrada; depois, um insosso ensopado de frango com vegetais; para a sobremesa, três jujubas açucaradas. A aparência de tudo é bastante desagradável. Para piorar, minha preocupação não me permite ter fome.

— Não é nenhum banquete, mas você se acostuma — diz Boom.

Agradeço e me sento para comer. Os outros rebeldes já se dispersaram pelas portas, sobrando Galek, Boom e Mael. Eles também se sentam e dividem o jantar conosco. Preocupado, eu apenas reviro a gororoba com a colher.

— Calma — diz Judra. — Vai dar tudo certo.

— É — completa Mael. — Safira é muito experiente em tratar ferimentos. Sua irmã estará ótima em breve.

— Safira Bordenco? — pergunto, surpreso.

— Sim, você a conhece? — Boom indaga.

— É minha vizinha.

Não sabia que Safira era uma rebelde. Será que ela sabe controlar as energias como os outros?

— É a melhor curandeira que temos — completa Mael.

Eles me dizem que a cura também é algo possível por meio do controle. Isso explica como minha lesão nas costas melhorou em minutos. Tê-la no grupo é fundamental, principalmente com todos esses enfrentamentos entre a Guilda e os soldados. Inúmeros rebeldes precisam de cuidados médicos após tantas investidas do governo.

Depois de forçar um pouco, consigo ingerir o suficiente para interromper os ruídos que vinham do meu estômago. Em seguida, sou convidado a conhecer meu quarto.

— Quarto? — pergunto.

— Sim, você ficará aqui a partir de agora — diz Galek. — Dividirá o quarto comigo e Mael. Judra poderá ficar com Boom e as outras meninas.

— Eu não posso ficar — diz Judra. — Minha família deve estar preocupada.

— Pelo menos esta noite você não terá opção — Galek retruca, sem paciência. — Amanhã, veremos se será possível deixá-la sair.

Judra faz cara feia, mas acata. Tenho a impressão de que a estadia aqui não será das melhores. De qualquer forma, antes estar com a Guilda de magos do que com o governo.

Boom leva Judra para o quarto delas e eu sigo Mael e Galek por outra porta. Passo por um corredor e mais passagens aparecem. O lugar é imenso.

— O que era aqui?

— Uma fábrica de armas — responde Galek. — Tem umas caldeiras lá nos fundos, onde fundiam o metal.

Ele me explica tudo o que ouviu dos rebeldes mais velhos. Essa fábrica foi desativada há mais de sessenta anos, muito antes do problema das fronteiras e do conflito com o governo. Aconteceu quando o exército de Acigam passou a importar armamentos mais modernos de outras cidades. O processo de fundição era dominado pelos ferreiros, que, após o fechamento das fábricas, foram abrir suas próprias lojas no centro, ampliando o comércio livre na cidade.

O lugar tem todo esse tamanho porque também servia como depósito de materiais e armas finalizadas. Galek promete que me apresentará pessoalmente ao famoso Bartolomeu Norano, um dos trinta artesãos que trabalhavam neste galpão há mais de meio século e também um dos três procurados que reconheci nos cartazes. Ele é considerado o melhor ferreiro de Acigam.

Pergunto se esse não é um esconderijo um pouco óbvio, e ele diz que o governo provavelmente nem sabe que lugares assim ainda existem. Não eram somente os ferreiros que trabalhavam aqui, mas inúmeros operários responsáveis pelos estoques de matérias-primas e produtos acabados. Todos perderam o emprego após o fechamento das fábricas.

Esses trabalhadores moravam em alojamentos dentro dos galpões e, sem terem para onde ir, acabaram construindo pequenas moradias no entorno das fábricas abandonadas, cobrindo completamente as entradas com barracos e casebres. A Cidade Velha não era assim no passado, mas hoje é tomada pela pobreza daqueles que foram abandonados pelo governo. Além desse galpão onde os rebeldes se escondem, Galek diz que existem outros parecidos nos subsolos de diversas partes da cidade. O governo não teria por que desconfiar disso. E, de fato, não desconfia, já que iniciou as buscas no lugar mais óbvio: o mercado.

Apesar de ser abandonado, o Covil é bastante aconchegante e arrumado. O quarto no qual irei dormir tem seis beliches. Aqui também dormiam Coiote e os outros dois rebeldes que foram mortos por Milo e pelo silenciador que arremessa facas. Ver as coisas deles me faz sentir culpa.

— Sinto muito pelos seus amigos — digo, triste.

— Está tudo bem — Galek desabafa. — Devo desculpas a você pelo que disse. Nada foi culpa sua.

Galek é temperamental e esquentado, mas me parece uma pessoa muito honrada, corajosa e bastante leal à causa também. Tenho muito o que aprender com ele. Diferentemente de mim, Gabriel está inserido no conflito há anos, e, mesmo tendo quase a mesma idade que eu, seu domínio sobre as energias é muito maior. Tornou-se um guerreiro habilidoso. Apesar dessas diferenças, possuímos algo muito forte em comum: nossos pais foram assassinados por silenciadores. Tenho a impressão de que seremos bons amigos.

Alguém chama Mael no comunicador e ele diz que minha irmã está bem. Poderei vê-la em algumas horas. A notícia me alivia, e finalmente me permito descansar por alguns minutos. Mael deixa o quarto em seguida.

— Você não tem vontade de acabar com eles? — pergunta Galek.

— Com quem?

— Com os silenciadores que mataram seu pai.

É uma questão curiosa. Quando descobri o real motivo da morte do meu pai, fiquei muito furioso com o governo, mas não com o assassino. Será que o silenciador que o matou ainda está ativo? Será que é um dos que enfrentamos hoje? Confuso, eu respondo:

— Nunca tinha pensado nisso.

— Eu penso todos os dias — ele fala enquanto olha para cima, deitado na outra cama. — Mal posso esperar para colocar minhas mãos sobre o silenciador das adagas. Ele se arrependerá amargamente do que fez.

— Você acredita que podemos vencê-los?

— Nós vamos vencê-los — ele diz e se senta, olhando para mim. — Eu mesmo acabarei com muitos deles. O que fiz com o que segurava sua namorada foi só um aperitivo. Eles sabem que não temos mais medo.

Pelo visto Galek está determinado a se vingar. Apesar de suas palavras serem motivadoras, não sei se ele consegue raciocinar direito com tanto ódio. Não é à toa que Simus tem um pé atrás com ele. Seu desejo de retaliação pode colocar os outros em perigo.

Gabriel conta que largou a escola para ajudar o pai na loja da família e aprendeu o controle quando era menino. Desde então vem aprimorando a técnica de orientar o fogo. A relação que tinha com o pai era forte, o que justifica sua revolta. Nossa conversa segue até Mael voltar. Já posso ver Luana.

Corro para a saída do quarto e ele me pede calma para me guiar pelos corredores. Após passar por algumas portas, chego a uma espécie de enfermaria. Várias pessoas encontram-se deitadas em macas e outras se revezam para trazer alimentos e trocar curativos. Pela situação que vejo aqui, os últimos dias foram agitados no centro. No lado direito da sala, avisto minha mãe conversando com Safira e me apresso para chegar até lá. Na maca ao lado delas está Lua, com a cabeça enfaixada, dormindo.

— Ela está bem mesmo? — pergunto.

— Vai dormir a noite toda devido aos remédios. Acordará muito melhor — Safira responde.

— Tivemos sorte de ter você aqui — diz minha mãe a ela.

— Essa é a minha função: ajudar. Principalmente vocês, por quem tenho um carinho tão grande.

Safira é uma senhora muito especial. Extremamente cuidadosa e altruísta. Pessoas assim são raras.

— Safira, rápido! — um homem grita.

Ela vai até outra maca, onde um rebelde está tendo alguma crise de dor aguda. Ele se debate e geme de agonia. A senhora pede espaço e os outros se afastam. Pelo que entendi, ele está com uma infecção séria por conta dos ferimentos. Fico olhando de longe, curioso, enquanto Safira coloca uma de suas mãos na testa do ferido e fecha os olhos. Em volta dela, percebo o fluxo de energia se formando. Ele flui em torno de seu braço como se fosse líquido fluorescente e escorre até a cabeça do homem. Aos poucos ele se acalma e as dores parecem diminuir. Mais alguns segundos e ele dorme tranquilo.

— Deverá melhorar até amanhã. Continuem aplicando os antibióticos que preparei.

Sua técnica é impressionante. Será que ela ajudou Luana com isso também? Com a gravidade do ferimento recebido na cabeça, minha irmã não poderia estar dormindo agora, tão serena, como se nada tivesse acontecido.

É enquanto passo meu olhar pela enfermaria, alternando entre rebeldes feridos e Luana, que noto meu avô, deitado em outra maca mais ao fundo. Vou até ele e vejo que seu estado é mais sério do que o de Luana: diversas ataduras pelo corpo escondem os ferimentos. Levanto uma delas e vejo um arranhão fundo em três cortes; parece feito pelas garras de um animal. Chamo Safira e pergunto, assustado, o que aconteceu.

Meu avô chegou ao Covil bastante abatido e quase não conseguia falar. Pediu incansavelmente que nos trouxessem para cá o mais rápido possível. Simus ficou preocupado, mas decidiu esperar até o dia seguinte. Quando Alb informou que estávamos no centro procurando pelo meu avô, o líder da Guilda ordenou de imediato que Galek e os outros fossem ao nosso encontro e que também vigiassem nossa casa.

Safira diz que meu avô está dormindo desde ontem. Ele já não corre mais perigo, porém precisará de muito repouso para se recuperar completamente. Aceno com a cabeça, mostrando que entendi, e me ofereço para ajudá-la. Tudo o que quero agora é ver minha família bem e saudável. Farei o possível para que ele e Lua melhorem depressa.

Quero ficar na enfermaria com eles, mas minha mãe não cede o lugar por nada. Safira pede que os demais se retirem e deixem os feridos descansar. Quando volto para o quarto, Galek e Mael já dormem. Eles deixaram algumas roupas sobre a minha cama; devem ser para mim, afinal eu só trouxe para cá os panos do corpo e meu arco. Pego a muda de roupas e sigo até o banheiro comunitário que Mael havia me mostrado no caminho da enfermaria. Na torneira, apenas água gelada. Pelo menos o banho servirá para esfriar a cabeça.

Após retornar ao quarto, não demoro muito para dormir. Logo os sonhos voltam a me atormentar. Luana, Judra, meu avô e minha mãe, sonho com todos. Enfrento batalhas contra silenciadores, que, dessa vez, são monstros ainda maiores e mais feios. É com a voz de Milo ecoando na minha cabeça que acordo: "Voltaremos a nos ver". Não quero vê-lo de novo, aliás, não quero ver nenhum deles. Gostaria que nada disso estivesse acontecendo, esse é meu verdadeiro desejo. Lembro-me dos receios que tinha a respeito do futuro e percebo que ter uma vida medíocre talvez não fosse tão ruim assim.

Sem conseguir pegar no sono novamente, saio do quarto na ponta dos pés para não acordar meus companheiros e sigo pelos corredores, explorando o lugar. Olho o piso, as paredes e cada detalhe que é possível enxergar através da penumbra presente em todos os cômodos. Passo pelo galpão da entrada e encontro dois rebeldes fazendo a guarda do grande portão de aço. Antes que me vejam, pulo para o outro corredor e continuo o meu passeio. Chego a uma galeria muito parecida com a que leva ao meu quarto. As portas daqui só podem ser de mais dormitórios. Antes de continuar, ouço passos e me oculto no vão atrás de uma viga. É Judra que sai de uma das portas e se assusta quando apareço em sua frente.

— Quer me matar do coração? — diz ela, colocando a mão no peito.

— Desculpe. Fiquei feliz por te encontrar acordada — sussurro.

— O que faz aqui?

— Não consigo dormir.

— Eu também não.

Ela parece cansada. Deve estar na mesma situação de estresse que eu, afinal quase foi morta pelo silenciador do facão. Pego sua mão e a levo para um canto onde tem mais luz. Ficamos sentados um ao lado do outro, trocando carinhos. Sinto que ela está triste. Puxo conversa, mas ela se esquiva. Minha opção é permanecer oferecendo o ombro, onde a loura continua apoiada até o silêncio ser quebrado:

— Eu não aguento mais — diz ela.

Tento acalmá-la, falando coisas que todos dizem em situações como essa: "tudo ficará bem", "você está segura aqui" e outras frases sem efeito algum, inclusive sobre mim mesmo. Judra permanece me olhando com lágrimas nos olhos. É a primeira vez que a vejo desse jeito. Sempre foi tão forte e segura de si. Encontro-me em uma situação bastante atípica deste relacionamento.

— Preciso dizer uma coisa pra você — continua ela.

Suas palavras alimentam minha curiosidade. Enquanto encaro seus olhos, penso rapidamente no que ela poderia me contar, e, ansioso, enumero possibilidades que variam de me deixar muito frustrado até não mudar nada na nossa relação. Porém, vejo sua expressão frágil e isso me faz querer protegê-la. Antes que fale qualquer coisa, dou-lhe um beijo suave que leva a um terno abraço. Permanecemos ali parados, quietos.

— Nada que você disser vai mudar o que eu sinto — digo baixinho em seu ouvido.

Um sorriso tímido brota de seus lábios. Ela gostou do que eu disse. Antes que eu pudesse segurar minhas palavras, impulsionado pelo momento e pelo turbilhão de sensações que inundam minha cabeça, completo:

— Porque estou completamente apaixonado por você...

Fecho os olhos, tentando voltar no tempo, como se eu pudesse agarrar as palavras que fugiram da minha boca. O que ela vai pensar? Esse não era o momento de dizer isso. Você é maluco, Leran? Nós já estamos saindo há algum tempo, mas não há tempo suficiente para entregar tudo assim, de bandeja.

Judra fica sem graça após minha declaração impensada. Ela sorri e suas bochechas se preenchem de vermelho. Em vez de retribuir com palavras, ela me beija, o que parece ser o mais justo, considerando a situação na qual a deixei. Finjo esquecer o que disse e torço para que ela faça o mesmo. Após mais alguns minutos, Judra já está mais calma e me diz que precisa dormir.

— Estou muito cansada. Podemos continuar essa conversa amanhã?

Apesar de ela não ter me falado o que queria, acho justo deixá-la descansar antes de continuarmos. Eu também tenho coisas para dizer a ela. Preciso explicar sobre os encantos, sobre minha irmã e diversos outros fatos que aconteceram até agora. Ambos devemos estar com a cabeça fresca para conversarmos. Ela me dá um último beijo na boca e me agradece com a voz ainda triste. Aceno com a cabeça e lhe dou outro beijo no rosto. Judra se levanta e segue pelo corredor. Antes de entrar no quarto, se vira, olha para mim por alguns instantes e finalmente abre a porta.

Ela está muito abatida. Talvez uma boa noite de sono lhe faça bem. Enquanto sigo para o meu quarto, continuo pensando a respeito do que Judra poderia me dizer, mas acho que aguento esperar uma noite.

Fiquei tão preocupado com minha declaração de amor que achei melhor não forçar nada. Talvez ela estivesse somente insegura quanto à nossa relação e eu confirmei o que sinto. Deve estar mais tranquila agora. É claro que essa é a melhor das hipóteses. De qualquer forma, amanhã resolveremos tudo.

Entro no quarto sorrateiramente e subo na cama. O cansaço é tão forte que, assim que deito a cabeça no travesseiro, me sinto engolido pelos lençóis. Em questão de segundos, apago. Abro os olhos e percebo as luzes acesas.

— Que horas são? — pergunto-me, franzindo a testa. Protejo meu rosto da iluminação com o braço e me viro para ver se tem alguém no quarto. Os garotos não estão aqui; dormi muito mais do que deveria. Sobre a cadeira, encontro um bilhete de Galek que me avisa para ir até o refeitório, onde será servido o café. Junto ao pedaço de papel está uma nova muda de roupas: calça preta e camiseta branca. Visto-as e saio.

De acordo com as instruções no bilhete, basta seguir o corredor até a terceira porta à esquerda e virar novamente na segunda porta, onde acharei uma bifurcação e... Essa fábrica antiga é quase um labirinto! Vou seguindo por mais uns três corredores até encontrar outro grande galpão. Inúmeras mesas com bancos acoplados estão dispostas pelo lugar. Balcões de alumínio sustentam as cumbucas de comida, aparentemente com muito mais espaço vazio do que alimentos expostos. Pego dois pães, um pouco de leite e procuro um lugar para me sentar. Não avisto ninguém que conheço. Sento-me na primeira mesa vazia que encontro e começo a comer.

A comida não é nada boa. Fico me perguntando como fazem para conseguir mantimentos e outras coisas essenciais. É claro que a maioria, sendo comerciante, deve ter seus próprios estoques de produtos, e todos estão colaborando com o que podem; contudo, com tantas lojas destruídas e com o governo à procura deles, fica difícil buscar as coisas lá fora.

Assim que termino de comer, saio do galpão e ouço alguém me chamar. É Boom. Isso me lembra de que preciso conversar com Judra. Cumprimento a baixinha e pergunto:

— Você viu a Judra?

— Sim. Saiu logo cedo, voltou para casa. Simus a liberou.

Como assim? Foi embora sem me falar nada? Eu sabia que ela estava estranha. Seria sobre isso que queria conversar ontem?

— Foi por esse motivo que vim procurar você — continua Boom. — Ela pediu que eu te entregasse isso.

Boom me mostra um envelope fechado. Pego-o e agradeço. No caminho de volta para o quarto, eu o abro e encontro uma carta dobrada. Sinto um frio no estômago ao ver a letra dela, escrita da mesma forma como no papel amassado que ela arremessou para mim no Mirante. Entro no quarto e fecho a porta para ter um pouco de privacidade. Sento na cama para ler tudo com calma. Imagino Judra dizer cada palavra:

Le,

Desculpe por sair sem te avisar, não tive coragem de me despedir. Deveria ter falado o que eu precisava... Eu fui fraca, não pude continuar. Agora temo já ser tarde demais para reparar todos os erros que cometi.

Apesar do que aconteceu, gostaria que você soubesse o quanto apreciei cada momento ao seu lado, mesmo aqueles nos quais corremos perigo. Conhecer você foi a melhor coisa que aconteceu na minha vida em anos. Cada beijo, cada abraço, cada palavra doce, cada sorriso, tudo foi verdadeiro e ficará guardado no meu peito como a maior prova do que vivemos. É importante deixar claro que você não tem culpa de nada. Você é maravilhoso. Merece tudo de melhor que o mundo pode oferecer.

Refleti muito sobre minha vida e cheguei à conclusão de que estou fazendo tudo errado. Preciso acertar as coisas, e essa decisão poderá colocar não apenas a minha vida em jogo, mas a vida de muitos outros. Posso me arrepender no futuro, mas hoje é a única saída que faz sentido, e, uma vez tomada essa decisão, será necessário seguir um rumo diferente.

É por isso que estou deixando esta mensagem. Quero que você seja muito feliz, muito mesmo. Porém, isso não será possível em Acigam. A cidade não é mais segura para você. Pegue sua família e fuja daqui, descubra uma maneira de passar pelas fronteiras e desapareça. É o melhor que você tem a fazer agora. Será a única forma de continuar vivo.

Desejo muita sorte a você e espero que fique bem.

Adeus,
Judra

CAPÍTULO 14

Quando uma pessoa com quem você se importa deixa sua vida, o sentimento de perda é inevitável. Senti algo parecido quando meu pai morreu. Mas tenho certeza de que sair da minha vida nunca foi algo planejado por ele. Agora o sentimento é diferente: a perda se mescla à rejeição, e essa palavra explica perfeitamente o que sinto. Judra me rejeitou, abandonou-me por motivos que ela mesma não foi capaz de explicar com clareza nesta carta.

Sobre o papel, deixo cair poucas lágrimas, que mancham a marca de batom deixada por ela. E não sei se são de tristeza ou de raiva. Estaria eu ressentido porque ela foi embora? Irritado comigo mesmo por ter talvez forçado a barra e a assustado? Ou simplesmente chateado por me deixar levar por uma paixão idiota? Após alguns minutos, me acalmo e leio a carta novamente.

Algumas coisas não fazem sentido. Por que Judra decidiu me deixar? E quais erros foram cometidos e devem ser reparados? Ela ficou tão abalada com a rebelião e com tudo o que aconteceu que seus pensamentos deixaram de ser coerentes. Essa saída sem dar explicações é muito estranha. Ela sugeriu ainda que eu fugisse e deixasse tudo para trás. Estaria com tanto medo assim? Talvez ela também pretenda fugir.

O que seria loucura... A fronteira é vigiada e qualquer um que tente atravessá-la será preso ou até mesmo morto.

Continuo sentado na cama, divagando sobre o que devo fazer. Poderia tentar procurá-la na cidade, mas seria arriscado devido ao conflito no centro. Além do mais, eu nem cheguei a conhecer a casa dela. Nós sempre nos encontrávamos nas proximidades do mercado ou no Bairro das Oliveiras, lugares onde eu tenho certeza de que ela não andará tão cedo. Talvez, se eu fosse até o Bargio, pudesse ter alguma pista, só não sei como chegaria até lá sem o trem. É, estou de mãos atadas. O que tenho a fazer é aceitar sua decisão e focar minha mente no conflito e em como posso manter minha família a salvo.

Nos dias que seguiram, continuei pensando em Judra, mas logo tive outros problemas com que me preocupar e, em um período curto, já não dispus mais de tempo para gastar com tais lembranças. Hoje, semanas após termos chegado ao Covil, o conflito na cidade está pior. O exército não apenas caça e captura pessoas como está matando sem antes perguntar. De acordo com o que ouvi, já são centenas de assassinatos de pessoas consideradas inimigas do governo, sem contar os desaparecidos. Surgiram mais relatos de ataques de silenciadores, e, pelo jeito, Milo e outras figuras conhecidas, como o silenciador das adagas, do facão e das bombas, continuam na ativa.

A cada dia chegam mais refugiados ao Covil. Comida e espaço são recursos escassos. A enfermaria da senhora Bordenco também está carente de remédios. Mesmo com sua habilidade em curar, ela já não dá conta de atender toda a demanda.

Simus, pressionado por uma ala rebelde mais radical, ordenou alguns ataques a prédios importantes da cidade, como o principal depósito do centro, que estava sob a guarda do exército e abrigava mantimentos, entre grãos e comida não perecível. Sem essa investida, certamente já estaríamos sem ter o que comer. Porém, quanto mais a Guilda enfrenta o governo, pior a situação fica. Após a onda de ataques feita pelos rebeldes, os governantes reforçaram a mensagem que Felix havia passado em seu discurso e acusaram os magos de serem responsáveis por quase todos os males que existem no mundo.

Mais cartazes foram espalhados pela cidade, além de diversos discursos feitos por ministros, chamando a atenção do povo para a ameaça crescente da "magia". O governo se aproveitou do grande temor que a população tem a respeito do desconhecido e apresentou o conflito como uma luta entre o bem, representado pelo próprio governo e sua vontade de garantir a ideologia ensinada a todos desde sempre, e o mal, representado por seres desordeiros que querem destruir a paz do povo. Chegaram a acusar os rebeldes de serem os responsáveis pela pobreza e pela fome da população, mas sabemos que os verdadeiros culpados por isso sempre foram os que hoje acusam. No final das contas, Felix conquistou mais alistamentos, aumentando sua força perante a Guilda.

Apesar de Simus ter permitido ataques, suas ordens permanecem muito rígidas a respeito do confronto direto com o exército, principalmente com os silenciadores. As investidas são sempre na surdina, tentando poupar o máximo de vidas. É claro que essa postura continua sendo malvista por Galek, que, por sua vez, tem movido a opinião de diversos rebeldes contra a liderança passiva de Simus, inclusive ganhando apoio de outros membros mais antigos, como Babo Seranto. A situação entre Simus e Galek não está nada boa. De um lado, um homem experiente, que zela pela segurança das famílias daqueles que já foram mortos e dos que ainda lutam. Do outro, um jovem corajoso e cheio de vontade de lutar, com uma sede de vingança inspiradora para outros que também perderam entes queridos no conflito. Galek tem como principal desejo a punição dos responsáveis; ele quer derrubar o governo a todo custo ou pelo menos morrer tentando. Essas duas opiniões distintas dividiram a Guilda, e a rachadura já começa a afetar a tomada de decisões dentro do grupo.

Em poucas semanas, meu avô e Luana ficaram totalmente recuperados. Consegui conversar com ele a respeito de tudo o que aconteceu na festa e de como evitei uma tragédia no quarto de Lua. Ele não ficou muito surpreso com a notícia, talvez já soubesse de algo. Ordenou que permanecêssemos quietos a respeito de tudo, mas disse que Luana precisaria aprender a controlar sua habilidade. E foi o que ela fez.

Minha irmã passou a ter aulas com Simus e outros orientadores, demonstrando em pouco tempo uma evolução extraordinária. Seus próprios mentores comentaram a velocidade na qual aprendeu técnicas complexas como lançar esferas, controlar ondas de energia e ainda levantar barreiras protetoras. Contudo, não descobrimos suas reais afinidades. Ela mostrou certa facilidade em orientar a luz, mas não foi tão feliz com o fogo e a água.

Na minha opinião, ela deve ter alguma ligação com as trevas também. Infelizmente, não temos nenhum controlador especializado nesse elemento aqui no Covil, o que dificulta o aprendizado dela em técnicas específicas. Mas é só olhar para Luana que fica clara sua afinidade com as trevas: a personalidade meio sombria, o sarcasmo, a perspicácia. Muitas de suas qualidades e defeitos têm essa origem. Além do mais, a energia que concentrei naquele candelabro não era de luz. Sua cor púrpura e a forma como ela se deslocava no ar não se pareciam em nada com o que outros orientadores de luz fazem ou até mesmo com o que Lua tem feito nos treinos. De qualquer forma, assisti-la treinar é muito interessante.

Há alguns dias, Simus pediu que Luana enfrentasse sua colega de quarto, Boom, em um combate utilizando técnicas não letais. A baixinha é uma excelente orientadora, além de ser mais velha e mais experiente que minha irmã. Mas Simus já depositava confiança na habilidade de Lua e achou que ela estaria pronta para isso.

Naquele dia, as duas ficaram se olhando alguns segundos antes de Boom iniciar com duas esferas elétricas que Luana evitou com os braços. O contra-ataque foi rápido e obrigou a adversária a pular no chão para se esquivar. Lua disparou mais ataques alternando suas mãos; e Boom, com uma agilidade incrível, correu pela arena de treinos desviando de cada esfera luminosa. As orientações de Luana acertavam o chão, as paredes e até os espectadores; uma delas derrubou um rebelde que assistia da arquibancada improvisada e ele ficou desacordado por quase três horas.

As duas estavam tão concentradas que não percebiam ninguém ao redor. Boom continuou correndo e passou a atacar ao mesmo tempo, forçando Luana a recuar. Minha irmã usou a técnica da barreira para impedir os ataques. A execução não era perfeita, mas foi suficiente para se proteger de Boom enquanto ela disparava. O combate só terminou porque Luana, evidentemente cansada, baixou a guarda e foi pega por um soco paralisante. De pronto, a própria Boom cessou o efeito para averiguar se minha irmã estava bem.

Simus ficou satisfeito com o que viu e parabenizou Lua. Aquele duelo foi realmente excitante. Apesar de ter perdido, Luana me deixou impressionado. Tenho certeza de que, com mais algumas semanas de treino, será difícil derrubá-la.

Agora moramos mesmo no Covil: minha mãe, meu avô, minha irmã e eu. Ajudamos no que podemos e, apesar de eu insistir em participar de missões assim como Galek e Mael, Simus achou prudente me manter com tarefas mais simples, como servir comida, ajudar na enfermaria, carregar mantimentos e preparar as sessões de treino. Em paralelo, acabo treinando quase todos os dias. Tenho melhorado minhas habilidades de combate, como esgrima, luta corpo a corpo e arco e flecha, que são o meu foco. Musculação e exercícios também me ajudam a desenvolver um corpo mais forte e resistente, capaz de empunhar espadas mais pesadas e disparar flechas a distâncias maiores.

Além disso, continuo aprendendo encantos, não só com meu avô, mas também com outros magos que me auxiliam com técnicas diferentes. Tenho de estar preparado.

Em minhas últimas lições, finalmente aprendi encantos explosivos. Consegui transformar bolinhas de cobre em potentes granadas capazes de derrubar paredes. Nem sempre consigo treinar essa técnica por aqui, pois preciso usar uma das caldeiras à prova de calor. Meu encanto de fogo também se aprimorou, e agora já consigo concentrar a energia em um tempo muito menor. Não uso mais meu corpo como condutor, por isso me livrei de efeitos colaterais indesejados. O único encanto com que ainda tenho dificuldades é o de congelar; tive apenas pequenos avanços. Queria ter a mesma facilidade de Luana. Mas, às vezes, tenho a impressão de que ela não é como os outros.

Descobri que meu avô, diferentemente de mim, usa os dedos para iniciar seus encantos. Quando ele usava o olhar para incendiar as bolinhas de cobre, eu já achava o máximo, mas, quando o vi utilizar os indicadores para fazer encantos melhores, fiquei boquiaberto. A quantidade de energia que ele desloca para o objeto é enorme. Na verdade, para encantar também usamos disparadores. No meu caso são os olhos, por isso ficam com o brilho vermelho. Ultimamente eles têm brilhado em quase todos os encantos.

Galek também tem me ajudado com o treinamento de armas. Ele é bom com espadas, e meus treinos de combate geralmente contam com suas dicas: "mantenha a guarda", "defenda embaixo", "ataque por cima". Com isso aprendi diversos golpes e técnicas de defesa. Continuei treinando com as flechas de ponta de borracha, já gastas de tanto acertarem alvos e serem reutilizadas. Sou o único arqueiro aqui; eles não têm munição nem material necessário para treinos com essa arma. E por que precisariam disso se utilizam o controle para atacar a distância? Minha solução foi improvisar um alvo com alguns colchões velhos e placas de madeira. Nos galpões extensos consigo disparar a grandes distâncias, melhorando minha pontaria a cada tiro.

O tempo aqui dentro passou tão rápido que nem percebi meu aniversário se aproximando. Fui pego de surpresa por uma comemoração que minha família armou escondida. Em meio a tantas coisas ruins acontecendo, é sempre bom termos uma festa, mesmo que pequena. O bolo, na verdade, era um bombom com uma velinha espetada em cima, e Luana improvisou chapeuzinhos de festa com pedaços de cartolina. Naquele dia, me dei conta de quantos amigos eu já tinha feito aqui. Muitos se reuniram para me desejar felicidades, e assim nos divertimos até a madrugada. Não é sempre que alguém faz dezoito anos. Sou um adulto agora, e serei cobrado como tal. Minha voz terá mais peso dentro do grupo, e minhas decisões deverão conter muita responsabilidade. Sou, de fato, o homem da família.

Já nesta posição, fui convidado a participar de reuniões sobre a rebelião a fim de decidirmos as ações da Guilda. Mael e Galek já frequentavam esses encontros, mas eu nunca tinha conversado com eles a respeito. Pude perceber que a divisão de opiniões é maior do que eu imaginava. Os dois lados discutem feio para decidir o que deve ser feito. Simus ficou com sua liderança claramente enfraquecida, e nem mesmo pessoas de respeito dentro do grupo, como meu avô e Alb, conseguem ter suas vozes ouvidas. No último debate, estávamos decidindo sobre a instalação de outra base rebelde no lado leste da cidade. A intenção era aliciar e acolher rebeldes que não conseguiam chegar até aqui.

Ocorreu uma divergência de opiniões com relação à forma como essa base deveria ser instalada. Simus preferia procurar uma fábrica como essa onde estamos e lá fazer bases escondidas, evitando conflitos diretos. Já Galek defendia a tomada de um lugar estratégico na cidade e pretendia realmente instalar uma base militar, assim seria possível ter mais uma frente para atacar o centro, chegando ao quartel principal e ao Palácio do Governo pelos dois lados. Apesar de poder dar minha opinião, decidi apenas ouvir. É uma decisão difícil. Acho a ideia de Galek arriscada. Seria impossível manter nossa localização em segredo. Mas já estou cansado de me esconder, e talvez a única forma de acabar com isso seja nos impondo militarmente.

Depois de algumas reuniões, Simus teve de recuar. A ideia de Galek foi apoiada por Babo e outros membros de peso. Durante alguns dias, vários rebeldes seguiram separados para o lado leste da cidade, visando ocultar a movimentação. Em seguida, articularam o ataque. O alvo escolhido foi o Mirante. Um lugar pouco protegido pelo exército e estratégico devido à sua altura. Seria fácil tomá-lo.

Além disso, o Mirante é importante por estar próximo a uma grande construção desativada, que fica mais ao leste. Trata-se de uma torre não muito alta, mas que se destaca no céu da cidade devido à sua localização no terreno elevado da região. No topo, há uma cúpula feita de grandes chapas metálicas, enferrujadas após anos de desuso. O lugar está inabitável há muito tempo, contudo o governo permanece com guardas vigiando as entradas. Sempre foi assim. Alguns especulam a respeito do que se pode encontrar lá dentro, porém ninguém nunca teve interesse em descobrir... até agora, pelo menos. De acordo com o que entendi, a escolha do Mirante como base também permitiria à Guilda ter maior acesso a essa torre.

Eu não sabia, mas eles desvendaram para onde o pai de Galek havia ido na noite em que foi morto. Alguns comerciantes do lado leste viram o grupo correndo dos guardas, e eles vinham da direção da antiga torre. Relatos apontaram que os magos teriam invadido o lugar antes de fugir. Quando soube disso, Simus decidiu investigar o que Carlos Galek poderia ter descoberto de tão sério a ponto de enviarem os silenciadores em sua captura. Após algumas conversas com moradores mais antigos, Simus revelou que a torre era usada por um cientista chamado Willian Khun, vindo do exterior. Lá, ele e sua equipe realizavam estudos sobre o céu. A cúpula costumava abrir, revelando uma grande luneta que apontava para as estrelas; era um observatório. Por meio dele, Khun teria feito descobertas a respeito de como as energias se movimentavam lá no alto, estudando a verdadeira teoria da criação do mundo.

Agora, os rebeldes acreditam que esses estudos possam contrariar a política antimagia defendida pelo governo de Acigam. Poderão mostrar ao povo que o controle é algo natural. Isso certamente colocaria a hegemonia de Cadorcia em risco. É claro que o governo ordenou o fechamento da torre assim que descobriu sobre os estudos, banindo da cidade qualquer prática semelhante. Não se sabe o que aconteceu com o cientista, mas alguns acreditam que suas descobertas permanecem na torre, esperando para serem reveladas. A instalação de uma base próxima seria de vital importância para o sucesso da investida rebelde.

No dia da tomada do Mirante, Babo Seranto e Gabriel Galek ficaram no Covil orientando o grupo que seguiria na missão. Os rebeldes não tiveram dificuldade em render os guardas que protegiam a estação de trem e a entrada do lugar. O sucesso da investida foi muito comemorado, e, depois de alguns dias, vários se mudaram para a nova base, o que aliviou o estado de superlotação no Covil. Apesar do risco da ação, a estratégia ainda foi bem-sucedida em recuar parte do exército de Acigam para o centro, deixando diversas áreas do lado leste descobertas, com exceção de alguns guardas que permaneceram vigiando o antigo observatório.

O território rebelde avançou, e mais uma base foi instalada no extremo leste, colocando o governo em uma situação delicada do ponto de vista geográfico. A Guilda também recebeu novos membros, e as bases passaram a abrigar não só foragidos, mas também voluntários. Nada comparado com a quantidade de soldados que o governo conseguiu no mesmo período, é claro.

Até o nosso quarto recebeu um novo hóspede: Lucas Salazar, filho do dono de uma grande livraria na cidade. Ele teve o pai morto há algumas semanas e parece estar lidando bem com isso. Lucas é extrovertido, um pouco excêntrico e muito inteligente. A longa franja escura na testa e os óculos quadrados dão a ele um ar intelectual. Resumindo, é um cara bacana. Diz ele que já leu muitos livros, e foi por meio deles que teve contato com a ciência e o controle. Seu pai tinha um acervo gigante de obras sobre as mais diversas técnicas. Livros trazidos durante muitos anos para a cidade e que ficavam escondidos no subsolo da loja. Tudo foi queimado pelo exército e o senhor Salazar, punido com a morte por incentivar práticas ilegais. Seus dezesseis anos e o gosto por leitura fizeram com que Lucas se entendesse com Luana.

É pensando em minha irmã que, neste momento, estou me dirigindo ao quarto do meu avô; quero conversar com ele sobre algo que venho adiando há dias. Bato na porta e ele me manda entrar. Está sentado em uma poltrona, lendo um livro. Os mais velhos e experientes possuem quartos individuais aqui no Covil. São menores que os comunitários como o meu, porém mais reservados.

— O que está lendo? — pergunto.

— Um romance. Estou tentando me distrair um pouco.

Percebo que, em seus braços, as marcas da luta permanecem. Cicatrizes em finas linhas paralelas, lembrando o ataque de um animal. Na verdade, não foi nada selvagem que o atacou, e sim um silenciador com uma arma diferente. Meu avô contou o que aconteceu: o agressor usava garras de aço presas em seus punhos. Os ataques eram potentes, rápidos e letais. Lutando, os dois destruíram a loja. Meu avô ficou seriamente debilitado após o confronto. Conseguiu fugir ao acertar um encanto explosivo no tórax do assassino que o lançou para fora, quebrando a porta de vidro. Ele não ficou para ver se tinha matado o inimigo. Saiu escondido pelos fundos e partiu em direção ao Covil, onde chegou quase se arrastando.

Isso me lembra que ainda estou com o amuleto que achei naquele dia. Tiro a peça de dentro da camiseta e a solto do meu pescoço.

— Vô, esqueci de devolver isto ao senhor — digo e estendo a correntinha.

Ele arregala os olhos, demonstrando surpresa:

— Achei que o tivesse perdido para sempre! Caiu enquanto eu lutava com o silenciador das garras. Que bom que você o achou.

— O que significa? — digo, referindo-me ao símbolo do amuleto, uma espécie de estrela formada por diversas pontas que partem de uma joia negra e redonda incrustada no centro.

— É um objeto de sorte — ele explica, enquanto pega a peça e a aprecia, segurando-a na palma da mão. — Eu dei ao seu pai quando Luana nasceu. Decidi guardar como lembrança após a morte dele.

— É uma peça bonita — falo ao vê-lo prender o cordão por trás do pescoço. — Falando em Luana, é justamente este o principal motivo da minha visita — digo, sentando-me na cama. — Estou preocupado com ela.

— Por quê? — pergunta, elevando os ombros.

— Seus avanços estão indo rápido demais. Ela ainda é frágil, deve ser protegida. Tenho medo de que a envolvam em missões.

Meu avô me olha por alguns segundos, talvez procurando a melhor forma de me dizer o que pretende.

— Sua irmã é muito mais forte do que você imagina, Leran — começa ele. — Concordo que ela deva ser poupada agora, mas não teremos como protegê-la para sempre. Por isso é importante que você treine muito. Deverá defendê-la até que ela possa se virar sozinha.

Essas palavras soam como se algo terrível fosse acontecer. Tenho de proteger Luana para que ela se proteja depois? Como se essa guerra fosse durar dezenas de anos.

Antes que pudéssemos terminar a conversa, alguém bate à porta.

— Quem é? — pergunta meu avô.

— Mael, senhor Yandel. O Le está aí? — Meu avô sorri e me manda abrir a porta.

Saio e pergunto o que ele deseja. Mael diz que Simus está à minha procura e pede que eu o siga. Encontro Simus, Galek, Babo e outros rebeldes que me aguardam na sala de reuniões. Estão todos sentados à mesa, comendo enquanto discutem. Quando percebem minha chegada, param o que estavam fazendo e Galek inicia:

— Chegou o dia, meu amigo — diz ele ao se levantar. — Todos concordaram. Você está pronto para participar de uma missão.

A notícia me surpreende. Sinto uma mistura de entusiasmo e medo. Não sei por que fico assim, afinal eu treinei para isso. Mas os pesadelos ainda não me deixam dormir. Os silenciadores me aterrorizam. Meu estado de inércia é quebrado pela chegada de meu avô, que me abraça e me parabeniza.

— Você provou que tem muito valor, Le. Eles reconheceram isso. Agora, terá de provar que também tem responsabilidade.

— Vou provar — afirmo, com um ar sério. — Você já sabia, não é? — pergunto, lembrando-me de sua expressão no quarto, quando Mael foi me chamar.

Meu avô acena com a cabeça, confirmando.

— Seria bom sabermos com quais tipos de arma você vai querer se equipar — diz Babo, enquanto tenta se livrar dos farelos de pão em seus dedos.

Tipos de arma? Não treinei com muitas delas. Não tenho tantas opções assim.

— Uma espada curta — digo, me referindo à arma com a qual aprendi técnicas de combate corpo a corpo. Ela também é perfeita para um arqueiro. Posso empunhá-la com apenas uma das mãos, mantendo a outra livre para segurar o arco, sem ter de largá-lo caso um inimigo se aproxime.

— Algo mais?

— Preciso de flechas.

Mas isso eu acho que eles não vão conseguir. Afinal, ainda uso as flechas com ponta de borracha dadas pelo meu professor.

— Ok, vamos ver como Bartolomeu poderá nos ajudar — responde Galek.

Simus e os outros concordam, e Galek me leva a uma das salas com caldeiras, onde Bartolomeu continua exercendo sua função como ferreiro. Os tanques estão cheios de ferro fervente, que será usado para a confecção de mais armamentos para a Guilda. Ao me aproximar, percebo que ele manuseia o líquido de uma forma diferente. Não se trata de um ferreiro comum. Ele é um controlador e usa magia para derreter e moldar o metal.

— Bom dia, senhor Norano — diz Galek. — Este é Leran. Ele precisará de algumas armas.

Galek passa as especificações da espada que solicitei, e Bartolomeu tira algumas medidas do meu corpo para confeccionar a armadura. Peço algo leve; não posso ter meus movimentos prejudicados a ponto de não conseguir atirar. Até uso a armadura de Galek como exemplo; ela é feita com uma malha fina que protege o tórax e as braçadeiras guardam os braços, dando muito mais mobilidade do que as armaduras do exército. Oferecem menor proteção, mas já ajudam a evitar um golpe de espada ou o estilhaço de uma explosão.

Conto para ele que atiro flechas, e ele decide fazer só a ombreira do braço esquerdo, deixando o braço direito livre para que eu consiga puxar a corda do arco com maior facilidade. Também me mostra alguns tipos de proteção para as pernas, e eu escolho uma que protege as canelas e pode ser usada por baixo da calça. Após decidir sobre a armadura e a espada, pergunto se ele consegue me ajudar com as flechas.

— Flechas? Será necessário madeira para fazer as hastes. E penas também — Bartolomeu intervém.

— Na verdade, tenho muitas flechas com ponta de borracha. Só preciso de ponteiras mais úteis.

— Entendo. Posso fazer isso sem problemas, meu filho. Me diga o formato da ponta.

Ele me mostra alguns formatos que sabe fazer e diz que, dependendo do tamanho e da forma como é feita a ponta, a flecha pode ter utilidades diferentes. Eu não sabia disso, afinal nunca as usei para matar ninguém. De acordo com ele, algumas são mais indicadas para perfurar armaduras, pois são mais firmes e mais pontiagudas; outras geram maior estrago quando encravadas na carne da vítima, sendo muito difíceis de ser removidas devido ao serrilhado em suas laterais. Há muitas opções, mas acabo escolhendo a mais simples. Acho que toda essa variedade vai me atrapalhar quando tiver de escolher uma flecha na aljava.

— E qual material você prefere?

Material? Sei lá qual material! Para mim, todas as flechas têm pontas de ferro. O importante é serem úteis em combate.

— Qualquer um. Só não quero essa borracha — digo, mostrando a ponta de uma de minhas flechas.

No entanto, uma luz invade a minha mente e, por alguns segundos, fico parado sem ouvir nada ao meu redor. Penso apenas na ideia que acabo de ter.

— Pois bem, vou fazer de aço. Acho que serão melhores para...

— Espera — interrompo-o bruscamente. — Não, não, aço não.

Bartolomeu olha para mim e estranha a reação que tive. Galek, também sem entender, me pergunta:

— Então o quê, Le?

— Cobre — digo com os olhos arregalados, imaginando o resultado do meu pedido.

— Como?

Viro o rosto para Galek e o seguro pelos ombros. Decidido, confirmo:

— Quero ponteiras de cobre!

CAPÍTULO 15

Essa é a flecha que fará a diferença ao enfrentar o governo. Também vai definir o meu estilo de combate. O segredo está em unir minhas duas maiores habilidades em uma só arma. Apesar de estar tudo muito claro em minha mente, Bartolomeu não entende a solicitação.

— Cobre? — ele questiona. — É um material tão frágil. Não vai perfurar nem as armaduras mais finas.

Galek também estranha o pedido e me pergunta se tenho certeza.

— Tenho! Preciso de ponteiras de cobre.

Eles demoram para compreender o motivo, mas acabo por convencê-los. Bartolomeu se compromete a fazer pelo menos metade do volume de hastes com pontas de cobre. E eu concordo em ter a outra metade em aço; vou precisar de flechas normais também.

Agradeço Bartolomeu e saio com Galek. A produção levará poucos dias. O que tenho a fazer agora é esperar até tudo ficar pronto e sair em minha missão. Mas, afinal, qual é a minha missão? E é exatamente isso o que pergunto a Galek.

— Vamos entrar no observatório e trazer os documentos que acharmos — ele responde.

— Que tipo de documentos?

— Não me disseram. A intenção é encontrarmos alguns manuscritos ou evidências escritas pelo próprio Willian Khun.

— Nossa... Será que existe algo assim lá? — pergunto, desconfiado.

— O pessoal do acampamento no Mirante ainda não entrou. Estavam à espera de reforços para passarem pelos guardas com mais facilidade. Por isso querem que também entremos. Depois, traremos tudo para cá. É nesta base que estão as pessoas mais velhas e experientes. Talvez eles consigam identificar o que os manuscritos dizem.

Quais seriam as pessoas capazes de entender o que um cientista escreveu? Meu avô, talvez. Quem sabe Safira? Bartolomeu também é inteligente. E tem o Alb Pinmur... Não! Ele não.

A missão não é tão simples quanto parece. Ficaremos alguns dias acampados com os outros no Mirante, elaborando uma estratégia junto ao grupo rebelde que nos acompanhará.

Nos dias que passam, minha ansiedade só aumenta. Quero muito ajudar a Guilda a encontrar algo que sirva de arma nessa guerra ideológica. Porém, ao passo que minha excitação cresce, meu temor também se intensifica. Poderemos encontrar inúmeros perigos ao cruzar a cidade com documentos aparentemente importantes. Será que o governo também tem interesse nesses papéis? É muito provável, caso contrário não deixaria guardas lá.

Tenho certeza de que não será fácil entrar. Além disso, o fato de andarmos pelas ruas sitiadas do centro já representa uma ameaça significativa para me tirar o sono. A cada noite, na espera da missão, os pesadelos se intensificam. É sempre a mesma coisa: silenciadores matando pessoas e, às vezes, me matando. Milo ameaça a mim e minha família, transforma-se em diversos tipos de monstros ao falar com sua voz aterradora. Porém, nos últimos dias, um sonho um pouco diferente chamou minha atenção.

Eu estava sozinho no bosque outra vez, perto da minha antiga casa. Buscava a esfera verde de sempre e, após meu encanto, o silenciador aparecia e me aprisionava em sua corda. Porém, quando aproximava seu rosto, não era mais um monstro, mas sim uma mulher de traços belos. Seus movimentos eram os mesmos do silenciador habitual: sacava a adaga com um sorriso sádico, lambia a lâmina da arma após se debruçar sobre meu corpo caído e a cravava no meu peito, me fazendo acordar. Esse foi o sonho mais nebuloso que tive até hoje. Toda a parte inicial acontece muito rápido, como se o tempo estivesse acelerado. Apenas no momento em que o silenciador revela seu rosto as coisas voltam ao normal e eu posso gastar mais tempo olhando a face da mulher que sente satisfação em me matar.

Quando finalmente chega o dia da missão, compareço ao local marcado horas antes de nossa partida. Sairemos após o anoitecer: Mael, Galek e eu. Poucas pessoas, para não despertar muita atenção. Além do mais, sendo só três fica mais fácil para Mael criar uma ilusão grande o suficiente que nos esconda caso haja perigo. Na sala de treinamento, já separei comida e água em uma mala. Dentro dela também coloquei alguns itens úteis, como o comunicador, pequenas tochas e uma corda. Alguns minutos antes da partida, Bartolomeu traz as peças que desenhou para mim e eu me espanto com o resultado. Elas são perfeitas. Extremamente leves, me permitem total mobilidade. A espada é excelente: corte afiado, ideal para usar com uma das mãos, como eu havia solicitado.

No entanto, o que mais me impressiona é o resultado obtido com as flechas. As ponteiras são precisas e, com o formato que ele criou, terão ainda mais velocidade ao viajar pelo ar. Ansioso, pego uma delas e preparo um tiro no alvo improvisado. Após disparar, observo seu caminho em linha reta até o colchão. Acerto bem no centro, a quase oitenta metros de distância. Com esse aparato, serei outro em combate.

Visto o peitoral da armadura por cima de uma malha preta sem mangas e prendo a ombreira no braço esquerdo. Coloco as braçadeiras e também uma luva de couro que conseguiram para mim. Arranquei a parte dos dedos; fica mais fácil manusear as flechas assim. Calço as botas e escondo as proteções da perna por baixo da calça marrom. Na testa, amarro uma faixa e impeço que a franja atrapalhe minha visão. Prendo a bainha com a espada no cinto e coloco a aljava nas costas, onde também penduro o arco. Estou pronto.

Galek e Mael usam armaduras de material parecido com o da minha. Mas a montagem acaba atendendo às necessidades específicas de cada um. Galek também deixa os braços livres para que consiga orientar o fogo sem problemas. Nas costas, ele prende sua espada, que é bem maior do que a minha, sendo necessário o uso das duas mãos para um melhor manuseio. Mael, por sua vez, usa um cinturão no qual ficam presas suas armas: dois machados de lâmina dupla. Antes de sairmos, Boom grita e lança três máscaras de pano.

— Não se esqueçam disso!

Temos orientações para esconder o rosto em qualquer conflito. Assim como Mael, coloco meu disfarce em um dos bolsos da mala, que Galek inicia carregando. Ele é o maior de nós e o mais forte também. Não se incomoda muito em carregar peso, mas em breve revezaremos.

Na hora da despedida, dou um abraço forte em minha mãe e em Luana, e meu avô me pede cuidado. Sandra Galek também está bastante aflita com tudo. Gabriel lhe dá um beijo na testa e nós subimos as escadarias até as ruas estreitas da Cidade Velha.

Vamos nos embrenhando entre as casas para nos aproximarmos da linha de trem. A ideia é avançarmos para o lado leste pelos trilhos. Os trens já estão parados há dias, e o patrulhamento de guardas nas proximidades das estações diminuiu. Estão mais preocupados em proteger o centro e a Vila de Mármore, por isso abandonaram postos em regiões mais periféricas da cidade.

O lugar por onde andamos está escuro e um pouco destruído, mas não se compara com o que vi no centro há mais de um mês. A Cidade

Velha não parece ter mudado muito com o conflito. As pessoas só estão assustadas; as poucas que vemos rapidamente se escondem, fecham as janelas e andam apressadas para ficar o menor tempo possível expostas.

No meio do caminho, temos nossa atenção capturada por um grupo que passa em direção ao bairro de onde viemos. Com pressa, nos escondemos em um beco. Olho com mais atenção para eles e vejo, através da escuridão, a luz refletir no metal das armaduras. São guardas. Eles carregam armas de tiro maiores do que as usadas comumente.

— Metralhadoras? — Mael pergunta, em voz baixa, para Galek.

Ele afirma com a cabeça. O que seriam essas metralhadoras? Em um dos soldados, a arma está pendurada por tiras de couro que dão a volta em um dos ombros. De ponta a ponta, o objeto tem quase um metro, é feito de diversos canos grossos em um dos lados e, no outro, há um gancho que deve servir para apoiar a arma no atirador e dar maior precisão à mira. Os mesmos cristais vermelhos das pistolas estão incrustados por toda a lateral, o que indica que ela também dispara bolas de fogo. Ouvi relatos de que o governo teria adquirido um armamento mais potente. Uma dessas armas poderia substituir dez soldados descarregando suas pistolas ao mesmo tempo.

Esperamos até se distanciarem para continuarmos. Para onde estão indo? Será que acharam algum rebelde? Estariam atrás de algum fugitivo? De qualquer forma, nada podemos fazer; temos uma missão a cumprir. Continuamos mais alguns minutos até chegarmos aos trilhos. Antes mesmo que eu entrasse pela grade arrebentada, ouço uma voz. Acho que Galek disse algo...

— Oi? Me chamou?

— Eu não — ele responde.

Engraçado, tenho certeza de ter ouvido algo.

— Alguém na esc... — ouço novamente.

— Ouviu agora?

— Eu sim — diz Mael. — É o comunicador, Galek.

Galek o tira rapidamente da mala e fica mais fácil entender:

— Alguém na escuta? Socorr... — O som é interrompido por ruídos de interferência e gritos.

— Quem é? — pergunto.

— Parece a voz da... — inicia Mael.

— Boom! — completa Galek.

— É do Covil?

— Estamos sendo atacados... — continua ela, mas a interferência é muito grande. — Precisamos de aju...

Sua voz é engolida por um chiado muito agudo que emana do comunicador. Galek o deixa cair para tapar os ouvidos. Estamos todos atordoados com o som vindo do aparelho, até que este parece pifar e o ruído para.

— Parou de funcionar?

— Não, ele está em silêncio — responde Galek.

O som era o mesmo que os silenciadores usam para afetar o controle de energias. Apesar de o chiado ter passado pelo comunicador, ele não nos atingiu. Estamos longe demais do epicentro.

— Temos que voltar agora — digo. — O Covil está sendo atacado, e os guardas que vimos estão indo para lá.

Todos concordam. Nossa missão é importante, mas não podemos deixar nossa casa ser invadida. Galek larga a mala ali mesmo e nós voltamos o mais rápido que podemos, correndo como loucos. Rapidamente alcançamos os guardas, que marcham mais lentos em direção ao lado oeste. Eles devem fazer parte de um segundo batalhão enviado para reforçar o ataque.

Damos a volta por uma viela e passamos na frente deles, conseguindo chegar primeiro ao esconderijo da Guilda. Logo na entrada, vemos mais três guardas, Mael e Galek se encarregam de derrubá-los.

Sincronizando seus ataques, os dois desferem golpes precisos nos inimigos, que são atingidos por cortes de espada, machadadas e bolas de fogo. Descemos as escadarias e damos de cara com a porta de entrada aberta, sem sinais de arrombamento.

— Quem entrou tinha a senha — Galek suspeita.

— Ou eles podem ter rendido alguém — digo.

— Qualquer um se sacrificaria para não entregar os outros.

Galek tem razão. Ninguém poria em risco a própria família e os amigos. Eu preferiria morrer a entregar o Covil. Mas não perco muito tempo pensando em como entraram. O fato é que estão aqui, e precisamos ajudar os outros. Assim que Galek entra, balança a cabeça, demonstrando tristeza, e eu, em seguida, descubro o motivo: tem sangue por toda a parte, diversos corpos no chão. A carnificina começou.

— Cuidado com os silenciadores — lembra Mael.

Ele coloca as mãos no cinto procurando algo e não encontra.

— As máscaras?

— Ficaram na mala — conclui Galek. — Prefiro assim. Eles verão quem será o caçador hoje. — Sua fúria é voraz.

Mael fita Galek e faz um sinal com a cabeça. Ambos sacam as armas e eu preparo meu arco.

— Vamos ficar juntos e dar cobertura um ao outro — digo.

Andamos em direção aos corredores da direita. O silêncio permanece, e o interior do esconderijo fica, a cada passo, mais escuro. Os soldados provavelmente desligaram todas as fontes de luz para atrapalhar a defesa por parte dos rebeldes. Não precisamos andar muito para vermos feixes luminosos vindos de outro corredor à esquerda. Mael vai à frente para verificar se o caminho está livre e nós ficamos escondidos no escuro.

Assim que ele cruza para a outra galeria, seu corpo é atravessado por uma lança e uma expressão de dor toma seu rosto: um guarda o pegou. Assustado, preparo uma flecha para ajudá-lo, mas Galek abaixa meu arco com uma das mãos e me impede de atirar. Mael cai no chão, imóvel. Em seguida, o guarda se aproxima e, ao cutucar nosso amigo com o cabo da lança, o corpo desaparece. Confuso, ele olha para os lados, tentando entender o que aconteceu, mas, antes que descubra o truque, é golpeado por trás e cai morto. Mael o acertou. Agora entendi tudo... Ele havia enviado uma ilusão à sua frente.

— Muito bom, garoto — diz Galek.

— Tem algo ali — Mael indica uma passagem.

É de lá que vêm as luzes. Mael e Galek abrem cada uma das portas à nossa frente e eu miro para acertar o que aparecer. Lá dentro, rebeldes enfrentam soldados em meio a uma guerra de tiros e golpes de espada. Noto um guarda preparando seu ataque por trás de uma mulher e disparo em seu peito. Após meu tiro, eles notam nossa presença e se voltam contra nós. Mael se multiplica outra vez e toma a frente para confundir os atiradores. Ele nos dá espaço para contra-atacar. Derrubo mais dois guardas e Galek acerta um terceiro com suas bolas de fogo. Mael se aproxima dos outros que sobram de pé e começa a enfrentá-los com suas armas. Na verdade, nem sei qual é o Mael verdadeiro. Cópias fingem lutar com guardas, distraindo-os enquanto eu e Galek reunimos os rebeldes feridos e os direcionamos para outra porta. Nossa intenção é levar o maior número possível de sobreviventes para uma saída de emergência, que Galek diz ficar próxima à sala de treinamentos. Saímos correndo por mais um corredor e percebo que Mael já está ao meu lado.

— Como fez isso? — pergunto.

— Deixei cópias por lá.

Sua técnica é realmente incrível. Olho para trás e vejo as réplicas lutarem com os guardas, esquivando-se de ataques para que eles não percebam que são apenas ilusões. Porém, o truque não dura muito. Algo passa depressa por uma delas, fazendo a ilusão se desmanchar em pequenos pontos de luz. É um tipo de corrente com uma foice presa na ponta. Ela então se retrai, soltando-se do piso, onde ficou presa, e vai até a mão do silenciador, parado na entrada da sala. Ele a arremessa novamente e acerta todas as outras cópias de Mael enquanto gira a corrente e faz manobras habilidosas pelo salão. Assim que todas as réplicas estão reveladas, ele puxa a corrente e agarra a foice bem acima de sua cabeça. Antes mesmo que abaixasse a mão, vejo-o olhar para mim. Ele sabe que estamos fugindo. Disparo uma flecha até o centro da sala, na direção da cabeça do inimigo. Porém, ela é desviada pela lâmina da foice que o assassino coloca no caminho do tiro.

— Corram! — grito.

O silenciador é rápido e arremessa a arma, que vem zunindo até nós. Sigo para os fundos do corredor e a foice acerta a parede a menos de um metro de mim. Galek vira na bifurcação para a esquerda com os rebeldes que salvamos e Mael volta para me ajudar. De um lado da galeria está o silenciador, com seus olhos amarelos e a foice; do outro está Mael, segurando os machados e eu, que, mais uma vez, miro na direção do inimigo.

Ao invés de atacar, o silenciador sorri e dá espaço para um guarda, que para em seu lugar. Ele aponta uma daquelas armas enormes vistas na rua mais cedo, apoia-a na cintura e puxa uma alavanca na parte de cima, fazendo os canos da ponta rodarem. Olho para Mael e ele olha para mim; ambos sabemos que precisamos sair o mais rápido possível daqui. Corremos para a bifurcação, e o barulho da rotação do armamento só aumenta. Ouço estalos graves. Salto para o lado direito e Mael, para o esquerdo. Entre nós, uma rajada de tiros passa destruindo tudo, principalmente as vigas laterais que sustentavam o teto. A passagem desaba, isolando-me do resto do grupo; não há maneira de passar pelos escombros. Minha opção é seguir pelo corredor e achar outra saída.

Primeiro, tento identificar onde estou. Vivi aqui por mais de um mês, porém o lugar é realmente grande e os caminhos são parecidos: corredores se cruzando, galerias extensas e muitas portas. Não é necessário andar muito para encontrar mais guardas, que derrubo com flechadas. Entro, em seguida, em uma das salas do corredor. Estou na ala dos quartos das meninas. O de Luana é por aqui. Permaneço com uma flecha preparada, olhando para todos os lados. Ouço um ruído atrás de mim, me viro e disparo. Por sorte consigo mudar a direção da flecha a tempo e ela fica presa na parede, ao lado da cabeça de Lucas. Ele está abismado ao ver a seta estacada a poucos centímetros de sua orelha.

— Você está bem? — pergunto, me aproximando.

— Sim. Isso aqui está uma loucura.

— E os outros?

— Simus conseguiu levar alguns para a saída de emergência. Muitos já fugiram. Os silenciadores estão matando todos que ficaram.

— Você viu Luana?

— Foi justamente ela que vim procurar. Sua mãe também não sabe dela.

— Minha mãe está com Simus?

— Sim, e seu avô voltou para encontrar Lua... Eu o segui.

— E cadê ele?

— Não sei. Alguns guardas apareceram, ele os enfrentou. Tive de correr.

Meu avô e minha irmã estão em perigo. É possível que Luana estivesse com Boom quando ela passou a mensagem pelo comunicador. Tenho de achar o quarto delas. Peço que Lucas me acompanhe. O garoto está desarmado, não sabe lutar; também preciso protegê-lo. Entro em alguns quartos até achar o de minha irmã, não vejo nada suspeito. Por sinal, parece que ninguém entrou nele ainda. Continuo pelo corredor e, no fim dele, noto manchas de sangue que seguem na direção do banheiro feminino. Logo na entrada, um guarda está caído e os rastros seguem até as cabines do fundo. Corro até lá e vejo Boom, ferida seriamente no braço por um tiro; sua pele foi dilacerada. Ela já perdeu muito sangue e está bastante pálida. Precisa de cuidados médicos urgentes. Ao me aproximar, alguém sai de outra cabine e grita com histeria:

— Deixe-a em paz!

Viro assustado e vejo Luana, surpresa. Ao me reconhecer, ela me abraça forte e começa a chorar.

— Foi tudo tão horrível! — reclama. — Quero sair daqui.

— Vai ficar tudo bem — digo com firmeza. Em seguida, me abaixo para ver Boom e repito a frase. — Baixinha, você entendeu?

Ela está quase desmaiando, precisamos ser rápidos. Prendo o arco nas costas e pego a garota nos braços. Entrego minha espada para Lucas e peço que ele e Luana me ajudem, caso alguém tente nos atacar. Apesar de Boom ser pequena, sou o único capaz de carregá-la.

— Não sei o que eu faço, Le — diz Luana, assustada.

— Você treinou. Já é forte o bastante. Use o controle para nos manter seguros, ok?

Ela diz que sim com a cabeça e nós saímos do banheiro. Lucas vai à frente, abrindo as portas. Ele mal sabe segurar a espada. Luana fica atrás para dar cobertura caso algo aconteça. Vou conversando o caminho todo com Boom para tentar reanimá-la, mas não adianta, ela mal me responde. Pelo chão, encontro mais corpos, entre rebeldes e guardas. Alguns eu conheço; já outros, devido às máscaras, não consigo identificar.

Ao nos aproximarmos da entrada do refeitório, peço cautela a todos. Ouço sons de luta do outro lado. Faço sinal para Lucas abrir a porta e Luana se prepara para atacar qualquer inimigo que esteja à vista. Assim que a passagem se abre, damos de cara com um grupo de rebeldes enfrentando mais guardas. Porém, aqui a situação está completamente sob controle. Reconheço Brenda Rabeli e suas magníficas criaturas feitas de energia. São três moldas em forma de humanos que correm pelo lugar golpeando os soldados. Seus ataques são potentes, cada murro lança os inimigos a mais de dez metros de distância.

Além dela, Babo Seranto demonstra toda a sua experiência na manipulação de ar. Seu último ataque sopra guardas pelo corredor lateral do restaurante como se estivessem dentro de um canudinho. Voam tão longe que nem consigo mais vê-los. Por sorte, Safira também está aqui. Corro até eles e entrego Boom aos cuidados dela. Babo pega a garota de meus braços, um pouco enojado com o sangue, e ali mesmo Safira alivia seus ferimentos.

— A saída é por aqui — mostra Brenda ao me ver voltar para o corredor de onde vim.

— Não sairei sem meu avô — digo.

Pego a espada com Lucas e peço que ele e Luana sigam com os outros. Um deles acata, o outro, não. A teimosa diz que irá comigo.

— Você só vai me atrapalhar! — grito. — Por favor, vá com eles e eu ficarei tranquilo.

Não temos muito tempo para discutir devido a dois silenciadores que chegam ao galpão do refeitório. Antes que possamos fazer qualquer coisa, um deles nos afeta com o silêncio. O chiado vindo de sua boca nos atordoa e eu lanço uma flecha para tentar pará-lo. Infelizmente, minha mira está afetada. Erro o tiro por alguns centímetros. Sob o efeito do silêncio, Brenda não consegue manter suas criaturas vivas e elas definham até desaparecem por completo. O segundo silenciador saca uma besta e acerta o peito de dois dos rebeldes que estavam com o grupo. Vejo Brenda gritar enquanto eles caem no chão; no entanto, não a ouço. O primeiro assassino permanece com os dedos nos lábios, o que indica que ele é a fonte do silêncio.

Se eu puder derrubá-lo, ou pelo menos desconcentrá-lo, os magos poderão controlar novamente. A besta continua disparando, e, para escapar dos dardos, Brenda, Safira, Babo e Lucas vão em disparada para o corredor mais próximo, no sentido da sala de treinos. Eu permaneço no refeitório e me escondo atrás de uma das vigas. Luana corre até outra.

Quando os tiros param, saio e disparo na direção do inimigo. Mas não há ninguém lá. Sinto apenas uma sombra que indica algo acima de mim. Levanto a cabeça para olhar e recebo uma coronhada na testa; caio zonzo. Meu supercílio está aberto, e o sangue escorre pelo meu rosto. O silenciador levitou sobre mim e agora posa em pé na minha frente, apontando a besta. Acho que esse é o meu fim.

Antes do disparo final, algo o tira da minha frente. O assassino é lançado em direção à pilastra com violência e cai desacordado. Olho para o lado e vejo Luana. Ela disparou mesmo sob o efeito do silêncio? Não... O silenciador que estava na porta, nos impedindo de controlar, neste momento enfrenta meu avô, que empunha uma lança. Ele deve ter cortado o efeito da manipulação.

O inimigo é novamente o das garras. Desta vez, ele vai matar meu avô se eu não fizer algo. Ambos ficam trocando golpes, mas a superioridade do assassino é clara. Finalmente consigo me levantar e preparo meu próximo tiro. O silenciador percebe minha investida, mas não tem tempo de se esquivar por completo da flecha, que fica presa em seu braço. Mesmo com só uma das mãos disponível, ele é um inimigo forte e consegue atacar e se defender dos golpes desferidos pelo meu avô.

Preparo o segundo tiro, porém Luana grita, chamando minha atenção para a outra porta, de onde sai um guarda com a posse daquela arma devastadora. Ele inicia os disparos até nós e minha irmã toma a frente, erguendo os braços para formar uma barreira luminosa. A quantidade de tiros é enorme, Lua não irá aguentar por muito tempo. Cada impacto no muro de luz o faz ficar mais fraco e começam a surgir rachaduras, indicando que, em pouco tempo, as bolas de fogo irão atravessá-lo e estaremos mortos.

Meu avô, percebendo a situação, consegue acertar o silenciador no abdome e o derruba. Após se livrar do inimigo mais próximo, ele estende bruscamente o braço e aponta o dedo para o atirador. Seu indicador brilha e a arma nas mãos do soldado também; ele lançou um encanto no material da metralhadora. O guarda olha para baixo, nota algo diferente e solta o armamento no chão, parando de atirar. Antes que ele conseguisse se afastar o suficiente, a metralhadora explode e destrói toda aquela parte do refeitório. Luana cai ajoelhada, exausta. Corro para ajudá-la.

Aliviado, meu avô olha para nós. Parece que todos estão bem. Contudo, quando ele começa a andar em nossa direção, o silenciador vencido se levanta e ergue a garra para acertá-lo por trás. Ele só não consegue porque minha flecha é mais rápida e atinge sua cabeça, escondida dentro do capuz. Após cambalear, o assassino desaba e meu avô se vira assustado, vendo que o inimigo das garras está morto. Olho para o lugar onde o outro tinha caído após o ataque de Luana, mas ele desapareceu. Deve ter fugido, o covarde.

Ajudo minha irmã a se levantar e ela fica preocupada com o ferimento na minha testa. Rasga uma das mangas de sua blusa e improvisa uma atadura ao redor da minha cabeça para estancar a hemorragia. Oriento-a a seguir na direção dos outros. Desta vez ela obedece. Eu e meu avô vamos logo atrás. Devemos sair do Covil e levar todos até a outra base rebelde. Aqui já não é mais seguro. O pior de tudo é que não acabou. Quantos outros guardas devem estar aqui dentro? Quantos silenciadores? Vimos aquele grupo marchando para cá. O governo continuará enviando tropas até extinguir os rebeldes. Seguimos pelo corredor que dá acesso à sala de treinos. É para lá que Brenda e os outros foram, e é para onde Galek disse que deveríamos ir. Antes de chegarmos ao outro lado da galeria, a parede à esquerda explode e somos obrigados a nos abaixarmos. Protejo Luana com os braços e, após a poeira se dissipar, vejo que ela está bem. Eu também estou, foi só um susto. Meu avô ficou para trás e está tossindo devido à fumaça.

— Estou bem — diz ele.

O que será que foi isso? Outros devem estar lutando aqui perto.

— Vamos! — eu o apresso.

Meu avô anda em minha direção e sai da fumaceira. Agora posso vê-lo melhor. Ele acena com a mão, mostrando que está tudo ok, mas sua expressão muda rapidamente, de tranquilo para agoniado; franze a testa, demonstrando dor. Noto, então, uma lâmina atravessada em seu abdome.

— Não! — grito desesperado e corro para mais perto.

O assassino puxa a espada e meu avô cai, pressionando o ferimento com as mãos. Ele está tremendo e seus olhos não focam lugar nenhum.

— Olá, Yandel.

Aquela voz de novo? Milo... Esse cretino acertou meu avô. Luana, ao ver o que aconteceu, passa na minha frente gritando e lança diversos ataques contra o inimigo. Ele é obrigado a andar para trás, rebatendo algumas das esferas com as espadas. A energia que minha irmã orienta é muito grande, Milo não dá conta de avançar. Sem escolha, desiste e desaparece covardemente. Mais atrás, no início do corredor, surgem inúmeros guardas, e muitos deles seguram a metralhadora. Bem no meio da distância que há entre mim e os inimigos está meu avô, ainda respirando. Preciso acabar com esses malditos para poder ajudá-lo.

— Ei! — chamo a atenção para que todos tenham certeza de onde estou, mesmo oculto pela escuridão, nos fundos do corredor.

Minha flecha já está pronta. Olho para a ponteira e ela rapidamente brilha em um vermelho vivo: é o cobre. Sei que meus olhos estão iluminados pelo mesmo tom. No escuro, eles mantêm os guardas atentos sem entenderem o que está por vir. Antes que mirem suas armas, minha flecha perfura o ar e voa até o batalhão. Ao acertar a armadura de um deles, ela libera toda a energia concentrada e explode, destruindo por completo o começo do corredor. Pedaços de ferro são arremessados pelos ares.

Luana me olha impressionada, e, no fundo, até eu estou. Meu ódio é tão grande que aumentou a energia que fui capaz de transferir. Este é o primeiro tiro no qual uso um encanto, e, como imaginei, o efeito é devastador. Acabei de explodir uma tropa inteira a mais de cinquenta metros de distância.

Corro até meu avô e seguro sua mão.

— Lua, traga ajuda. Rápido!

Ela atende ao meu pedido e vai em direção à sala de treinamento. Após vê-la virar no final do corredor, fixo meus olhos no rosto do meu avô e peço:

— Não me deixe, por favor.

— Le? — ele pergunta, desorientado. — É você?

— Sim, vô. Você vai ficar bem — digo, mesmo sabendo que é mentira.

— Me escuta! — Ele aperta minha mão enquanto busca meu rosto com o olhar.

Apenas concordo com a cabeça e deixo as lágrimas escorrerem.

— Fique com isso — meu avô sussurra, retirando com dificuldade o amuleto do pescoço.

Olho para a peça e sinto uma dor no peito, uma agonia tão grande que me permite apenas apertar a mão dele. Continuo a fitar seus olhos, sem conter minha tristeza.

— Me prometa que vai cuidar de sua irmã.

— Nós vamos cuidar dela — retruco, tentando ser positivo.

— Me prometa! — ele grita, incisivo, gastando parte do que lhe resta de força.

— Eu prometo.

— Ela é importante... — diz, já sem ar. — Isso é só o começo.

— O começo de quê? Por que ela é importante? Vô? Me responde, por favor! — Chacoalho seus ombros e nada de resposta.

Sua mão perde a firmeza e solta a minha, deixando o amuleto comigo. Imploro para que ele me responda enquanto choro debruçado sobre seu peito. Os olhos já não têm brilho, não sinto mais sua respiração. Com meus dedos, fecho as pálpebras dele, e agora meu avô parece apenas dormir, sereno. Dou um beijo em sua testa, levanto-me e sigo pelo corredor para encontrar os outros.

No caminho, passa pela minha cabeça tudo o que aconteceu até agora, como eu evoluí buscando me tornar mais forte para, de fato, poder cumprir a promessa que fiz a ele. Na verdade, para mim essa promessa é ainda maior. Além de proteger Luana, vou defender todos os que são reprimidos por esse governo tirano. Eu me vingarei! Pagarão caro pelo que fizeram comigo e com minha família. Agora sou um mago, posso lutar. Desenvolvi a minha própria especialidade e a aprimorarei ao máximo. Farei o governo tremer apenas ao ouvir sobre mim... Ao ouvir sobre o *Encantador de Flechas*.

Parte III

Silêncio

por Judra

Capítulo 16

Só descobrimos o quanto somos frágeis quando vemos a morte de perto. Ela nos faz parecer pequenos perante o destino. Sei bem como é isso. Já me senti fraca, impotente. Mas desde cedo busquei superar esse sentimento. Cresci enterrando tais debilidades no fundo de meu inconsciente, banindo-as de minha vida. Fiz de tudo para me proteger de sensações que pudessem me diminuir perante qualquer inimigo. Porém, infelizmente, elas voltaram a me assombrar. Estão aqui agora, tentam impedir que eu faça o que é preciso. Dificultam o cumprimento de minha missão.

A honestidade não é uma característica forte em mim, só que ultimamente eu não tenho sido honesta nem comigo mesma. Tenho fingido permanecer inerte diante de uma enxurrada de sentimentos medíocres como o medo, a pena, a compaixão e o amor. Já não adianta, não consigo mais me enganar. Todas essas sensações estão afetando meus objetivos e, neste exato momento, elas me cegam de tal forma que não consigo continuar...

— Judra! — Ouço a voz do líder me chamar ao longe. — Judra! — repete ele, sacudindo meus ombros. — Você está me ouvindo?

Concordo com a cabeça e indico que sim. Presto atenção no que ele tenta me dizer.

— Os outros já entraram. Você deve ir também. — E aponta para a grande porta.

— Não posso — respondo, trêmula. — Já fiz minha parte, não preciso entrar.

Minha relutância é tão grande que fecho os olhos, como se isso fosse me tirar dali. Talvez, quando os abrir novamente, eu esteja em outro lugar ou finalmente terei acordado de um pesadelo. Entro em um estado de transe e me vejo obrigada a viajar dentro de minha própria mente, acessando as lembranças mais obscuras. Devo buscar no meu passado os reais motivos pelos quais cheguei até aqui. Preciso resgatar aquilo que às vezes me esforço para esquecer. Coisas que talvez não estejam superadas.

Minha viagem me leva de volta aos meus seis anos, quando morava na casa simples da estrada que liga Mabra, a grande cidade do norte, a um pequeno vilarejo. Não estou aqui à toa. Meu inconsciente me trouxe para eu ver novamente o dia em que não pude proteger minha família da morte. Sempre me lembrei de poucos detalhes do falecimento deles. Agora, posso ver tudo com clareza, e logo a visão reacende o medo que senti naquele dia.

Abro os olhos e vejo a mãe correndo para esconder uma garotinha no armário velho. Ela pede silêncio, juntando o dedo indicador aos lábios. Sou eu ali, a única pequena o suficiente para caber naquele espaço apertado. Da sala, vem o som da discussão entre o pai e outros homens. A irmã mais velha está sentada no chão e tapa os ouvidos para não escutar a gritaria. Pelas frestas da porta de madeira, enxergo os olhos da garotinha, que assiste a tudo com medo. A mãe anda de um lado para o outro do quarto, aflita. Sua expressão é uma das coisas mais marcantes em minha mente. Tento acalmá-la, esquecendo, por alguns segundos, que isso é apenas uma lembrança. Não posso mudar o que já aconteceu.

A discussão se intensifica, e, após o grito mais alto de um dos homens, soa um grave estrondo. A mãe chama desesperada pelo pai, que não responde. Não demora até que os homens subam e façam o mesmo com ela e com a outra filha.

Cubro os olhos para não ver a brutalidade e me sento no canto do quarto, chorando ao me encolher, como se eu fosse novamente a garota escondida no armário. Permaneço retraída, de olhos fechados, quase sem respirar. Evito qualquer ruído capaz de denunciar minha presença.

Após muito tempo de silêncio, abro os olhos e vejo a menininha saindo assustada de seu esconderijo. Ela vai até a mãe e a irmã, que estão caídas no chão, e sacode os corpos, pedindo que acordem, mas nenhuma das duas responde. Ela desce e eu a sigo. O pai está deitado perto da porta, ele também não reage aos chamados da garotinha. Ela se senta na escada, eu faço o mesmo e me acomodo ao lado dela. Ficamos ali por algumas horas, de cabeça baixa, às vezes olhando ao redor, sentindo o silêncio cada vez mais incômodo. A casa vazia e quieta nos assombra. Nossa única opção é sair pela porta, andar na estrada escura em busca de ajuda ou simplesmente de um lugar aonde ir.

Não sei o que acontece depois disso. Minha lembrança vai mudando e, quando me dou conta, já não moro mais na casa da estrada. Agora não moro em lugar nenhum. Sou uma órfã qualquer, abandonada pelas ruas da periferia de Mabra.

Em pouco tempo, a fome me ensina a roubar. Simplesmente esqueço o significado da palavra "dignidade". Sou quase um animal, busco saciar minhas necessidades básicas a todo custo. Disputo migalhas com outros famintos. São instintos, nada mais do que instintos. A fome é a pior coisa que se pode sentir. Ela supera o medo, a agonia e qualquer outra sensação indesejada. E é sentindo novamente a dor forte no estômago e a fraqueza oriunda da inanição que, em um lampejo, vejo em minha mente o rosto de Clei, o homem que me salvou da míngua e que aos poucos me afundou em outros problemas.

Ele me ofereceu abrigo e comida em troca de alguns serviços. Era um bêbado falido que usava crianças para conseguir dinheiro. O trabalho não era difícil. Ele nos levava para o centro ou outros lugares movimentados e nos ensinava truques para pedirmos esmolas. As técnicas eram simples e persuasivas: chorar, fingir ser doente, carregar crianças menores no colo ou mostrar algum dom artístico ou mágico; com o último eu nunca tive a menor habilidade. No fim do dia, Clei pegava grande parte dos ganhos e ia encher a cara de álcool. Era nosso aluguel pela pensão oferecida. Não era tão ruim. Pelo menos eu tinha uma casa, suja e malcheirosa, mas podia dormir ali todas as noites. A vida nômade tinha acabado.

Morei com ele por quase quatro anos e acabei me acostumando com seu jeito de bêbado porco. Clei dizia que eu era sua preferida. Segundo ele, eu tinha o maior potencial para conseguir dinheiro. Era verdade. Uma vez que não podia encantar as pessoas com truques baratos de controle, como a maioria das outras crianças, eu desenvolvi minhas habilidades para persuadir, enganar e mentir. Tal predileção me rendia privilégios. Eu podia, por exemplo, fazer o meu prato primeiro, depois dele, é claro. Assim não ficava só com as sobras de outras crianças. Também tinha o melhor colchão, isto é, o menos esburacado.

Só que as regalias não duraram muito. Clei às vezes era amigável, principalmente quando queria algo em troca, mas na maior parte do tempo era violento, em especial quando aparecia bêbado após perder todo o dinheiro em jogatinas.

Em outra cena marcante de meu passado, assisto à garota, agora com pouco mais de dez anos, na cozinha preparando o jantar. Clei entra pela porta da sala, cambaleando de tão embriagado. Ele se aproxima e exige ver o que a menina ganhou durante a tarde. Ela enfia a mão no bolso e retira apenas um punhado de trocados, meros centavos. Furioso ao ver as moedas, o bêbado levanta o braço e esbofeteia o rosto da garota com tanta força que eu coloco a mão em minha face, me lembrando perfeitamente da dor sentida naquele dia. Sem conseguir argumentar, ela continua apanhando. Clei a xinga, dizendo que já está velha para conseguir esmolas.

Ele estava certo. A cada ano que passava, mesmo tendo evoluído a lábia, ficava mais difícil extrair os míseros trocados dos ricos. Após a pancadaria, a menina se arrasta até o colchão, onde se deita e deixa as lágrimas se misturarem com o sangue que escorre das fendas abertas por todo o seu rosto.

A permanência naquela casa não era mais aceitável. Não tinha sido a primeira vez que a violência acontecia, e, se houvesse uma próxima, a garota não sobreviveria. Sua serventia para Clei tinha acabado. Provavelmente ele já estava pensando em uma forma de se livrar dela e ao mesmo tempo ganhar algo com isso. Naquela mesma noite, ela pegou as poucas roupas que tinha e fugiu enquanto ele roncava na sala, nocauteado pela bebida.

Na viagem pelo meu passado, sem perceber, paro de observar a garota e acabo tomando seu lugar. Estou agora revivendo minha história, tentando, talvez, mudar algo. Enquanto caminho pelas ruas escuras, acabo voltando à estrada, à procura de destinos diferentes daqueles que peguei quando era pequena; porém, minha sina é bater na porta do mesmo boteco, onde sou recebida a vassouradas por um homem velho, o dono da espelunca. Consigo acalmá-lo e ofereço meu trabalho em troca de comida. Com esforço, negocio duas refeições por dez horas de mão de obra ao dia. O senhor é avarento e ranzinza, mas, vendo que eu não tenho para onde ir, permite que eu durma nos fundos, em um quartinho apertado, no qual me sinto muito mais segura do que onde vivia.

A rotina do bar era sempre a mesma: servir bêbados, ouvir piadinhas, limpar os banheiros imundos, lavar os copos e esmurrar alguns abusados que passavam dos limites. Aprendi a bater em marmanjo desde pequena, era a única forma de fazê-los me respeitar. Os anos foram se passando e eu memorizei o nome dos clientes mais fiéis. Mesmo assim, continuava sendo motivo de piadas por ser a única garota em um ambiente predominantemente masculino.

Encontro-me no dia em que um grupo de viajantes mal-encarados chegou ao lugar. Por ser um estabelecimento próximo à estrada, era comum recebermos forasteiros. Sirvo as bebidas e, sem nenhum motivo, eles resolvem azucrinar a minha vida.

— Donzelinha? — diz o maior deles, fazendo psiu. Viro-me, já sem paciência, e o encaro, à espera do pedido ou da brincadeira sem graça.

Ele derruba seu copo com cerveja no chão, em um gesto visivelmente proposital.

— Acho que você terá que limpar isso — provoca.

Olho indignada para o dono do bar. Ele faz sinal para que eu obedeça.

— Só um minuto — respondo, educada. — Buscarei um pano.

Sigo furiosa até a cozinha e volto com um balde e alguns trapos. Quando termino de limpar, olho para o grupo de animais, faço reverência com a cabeça e saio, dando as costas.

— Ops! — Escuto outro dizer, logo depois de a segunda caneca se espatifar no chão, bem atrás de mim.

Suspiro, buscando paciência, e me agacho novamente, sem reclamar. No fundo, minha vontade é matar cada um deles, mas me controlo. Enquanto limpo, ouço as risadas de deleite com minha humilhação.

— Limpe bem direitinho. É para isso que as mulheres servem — outro deles provoca.

A raiva faz minha mão apertar forte o pano ensopado, forçando a cerveja a escorrer entre meus dedos. Mas não reajo. Continuo quieta. É o meu trabalho.

Antes de eu terminar, um dos vagabundos empurra meu quadril com os pés e eu caio sobre os restos da bebida derramada, escorregando as mãos no piso molhado e nos cacos de vidro. Eles deixam claro que eu sou a maior parte da diversão. Em meio às gargalhadas, agarro a alça da caneca quebrada com firmeza e me levanto. Movimento meu braço de baixo para cima até acertar a cara do infeliz que me derrubou. O corte que abre em seu rosto sai do queixo, passa pela bochecha e para no olho esquerdo, já fechado e roxo pela pancada. Quase o arranquei fora.

— Ah! — Ele coloca a mão no rosto. — Essa peste me cegou.

O ferimento é tão fundo que o chão logo fica mais sujo de sangue do que de álcool. Os outros, revoltados com minha reação, partem para cima de mim. Dois deles me seguram pelos braços e eu tento me livrar, me debatendo. Não tenho força para me soltar. Isso é uma lembrança. Aqui eu apenas represento uma garota de treze anos.

O homem que começou a brincadeira se coloca à minha frente e se prepara para me acertar um murro; porém, sua atenção é chamada por um grito:

— Deixe-a em paz! — adverte outro forasteiro, que janta sopa na mesa ao fundo do bar. Um capuz negro oculta seu rosto.

— Ou o quê? — desafia o grandalhão, aproximando-se dele.

O encapuzado permanece calmo enquanto o outro homem esbraveja em sua frente. Sem paciência, o brutamontes avança para atacar, mas é detido ao receber um golpe no estômago. Ele cai com o punhal do forasteiro preso à barriga.

Os outros ficam assustados com o movimento rápido do homem misterioso e covardemente correm, sumindo do bar. Percebo o dono gritar comigo, acusando-me de afugentar clientes, mas não dou importância. Só consigo pensar em quem poderia ter me salvado. Não demora muito até o homem dar o último gole no líquido quente e vir devagar até mim. Ele me olha, me analisa da cabeça aos pés e diz ao velho avarento:

— Não se preocupe com isso. Levarei a garota comigo.

Fico surpresa com sua fala e não faço objeções. Ele me protegeu. Que mal poderia me oferecer? Peço para pegar algumas roupas e volto em poucos minutos. Ao sair, sigo o homem pela rua e largo o velhote reclamão, que implora para que eu fique.

— Para onde vamos? — pergunto, sem olhar para trás.

— Para outra cidade — responde. — Bem longe daqui. Você vai começar uma vida nova.

Eu não tinha nada a perder naquela época. O trabalho no bar era bom se comparado à exploração de Clei, e ainda maravilhoso perto da ideia de morrer de fome vagando sozinha pelas ruas de Mabra. Mesmo assim, eu sabia que era capaz de fazer mais, minha vida poderia ser muito melhor do que aguentar bafo de homens nojentos.

As promessas do desconhecido me encheram de esperança. Segundo ele, minha vida iria melhorar muito se eu me dedicasse. Primeiro, ele se apresentou como caçador de talentos. Disse ter gostado da minha atitude no bar e de como enfrentei os valentões. Sempre me perguntei quais talentos eu poderia ter a ponto de chamar tanta atenção assim. Servir cerveja? Limpar o chão? Pedir esmola? Pelo jeito, não eram esses talentos. Ele buscava outra coisa. Eu só não sabia o que era.

O destino de nossa viagem era Acigam, uma cidade localizada nas Terras do Sul. Foi neste percurso que conheci mais três adolescentes, também recrutados pelo homem. O primeiro era Bhor, um garoto das montanhas ao norte, branquinho e da minha altura. Seus cabelos eram louros claríssimos. A segunda, Tamira, ex-moradora de outra vila próxima a Mabra, com cabelos castanhos volumosos e lábios grandes. Por fim, um garoto estranho, pequeno e mirrado, chamado Karot.

Todos tínhamos pelo menos duas coisas em comum: primeiro, nenhum tinha uma casa para onde voltar; segundo, nossa capacidade de controlar as energias era nula.

Durante o tempo de viagem junto a eles, acabei construindo uma amizade interessante, principalmente com Tamira. Ela era parecida comigo em alguns aspectos, e eu a achava engraçada. Sentia-me como se tivesse reconstruído uma família. Apesar de não sabermos ao certo o que faríamos em uma cidade estranha, nenhum de nós estava preocupado. Nosso futuro não poderia ser pior do que aquilo que deixávamos para trás.

Na última parte da jornada, passamos dias em um trem que nos deixaria nos portões da cidade. Quando avistei os grandes muros pela primeira vez, achei Acigam maravilhosa. Já por dentro, ela era completamente atrasada em relação a Mabra. E o controle, proibido. O que foi um alívio.

Ao chegarmos, conhecemos mais integrantes do grupo: Satsuki e Takao, dois jovens do Oriente, ambos mais velhos, já quase adultos; outro homem, chamado Dairo, e, por fim, Tundra, um garoto enorme e muito forte. Todos sem família e nulos. Os três primeiros já viviam em Acigam havia algum tempo, mas Tundra era novato, assim como Tamira, Karot, Bhor e eu. Para nos referirmos uns aos outros, usávamos apenas o primeiro nome. Ninguém tinha sobrenome. Era o que nos ajudava a lembrar que não pertencíamos a nenhuma família ou linha de sucessão. Isso foi até bom para mim. Meu sobrenome ficou enterrado em Mabra junto com minha família, e, sinceramente, hoje nem me lembro qual é.

O homem que nos trouxe passou instruções e novas regras. Primeiro, deveríamos passar por um treinamento, com o objetivo de lapidar nosso talento bruto. Essa também era a condição para usufruirmos das mordomias de nossa nova casa. Quem treinasse corretamente tinha direito a todas as refeições.

No início, tivemos de aprender como nos portar: andar direito, comer sem pressa, usar roupas bonitas e falar com perfeição. Tive aulas de cultura geral e de etiqueta. Aprendi que ser culta é importante, assim como dizer coisas difíceis. Tudo ajudava a aprimorar minha capacidade persuasiva. Eu usava os ensinamentos para facilitar minha entrada em outros grupos, ganhando a confiança das pessoas.

Tivemos aulas com personalidades importantes da cidade: professores, políticos, comerciantes e até soldados. Sempre deixavam claro que tudo o que ensinavam seria fundamental para nossas vidas. Quando a parte inicial do treinamento acabou, éramos adolescentes educados, capazes de levar uma vida normal. Tínhamos abandonado a selvageria das ruas. Mas, no fundo, não era isso que nossos mestres queriam. Toda essa selvageria fazia parte de nosso talento, era um dos motivos pelos quais estávamos ali.

Vieram, então, treinamentos mais duros, e ficou claro que jamais poderíamos abandonar nossas raízes. Eles queriam nos tornar combatentes excepcionais. Aprendemos a lutar em diferentes situações, usando diversas técnicas trazidas até nós por tutores do mundo todo. Era tudo muito árduo, mas o recrutamento foi bem-feito. A infância de nenhum de nós foi fácil. Éramos lutadores por instinto e por necessidade.

Todos eram diferentes entre si, e dessas diferenças nasceram estilos e técnicas peculiares. Nós nos tornamos indivíduos únicos. Nossos mestres incentivavam isso. Assim, seríamos um grupo mais completo. Satsuki era habilidosa nos chutes e tinha uma pontaria de fazer inveja. Karot era esperto e traiçoeiro. Tundra, incrivelmente forte; eu sempre fui a mais veloz. À medida que treinávamos, nossas diferenças ficavam cada vez mais evidentes. Porém, o motivo pelo qual estávamos ali era um só, e isso nos tornava um grupo cada vez mais uniforme. Era a terceira coisa que tínhamos em comum. Todos nós remoíamos o passado, procurando culpados por todo o ciclo de desgraças que orientou nosso caminho antes de chegarmos à cidade. E esses culpados, por incrível que pareça, eram os mesmos.

Apesar de nossa vida ter melhorado imensamente em Acigam — sempre com comida farta, roupas elegantes e até alguns luxos —, esse nunca foi o real motivo de termos continuado com o treinamento tão duro. Todos que se submeteram a isso estavam sedentos por vingança.

Foi buscando esse desejo que treinamos até nos tornarmos adultos, hoje fortes, inteligentes e muito habilidosos. Aprendemos a superar a dor, o medo, a ser frios e a lutar sem emoções. Viramos máquinas de combate, assassinos impiedosos.

Agora já posso me lembrar da razão pela qual estou aqui, pela qual fiz tudo o que fiz. Pela qual enganei e menti. Pela qual até matei.

Eu também quero vingança!

Nenhum sentimento fraco pode ser superior a isso. Como posso hesitar agora? Mais uma vez toda a minha vida passa diante de meus olhos, como um lembrete final. Volto até o dia em que fiquei dentro daquele armário, de onde pude ver minha família sendo morta, atingida pela energia proveniente das mãos sujas de magos intolerantes. Lembro-me dos insultos que eles gritavam para o meu pai enquanto discutiam na sala, até a frase que um deles soltou antes de matá-lo:

— Você é um nulo imprestável. Não consegue nem se defender disso! — Em seguida, veio o estrondo do impacto entre a energia e o corpo dele.

Realmente, minha família não podia se defender daquilo naquela época, mas hoje eu posso.

Foco meu objetivo e abro os olhos: vou acabar com todos os que são iguais aos assassinos da minha família. Farei com que esses magos arrogantes paguem pelo que fizeram comigo.

Ao meu redor, finalmente reconheço onde estou e o que eu preciso terminar.

— Você irá entrar agora, Judra! — ouço novamente nosso líder, que desta vez está gritando.

— Sim, Felix, eu irei — respondo com firmeza. — Não se preocupe, tudo o que comecei será finalizado.

Sem demorar nem mais um segundo, visto o capuz negro, retiro as adagas das vestes escuras e adentro o Covil dos rebeldes.

CAPÍTULO 17

Tudo o que passei com Leran quase me fez esquecer o quanto os magos me fizeram mal. Como pude hesitar diante disso? Como pude sentir pena de seres tão prepotentes? Eles não merecem sentimento de piedade. Consideram-se os donos da verdade só porque aprenderam a controlar as energias. Toda essa soberba me faz rir. Não existe nada mais fácil do que aniquilar um mago.

Fui treinada para isso. Minha adaga já matou tantos, até desisti de contar. Sou capaz de vencer qualquer um deles usando apenas alguns itens simplórios. Meu arsenal foi preparado para combatê-los.

Para começar, as lentes de visão noturna, que, neste momento, me permitem enxergar pelos corredores escuros do Covil. Usam energia luminosa para ignorar o breu e me conceder total visibilidade. A melhor parte: os olhos brilhando em um amarelo assustador. Adoro ver minhas vítimas aterrorizadas ao olharem meu rosto. Tenho também as botas, que me fazem saltar mais alto e garantem uma suave levitação por alguns segundos; com elas, sou uma caçadora ainda mais letal. Nossas roupas foram especialmente confeccionadas para suportar ataques mágicos. Seu material é capaz de absorver parte da energia, mantendo meu corpo seguro. Possuo, ainda, o bracelete que dispara uma corda anuladora de controle capaz de paralisar quem está em contato com ela.

Mas, dentre todos, existe um item muito especial, meu favorito: o Anel do Silêncio. Uma arma rara, feita exclusivamente para os silenciadores de Acigam. Nós a recebemos quando o treinamento foi concluído. Todos usam o anel no dedo indicador, e basta soprar uma de suas laterais para liberarmos o chiado que desorienta os magos, mesmo estando a vários metros de distância. O ruído atrapalha o controle e elimina a audição dos afetados.

Os rebeldes já viram como tudo isso funciona, e, sabendo que temos tantas formas de liquidá-los, não é possível que ainda se achem capazes de vencer um silenciador. Já não demos amostras suficientes?

Ando pelos corredores largos do Covil até avistar dois rebeldes correndo. Antes de notarem minha presença, oculto-me em uma das pilastras de aço. Eles passam por mim e param mais adiante, trocando algumas frases.

— Mataram um deles — diz o primeiro, em tom esperançoso.

Quem? Aguardo ansiosa pela resposta.

O outro expressa descrença, contestando a afirmação. O colega logo esclarece.

— Eu o vi caído com uma flecha presa na cabeça. Estava morto, sim.

Flecha? Não pode ser...

— Foi o arqueiro? — indaga o outro.

— Sim, matou o silenciador das garras.

Eu poderia ir até os dois e degolá-los por dizerem tamanha bobagem, mas a notícia me mantém reflexiva por alguns segundos e eles seguem antes que eu tome alguma atitude. O arqueiro? Não é possível... Leran matou um de nós. É difícil acreditar nisso. Ele deve ser o único que sabe usar um arco entre os rebeldes.

Do jeito que falaram, estão cheios de esperança. Eles realmente acham que podem nos derrotar. Só porque mataram o silenciador das garras. Bhor é um tolo! Como pôde ser tão fraco a ponto de morrer por causa de uma simples flecha? Preciso ver isso com meus próprios olhos.

Em vez de seguir os dois imbecis, decido ir para a direção de onde vieram. Quando cruzo a porta ao final do corredor, descubro que os rebeldes estavam certos. O corpo de Bhor está no chão, abatido por uma flecha na cabeça. Foi Leran.

Ele era o mais novo de todos nós. Sempre teve dificuldade para aprender a lutar, mas, quando desenvolveu a técnica das garras, ficou tão mortal quanto qualquer outro silenciador. Seu ódio pelos magos era uma inspiração. Os pais foram mortos em um acidente causado por controladores na montanha onde viviam. Os imprudentes criaram uma avalanche enquanto brincavam de manipular a natureza. A neve varreu a casa de Bhor, levando junto sua família. Não sei se por sorte ou azar, o garoto havia ido colher lenha no momento do acidente e escapou com vida. Certa vez, ele me disse que só conseguiria ter paz quando punisse os responsáveis, vingando a memória de sua família. Assim como todos nós, Bhor matou dezenas de controladores e nunca encontrou essa paz. Será que agora ele conseguiu?

Guardo as adagas enquanto me abaixo para retirar a flecha e toco seus olhos para fechá-los. Ainda brilhavam devido às lentes.

— Descanse em paz, amigo — sussurro.

Talvez precisemos morrer para acalmarmos nossos anseios por vingança, para que se traga paz às nossas almas perturbadas por um passado tão difícil. Essa deve ser a única forma de abandonar a vida de silenciador, quando finalmente o silêncio toma conta de nosso corpo e podemos descansar para sempre. Mas ainda não é a minha hora. Eu sei disso.

Após me despedir, olho ao redor e noto o lugar completamente destruído. Outros corpos repousam pelo piso, indicando que uma batalha feroz aconteceu por aqui. Tento seguir por um dos corredores. O caminho está bloqueado por pedras e pedaços de ferro retorcido. A fumaça permanece. Algo pegou fogo ou explodiu recentemente. Minha alternativa é seguir por outro caminho. Talvez ele me leve na mesma direção da passagem fechada.

No final da galeria, saio em uma sala ampla onde me torno alvo de raios e esferas de energia. Recuo a tempo de me esconder e agacho na parede do corredor. Esta sala também possui pilares de aço. Eles me ajudarão a evitar os disparos. Lá dentro, pude ver quatro rebeldes mascarados. Nesse momento, todos aguardam apenas a minha saída para que possam me alvejar. Darei a eles uma única chance.

Pulo para dentro e, em meio aos disparos, rolo meu corpo no chão para me esquivar. Corro para uma pilastra e me oculto atrás dela. Eles tentarão me cercar, eu sei, por isso saco novamente as adagas e os espero.

O primeiro surge pela direita e dispara em minha direção. Com as armas, evito os ataques e a energia se dissolve no ar. Rodopio uma adaga para cima e, em seguida, a pego pela lâmina. Antes que o rebelde dispare outra vez, lanço a arma em seu peito; ele cai morto. Abaixo-me para evitar mais tiros que vêm de trás e me viro, lançando a outra adaga. Ela derruba mais um mago. O terceiro e o quarto aparecem ao mesmo tempo, saindo um de cada lado da pilastra. O erro deles? Estavam perto demais...

Primeiro, com a palma de minha mão, quebro o nariz do que está à esquerda, fazendo-o andar alguns passos para trás. O outro tenta me acertar um golpe de espada, mas eu me agacho e sua arma atinge o pilar de aço, emitindo um estalo oscilante. Ainda de costas e abaixada, estendo uma de minhas pernas e giro, servindo uma rasteira que o faz cair sentado. Sem dar a ele chance de defesa, estico os braços e pego os dois lados de sua cabeça. Em um movimento rápido, viro seu pescoço e quebro a espinha.

Levanto-me e vejo o outro mago, com sangue no nariz, concentrando a energia ao seu redor para me atacar com toda a força. Luzes rodeiam seu corpo, formando uma espiral que termina em suas mãos unidas e apontadas em minha direção. Junto o meu indicador aos lábios e sopro por apenas um segundo, lançando sobre o rebelde um silêncio rápido, capaz de anular o que ele fazia.

A luz acumulada se dispersa e ele me olha assustado. Não terá tempo para se concentrar outra vez. O covarde decide correr e me dá as costas, seguindo na direção da saída mais próxima. Eu, calmamente, vou até o primeiro homem que matei e recupero minha adaga. Viro-me, observo o fugitivo — quase deixando o salão —, fecho um dos olhos para mirar melhor e arremesso a arma. Ela vai zunindo até cravar nas costas do alvo, que cai, abatido. Dou um sorriso de canto ao ver que o acertei.

Pego uma das lâminas, a que está presa em minha segunda vítima, e vou até o rebelde morto por último, a fim de reaver a outra adaga. Guardo as armas e sigo pelo corredor, por onde ele pretendia fugir. Continuo o caminho e, em vez de encontrar mais rebeldes, acabo cruzando com Dairo, que também retira uma de suas facas do corpo de uma presa.

— Já matou quantos? — pergunto de longe.

— Uma dúzia, talvez — ele responde, esnobe. — E você?

— Quatro. Acabei de entrar! — justifico enquanto me aproximo.

— Eles estão fugindo por uma saída de emergência. — Dairo indica um dos corredores. — Vá por ali. Eu vou caçar os que restaram aqui dentro.

Acato a ideia. Dairo poderá exterminar os que ficaram; ele é bom nisso. Considero excelente minha habilidade de arremessar armas, mas a dele é excepcional. Foi meu mestre nesse quesito. Dairo anda com diversas lâminas de arremesso escondidas em seus trajes e pode lançar várias de uma só vez, acertando alvos diferentes. Ultimamente, tem desenvolvido uma nova técnica, na qual consegue colocar efeito em seus projéteis, fazendo-os desenvolver trajetórias curvas em pleno ar. Uma pena eu não ter tempo para vê-lo fazer isso agora.

Considerando minha missão atual, preciso seguir os rebeldes e descobrir para onde estão indo. Existem dois acessos para entrar ou sair do Covil: o primeiro é a entrada principal, de onde vim. Lá, Felix está disposto com soldados, matando qualquer um que passe. O segundo é essa saída de emergência citada por Dairo. Infelizmente, quando analisei o Covil, há mais de um mês, não descobri onde essa passagem ficava escondida. Devo alcançar a saída e impedir que qualquer outro fuja.

Corro por mais corredores até chegar à sala de treinos. Lembro-me dela. Passei por aqui antes de encontrar Leran na noite em que ficamos. É impossível não recordar o que senti naquele momento enquanto ele me abraçava: o calor, o carinho, a doçura... Não! Não posso perder o foco novamente, não agora.

A saída de emergência só pode ser aqui. Sigo pela sala até avistar, em uma das paredes, o túnel estreito no lugar que ficava coberto por caixas de armas, agora arrastadas para os lados. Chego perto e olho pelo buraco. Não vejo ninguém. É por aqui que os ratos estão correndo. O acabamento da passagem é precário; ela foi feita para uso emergencial. Decido seguir o caminho para ver para aonde me leva.

Antes que eu inicie a travessia, sinto calor emanando por um dos meus lados; viro-me a tempo de ver a bola de fogo que se aproxima. Salto para fugir do ataque e saco as adagas. Ao ver minhas armas, o desafiante se exalta.

— Você! — diz Gabriel Galek, franzindo a testa. — Vai pagar caro pelo que fez ao meu pai!

Ele escolta um grupo de rebeldes feridos. Além de Gabriel, também reconheço o ilusionista e o velhote alfaiate. Ofereço uma risada em troca de sua ameaça. Ele fica ainda mais furioso.

— Mael, leve todos para fora. Eu cuido deste aqui.

— Vou ficar com você. Não adianta reclamar. — E se posiciona ao lado do amigo.

O velho olha para os dois e se oferece para seguir com o grupo pelo túnel. Galek e Mael, corajosamente, param entre mim e a passagem, evitando que eu impeça a fuga. Preciso passar pelos dois para concluir minha missão.

Por que não matei Galek antes? Desde a primeira vez que o vi, eu o achei insuportável. Ouvi diversas vezes ele comentar da morte de seu pai, e o tempo todo eu era a assassina. Se o tivesse atacado no dia da explosão da casa dos Yandel, já teria resolvido esse problema. Porém, meu disfarce seria descoberto e certamente não estaríamos invadindo o Covil hoje. Ter novamente a oportunidade de matá-lo é um presente.

Ando devagar pela sala, fitando os adversários. Permaneço ereta, andando de um lado para o outro, enquanto meu rosto se mantém na direção dos dois. Mordo a ponta da adaga com delicadeza, como se estivesse prestes a saborear a morte deles.

— Chega — ele diz, movendo os braços em círculo e concentrando as chamas em suas mãos.

Assumo posição de combate e aponto meu bracelete, que dispara a corda e prende um dos braços de Galek, anulando o fogo. Mael usa um de seus machados para cortar a corda e liberta o companheiro; com isso, tenho tempo de saltar e me aproximar, na tentativa de decepar o ilusionista. Mas acerto apenas uma cópia barata dele mesmo, misteriosamente colocada em seu lugar. A réplica se desmancha e Galek pega sua espada. Troco alguns golpes com ele até Mael se revelar atrás de mim para também entrar na luta.

Agora, me defendo dos ataques de ambos e vou andando para a esquerda, girando o tronco e os braços para rebater golpes que vêm dos dois lados. O som das lâminas de minhas adagas se encontrando com os machados e com a espada ecoa no salão, dando ritmo à nossa luta. Em um dos meus passos, levanto minha capa com o braço e viro o corpo, jogando-a em Galek. Ele se afasta com medo de algum golpe oculto pelo tecido e me dá espaço para usar as duas mãos contra Mael. Nos poucos segundos que Galek me concede, consigo desarmar o ilusionista e acerto um chute em seu queixo. O rapaz cai, estonteado.

— Mael! — Galek grita enquanto volta a me atacar.

Lutando apenas contra ele, fica claro o desequilíbrio em nossas habilidades. Defendo as investidas sem dificuldade, seus movimentos são lentos e pouco firmes. Resolvo me divertir. Em vez de desferir golpes fatais, ofereço cortes rasos. Quero ver um pouco de sangue. Primeiro, acerto sua bochecha e abro um arranhão em seu belo rosto, de onde o líquido vermelho escorre lentamente. Galek se afasta, colocando a mão por cima do ferimento, e eu, para provocá-lo, beijo a lâmina da adaga suja de sangue. Ele volta a investir contra mim, porém evito as espadadas e abro um corte fundo em sua coxa. Essa foi uma lesão mais séria, e vejo que o garotão passa a ter dificuldade em manter o peso na perna ferida.

Aproveito sua debilidade em se mover para me aproximar e desarmá-lo. A espada cai, eu a chuto para longe. Em claro desespero, ele tenta me queimar com um ataque de fogo, mas eu acerto um murro em seu nariz, fazendo-o cair para trás antes de finalizar a orientação. Posso cortar sua garganta agora. Mas não. Vou prolongar um pouco mais esse momento, afinal ele me deseja tanto.

Seus olhos estão arregalados e olham a escuridão dentro do meu capuz. Ele mantém uma pose corajosa, mesmo diante da morte. Deito por cima dele e aproximo meu rosto. Quero que ele tenha certeza de quem é o assassino de seu pai. De quem irá matá-lo também.

— Você? — diz ele, surpreso.

Concordo com a cabeça e sorrio enquanto levanto meu punhal para cravar-lhe o peito. Aperto os dentes para saborear a sensação de sua morte e dirijo meu golpe fatal. Durante o percurso da adaga na direção do coração de Galek, minha mão é atingida por algo gelado, causando uma dor aguda que vai até os ossos. Levanto o mais rápido que posso e olho para o meu braço, coberto por uma grossa camada de gelo, da ponta da adaga até o pulso. Sou obrigada a me esquivar de outros ataques antes de ver quem é o meu novo inimigo. Trata-se de Magda Selartin, a dona do bar que fica próximo ao Mirante, cuja cabeça está a prêmio. Agora terei um adversário à altura.

— Ajude Gabriel e saia daqui agora — diz ela ao ilusionista.

Mael se levanta e passa por trás de mim para ajudar o amigo. Não posso me virar para impedi-lo. Magda mantém suas mãos preparadas para me atacar. Consigo ver uma neblina em volta de seus braços, mostrando toda a energia gelada que ela acumula. Mael ergue Galek e passa um dos braços do colega sobre os ombros para ajudá-lo a se movimentar. Ambos se dirigem para o túnel e desaparecem, saindo do Covil.

Ele viu meu rosto. Deve morrer a todo custo agora. Não acredito que essa infeliz chegou bem na hora, só para me impedir de exterminá-lo.

Minha mão direita permanece congelada, mas ainda posso lutar. Não consigo mover os dedos devido à camada de gelo, e, apesar da dor, sei que o ataque só afetou minha pele superficialmente. Ainda sinto frio na mão. Se eu não estivesse usando minhas luvas especiais, Magda teria congelado completamente meu braço e eu não estaria sentindo mais nada agora.

Levanto o braço esquerdo, coloco minha outra adaga em posição de combate e me preparo para enfrentar a Dama de Gelo. Magda é uma bela mulher de meia-idade, bastante perigosa também. Seus cabelos negros estão presos em um coque no alto da cabeça, deixando à mostra seus brincos em formato de gotas de prata. Veste uma túnica azul de seda que vai da gargantilha prateada presa ao pescoço até os pés. Os braços estão descobertos, porém adornados com braceletes finos e pulseiras de metal. O cinto preto define a cintura na roupa larga, e nele está presa a bainha de sua espada.

Penso em silenciá-la para ganhar tempo e me aproximar, mas me dou conta de que o anel está debaixo do gelo que cobre meus dedos. Estou em completa desvantagem. Não tenho nem a corda usada contra Galek.

Por sorte, do corredor atrás de mim surgem guardas, que, ao verem Magda, iniciam disparos, obrigando-a a erguer uma parede de gelo diante das balas. Aproveito a deixa e sigo até o túnel. Já na entrada da passagem, noto mais rebeldes que aparecem na sala de treinos, e um deles dispara em minha direção, forçando-me a entrar. Deixo para trás uma balbúrdia de tiros e sigo em direção à saída. O caminho é longo e escuro, mas minhas lentes ajudam a visualizar os declives e degraus.

Saio por um buraco apertado na parede de um dos cômodos de um casebre na Cidade Velha, aparentemente distante da outra entrada do Covil. Vejo uma porta que leva para fora da casa, uma pequena janela com vista para casas vizinhas e ainda uma abertura para o segundo cômodo. É um barraco abandonado, sem nenhum móvel. Os que vieram por aqui saíram para a rua e já estão longe a esta altura. Até Galek e Mael desapareceram sem deixar rastro. Fugiram e levaram com eles meu rosto. Agora, Galek sabe quem eu sou. Ele contará tudo a Leran. Tenho de estar pronta para encarar o arqueiro mais cedo ou mais tarde.

— Vamos, rápido! — ouço alguém gritar dentro do túnel. Os magos estão fugindo.

Antes de alcançarem a saída, vou para o outro cômodo e me escondo atrás da parede de tábuas que divide os dois ambientes da casa. Pela janela desse cômodo vejo alguns rebeldes indo para fora e, em seguida, desaparecerem em ruelas apertadas. Já está amanhecendo, a luz do sol começa a quebrar a escuridão do céu.

Um grupo menor parou no primeiro cômodo do barraco, aguardando algo. Permaneço no meu lugar até uma voz chamar minha atenção.

— Vá com eles, Luana. Eu ajudarei os que ficaram.

É Leran. Luana passa correndo com outro grupo de rebeldes e segue pela rua, até eu perdê-la de vista.

— Não acho que outros virão. — É a voz de Magda.

— Devemos explodir o túnel? — ele pergunta.

— Talvez seja a única forma de impedir que nos sigam.

— Mas não sei se todos já fugiram.

— A sala de treinos está repleta de guardas e silenciadores. Ninguém mais vai fugir por ali. Infelizmente, não há mais tempo para os outros.

Após uma pausa, ouço uma explosão abafada que faz o chão tremer. O túnel foi fechado. Antes que eles também fujam, eu passo pela abertura e apareço na frente da porta, obstruindo o acesso à rua. Ambos me olham e se preparam para lutar. Magda aponta suas mãos, Leran arma uma flecha.

— Você está ferido. Eu cuido disso — diz Magda. — Vá atrás de sua irmã.

Olho para ele e vejo a testa cortada, com uma bandagem de improviso que tenta estancar o sangue, sem muito sucesso. Porém, não é só isso que me chama a atenção. Leran está diferente, mais forte, mais adulto. Um guerreiro de verdade. Após ouvir a ordem de Magda, ele concorda com a cabeça e, antes de se mover, dispara uma flecha brilhante em minha direção. Faço-a desviar com minha adaga e ela fica presa na parede de madeira, antes de liberar as chamas guardadas.

Ele aproveita a distração e salta pelo buraco da janela, caindo nos fundos da casa. Restamos apenas Magda e eu no quarto pegando fogo. O incêndio consome depressa o material frágil da construção e, em questão de segundos, estamos cercadas por um anel de chamas. O calor ajuda a aquecer minha mão que estava congelada e o gelo se desprende. Já posso usá-la com mais firmeza.

Ao ver que o garoto está longe e seguro, Magda dispara uma esfera azul brilhante, parece uma bola de vidro com água dentro. O ataque vem como um meteoro, deixando um rastro de neblina no ar. Desta vez eu uso a adaga para cortar a magia ainda no alto, fazendo-a se estilhaçar, igual a uma bola de neve. O impacto libera cristais de gelo que congelam todas as superfícies em que caem, apagando o fogo de alguns lugares. O ambiente se torna incrivelmente gelado. Da minha boca, noto o vapor saindo enquanto respiro. Ela lança outra esfera na parede à nossa direita, eliminando as chamas antes de derrubar os restos de madeira, o que abre passagem para ela fugir do casebre.

Saio e salto em direção à Magda. Ela não vai escapar. Caio a poucos metros e continuo correndo até chegar a uma distância favorável para o combate corpo a corpo. Enquanto corro, desvio de novos disparos, as esferas congelam tudo o que atingem. Ao me ver próxima demais, ela saca a espada da bainha e a movimenta para evitar minha investida. As lâminas seguem dançando e se encostam enquanto andamos por quase toda a rua.

Magda é astuta, sabe como usar sua espada. A luta é cansativa, exige quase todo o meu conhecimento de combate. Enquanto continuamos trocando golpes, ela aponta sua mão livre para o chão e usa o controle para congelar o piso, dificultando minha estabilidade na superfície escorregadia. Tento me fixar, mas meus pés deslizam e eu fico vulnerável. Ela direciona a espada ao meu abdome na tentativa de me perfurar, porém consigo saltar, evito o gelo e desloco meu corpo para a direita, desviando--me de seu golpe. Enquanto me movimento, estendo o braço e acerto o pescoço da inimiga. Abro uma cissura que derruba a gargantilha de prata e também gotas de sangue. Magda, já sucumbida, cai, tentando se segurar na primeira coisa que alcança. Acaba levando minha capa para o chão.

Olho para baixo e vejo a adversária morta com o sangue quente formando sulcos no gelo frio. Ao seu lado está a bela gargantilha de prata, suja com gotas vermelhas, e minha capa, que se desprendeu dos ombros e carregou junto o meu capuz. Estou com o rosto descoberto.

Só então ouço um gemido que vem de trás de mim. Ao me virar, noto que alguém assistia à nossa luta. Ele segura o arco apontado em minha direção. Parece não ter coragem de disparar.

— Não pode ser — ele diz, sacudindo a cabeça ao dar alguns passos para trás. — Não... Diz que é mentira. Por favor, Judra! Diz que é mentira! — grita ele, furioso, indignado.

Fico cabisbaixa, sem palavras. Viro a cabeça em sinal de negação.

— Eu sinto muito.

Consigo ver a decepção em seus olhos. Gostaria de abraçá-lo agora e dizer que sim, que tudo é uma mentira, que isso não passa de um mal-entendido. Mas não posso, não adianta mais mentir. Permaneço em silêncio olhando para ele, envergonhada, triste, deixando mais uma vez que tudo o que sinto por esse rapaz me bloqueie.

Escuto passos de guardas que vêm em nossa direção. Provavelmente viram a fumaça do incêndio e seguiram até o foco. Leran precisa fugir, caso contrário será preso.

— Corra! Saia daqui agora — digo com firmeza.

Ele guarda o arco, troca um último olhar comigo e me dá as costas, correndo até sumir em um dos becos. Eu, novamente tomada pelo sentimento fraco, simplesmente o deixo ir.

CAPÍTULO 18

Os soldados se aproximam e me encontram parada, com o olhar distante, mirando o horizonte. Meus olhos apontam para um lugar aleatório. O que desejo ver está em um horizonte dentro de mim mesma. Tento entender o que eu sinto por esse homem, pelo arqueiro de olhos verdes, que, desde a primeira vez que vi, lá no beco do centro da cidade, não sai da minha cabeça.

Naquele dia, seu olhar assustado, e ao mesmo tempo corajoso, me paralisou. Eu não imaginava encontrar alguém ali, assistindo à minha caça. Por pouco não denunciei sua posição aos outros, que certamente o teriam matado. Decidi ignorar aquela presença. Ainda nem sabia que ele era neto do encantador, um dos rebeldes mais procurados pelo governo.

Poucos dias depois, Felix pediu voluntários para se aproximarem da família Yandel e conseguirem informações relevantes quanto ao movimento dos magos. Bretor era suspeito de organizar novamente os rebeldes. Quando vi as fichas dos membros da família, logo reconheci o garoto de cabelos claros. Fui a primeira a me oferecer para a missão. Precisava olhar para ele novamente. Queria descobrir o que me chamara tanto a atenção naquele olhar. E foi assim que tudo começou...

— Senhorita Judra — diz um dos guardas, buscando minha atenção. — Devemos ir atrás daquele que fugiu?

— *Não* — respondo, enfática. — Ele não é ninguém. Já peguei quem importava. — Aponto para o corpo de Magda. Ordeno que recolham o cadáver da dama e o levem para o palácio. Exigirão provas de sua morte.

Se existe uma vantagem no fato de essa guerra ter estourado é que não precisamos mais limpar as cenas dos crimes. A morte de magos deixou de ser segredo. Basta andar pela cidade que é possível ver sangue em diversos lugares. Exigimos apenas o recolhimento dos corpos, por uma simples questão de higiene pública.

Algumas horas depois, já em meu quarto, em uma das torres do Palácio do Governo, vou até o chuveiro me banhar; a noite foi cansativa. Deixo as roupas respingadas com sangue sobre o piso de louça. Fico debaixo d'água tempo suficiente não só para lavar todo o meu corpo, mas também para tentar limpar a minha alma. É como se a água quente pudesse me livrar de todas as questões que me atormentam, como se purificasse os meus pecados. É claro que não adianta. Saio da área de banho, seco os meus cabelos, visto um roupão branco e me deito na cama. Meu corpo está relaxado, mas a alma permanece inquieta.

Enquanto olho para o teto, adorando o imenso lustre dourado, minha mente me leva a ele outra vez, ao arqueiro. Não devo pensar nisso, não posso. Mas sempre que fecho os olhos eu me sinto envolvida por ele; lembro-me do beijo, do calor, dos braços segurando o meu corpo. Tudo como na última vez que o toquei, antes de escrever a carta de despedida. Sinto falta da pele, do carinho, da voz doce. Eu não sentia aquilo há anos. Pensando bem, acho que nunca ninguém me tratou daquela maneira antes. Não me recordo de momentos afetuosos com outras pessoas que não sejam minha família. E eles morreram quando eu era tão nova; as lembranças são muito vagas e distantes.

Leran é, sem dúvida, a única pessoa que talvez tenha se importado comigo desde a morte dos meus pais. E como eu lhe retribuí? Com mentiras, farsas e sangue. Não estou fazendo nada certo.

Considerando meu trabalho, hoje cometi um erro grave. Deixei um rebelde perigoso fugir; o neto de um dos líderes da rebelião. E não só isso! Ele agora é o tal arqueiro capaz de matar um de nós. Neste exato momento, seu feito corre por toda a cidade, enfraquecendo a fama de invisíveis dos silenciadores. Isso poderá gerar uma crise na estratégia de Felix de amedrontar os não submissos. Imagino a ameaça que Leran pode se tornar para o governo. Em breve, sua cabeça será exigida a todo custo. Isso me faz pensar se eu seria capaz de matá-lo. Hoje tive a prova de que não, não posso.

Como um sentimento banal como a compaixão pode me tornar tão fraca? Será que o que sinto é compaixão pelo homem que me ofereceu carinho? Não, isso não é compaixão... é paixão.

— Você não está apaixonada! — exclamo para mim mesma.

Não adianta, essa é a verdade. Eu poderia ter impedido isso desde o começo, porém as coisas foram tomando proporções cada vez maiores, e, quando me dei conta, minha missão já estava comprometida o bastante pelo sentimento que crescia a cada minuto.

No dia em que nos conhecemos no mercado, aproveitei sua distração para simular uma trombada, a desculpa ideal para me aproximar dele. Eu parecia frágil carregando todo aquele peso. Depois disso, só precisei usar algumas técnicas básicas de sedução, como o bom e velho movimento de cabelos, o olhar misterioso e o semblante gentil, para ganhar a atenção dele por horas. Levamos a pilha de papel para a loja e, lá dentro, joguei tudo no lixo. Escolhemos flores, quando fingi gostar de comprar presentes e até ofereci minha companhia para irmos ao trem.

Minha intenção inicial era conquistar sua amizade, mas tudo aconteceu tão depressa! Tive de inventar mentiras a respeito do meu passado. Não vim morar em Acigam há quinze anos, nem vivo no Bargio com parentes distantes. Eu sabia que Leran não conhecia muita gente do outro lado da cidade. Assim, ele não poderia fazer perguntas cujas respostas eu não saberia. A única coisa real foi a morte da minha família. Já o trem parado não estava nos meus planos, muito menos beijá-lo ao final daquela tarde.

Meu envolvimento com Le foi me afastando do objetivo da missão. Em vez de descobrir informações relevantes sobre a rebelião, descobri qual era sua comida favorita, seu esporte favorito, histórias sobre seu pai, seu avô e diversas outras coisas extremamente descartáveis, porém suficientes para me manter ao lado dele. O que no início eram pretextos inventados para nos encontrarmos tornou-se desejos reais de vê-lo e tocá-lo, de estar em sua companhia. Eu estava vivendo uma história que não tive a oportunidade de viver quando fui adolescente.

Aos poucos, descobri que Leran não sabia muito sobre a rebelião, e, com o passar de semanas sem informações relevantes, Felix passou a questionar a produtividade de minha ação. Exigiu que eu parasse imediatamente de encontrá-lo e passasse para algo mais útil. Pedi a ele só mais uma noite para me despedir. Era a noite de sua formatura.

Vesti uma roupa linda para impressioná-lo, mesmo sabendo que aquele seria nosso último encontro. Fui até o salão, onde passamos por outros momentos muito agradáveis: dançamos, rimos, ficamos juntos. Os guardas de Felix estavam de olho na gente, porém tudo fazia parte do meu papel.

Por ironia do destino, aquele trio de boçais começou a importunar Luana e eu não tive tempo de ter a conversa que deveria ter com Leran. Fui obrigada a pedir para Felix tirá-los da festa. Só não imaginei que, ao sairmos, seríamos atacados.

Eu poderia ter acabado com os três facilmente, mas isso levantaria suspeitas. Fingi ter desmaiado quando caí e continuei observando o que acontecia. Foi então que vi Luana concentrar uma quantidade absurda de energia em pouco tempo, nem pude piscar. Os três morreram na hora, retorcidos pelas ondas negras liberadas por ela. A cena foi horrível. Lembrou-me do dia em que minha família foi assassinada. Senti um ódio tão grande pela menina que minha decisão foi entregá-la a Felix. No entanto, enquanto íamos para o trem, vi Le preocupado com a irmã e notei que, se eu a entregasse, isso acabaria por feri-lo mortalmente. Essa consequência eu não poderia conceber.

Naquela noite, voltei para o palácio e decidi que o certo seria continuar com a vigília para protegê-los. Luana não sabia o que estava fazendo. Ela precisava de ajuda, não de punição. Talvez aprendesse a controlar essa maldição e nunca mais voltasse a fazer magia. Ao menos era o que eu gostaria.

Para permanecer com minha missão, a única saída foi contar para Felix que eu tinha descoberto algo. Inventei alguns documentos que indicavam uma movimentação rebelde, mas era tudo muito vago, o capitão não se interessou. Ele estava concentrado em informações mais importantes que recebera de magos torturados por Satsuki. Conseguiram nomes de alguns comerciantes envolvidos em reuniões secretas para reacender o movimento rebelde.

Felix apenas informou que, na manhã seguinte, os soldados vasculhariam todo o mercado em busca dos mencionados, ou então de provas para incriminá-los. Receosa, aguardei a manhã toda por Leran. Havíamos combinado nos encontrar no centro, porém ele não apareceu. Até abandonei meu posto junto aos outros silenciadores para dedicar o dia a encontrá-lo. Era necessário alertá-lo.

Já sem confiar completamente em mim, o capitão colocou guardas de plantão na frente da casa dos Yandel na noite da festa e eles viram alguém jogar um pedaço de metal encantado pela janela durante a chuva. Felix fez questão de me mostrar os resquícios do material, contou tudo o que foi presenciado pelos soldados. Perguntou-me, ainda, se eu sabia de algo. Eu neguei, e tive certeza de que ele não engoliu a história. Imaginei que Luana pudesse ter feito aquilo, mesmo assim não contei nada.

Na manhã seguinte, fui mandada ao Bairro das Oliveiras com a missão de trazer Leran ao centro. Não foi necessário inventar nenhuma mentira; assim que falei sobre a vistoria no mercado e sobre como os comerciantes eram tratados, Leran ficou apavorado com a situação do avô e quis ir naquele mesmo momento até a loja. Felix me jurou que só queria conversar com o garoto, mas eu sabia que Le estava em perigo. Tentei fazê-lo desistir de falar com o capitão. Ele não me deu ouvidos.

Eu estava com Luana do lado de fora, torcendo para que Felix não fizesse nada. Assim que vi Le saindo assustado, percebi que as coisas não estavam bem. Enquanto corríamos dos guardas, imaginei que Leran tivesse tido sua prisão decretada, mas, quando ele mencionou o nome de Milo, meu coração disparou. Felix o queria morto. Que ameaça ele poderia exercer? Só fui obter essa resposta quando o vi encantar a maldita bola de cobre que incendiou a estação.

Fiquei tão envolvida com ele que não quis acreditar que o neto de um encantador seria, obviamente, um aprendiz. Que o atirador do metal encantado pela janela só poderia ser Leran. Que o irmão de uma garota com tanta afinidade energética não poderia ser um nulo como eu. Felix descobriu tudo isso muito antes de mim...

Enquanto eu via as chamas consumirem a madeira da antiga estação de trem, outra chama crescia no meu peito. Senti uma dor tão forte ao constatar que ele também era um mago que o desprezo foi o primeiro sentimento que inundou minha mente. Leran era um dos seres que eu desprezava. Como eu poderia sentir algo por um controlador? Como poderia ter deixado um mago atrasar minha missão? Nesse momento, tive certeza do meu equívoco.

Senti-me uma idiota. Eu deveria ter descoberto isso antes. Pouparia assim que me apaixonasse, que arriscasse minha posição no governo. Se eu tivesse descoberto seus truques logo no início, já o teria entregado a Felix e continuaria minha vida caçando esses magos infelizes.

Fiz questão de deixar clara a minha decepção, mas tenho certeza de que Leran não entendeu o real motivo. Sabendo quem era de fato o alvo da minha investigação, decidi acabar logo com tudo e entregá-lo. Nem precisei fazer nada para que fôssemos identificados e presos. Tudo estaria acabado se não fosse pelos rebeldes atacando os soldados. Por alguns momentos, pensei que me deixariam lá, não sabiam quem eu era. Mas me levaram também. Era a oportunidade perfeita para eu descobrir informações realmente importantes dos rebeldes e reverter minha situação, já delicada, com Felix.

Quando ouvi que estávamos indo para a casa de Leran, tive certeza de que faríamos exatamente o que Milo queria. Era óbvia a existência de uma armadilha dentro da casa. Deixei as coisas acontecerem. Quando me dei conta, estava em meio a um conflito animadíssimo e não podia fazer nada a não ser manter meu disfarce e me esconder. Foi então que me afastei do grupo e tive tempo de combinar com Tundra uma estratégia para fazer os rebeldes se renderem: ofereci-me como refém. Imaginei que Leran, ao me ver correndo perigo, se entregaria. Mas o insuportável do Galek organizou um ataque e neutralizou esse trunfo. Dei espaço para observar Dairo e Milo acabarem com os rebeldes restantes e também vi quando Karot entrou no sobrado para armar um de seus explosivos. Permaneci calada. A sorte deles foi que Calveta chegou com reforços e obrigou Milo e os outros a recuar.

Aguardei ansiosa pela explosão, fingindo passar mal só para dar tempo de tudo ir pelos ares. A cada rebelde que entrava na casa, minha boca se enchia de saliva, sedenta por sangue. Porém, quando vi Luana indo buscar a mala de roupas, soltei um grito involuntário, que eu mesma não entendi. No fundo, não podia deixá-la morrer. Isso arrasaria Leran. Justamente por causa de minha intromissão, a garota escapou da bomba.

Notei o sofrimento do arqueiro ao ver a irmã quase morta. Senti um arrependimento mortal por ter participado de tudo. Mais uma vez, minha mente ficou confusa. Por mais que ele fosse um mago, meu sentimento por ele não considerava esse defeito. Vê-lo sofrer me machucava. Decidi que deveria abandonar essa missão o mais rápido possível. No entanto, se eu voltasse para o palácio de mãos vazias, Felix me mataria. A saída foi ir com eles até o esconderijo e, na primeira noite, levantar o máximo de informações possível. Consegui criar um dossiê forte o suficiente para concluir meu objetivo. Já era possível parar de ver Leran.

Naquela noite, eu queria ter falado que não mais o veria. Pensei até em dizer toda a verdade. Mas não deu. Tive força apenas para escrever uma carta, na qual tentei me explicar sem dizer muitos motivos; não queria piorar a situação. Deixei claro que ele precisava fugir, que seria melhor ir embora da cidade levando sua família. Pelo jeito, ele não me atendeu.

Nem imagino como ele deve ter se sentido depois de ler tudo, principalmente tendo dito aquilo no dia anterior.

"Porque eu estou completamente apaixonado por você..."

Essa frase afetou a minha mente. Eu quis retribuir, mas não tive coragem. Como eu poderia encarar a realidade de estar apaixonada por um mago? De gostar do inimigo? Sentir isso já me torna fraca o bastante. Afeta meu raciocínio, minha lógica. Quando sinto por um inimigo, passa a ser loucura. Preferi fugir. Voltar para o mundo onde sou forte. Para onde eu controlo as regras. Onde eu sei atuar.

Mesmo aqui, deitada em minha cama, inserida em meu mundo, não consigo controlar o que penso, não posso apagar o que sinto. Se eu tiver sorte, quando tudo isso acabar, Leran terá percebido que o controle é ruim e talvez abdique disso para ficar comigo. Ele poderá me perdoar. Afinal, ele está bem. Sua irmã também conseguiu fugir. Podemos sair de Acigam e viver em outro lugar. Talvez a paz que eu procuro esteja na formação de minha própria família. Por que não posso viver uma vida normal ao lado de quem eu gosto?

Durmo me entregando a esse sentimento. Sonho com a possibilidade de estar junto a Leran. Torço para que toda essa situação acabe bem. Para que tudo tenha um final feliz.

Acordo com as batidas de um guarda na porta. Ele me fala de uma reunião de última hora, marcada logo pela manhã. Troco de roupa e corro até o Salão das Armas, onde Felix trata de assuntos militares. Entro e encontro quase todos os lugares ocupados. Alguns já aguardam de pé. Paro ao lado de Tundra, que destoa do restante dos homens por sua altura. Ele olha para baixo e sorri ao me ver. O movimento arqueado de sua boca repuxa a grande cicatriz da queimadura deixada por Galek. Eu sorrio de volta e olho para Felix, já na ponta da mesa oval.

— Majestade? — ele pede permissão ao rei, sentado à sua esquerda, antes de iniciar o discurso. Após um aceno de Cadorcia, o capitão continua: — Estamos aqui para fazer um balanço de nossa investida contra o Covil rebelde.

Cruzo meu olhar com o de Dairo, do outro lado da sala, alguns metros atrás do rei. Ele apenas acena e voltamos a olhar para Felix.

— Nosso ataque foi um sucesso. Tomamos a base principal do inimigo. — Palmas inundam o ambiente durante a pausa no discurso. — Mas não posso simplesmente vir aqui e dar esta notícia sem oferecer o devido mérito aos nossos soldados de destaque.

Felix aponta para Milo, acomodado quase na outra ponta da mesa, e pede uma salva de palmas para o silenciador que liderou o primeiro grupo de soldados e neutralizou as defesas iniciais do Covil. Milo levanta o braço e balança a cabeça, em um gesto humilde.

— E não é só a ele que devemos saudar — Felix continua, procurando alguém entre os presentes. — Onde você está, minha querida?

Judra, não se esconda atrás do grandalhão — ele diz, sorrindo ao me encontrar. — Venha até aqui. Gostaria que todos a vissem.

Sigo até a frente da sala e fico ao lado do capitão. Todos me olham auspiciosos, mas eu permaneço séria, no aguardo do que Felix tem a dizer.

— Gostaria também de oferecer uma salva de palmas para Judra, que não apenas nos levou até o Covil como matou sozinha um dos líderes do grupo rebelde: Magda Selartin. Além disso, graças a ela, matamos dezenas de magos e outro líder importante: Bretor Yandel.

As palavras de Felix me acertam como um murro. Bretor não pode estar morto...

— O que você sente ao ser a responsável por tamanha vitória? — ele pergunta.

Exato. Eu fui a responsável. Por minha culpa o avô amado da única pessoa que se importava comigo está morto. Felix quer saber o que eu sinto? Bem, sinto que agora não existe mais nenhuma chance de obter o perdão de Leran.

Capítulo 19

Meus pensamentos me distanciam da sala. Imagino o quanto Leran deve me odiar. Mas Felix logo me traz de volta, cobrando a resposta.

— Sinto que fiz a minha parte — digo, procurando esconder o meu real sentimento.

— Ah, Judra! Modesta como sempre. — Ele ri. — Acigam não vai se esquecer de seu feito.

O capitão me dá um beijo no rosto, pinicando minha pele com a barba e obstruindo minhas narinas com seu hálito de fumo. Sorrio em sinal de agradecimento e volto para o meu lugar.

— Parabéns — murmura Tundra.

Pobre Tun, sempre tentando ser prestativo. Mal sabe que eu não estou nem um pouco orgulhosa com isso. Sinto-me destruída por dentro. Consigo conviver tão bem com a coleção de mortes angariada ao longo desses anos. Por que estou tão preocupada? Nem fui eu a assassina de Bretor. No entanto, entreguei sua posição. Levei o governo até o Covil.

No fim do encontro, Felix anuncia que esta noite será oferecido um jantar especial para o alto escalão do governo. Ele convida todos a participarem. "Traje de gala", lembra o capitão. Ótimo, tudo o que eu precisava era esse tipo de lazer obrigatório.

Irritada, deixo a sala. Ando em direção ao meu quarto. No caminho, sou parada por Tundra.

— Ei, pequena. Me diga o que você tem. Não parece legal.

Apesar de ser um silenciador, Tundra é carinhoso. Ele considera tudo o que existe aqui como sua casa; somos de fato sua família. Ele ainda acredita nisso. A verdade é que sua bondade é proporcional ao seu tamanho. Não vejo nele a crueldade dos outros, nem mesmo a que existe em mim. Tundra talvez seja o único que não está aqui por pura vingança. Participa para se sentir parte de algo, para ajudar o único grupo onde foi acolhido. Sua história é um pouco diferente da nossa. Seus pais não foram mortos por magos... eles eram magos. Abandonaram-no ao perceber que o filho não tinha afinidade com nenhum tipo de controle. Tundra cresceu rejeitado até encontrar acolhimento entre os silenciadores.

— Estou bem. Não se preocupe comigo — digo e dou um sorriso tímido.

— Que bom. Se precisar de algo, pode me falar, ok?

Ele me envolve em seus enormes braços, minha cabeça fica apoiada um pouco abaixo de seu peito. É incrível como alguém tão grande pode ser tão dócil e delicado.

— Obrigado, Tun — respondo, com os olhos fechados, e me desvencilho de seu amparo.

Seguimos por lados diferentes. No corredor do meu quarto, ainda cruzo com Satsuki, que me lança um olhar fulminante enquanto passa. Eu a ignoro. Está furiosa após a homenagem que Felix fez a mim na frente de todos. Nunca nos demos bem. E por sermos, atualmente, as únicas mulheres do grupo, a competição acaba sendo natural. Noto que Satsuki anda sem firmeza em uma das pernas. Ouvi, ontem, algo a respeito de que ela estava com Bhor antes de ele morrer. Deve ter sido ferida na batalha. Será que Leran também fez isso?

Por sinal, Felix não fez a menor questão de mencionar Bhor. Provavelmente tentou evitar a exposição de uma possível falha no treinamento dos soldados de elite do governo. Um pouco de consideração seria o mínimo. Isso só indica que os silenciadores não passam de peças no jogo orquestrado pelo capitão Barolfen. A morte de um de nós não significou absolutamente nada, mesmo sendo a primeira vez que isso acontece.

Se pelo menos soubéssemos tudo o que o governo planeja. Até os silenciadores, os melhores combatentes de Acigam, ficam de fora das decisões estratégicas. No início eu agia baseada no ódio cultivado pelos magos, mas agora acho importante entender os motivos desta guerra. Não gosto de me sentir uma peça, de ser manipulada.

Resolvo descansar pelo resto da tarde. Por mais chato que o jantar deva ser, requer disposição. Terei de bajular ministros, aguentar as conversas fúteis das damas e suportar o intragável rei Cadorcia. Ele sempre passa do limite com as bebidas. Não sei como uma mulher fina como a rainha o aguenta. Ele é tão desprezível que a desrespeita de inúmeras maneiras. Primeiro, pela forma como a trata, sempre estúpido e autoritário. Segundo, pela forma como trata todas as outras mulheres. Evandro Cadorcia se acha um jovem garanhão. É claro que, devido ao seu poder, influência e dinheiro, acaba conseguindo o que quer, mesmo sendo horrível.

A estátua do centro, encomendada por ele, é uma vergonha. O homem parado lá é o extremo oposto do rei. Cadorcia é baixo e gordo. Seus cabelos já caíram, deixando uma meia auréola de fios fracos ao redor da cabeça. O rosto abriga uma barba falha e maltratada. Seus traços em nada correspondem ao homem másculo representado na imagem. Ao contrário do que é mostrado, acho que ele nunca segurou uma espada na vida. Não sabe o que é lutar. Nasceu em uma família de reis afortunados, herdou o trono do pai. A estátua serve apenas para lembrar que o povo possui um rei. Mas, de fato, quem decide quase tudo são os ministros, membros do conselho presidido por Felix Barolfen.

Talvez a maior peça desse jogo seja o próprio rei Cadorcia. De todos, ele é sem dúvida o mais manobrado. Porém, não o vejo se importando muito. Nunca esteve interessado nos assuntos políticos da cidade, muito menos na guerra. Sua função é aproveitar as mordomias que a posição lhe oferece, entre elas comida farta, vestes luxuosas e infinitas possibilidades de diversão.

Durante a tarde, consigo dormir mais algumas horas. Assim que acordo, inicio a preparação para o jantar. Toco a sineta do quarto com o intuito de chamar os criados; precisarei de ajuda. Enquanto eles não chegam, encho a banheira com água quente e despejo um pouco de sais de banho. Tiro a roupa, prendo o cabelo no alto da cabeça e me deito dentro da água. Relaxo enquanto movimento os braços e ajudo a espuma a se formar.

Fecho os olhos e minha mente começa uma brincadeira, montando cenas que misturam realidade e ficção: meus pais são mortos por magos, em seguida me vejo vestida como silenciadora, cortando a garganta dos assassinos. Depois, vou até o barraco do velho Clei e o decapito. O próximo é o dono avarento do bar. Por último, mato Felix, Satsuki, Milo e o rei Cadorcia.

Abro os olhos e a água que cobre meu corpo está vermelha, densa. É sangue. O pior é que ele não é de nenhuma das pessoas mortas na minha imaginação, mas sim de todas as outras que matei na vida real. O líquido vermelho vem dos que sentiram minha ira quando, na verdade, ela deveria ser despejada sobre outros alvos.

Chacoalho a cabeça para recobrar a sanidade e me encontro banhada por água novamente, porém agora está gelada. Em segundos, o frio me impede de mover o corpo. Sopro a espuma que cobre meu peito e, ao voar, ela permite a visualização do gelo. Estou presa, cercada pela água congelada.

— Como se sente? — a voz de Magda ecoa no banheiro.

— Apareça, maldita! — grito. — Já te matei uma vez, posso te matar de novo.

Ela não responde. Ouço passos que vêm do quarto, não consigo virar o rosto para ver quem é. Estou imobilizada.

— Suma daqui! — berro. — Me deixe em paz.

Mas é outra voz que escuto agora:

— Calma, senhorita — diz a criada, olhando aflita pela porta. — Eu vim o mais rápido que pude.

A água está líquida e quente. Foi só um surto gerado pela minha mente atormentada. Não sei mais o que fazer para me livrar desses fantasmas. É como se eles me perseguissem. Por mais que eu tente me esquecer dos rostos das vítimas, todas voltam para me assombrar.

— Não se preocupe — digo, após respirar fundo. — Não contarei a ninguém sobre o seu atraso.

— Obrigada. — Ela suspira aliviada, colocando a mão sobre o peito. — Em que posso ajudá-la?

Peço que pegue um dos meus vestidos longos, o preto com a abertura nas costas. Enquanto ela procura pela peça no armário, eu me seco.

— É este que a dama deseja? — pergunta, me mostrando o tecido pendurado em seus braços estendidos.

Concordo com a cabeça e ela tira a peça do cabide. Ganhei esse vestido do próprio rei. Como qualquer mulher bonita, eu não poderia deixar de ser cortejada. Após vesti-lo, olho-me no espelho vertical ao lado da cama e vejo meu corpo delineando o tecido negro. Minha perna direita fica à mostra se eu a projeto para o lado, devido à fenda lateral do vestido. Ele é deslumbrante. Peço que a criada me ajude com o penteado. Solicito uma trança embutida, que prenderá meu cabelo sem fazê-lo perder o movimento. Terei meus ombros e colo à mostra para usar uma joia mais provocante.

Ela termina de fixar os grampos que ajudam a modelar o penteado e eu abro minha caixa de acessórios para escolher algo. Decido pelo colar decorado com uma linda pedra de topázio azulada. Pego brincos que combinam com a peça e um bracelete de prata ornamentado por pedras azuis. Minha maquiagem será simples: uma leve sombra nos olhos e rosa-claro nos lábios. Calço o sapato preto de salto e prendo a fita elástica na perna, onde posso guardar uma de minhas adagas. Todo silenciador aprende a nunca andar desarmado.

Já está quase na hora da recepção. Dispenso a ajudante e termino alguns detalhes sozinha. O jantar acontecerá em um dos salões de confraternização do palácio, nos andares mais baixos. Sigo pelo corredor até a grade, onde outro criado está em pé. Peço que ele me leve ao segundo andar. Ao receber meu pedido, ele abre o portão do elevador. O homem começa a girar a manivela presa à parede, iniciando o movimento das roldanas e cordas, que nos levam para baixo.

— Obrigada — digo ao sair.

No caminho, alcanço Milo, que veste uma camisa de botões com as mangas dobradas, mostrando parte de sua tatuagem, a cabeça de uma cobra com as presas à mostra, por onde escorre veneno. A imagem é perfeita para ele. Seus cabelos negros, costumeiramente soltos na altura dos ombros, hoje estão presos para trás, sustentados em um pequeno coque.

— Está linda. — Sua voz sibila em meus ouvidos.

Abaixo a cabeça e agradeço.

— Olhando você assim, fica difícil imaginar que a encontrei naquele bar, toda maltrapilha. Eu disse que sua vida iria melhorar, não disse?

— Sim, se eu me dedicasse. É o que tenho feito.

Milo fez questão de tornar meu treinamento o mais duro possível. Não basta dedicação; é preciso ter sangue frio, resiliência e muito ódio. Aliás, esse era o sentimento mais estimulado. Assim como Dairo, Milo treinou grande parte das técnicas aprendidas pelos silenciadores. O dois foram os primeiros, os que iniciaram o projeto junto a Felix.

Ele sorri e me guia pela entrada do salão, abrindo a porta. Milo vai em direção a um grupo de ministros e eu finjo ir ao lavatório para evitar a bajulação. De volta à sala de jantar, aproveito que Milo está entretendo os políticos para observar a decoração. O grande balcão forma um arco com cadeiras para mais de vinte pessoas. No centro, há espaço para os criados circularem para servir os alimentos. Os pratos já estão postos sobre a toalha branca, assim como as taças de cristal e os talheres de prata. Vasos altos enfeitam o ambiente com flores vermelhas.

Sinto um aroma muito agradável que me leva até a mesa de frutas preparada nos fundos da sala. São ameixas frescas, inundando o ambiente com seu cheiro adocicado. Fazem parte de um arranjo de dar água na boca. Vejo amoras, jabuticabas, cerejas, framboesas, cubos de melancia, lichias e muitos morangos. Aproximo meu rosto de uma das bandejas e cheiro delicadamente enquanto fecho os olhos.

— Judra — diz a voz repugnante do rei. — Gostou das frutas?

— Sim, meu senhor. Estão maravilhosas, como tudo o que vossa majestade proporciona. Principalmente o aroma.

— Está magnífico mesmo. Mas não melhor do que este aqui — aponta ele enquanto se aproxima. Em seguida, respira todo o ar em volta do meu pescoço. — Como sempre, deliciosa.

Sinto minha pálpebra tremer de nervoso. Logo me controlo e agradeço o elogio. Aqui é preciso jogar dentro das regras dele. Não é legal se indispor com um rei, mesmo ele sendo Evandro Cadorcia.

— Quer uma cereja? — pergunto, pegando a fruta pelo cabo e levando-a até sua boca. Em um movimento lento e lúbrico, ele abocanha a oferenda e me retribui com uma piscadela. Sinto nojo, mas sorrio.

— Já está se divertindo, marido? — diz a rainha, chegando por trás de mim. Viro-me rapidamente e me curvo para cumprimentá-la.

— Boa noite, silenciadora. Espero que meu amado marido não a esteja importunando.

— Meu rei e minha rainha jamais poderiam fazer isso — digo, com uma nova reverência, antes de pedir licença e deixá-los a sós.

Nagisa Cadorcia é uma mulher muito fina. Um pouco arrogante, como todos da corte, mas dona de uma elegância sem tamanho: magra, alta e com longos cabelos armados em forma de ondas que contornam sua face. Está sempre bem maquiada com pó claro para tornar o rosto alvo, dando maior destaque aos lábios cor de vinho e aos olhos castanho-avermelhados. A pinta logo abaixo do olho esquerdo também chama a atenção. As roupas, como sempre, são ostensivas, repletas de brilhantes. Dentre as inúmeras joias, uma merece apreço: trata-se de um adorno dourado que ela usa no pescoço, no qual placas de metal se entrelaçam desde a clavícula direita, passando por trás da cabeça logo acima dos ombros, e continuam pelo lado esquerdo, descendo até a altura do seio. A peça possui uma pedra preciosa vermelha — um rubi — presa na ponta, ornada por inúmeros fios dourados. Parece uma linda fagulha.

Sigo calmamente até o grande vitral que tem vista para fora do palácio. Daqui, enxergo parte do fosso construído ao redor do castelo, além do belíssimo jardim enfeitado com esculturas de arbustos e flores exóticas. Minha atenção se volta para dentro novamente quando Felix chega ao salão, seguido por Tundra e Karot. O capitão usa partes de sua armadura, como costuma fazer em comemorações. A capa vermelha presa em um dos ombros e os tecidos finos por baixo do metal também estão presentes. Os outros dois vestem terno preto, sapato social e camisa branca. A diferença é que nas roupas de Tun devem caber duas pessoas do tamanho de Karot. Todos vão até Milo e se juntam aos políticos de Acigam. Após alguns minutos de conversa, Felix acena ao me ver e me chama para a roda. Sem opção, dirijo-me ao circo de corruptos.

Odeio essas pessoas. São levianas e completamente desinteressantes. Acham que podem fazer o que quiserem e se dizem dignas de um monte de regalias pelo simples fato de possuírem títulos de nobreza ou por serem muito ricas. No fundo, não se diferenciam muito dos magos arrogantes. Também se denominam donos da verdade e da razão.

No momento em que chego à roda, percebo Felix tentando acalmar um dos ministros, claramente perturbado.

— Senhor Garbujo, por favor — diz ele. — Judra é uma excelente silenciadora. Suas ações foram necessárias para que tivéssemos sucesso em nossa investida contra o Covil.

— Ela deixou meu filho morrer. Deixou que magos vândalos tirassem a vida dele. Foi cúmplice!

Confesso não entender o que se passa. Quem eu deixei morrer? Ele começa a apontar o dedo para o meu rosto e pergunta por que não protegi seu filho no dia em que espionava os rebeldes na festa de formatura. Talvez esteja se referindo a um dos três imbecis que nos atacaram na rua. Aqueles garotos mimados e inconsequentes. Sem paciência, seguro o dedo do ministro e o retiro do meu rosto. Felix me olha irritado, mas eu não sou obrigada a suportar ministros como faço com o rei, mesmo sabendo que Garbujo é um membro importante do conselho de Acigam.

— Isso é uma afronta — ele continua. — Minha esposa chora todos os dias perante a urna com as cinzas de nosso primogênito. Exigimos a punição dos culpados — diz ele, virando-se para Felix. — E incluo a silenciadora loura na lista.

— Seu filho poderia estar vivo se vossa excelência tivesse dado uma educação adequada a ele — respondo, indiferente.

Minhas palavras fazem saltar a veia na testa do ministro. Ele está bufando de tanta raiva. A qualquer momento pode pular no meu pescoço. Felix evita uma tragédia e pede que ele se retire. Também orienta Karot a acompanhá-lo. Sem questionar, Garbujo deixa o salão, mas não antes de me dirigir ameaças.

Felix me oferece um olhar repreensivo e diz em meu ouvido:

— É melhor se controlar. Não vamos querer ministros se opondo aos nossos planos. Vamos?

— Claro que não — sussurro em retorno.

Como se eu soubesse quais são os planos. Seria matar todos os magos que cruzarem nosso caminho? Isso já fazemos. Se continuarmos assim, exterminaremos toda a classe média da cidade. Talvez seja esse o plano.

Felix deixa a roda e eu fico com os políticos, permitindo a bajulação que inicialmente tentei evitar.

— Judra, sua contribuição para o sucesso de nossa investida foi excepcional. Felix me deu alguns detalhes. Fiquei encantado — diz um deles, com empolgação.

É claro que ele não tem a menor ideia do que seja estar no campo de batalha, matando e correndo o risco de perder a vida. Para eles tudo isso não passa de política. Eles decidem o que fazem com a vida dos outros assim como decidem o que tomarão no café da manhã. Eu agradeço e diminuo meu feito, evitando maiores lisonjas. Porém, outros me cercam e também oferecem elogios, apertos de mão, até mesmo abraços e beijos no rosto. Todos querem um pouco do meu tempo, do meu sangue. Tundra fica sem graça ao perceber minha indisposição. Ele tenta outro assunto, mas acaba ignorado. Após alguns minutos, os ministros finalmente começam a conversar entre si.

Minha atenção se desprende e passa para os criados que chegam pela porta da cozinha, munidos com bandejas. Outros convidados já tomam seus lugares, e o rei Cadorcia não perdeu tempo para se sentar à mesa, onde demonstra seus bons modos: ele come uma coxa de ave, babando pelo canto da boca, sem fazer questão de esperar os convidados serem servidos. Sei que meu lugar está reservado duas cadeiras ao lado direito dele. Entre nós deveria estar Felix, mas não o vejo no salão; deve ter saído sem que eu notasse.

Aproveito a movimentação ao redor da mesa e o fato de os ministros estarem ocupados falando de mim para sair também. Preciso tomar ar, esvaziar um pouco a mente para conseguir comer. Passo pela porta da entrada e sigo até o final do corredor, tentando chegar à janela aberta. As cortinas vermelhas balançam com o vento. Daqui eu posso sentir a brisa fresca.

Quando alcanço meu destino, vejo Felix entrar em outra sala no corredor à esquerda. Ele nem me ouviu andando pelo tablado de madeira. Acho que todos esses anos como silenciadora me treinaram a usar passos de fantasma.

O que ele faz ali? Decido ir atrás; preciso falar com ele a respeito do ministro Garbujo. Gostaria de achar uma forma de compensar a perda de seu filho. Realmente não o quero atormentando a minha vida aqui dentro.

Aproximo-me da porta semiaberta e vejo que ele não está sozinho. A rainha lhe faz companhia. Volto rapidamente para não ser vista. Fico encostada na parede, de onde posso ouvi-los:

— Como assim não encontraram nada? — ela pergunta, inquieta.

— Não havia nenhuma pista no Covil — responde Felix. — Mas acho que esta não é a melhor hora para conversarmos, Nagisa.

Nunca vi os dois se falando assim. Sua relação sempre foi muito formal, limitada a cumprimentos e poucas palavras. Ouvi-lo tratá-la pelo primeiro nome é no mínimo incomum.

— *Eu* decido a melhor hora. Você não me deu satisfação desde que retornou — esbraveja ela. — Não temos ninguém para interrogar?

— Nenhum prisioneiro — afirma o capitão, categórico. — Os rebeldes que alcançamos foram mortos.

— Então amordace os seus cães, Felix. Quero rebeldes vivos, de preferência algum dos líderes. Alguém que possa me render informações relevantes.

— Não se preocupe. Garantirei a captura de alguns para torturar e extrair o que você quer.

— Nosso tempo está acabando. Não precisamos deixar que eles se espalhem mais — lembra a rainha. — O próximo passo será a incursão no acampamento. Você tem dez dias para organizar tudo.

— Não é suficiente — o capitão rebate. — Serão necessárias no mínimo três semanas para rearmar as tropas. Tivemos muitas baixas.

— Pois bem, se não há outro jeito. Mantenha-me informada.

Ao notar que estão saindo, eu me dirijo até a outra porta do corredor e me escondo. Vejo-os virando a esquina, um após o outro. Voltam para o salão, no qual provavelmente entrarão separados. Estão evitando alarde. Após alguns minutos digerindo o que escutei, só posso concluir que minhas suspeitas estavam certas. O governo possui interesses ocultos nessa guerra.

CAPÍTULO 20

Fiquei surpresa com a atitude da rainha. Não imaginava seu envolvimento nesse conflito. O que tanto ela quer? Quais informações relevantes os magos poderiam lhe fornecer? Talvez algo sobre os outros esconderijos. Mas por que ela disse não ser mais necessário esperar que os rebeldes se espalhassem? Lembro-me que Felix demorou a ordenar a invasão ao Covil, mesmo já tendo as informações do dossiê preparado por mim. Consegui tudo em uma noite e o informei no dia seguinte, mas só iniciamos o ataque semanas depois. Nesse meio-tempo, os rebeldes instalaram outras bases na cidade.

Se estivessem preocupados com as outras instalações dos magos, Felix teria atacado o Covil antes. Isso só pode significar que eles deixaram que os rebeldes se espalhassem. Aguardaram o crescimento do conflito para tomar uma atitude. Por quê? Se tivéssemos invadido o Covil naquela mesma semana, a Guilda estaria acabada. Agora, os rebeldes ainda podem se esconder, e não se sabe quando conseguiremos terminar de vez com isso. Essa atitude de Nagisa parece estúpida.

Retorno ao salão após mais alguns minutos, para não levantar suspeitas em Felix. Assim que entro, Tundra corre até mim e diz, agitado:

— Por onde andou? Felix estava procurando por você. Todos já estão à mesa. — Vou até o meu lugar e me sento.

— Me desculpe, Felix. Não estava me sentindo bem.

Ele me observa com os olhos meio fechados, como se estranhasse minha atitude:

— Coma algo, vai te fazer bem — diz ele, apontando para o prato, já servido: coxa de pato ao molho de mostarda, salada de folhas mistas e um punhado de arroz selvagem.

Tundra se senta em uma das pontas do arco, de onde continua a me encarar. Faço sinal de que estou bem e ele, aliviado, começa a comer. Leva uma garfada à boca e, com dificuldade, consegue colocar a comida para dentro. A cicatriz afetou seriamente a pele de seu rosto, prejudicando de certo modo a abertura de seus lábios. Fico tão triste ao vê-lo assim. Mas o que eu posso fazer? Todos nós sabemos dos riscos de nossas ações. Pelo menos ele está vivo, ao contrário de Bhor.

Estou quase terminando a suculenta ave quando Felix bate o talher na taça de vinho e pede um brinde.

— Ao sucesso dos silenciadores! — Todos levantam as taças e saúdam.

O capitão pede mais bebida e continua a conversar com o rei. A rainha, que se acomoda logo à esquerda de Evandro, come as iguarias com indiferença, sem expressar gosto ou desgosto. O garfo sobe com quantidades mínimas de comida, como se ela ingerisse o alimento somente pela etiqueta. Considerando o diâmetro de seu braço, é fácil notar que Nagisa não come muito.

Apesar de termos aprendido a educação dos ricos, nenhum dos silenciadores se contenta com pouca comida. Nosso treinamento duro e as constantes missões no campo nos deixam famintos. Tundra, por exemplo, mesmo com dificuldade para comer, já está repetindo o prato. É claro que seu tamanho ajuda na demanda por combustível.

Termino de comer o que foi servido e olho os outros convidados, localizando os que eu ainda não havia notado. Satsuki, Takao e Dairo se sentam na outra ponta do arco, de frente para Tundra. Ao lado do grandão estão Karot e Milo. Apesar de recebermos um brinde em nossa homenagem, sou a única que ganhou um lugar no centro da mesa, próximo ao rei. Enquanto dirijo a taça à boca, pego Satsuki me inspecionando. Imagino que, neste exato momento, ela deseje que eu me engasgue com o vinho e caia morta sobre o pato assado.

Tínhamos tudo para sermos boas amigas. Mas ela me trata assim desde que cheguei. Talvez eu a ameace de alguma forma. Mesmo ela sendo mais velha e mais experiente, hoje estamos no mesmo nível. Eu a alcancei muito rápido, o que piorou a forma como ela me via. Dentre todos, ela e Takao são aqueles com os quais eu menos tenho contato.

De qualquer forma, essa rivalidade não afeta nossas missões. Já lutamos lado a lado algumas vezes, e a competição sempre foi para ver, por exemplo, qual de nós mataria mais inimigos ou alcançaria o alvo primeiro. O problema é que, ultimamente, eu tenho levado a melhor. Matei Carlos Galek quando fomos colocados para segui-lo; levei o exército ao Covil e derrotei Magda, uma dentre os rebeldes mais procurados. Nossa próxima disputa será para ver quem matará Simus ou Leran.

Alguns convidados se levantaram e formaram rodas de conversa. Sou tocada nos ombros por alguém e, ao me virar, dou de cara com Lui Servante, outro membro influente do governo. Seu cargo é de ministro das Comunicações e Confraternizações. Ele é responsável por toda a parte "social" da cidade. Organiza festas, eventos, assim como os discursos de Felix e de outros membros do conselho. Tenho certeza de que esta comemoração também é obra dele.

— Minha linda — ele diz, esbanjando falsidade. Nós nunca nos falamos antes.

Levanto-me para cumprimentá-lo, e nossos tamanhos se desencontram. Ele bate nos meus ombros, mesmo calçando botas de salto alto. Vejo sua cabeleira lisa e não consigo identificar se ela é marrom ou laranja, talvez de tom intermediário. Ele olha para cima e usa os dedos para arrumar a franja curvada que termina logo acima dos olhos. Lui estende ambas as mãos e segura uma das minhas, parabenizando-me com um cumprimento apertado. Após meus agradecimentos, ele inicia, sem que eu demonstre qualquer interesse, uma narrativa que promete ser entediante. Tento ser educada e presto atenção, contemplando sua história com algumas expressões como: "nossa", "não brinca?", "hum", "claro", "mentira?". Eu também sei ser falsa.

No fundo, não entendo por que ele está falando comigo. Será que me tornei tão importante só pelo fato de ter levado o governo ao Covil? Não aguento mais essa tagarelice. Os assuntos giram, giram e sempre acabam nas mesmas coisas: baboseiras e futilidades. E o pior de tudo nem é o conteúdo. Quando Lui usa os alto-falantes para anunciar convidados e fazer breves introduções de seus eventos, ele demonstra uma voz muito mais grave do que de fato ela é. Enquanto ouço sua oratória sem sentido, consigo mentalizar uma maritaca velha gritando. Meus ouvidos chegam a doer. Olho ao redor e não vejo ninguém capaz de me resgatar. Talvez se eu simplesmente subisse meu indicador aos lábios e soprasse o anel, fazendo-o calar-se. Então eu continuaria soprando para ver seus tímpanos sangrarem até ele cair morto.

Não... Em vez disso, apenas finjo me desequilibrar e derrubo vinho sobre seu casaco branco. Lui para imediatamente a prosa, olha para baixo e toma conhecimento do estrago. Ele começa a dar pulinhos e bate as mãos no local onde o líquido caiu, na tentativa de fazê-lo escorrer; pelo menos eu acho que a intenção seja essa. Com essa atitude, a única coisa que escorre é sua classe, principalmente no momento em que, furioso, grita indecências para mim.

Confesso que não imaginava tal reação, mas não posso dizer que não estou me divertindo agora; isso é muito melhor do que toda aquela conversa insípida de alguns minutos atrás.

— Me desculpe — digo, cínica, pegando um lenço na mesa. — Como sou desastrada! Deixe-me ajudá-lo.

Aproximo-me para limpá-lo e ele salta para trás, aumentando o escândalo. Ao vê-lo continuar com os pulos e o movimento dos braços, que demonstram uma mistura de nojo com histeria, imagino a maritaca velha tentando levantar voo. Já não consigo esconder a risada. Todos notaram a situação, e eu levo minha mão à boca para segurar o riso.

Assim que percebe grande parte dos convidados nos observando, Lui respira fundo, retoma o controle e se volta para mim:

— Que mocinha descuidada, hum? — ele diz pausadamente, enquanto balança o dedo. Sinto-me uma criança de cinco anos.

— Terei que matar mais meia dúzia de antílopes para fazer outro deste, queridinha. — Ele finalmente termina o espetáculo e se direciona para a porta do salão. Todos se entreolham e, em segundos, voltam ao que estavam fazendo, como se nada tivesse acontecido.

— Não sabia que existiam antílopes em Acigam — diz Tundra, já ao meu lado.

— Não existem — sussurro, enquanto giro meu dedo ao redor da orelha. — Ele é louco.

Pelo menos me livrei do baixinho estranho. Seguro o braço de Tundra para evitar que ele saia do meu lado. Não quero outra situação como essa. Na verdade, estou exausta, mesmo tendo descansado ao longo do dia. Não é meu corpo que pede repouso, mas minha mente. Não consegui colocar os pensamentos no lugar, e, quanto mais eu tento, mais a situação piora. Agora preciso descobrir o que Felix e Nagisa estão tramando. Talvez isso me ajude a encontrar um novo rumo. Um novo objetivo.

Na tentativa de verificar algo suspeito, procuro pela rainha e a vejo falando com outras damas da corte, esposas de alguns dos ministros. Não acho que a conversa seja a respeito da guerra. Estão trocando experiências sobre assuntos frívolos. Felix, por sua vez, continua a paparicar alguns conselheiros, agora na companhia de Takao e Satsuki. Ambos estão bem-arrumados e vestem quimonos muito belos, feitos de seda.

O dela é dourado, amarrado com fitas escuras, e tem apenas uma manga. Na parte de baixo o pano é reforçado, dando volume às curvas de seu corpo. Satsuki tem a boca pintada de vermelho forte, e a linha negra que contorna seus olhos se estende alguns milímetros na direção das orelhas, deixando seu olhar ainda mais amendoado. Os cabelos negros e lisos estão presos em um rabo de cavalo que sai do alto da cabeça, e duas mechas descem sobre o contorno de sua face. Ela não faz questão de esconder a espada, presa às costas dentro de uma bainha invertida. Posso ver o pomo da arma na lateral de seu quadril. Apesar de Satsuki ser mestra no uso da besta, ela também é habilidosa com sua espada curta de tradição oriental.

Já o quimono de Takao é mais simples: tecido azul-escuro com listras claras. Os panos ocultam todo o seu corpo, decerto guardando sua corrente por baixo. Os cabelos curtos estão arrepiados, e o cavanhaque foi especialmente aparado para a festa, deixando-o com um ar mais jovial.

Paro de observar a roda de Felix ao ver que Nagisa despede-se dos convidados e se dirige aos corredores. O capitão, ao notar sua saída, ordena que Satsuki a escolte até os aposentos reais. Um dos motivos pelos quais moramos no palácio é a segurança dos líderes. Se algum rebelde invadisse o jantar neste exato momento, encontraria no mínimo sete soldados armados e treinados para proteger o rei e a rainha. Temos protocolos para seguir em casos de ocorrências como essa. A escolta até os aposentos faz parte disso. É claro que durante a noite a vigília é realizada por soldados; no entanto, sempre estamos atentos.

A comida parou de ser servida, mas as bebidas continuam. O rei aproveita que sua esposa se retirou para encher novamente a taça. Além do vinho, os criados andam com um frasco de genisky, uma bebida típica daqui. Dizem que o sabor é forte e seu efeito é rápido ao tirar os sentidos de quem a toma. Em alguns bares, são comuns as competições para ver quem bebe mais. Uma bebida popular pela qual até mesmo os ricos possuem gosto. Após preencherem a taça de Evandro com vinho, ele pega outra cheia do líquido verde-claro espumante e segura as duas taças, alternando as bebericadas, até que começa a trançar as pernas enquanto anda.

Minutos se passam e o rei angaria seguidores para sua bebedeira. Felix já deu mais goles do que deveria, e o som da risada grossa viaja pelo salão junto com a fumaça de seu charuto. Não demoram a chegar até Tundra e eu. Querem que também bebamos.

— Hoje estão todos dispensados para se divertir — diz o capitão após outra pitada.

Tundra arrisca um gole de genisky e sacode a cabeça, estranhando o sabor. Eu recuso a oferta de início, contudo, acabo rendida. O líquido tem um gosto esquisito, que mistura maçã com uísque. As bolhas fazem cócegas na língua e ajudam a bebida a descer suavemente. O efeito é mesmo rápido. Nenhum de nós está acostumado a esse tipo de distração. Mal reconheço Felix nesta circunstância. Na verdade, não reconheço nem a mim. Basta uma taça para que eu me sinta tonta, sem condições de permanecer no salão. Prefiro manter o controle sobre mim mesma. Esse tipo de coisa me deixa fraca, vulnerável. Para evitar problemas, eu me despeço de alguns e vou até o elevador. Quero chegar ao meu quarto o mais rápido possível.

O criado abre o portão do elevador e eu me encosto na parede interna, colocando a mão na testa enquanto mantenho a visão para baixo, a fim de evitar que as coisas girem. Saio e ando pelo corredor em direção aos meus aposentos. Ouço o criado fechar a grade e descer o elevador. O barulho das engrenagens oculta outro ruído: os passos de alguém que me segue. Só o percebo quando já está próximo demais para me agarrar pelo braço e me pressionar contra a parede. Ele aperta meu pescoço com uma das mãos.

— Você não sabe com quem está lidando, silenciadora. Vai pagar pelo que fez com a minha família.

O efeito do genisky atrapalha no reconhecimento do rosto. Depois de algum esforço, descubro de quem se trata: ministro Garbujo.

— Pelo jeito, você e seu filho atuam da mesma forma covarde: atacando pelas costas.

Furioso, ele enfia a segunda mão na minha garganta e a aperta com mais força, tornando difícil a respiração. A adrenalina me ajuda a superar parte do efeito da bebida, e meu instinto de defesa orienta o movimento de minhas mãos. Elas passam entre os braços estendidos do ministro e os desprendem de meu pescoço. Pego-o pelos pulsos e acerto sua cara com uma cabeçada. Rapidamente, inverto nossas posições, e agora é ele quem está na parede, rendido pela minha adaga em seu pescoço, arma puxada em segundos da tira que a prendia em minha coxa. Ele me olha espantado, sem entender como me desvencilhei com tanta facilidade. Aproximo a boca de seu ouvido e falo baixo, mas muito claro e devagar, para que ele entenda.

— Não, ministro, é o senhor que não sabe com quem está lidando. — Vejo o medo em seus olhos e me aproveito disso. — Você tem mais dois filhos, não é mesmo?

— S... si... sim — ele responde, aterrorizado. — Outro garoto e uma menininha.

— E ela é linda, não é? — questiono, sádica, enquanto aperto a lâmina contra sua pele.

Garbujo fecha os olhos e, tremendo, concorda com a cabeça. Aproximo ainda mais meus lábios e toco sua orelha, a ponto de manchar a pele dele com o meu batom. Então, sussurro:

— Será que na sua casa tem espaço para novas urnas?

O ministro arregala os olhos e engole o ar de sua boca. Ele entendeu a ameaça.

— O que você quer? — pergunta.

Sorrio e não demoro a responder:

— Um espião dentro do conselho.

CAPÍTULO 21

Um espião. É exatamente o que preciso. Descobrirei informações privilegiadas sobre os próximos passos do governo. Garbujo oferece resistência ao meu pedido. Teme ser morto caso o capitão descubra. Mas eu o lembro de que um silenciador pode ser muito pior do que Felix. Sem escolha, o ministro decide cooperar.

Ainda no corredor, sob o fio da minha lâmina, ele diz que o conselho terá uma reunião importante na noite seguinte. Nela, irão definir os próximos passos após a invasão do Covil. Os tópicos para discussão geralmente são passados na hora, portanto ele só poderá me dar informações depois do encontro. O que mais me diverte é a expressão com a qual Garbujo deixa o corredor, certo de que entrou em uma grande enrascada. Felix provavelmente o matará se descobrir algo. Eu também não hesitarei em matá-lo caso não cumpra nosso acordo.

Já em meu quarto, me dispo e me deito, imaginando como poderei aproveitar Garbujo dentro do conselho. Preciso usá-lo para descobrir mais a respeito de Nagisa. Talvez os ministros saibam dos anseios da rainha. Meu novo amigo será muito útil.

Se existe uma vantagem em ser como sou, é que não tenho medo de arriscar. Poderia estar receosa quanto ao caminho que acabei de escolher, mas não; o risco me excita. Assim como Garbujo, minha vida também está ameaçada agora. Não tem volta. É como todas as outras escolhas que já fiz. E todas elas eu encarei sozinha.

Olho para trás e percebo que sempre afastei as pessoas de mim. Minha mente esteve intransponível por anos. Meus sentimentos viveram ocultos atrás de uma aparência firme e desumana. Somente Leran conseguiu ultrapassar todas as barreiras. Mostrou-me algo que eu nunca havia visto em outra pessoa: bondade e altruísmo. Sinto-me segura ao seu lado. Mas como eu posso continuar com ele se traí sua confiança? Talvez o que eu busque seja a redenção. Será que realmente quero o perdão de Leran? Ou só estou dificultando minha vida para viver uma aventura mais desafiadora? Para correr mais riscos?

Se eu realmente quero ficar com ele, preciso abandonar os silenciadores em algum momento, e sei que desertar não é uma opção. Primeiro porque é nesse grupo que está a única pessoa, além do arqueiro, com quem me importo: Tundra. Outro fator é que não é possível desistir de tudo e ainda sair viva. Posso ser maluca, mas morrer não está nos meus planos. É mais seguro continuar espionando o governo daqui de dentro do que virar as costas para Felix e fugir.

Sei disso porque vi acontecer há alguns anos. Foi quando Milo e Felix deixaram claro qual era a nossa função e o motivo de todo o treinamento. Alguns ficaram preocupados, mas todos seguiram para a missão. Fomos colocados para caçar um mago poderoso que estava disseminando o controle na parte leste da cidade. Durante a noite, nós o seguimos pelas ruas do Bargio, e, quando o cercamos, Tamira teve a chance de matá-lo, mas não o fez. Ele teria fugido caso Satsuki não fosse rápida o suficiente para enviar um dardo de sua besta.

Voltamos para o palácio e eu fiquei com Tamira o tempo todo. Ela estava assustada. Dizia nunca ter se imaginado matando alguém, mesmo que esse alguém fosse um mago. Como todos nós, ela também não gostava deles, mas seus instintos não eram assassinos.

Milo, líder da missão, não ficou nem um pouco satisfeito com a atitude dela. No dia seguinte, ele a desafiou. Exigiu de Tamira uma posição digna do treinamento que ela teve e a convocou para um duelo. Disse que seria preciso provar por que ela merecia viver entre os silenciadores. Tamira tinha suas habilidades, principalmente na luta com bastões e armas de haste, como voulges, lanças e garfos militares. Milo sacou uma de suas espadas e ela posicionou sua arma para se defender. À medida que ele avançava, Tamira girava o bastão para mantê-lo afastado — devido à extensão, esse tipo de arma é excelente para manter o usuário a uma distância segura de golpes de espada e outras armas de curto alcance. Tamira sabia manusear lanças com perfeição, porém a experiência de nosso líder era muito mais conveniente do que a técnica da garota. Quando viu uma oportunidade, ele a desarmou e a rendeu, pressionando a espada em seu peito. Milo deu a ela outra chance; disse que seria poupada se o próximo mago morto tivesse a cabeça cortada pela arma que ela portava.

Naquela noite, Tamira visitou meu quarto. Disse que não poderia continuar. No fundo eu não compreendia sua recusa, mas, como amiga, ao menos ofereci solidariedade. Foi quando ela demonstrou a intenção de fugir. Obviamente, eu a desaconselhei. Eu disse que poderia ajudá-la a se tornar mais forte a ponto de matar. Ela não me ouviu.

Durante a madrugada, Milo nos acordou e pôs o grupo para caçar algo. Todos nos aprontamos e partimos em busca de um fugitivo. Eu sabia que era Tamira, e estava disposta a ajudá-la a escapar se fosse preciso. Corremos pela cidade e a localizamos perto da grande muralha. Ela procurava uma saída de Acigam. Usando parte de sua roupa de silenciadora, Tamira mantinha o rosto oculto, assim todos — exceto eu — permaneciam sem identificar de quem se tratava. Mas não era possível escapar de nós.

Satsuki conseguiu alcançá-la e acertou sua perna com um dardo da besta. Quando a ninja pousou ao lado da presa, Tamira se virou e expôs o rosto, pedindo piedade:

— Sou eu, Satsuki, sua colega!

Porém, ao contrário de Tamira, Satsuki sempre teve prazer em matar. De onde eu estava, pude vê-la puxar a espada curta das costas e apunhalar minha amiga.

— Não — deixei escapar em voz baixa, mas logo cobri a boca. Tamira estava morta, assassinada por tentar abandonar os silenciadores, por se recusar a ser uma assassina. Na época, não entendi o que ela sentia. Como alguém pode não matar um mago, uma criatura tão abominável?

Talvez fosse uma questão de coragem. Mas o problema de Tamira não era a coragem. Muito pelo contrário: ela teve coragem para enfrentar Milo e fugir. O que a impedia de matar eram os princípios, os ideais. Mesmo tendo um passado duro como o meu, seus valores eram outros. Ela sabia do risco ao fugir, sabia que se fosse pega seria morta. Mas preferiu morrer defendendo o que acreditava.

Após sua morte, passei a olhar os silenciadores de outra forma. É claro que minha visão a respeito de Satsuki não mudou em nada; sempre a achei mesquinha e desprezível. Eu sabia que, se houvesse um de nós capaz de matar outro para benefício próprio, esse alguém seria ela. Quem me decepcionou foi Milo; ele, cujo dever sempre foi cuidar de nossa segurança, acabou nos colocando para caçar uns aos outros. Não consigo mais ter por ele a mesma consideração que tinha quando o conheci naquele bar. Antes eu o via quase como um pai, o homem que me ensinou, que me protegeu. Mas seu verdadeiro caráter surgiu aos poucos. Ele só havia recebido ordens para recrutar novos membros. No fundo, sempre fomos apenas novos membros. Novas peças. E peças que perdem a utilidade, como Tamira, acabam descartadas.

Consigo dormir bem, talvez ainda com resquícios do genisky em meu sangue. Poucos minutos após acordar, noto o bilhete de Milo embaixo da porta. Ele pede que eu me prepare para um treinamento noturno. Pelo horário em que é solicitada minha presença — ao mesmo tempo da reunião citada por Garbujo —, não terei tempo de falar com o ministro ainda hoje.

Decido aproveitar o dia relaxando. Pego algumas roupas leves e vou para o jardim do palácio, onde posso meditar um pouco. Desço de elevador até o saguão principal, passo pelas escadarias e chego às imensas portas de madeira talhada que separam o castelo do jardim. Sigo pela ponte sobre o fosso e chego ao pequeno pomar, onde seleciono algumas frutas para o meu café: maçãs, laranjas e amoras. Depois, vou até a área dos arbustos esculpidos e me sento em um banco de pedra. Enquanto como, observo os detalhes do palácio.

Os blocos que formam a base sustentam duas torres circulares de altura e diâmetro diferentes. A primeira, mais baixa e grossa, deve ter uns vinte e cinco metros de altura, enquanto a segunda, mais fina, passa dos trinta metros. Cada uma possui um elevador para dar acesso aos andares, mas só a primeira tem grande movimentação; é onde fica a maioria dos quartos e salas de convivência. Daqui, vejo a sacada do meu aposento, que tem vista para o jardim. Durmo no quinto andar da torre menor.

Já na torre fina ficam espaços inacessíveis a mim e a muitos outros, como o quarto real e as salas de reunião onde o conselho se encontra. As pessoas que vivem no palácio só possuem acesso às áreas de convívio social ou aos andares de seus respectivos quartos. Para irmos a outros lugares, precisamos de permissão especial. Nem mesmo os silenciadores escapam desses procedimentos.

Gosto de observar o lado externo dessa construção. As paredes possuem acabamento com calcário branco e reluzem ao sol. O material deixa as torres muito belas durante o dia. As telhas dos blocos no nível inferior têm uma cor azulada, e o telhado da torre menor possui o formato de uma abóbada lisa. Na torre mais alta, há um cone de telhas em cuja ponta está fincada uma enorme bandeira de Acigam. O palácio possui janelas por toda a sua volta; algumas delas são largos vitrais que ocupam, muitas vezes, a parede inteira de uma sala, como no salão do jantar de ontem.

Deixo o resto do dia para apreciar paisagens, comer alimentos leves e relaxar. Poderia até dormir, mas meu corpo está alerta demais; foram dois dias de descanso. Quando percebo que a hora do treinamento se aproxima, subo ao meu quarto e me preparo. Visto o uniforme de treino: calça preta justa, top, luvas e botas; prendo as adagas no cinto e arrumo meu cabelo em um rabo de cavalo. Saio do quarto e me dirijo ao campo de provas, nos fundos do palácio.

Já é noite, e o lugar está iluminado por tochas presas a postes de ferro em diversos pontos do campo. Encontro Milo, Karot e Dairo. Hoje Felix não poderá nos assistir, como costuma fazer, pois deve estar na reunião com o conselho. Após pouco menos de dez minutos, todos já estão presentes, prontos para começar.

Milo diz que o motivo do treino extra é nos preparar para combater rebeldes mais habilidosos, surgidos no conflito. A perda de Bhor preocupou o capitão, e ele exigiu treinamentos mais duros. O silêncio, por mais efetivo que seja contra magos, não tem efeito em pessoas treinadas no combate corpo a corpo.

— Bhor não foi morto por magia — diz Milo. — Ele tombou vítima de uma flecha.

Presumo que todos saibam a respeito de Leran.

— Para isso nós devemos estar prontos para enfrentar esses desafios também — ele conclui.

— Nenhum arqueiro é páreo para mim — diz Satsuki, arrogante como sempre. Milo acena concordando, mas completa:

— Alguns de vocês são treinados para derrubar inimigos a distância, como Satsuki. — Ela sorri. — Mas outros, não. Assim como Bhor, metade dos que estão aqui teve treinamento especializado no combate a curta distância. E, mesmo que sejamos capazes de lançar uma faca com destreza — diz ele, olhando para mim —, isso não será suficiente.

— O que você sugere, então? — questiona Tundra.

— Karot, Judra e você treinarão com novas armas, capazes de ferir e desarmar a médio e longo alcances.

Armas novas? Parece interessante.

— Dairo, Satsuki e Takao continuarão com os treinos normais.

Os três seguem para o campo e voltam a treinar com suas armas habituais. Tundra, Karot e eu seguimos Milo de volta ao palácio, onde descemos para os calabouços na direção do galpão de armas. Sempre nos disseram que o uso de armamentos diferentes era uma tática para confundir os inimigos. Como nos vestimos de maneira igual, o adversário jamais saberia qual técnica estaria prestes a enfrentar. E, mesmo que derrotasse um silenciador, não poderia derrubar outros da mesma forma, já que as forças e fraquezas de cada um são completamente diferentes.

Milo está certo com relação à nossa fragilidade contra adversários distantes. Lembro-me da dificuldade que tive ao iniciar a luta com Magda no Covil; não podia usar o anel. Satsuki com sua besta, Takao com a corrente e Dairo com as lâminas são exímios exterminadores de inimigos a distância. Milo, por sua vez, pode ficar invisível, confundindo um atirador.

Entramos no galpão e Milo nos guia para o centro, onde alguns objetos estão postos sobre uma bancada.

— Aqui temos quatro tipos de armas de longo e médio alcances. Quero que vocês analisem todas e me digam com qual possuem maior possibilidade de se adaptar. Apenas se lembrem da regra: cada um deve escolher uma arma diferente.

Dou uma rápida olhada nas opções e tento identificar alguma com a qual eu poderia me dar bem, inicialmente. Na ponta da mesa está um estojo grande com azagaias de aço. Sem dúvida é uma arma poderosa a longas distâncias, mas eu não acredito ter força para arremessar uma dessas a ponto de ser fatal. Talvez seja algo perfeito para Tundra. Ao lado, vejo um saco cheio de bolas pretas com diversos pontos de metal na superfície. Parece um explosivo, portanto uma arma ideal para Karot. A terceira opção é uma zarabatana de alumínio, mas não acho algo muito proveitoso. Por fim, fico diante de uma corda de couro presa a um cabo. Conheço essa também, é um chicote. Deve ter mais de seis metros de extensão e sem dúvida é a arma mais difícil de manusear dentre as opções. A distância que ele atinge não é tão grande quanto a da azagaia ou a da zarabatana, mas é um artefato letal. Chego mais perto e avalio o material da corda. Não é exatamente couro, como eu havia imaginado.

— Suspeitei que gostaria desse, Judra — diz Milo ao me ver inclinando o corpo para observar a arma de perto. — O chicote é a opção mais útil de todas se bem utilizado. Serve tanto para a defesa como para o ataque. Este, em específico, tem uma vantagem: sua língua é formada por placas de um material semelhante ao da corda anuladora que vocês já usam, porém muito mais resistente. Qualquer mago preso a ele ficará impossibilitado de controlar.

Pego a arma e passo meus dedos por ela para sentir as pequenas placas que vão se encaixando até a ponta. Quando escorrego a mão para o lado do cabo, o material parece liso e suave; entretanto, no sentido contrário, na direção da ponta, ele é áspero e cortante. Parecem escamas de peixe. Quanto mais distante do cabo, mais afiadas são as placas. Caso alguém puxe a corda pelo lado oposto ao do operador, terá as mãos dilaceradas pelas escamas.

— É chamada de "Cauda do Dragão" — completa Milo.

Um nome imponente para uma arma. Enquanto observava o chicote, Tundra e Karot, como suspeitei, escolheram respectivamente as azagaias e as bolas negras. Agora, estamos prontos para treinar. Voltamos ao campo com as armas escolhidas e eu sigo até a área com bonecos de madeira; eles me servirão de alvo. Posiciono-me uns cinco metros à frente deles, balanço o braço, desenrolando toda a língua do chicote, e fecho os olhos.

Por alguns instantes, estou de volta a Mabra, na época em que trabalhava no bar da periferia da cidade. Lembro-me de que, durante alguns meses, um circo falido se instalou ali perto e eu costumava visitá-lo nas horas vagas. A maioria dos truques mostrados era banal, todos feitos por magos desprovidos de talento que me enojavam com ilusionismo, explosões e algumas criaturas moldadas, entre elas leões cuspidores de fogo, insetos gigantes e ursos de rocha.

O que me encantava naquele lugar eram as pessoas dotadas de habilidades corporais. Estas, sim, podiam ser consideradas artistas de circo. Prendiam minha atenção quando demonstravam destreza e velocidade. Eram acrobatas, malabaristas, lutadores e, os meus favoritos: domadores. O chicote era usado por esses artistas para dominar algumas das criaturas mágicas criadas. Eles não precisavam de nenhum tipo de controle, apenas de suas habilidades no manuseio da arma. Era o duelo da magia, representada pela criatura, contra o ser humano comum. Algo que me inspirava.

Recordo-me dos movimentos realizados pelos domadores e passo a imitá-los ainda de olhos fechados. Segurando o bastão, giro o braço acima da cabeça e a corda começa a fazer círculos ao meu redor. Aumento a velocidade até ouvir o ar sendo cortado pela língua afiada. Solto todo o peso do braço e uso a inércia para golpear o chão ao meu lado. O estrondo da pancada me faz abrir os olhos. Noto que todos me observam. Até mesmo Satsuki, Takao e Dairo, que estavam mais longe, pararam seus treinos. Eu sei como manusear a arma.

Não me importo com os espectadores e repito o movimento; mas desta vez, ao invés de finalizá-lo jogando o braço para baixo, termino o círculo esticando meu braço para a frente e propulsiono a língua do chicote na direção de um dos bonecos de madeira. A arma é muito veloz e se movimenta em um golpe cortante na horizontal, até atingir o pescoço do alvo, onde a ponta se enrola e fica presa. Balanço a arma para liberá-la, mas nada acontece. Seguro o cabo com as duas mãos e puxo com delicadeza para não danificar o chicote. Parece que está cravado na madeira. Quanto mais eu tento soltá-lo, mais as escamas serram o material. Já irritada, dou um puxão forte e finalmente o retraio até mim. Olho para baixo, com medo de ter arrebentado a arma, e a encontro em perfeito estado. Ao voltar minha visão para o boneco, percebo que falta algo nele. Logo vejo a cabeça de madeira rolando no chão.

Ao meu redor, todos estão espantados com o poder do chicote. Todos exceto Milo, que se aproxima sorrindo.

— Muito bom, Judra — ele diz, batendo palmas. — Agora você não terá mais problemas com os atiradores. Poderá matar o arqueiro.

CAPÍTULO 22

Claro. Esse é o desejo de Felix. Ele já sabe que Leran foi o responsável pela morte de Bhor, e, como prova de minha lealdade, não teria nada mais óbvio do que exigir que eu mesma o extermine. Por essa razão o treinamento com armas de combate a distância. Poderei desarmar Leran ou até mesmo decapitá-lo, como fiz com o boneco.

Esse chicote é terrível. Não dá para mensurar seu poder de destruição sobre o corpo humano. Com ele, posso arrancar um membro da vítima com facilidade. Nem foi preciso fazer muito esforço para partir um pedaço de madeira maciça. O lado positivo é que eu o escolhi. No final, a decisão de usá-lo contra Leran será somente minha.

O treinamento com o chicote continuou por uma semana, e eu aperfeiçoei minha mira e a forma de manuseá-lo. Aprendi a mover a arma em direções diversas, podendo golpear diferentes alvos dispostos ao meu redor. O mais difícil é usá-la ao mesmo tempo em que me desloco. Já evoluí muito nesse quesito, no entanto não estou totalmente preparada para uma luta que exija agilidade no terreno.

Em paralelo aos meus avanços no combate, obtive avanços no cenário político com o ministro Garbujo. Ele me trouxe informações relevantes, não só sobre a reunião feita na noite em que escolhi minha arma, mas também sobre outros encontros ao longo da semana. Recebi atualizações a respeito do conflito em geral e agora tenho uma ideia mais clara do que está acontecendo lá fora.

As tropas de Felix dominaram praticamente todo o lado oeste da cidade após a tomada do Covil. Bairros como Cidade Velha e o Bairro das Oliveiras estão sitiados por guardas autorizados para prender e matar. O lado leste está sob domínio rebelde, principalmente pelo fato de possuírem o acampamento no Mirante e uma possível base alternativa no Bargio. Os principais confrontos têm acontecido no centro, e isso preocupa os ministros, pois é onde fica o quartel-general e o acesso ao Palácio do Governo. Inúmeras barricadas foram colocadas na rua que segue para a Vila de Mármore, mantendo o conflito longe da moradia dos governantes. Em certos momentos vejo, da sacada do meu quarto, torres de fumaça erguidas no horizonte; os confrontos entre soldados e rebeldes continuam, mas sempre além do mercado.

Os silenciadores têm sido poupados de missões grandes. No máximo dois ficam no campo ao mesmo tempo, exercendo objetivos mais estratégicos como espionagem e captura. Minha vez ainda não chegou. Acredito que Felix esteja esperando a técnica com a Cauda do Dragão se aprimorar ainda mais.

Ao contrário do que o governo havia planejado, a tomada da Cidade Velha não ajudou muito a conquistar novos alistamentos para o exército. Acusaram a Guilda de tornar as coisas piores com o conflito, mas os moradores perceberam que a incursão das tropas no bairro não melhorou em nada a situação na qual já viviam. No fim das contas, o tiro saiu pela culatra. Agora, além de se preocupar com rebeldes no lado leste, Felix passou a enfrentar revoltas da população pobre na parte oeste.

Quanto mais a guerra civil se estende, mais a cidade sofre. A verdade é que Acigam entrou em colapso. Não suportaremos tanto tempo de conflito. Mesmo a fartura do palácio já está afetada pela falta de suprimentos básicos. Até o abastecimento de água falha constantemente. Garbujo disse que os ministros negociaram um carregamento com especiarias e produtos importados de outras cidades, a fim de remediar a falta de suprimentos consumidos na Vila de Mármore.

No restante da cidade, a situação é ainda pior. A infraestrutura dos bairros está comprometida. Os trens não funcionam há semanas, e serviços básicos como saúde e educação estão suspensos por tempo indeterminado. Tundra foi para o centro recentemente e me falou sobre a situação das ruas. "Total abandono" foi a expressão usada. Lojas saqueadas, lixo por todos os lugares e a população mais miserável do que nunca.

Como imaginei, um novo ataque está sendo organizado para destruir o acampamento no Mirante. O que está sendo discutido a respeito desse tópico é a dificuldade de acesso ao lugar. Devido à altura e a um único caminho para subir — por meio de escadarias e rampas —, os soldados que tentarem alcançar o topo serão alvos fáceis para orientadores posicionados lá em cima.

Segundo Garbujo, os ministros também estão preocupados com a torre do observatório, agora em território rebelde. Não sabem por quanto tempo conseguirão manter o lugar vigiado por soldados. Desde que Carlos Galek invadiu o observatório, há aproximadamente três meses, o governo tem discutido a situação da segurança dos possíveis documentos lá existentes. Até questionei Garbujo sobre o porquê de o governo não ter destruído os papéis se isso era tão perigoso. Ele afirmou que a torre tem um sistema de defesa interno muito eficaz, desenvolvido pelos antigos moradores. Para proteger os estudos da crescente perseguição à magia que o governo vinha impondo na época, tudo foi trancado com senhas, enigmas. Décadas atrás, foi enviada uma expedição do exército para adentrar o observatório; no entanto, ninguém voltou. Os ministros acreditam que Galek teria apenas entrado nos primeiros andares, sem tempo para encontrar informações relevantes, porém temem que outros rebeldes consigam ir mais longe.

Para neutralizar essa ameaça e tomar o Mirante, eu sei que todos os silenciadores serão escalados. Com isso, fico imaginando se Leran fugiu para lá. Eu estaria mais uma vez frente a frente com ele, e minha missão será bem específica: matá-lo.

O tempo está se esgotando. Ainda não sei o que Nagisa busca. Só terei alguma real vantagem no momento em que conseguir essa informação. Mas, para encontrar algo, preciso ter acesso à torre mais alta do palácio. Talvez exista algum documento útil em uma das salas de reunião, nos escritórios ou até mesmo no quarto da rainha. Mas como subir até lá? O elevador da torre alta é vigiado por guardas. A não ser que... talvez eu saiba uma maneira!

Durante esta semana, Milo está liderando diversos treinamentos com soldados e os silenciadores. Assim como eu, ele não tem ido ao campo. Consequentemente, suas armas e seus equipamentos não são usados já faz algum tempo. Vou até os andares mais baixos, já em um dos blocos principais, e sigo para o terraço que dá visão ao campo de treinamento. Milo está lá.

Corro até as escadas e subo ao oitavo andar, evitando ser vista. Dirijo-me ao corredor à direita e vou até o final, onde fica o quarto dele; já vim aqui algumas vezes. Uso um pedaço de arame para destravar a porta e entro. O cheiro de cravo domina o ar preso pelas janelas fechadas. Sobre a cômoda de mogno, vejo a fonte do odor: um palito de incenso aceso. Olho ao redor para achar o que procuro e noto uma das espadas de Milo pendurada pelo cinto preso ao cabideiro. E é também junto ao cinto que visualizo o alvo de minha busca: o dispositivo de invisibilidade.

Desprendo o objeto redondo e o acoplo em minha fivela. Passo a mão nele e pronto. No espelho da cômoda, me observo desaparecendo aos poucos, até que não posso ver mais nada. Este disco precioso manipula a luz ao meu redor e reflete qualquer raio incidente sobre meu corpo, inviabilizando que me vejam. Com ele conseguirei subir a torre fina sem ser notada. Saio do quarto tentando mantê-lo intacto, tranco a porta novamente com o arame e sigo pelo corredor. Se eu der sorte, conseguirei trazer o disco antes que Milo sinta sua falta.

Nagisa passa grande parte do tempo na torre; é raro vê-la descer. Provavelmente está em seu quarto. Sigo de volta às escadas e desço para a área térrea, visando a subir pela torre mais alta. Com a chegada da noite, talvez eu consiga passar junto a um dos ministros que deseje utilizar o elevador; o guarda abrirá a grade para qualquer um deles. Só preciso esperar alguém que queira subir. Parando em qualquer um dos andares, será mais fácil ter acesso às escadas; então, poderei vasculhar toda a torre.

Depois de aguardar mais de uma hora no saguão sem sinal de qualquer um dos ministros, noto o movimento afobado de guardas. Eles acabam de chegar do centro; algo aconteceu. Continuo olhando, escondida em um dos cantos do grande salão, até ver Satsuki e Dairo entrarem, ambos vestidos com o uniforme de silenciadores. Os dois rapidamente se deslocam para as escadarias até o subsolo e guiam guardas que carregam um prisioneiro capturado no campo. Parece uma mulher, mas não consigo identificar quem é por causa do saco negro colocado em sua cabeça. Abandono meu plano inicial e os sigo. Eles finalmente conseguiram o que Nagisa queria: um rebelde para ser interrogado.

Continuo atrás dos dois até as masmorras, e lá a mulher desacordada é posta em uma sala escura, onde soldados a prendem a uma cadeira de metal, amarrada pelos pulsos e tornozelos. Os guardas saem e eu consigo entrar antes de Dairo fechar a grossa porta de correr, ideal para abafar os gritos dos torturados.

Satsuki acende as luzes e tira parte dos trajes negros para ficar mais à vontade. Dairo se senta no banco nos fundos e passa a observar a refém pelas costas. A sala é grande, portanto permaneço a uma distância razoável dos dois, no canto oposto e de frente para a mulher presa. Não demora até Felix entrar, parabenizando-os pela captura.

— É um dos líderes, certo? — ele demanda, ansioso.

Dairo permanece sentado com as pernas cruzadas e concorda com a cabeça. Satsuki complementa a informação:

— Nada menos do que Brenda Rabeli.

— Então, vamos começar logo. Não temos tempo a perder — diz Felix, esfregando as mãos, excitado pelo momento.

O capitão fica ao lado de Dairo enquanto Satsuki pega um estojo que estava sobre a bancada próxima a eles e segue para ficar diante da mulher. Ela desenrola a peça e revela uma infinidade de ferramentas de tortura que são colocadas em uma mesa pequena próxima à prisioneira. Vejo alicates, perfuradores, facas diversas, cabos e fios bem finos. Satsuki retira o saco que ocultava o rosto da mulher e pega um copo de água para acordá-la.

— Olá, senhora Rabeli — ela diz, com a voz doce. — Dormiu bem?

A rebelde acorda enfraquecida e não responde. Vira seu rosto encharcado em um gesto rude.

— Não se preocupe, teremos bastante tempo para nos conhecermos. Podemos até ser boas amigas, se a senhora cooperar. — Ela pega uma toalha e seca gentilmente a face sofrida de Brenda.

Satsuki é mestra no sadismo. Já a vi torturar antes e confesso, neste momento, estar com dó da velha.

— Vamos lá. — Ela se senta em um banco colocado diante da senhora. — Para começar, gostaria que você me contasse um pouco mais sobre a Guilda, Brenda. O que estão pretendendo agora?

— Se você deixar, amanhã me encontrarei com eles no parque e tomaremos chá — ela responde, debochada.

Satsuki ri, cínica, mas na verdade está furiosa com o pouco caso da refém.

— Você gosta de piadas? — ela pergunta, antes de acertar o rosto da velha com sua mão, fazendo o nariz sangrar. — Isso também é engraçado?

Brenda abaixa a cabeça e não responde. Durante os trinta minutos que se passam, Satsuki se diverte ao utilizar diversos objetos retirados do estojo. Por mais fria que eu seja, prefiro não olhar quando alguns são usados. Alterno o foco de minha visão entre Brenda, Dairo, Felix e Satsuki, enquanto a silenciadora corta, bate e fura. A velha grita e chora em diversos momentos, mas não cede. Sua face já está desfigurada de tantos maus-tratos. Uma poça de sangue sob a cadeira atinge os pés de Satsuki, que não se incomoda em pisar no líquido. A refém não resistirá por muito tempo, porém a ninja sabe o que está fazendo.

— Eu conheço muito bem o corpo humano, velha — afirma ela. — Você sabia que os lugares mais dolorosos nem sempre são os mais letais?

Brenda já não tem condições de responder.

— Podemos continuar isto aqui por horas. Eu só quero uma resposta. Onde é a segunda base da Guilda?

Ela balança a cabeça e continua calada. Felix fica tão inquieto vendo a falta de avanços que muda a estratégia. Faz sinal para que Satsuki saia, e ela, claramente descontente, recolhe as ferramentas e deixa a sala.

— Eu termino isso — diz ele. Dairo entende o recado e também sai.

Felix se coloca diante de Brenda e nota a real situação da mulher. Os ferimentos são graves. Ela olha para o capitão e logo o reconhece.

— Veio me matar pessoalmente, Felix?

— Ainda não chegou a sua hora, senhora Rabeli.

Ele vai até a porta e se certifica de que está bem fechada.

— A conversa que quero ter com a senhora é particular.

Estão apenas os dois na sala agora. E eu, é claro, escondida pelo disco de Milo. Felix levanta o rosto de Brenda com uma das mãos e, em tom muito sério, questiona:

— Onde está a Estrela?

Ela tenta virar o rosto, mas ele segura firme em seu queixo. O capitão insiste e grita, com sua voz grossa:

— Onde está a Estrela!?

— Jamais a entregaremos a vocês — ela retruca, desesperada, cedendo à pressão.

Ele larga a velha e começa a rir sozinho, enquanto Brenda percebe ter dito algo que não devia.

— Está com vocês? — pergunta, deleitando-se com a informação. — Como eu imaginava. Levaram-na para o acampamento? Hum? — E volta a pressioná-la, desta vez pelos ombros. — Já a estão treinando com seus truques baratos de controle?

— Não! Não sei do que está falando — tenta desconversar a mulher.

— Velha tola! — grita o capitão, soltando-a. — Você já me deu a resposta que eu queria. Vamos invadir aquele lugar e eu mesmo pegarei a Estrela. Você nada poderá fazer.

Felix se afasta de Brenda e grita pelos guardas, que, rapidamente, entram na sala. Ele vai até o primeiro, pega a pistola presa ao cinturão do soldado e volta para perto da cadeira, onde encosta o cano da arma na cabeça da velha:

— Agora, sim, chegou a sua hora...

O som do disparo é alto, e o sangue de Brenda respinga na parede lateral. Com o impacto do tiro, o corpo da velha tomba para o lado e derruba a cadeira na poça de sangue.

— Limpem tudo — ele ordena antes de sair.

O capitão segue para as escadas sem dar satisfação para Satsuki ou Dairo, parados do lado de fora da porta de correr. Eu o sigo, pois sei para onde vai. Ele avisará Nagisa.

Passamos pelo saguão principal e entramos no elevador após o guarda abrir a grade. Felix está tão satisfeito com sua descoberta que não existe a possibilidade de me notar aqui. No caminho, acende um charuto e eu faço força para não tossir com toda a fumaça que toma o espaço apertado. Quando paramos no último andar da torre, saio primeiro, para respirar ar puro, e continuo a segui-lo assim que ele passa por mim.

Eu nunca havia vindo aqui. Há luxo em todo o lugar. O carpete vermelho é macio, e obras de arte preenchem cada espaço das paredes. São coisas que só o rei e a rainha podem apreciar. O capitão entra em uma das dezenas de portas do corredor e não se preocupa em fechá-las. Dentro, encontro a rainha sentada, vestindo um roupão vermelho de seda, decorado com arabescos bordados em branco. Os cabelos estão presos e, no rosto, a maquiagem, como de costume: lábios em cor viva e pele clareada pelo pó. Outra coisa que avisto é sua joia em formato de fagulha, desta vez presa a uma corrente simples no pescoço.

Felix nem mesmo se anuncia e logo a puxa da poltrona, oferecendo um beijo molhado em sua boca. Surpresa, sem graça e totalmente enojada, eu assisto à cena. Se eu pudesse ser vista agora, perceberiam minhas bochechas vermelhas de vergonha e meus olhos semicerrados de asco. Como ela pode beijar Felix Barolfen?

— O que é isso, Felix? — questiona, após se desvencilhar do abraço e recuperar o fôlego.

— Consegui, minha rainha! Tenho o paradeiro do jovem, a nossa Estrela.

A expressão de Nagisa muda após ouvir a notícia. Ela demanda mais explicações.

— Seu plano deu certo. Os rebeldes a acharam. Vamos capturá-la assim que invadirmos o Mirante na semana que vem.

Nagisa solta uma gargalhada diabólica e pede que Felix vá imediatamente ver como estão os preparativos do ataque. O capitão obedece e deixa a sala. Enquanto o vejo sair, tento organizar as informações recebidas.

Primeiro: os dois têm um caso... Desde quando? O rei sabe disso? O fato de serem amantes, além de nojento, é muito esclarecedor. Segundo:

então eles procuram um jovem? O tal Estrela? Por que esse ser seria tão importante? E qual o significado dessa palavra? É claro que eles não se referem aos astros brilhantes do céu. Esse é um termo usado pelos magos.

Lembro-me de algumas aulas sobre magia durante o treinamento. Eu aprendi isso. Uma Estrela é um controlador supremo, chamado assim pela facilidade com a qual domina as energias. É capaz de reger o fluxo energético com o pensamento. Não precisa dos elementos que estão ao seu redor. Como os astros do céu, ele possui energia própria. Porém, o tom no qual esses seres eram tratados nos livros dava a impressão de que não passavam de personagens fictícios, lendas de magos. Qual o motivo de alguém assim estar em Acigam?

E terceiro: a rainha tinha um plano que deu certo? Ela fez os rebeldes acharem a Estrela. Foi por isso que os deixou se espalharem. Tudo não poderia fazer mais sentido. Mas, antes de eu terminar minhas conclusões, Nagisa pega seu cetro ao lado da poltrona e sai da sala. Devo segui-la.

Ela anda pelo corredor até a porta pequena que dá acesso a uma escada escura, ergue a barra de seu roupão com uma das mãos e, com a outra, levanta o cetro, apontando para o alto. Da grande bola de cristal vermelho incrustada na ponta emana uma luz que clareia o caminho. Após poucos lances de escadas, chegamos a outra sala, mais rústica e sem acabamento luxuoso. A decoração é incomum, com diversos itens macabros presos à parede, símbolos desenhados no piso e uma infinidade de livros sujos na estante coberta por teias de aranha. Estamos na parte mais alta do palácio, no topo da torre fina. A sala não tem janelas, e uma pequena abertura no teto é a única ventilação, o que me permite ver a parte interna do telhado cônico.

A rainha acende as luminárias e desativa a luz de seu bastão. Só assim consigo ver um homem de túnica fechada, sentado na cadeira aos fundos da sala. Tomo um susto ao percebê-lo.

— Alguém viu você subir aqui? — pergunta a rainha.

— Não — ele responde, seco. Seu rosto está encoberto por um capuz.

Ela vai até a mesa quadrada, onde avisto um grande pedaço de papel preso pelas pontas por objetos diversos, entre eles um pequeno castiçal, duas pedras coloridas e um bibelô bizarro. O homem misterioso se levanta e se aproxima dela.

— Você estava certo. A velha confirmou que a Estrela está entre os rebeldes.

— Confesso ter achado que nem estaria mais na cidade. Já faz tanto tempo.

— Seria impossível — contesta ela, prontamente. — Fechei as fronteiras quando soube do nascimento. Ninguém entrou nem saiu sem minha permissão. A Estrela sempre esteve em Acigam, conforme foi mostrado aqui. — E aponta para o papel da mesa. Devido à minha distância, não consigo ver do que se trata; parece-me um mapa.

Suas revelações invadem minha mente, fazendo um estrago. Fecho os olhos e volto ao Mirante, de onde posso ver os muros que separam a vida de Acigam do resto do mundo. Lembro-me dos anseios de Leran e de diversos outros que sonham com a liberdade. Nagisa acabou de dizer que toda a privação sofrida pelo povo foi devida a essa busca. Ela é mais louca do que eu imaginava.

— Agora, finalmente poderei matá-la. — Seu riso me traz de volta à torre escura, onde continuo a ouvir o que dizem.

— Depois de todos esses anos de espera — ele responde, irônico.

— Se eu não tivesse tido tantos imprevistos com a população e essa maldita Guilda... Fui obrigada a dirigir meus esforços para manter Cadorcia no poder. Sem a influência que exerço no governo, seria impossível continuar procurando por ela.

— Devíamos tê-la matado logo que nasceu.

— Não seja tolo! Não poderíamos sair matando todas as crianças que nasceram naquela época. Traria um problema muito maior do que esses comerciantes insuportáveis exigindo o direito de ir e vir. Era preciso ter certeza de quem seria.

Ironicamente, a decisão de fechar as fronteiras trouxe outros entraves para o governo. Como ela mesma disse, a Guilda afeta a continuidade de Cadorcia no poder. Nagisa não imaginava que essa busca resultaria em uma rebelião tão grande.

— De qualquer forma, ainda falta identificar quem dentre os rebeldes seria a Estrela.

— Essa é a parte mais fácil. Meu farol mostrará — diz ela, pegando a joia com o formato de fagulha.

Farol? Então essa não é uma joia comum. Deve ser por isso que a rainha vive com a peça junto ao corpo. Talvez seja outro artefato controlador de energia.

— Mesmo assim, você acha que será fácil matar a Estrela agora? Diversos adolescentes têm treinado entre os rebeldes. Muitos já estão fortes. Talvez a Estrela também esteja.

— Realmente estaria se tivesse contato com o controle desde criança, algo que acho improvável. A perseguição aos controladores em Acigam existe faz tempo, só tratei de intensificá-la nas últimas décadas. Estou certa de que a Estrela não teve oportunidade de treinar com mestres de verdade. Está vulnerável. Esse é o momento ideal para achá-la e matá-la.

— É, concordo. E, mesmo que treinasse na Guilda, lá não há ninguém capaz de doutrinar apropriadamente uma Estrela. Talvez matá-la seja mais simples do que pensei.

— E estamos perto de conseguir isso. Vamos finalmente concluir o nosso plano.

O homem concorda com a cabeça e vai até as escadas. Ele observa antes de sair:

— Você deveria limpar este lugar com mais frequência.

Nagisa o ignora e volta a olhar seu mapa com muita satisfação no rosto. Ela está certa de que poderá atingir seus objetivos. A rainha deixa a sala após alguns minutos, garantindo que não será vista com o homem de capuz. No grande sótão, restam somente eu e as inúmeras dúvidas em minha cabeça. Contudo, algumas coisas são fáceis de concluir.

O grande jogador, desde o início, sempre foi Nagisa. Ela comandou as peças desse tabuleiro, inclusive Felix, que está claramente apaixonado. Uma vez, ouvi a respeito de como ela se tornou rainha. Nagisa nunca foi nobre, nasceu plebeia. Conquistou Evandro Cadorcia quando ele ainda era príncipe e se casou poucos meses depois para adquirir o sobrenome da realeza. Mesmo os ministros da época não entenderam direito o que o jovem havia visto na moça, porém, ela sempre muito educada e elegante, acabou por conquistar todo o governo. Poucos meses depois, o pai de Cadorcia morreu misteriosamente, possibilitando que o filho único o sucedesse. Hoje, no poder há quase vinte anos, Evandro é um fantoche de Nagisa. Por essa razão, ela não se importa com a infidelidade do marido. Só precisa da posição de rainha.

Questiono-me se ela sente algo por Felix ou se apenas o manipula. Através dele, ela tem total poder sobre o exército e os ministros. Tudo é movido nos bastidores, e Nagisa é a mestra suprema.

Agora tenho certeza de que fui usada. Matei magos para garantir que o chamado "Estrela" não tivesse o treinamento adequado. Para isso colocaram os silenciadores na rua. Para isso fomentaram nosso ódio, exploraram o tortuoso passado que tivemos. Nossa função era manter a magia sob controle. Assim, quando alguém desproporcionalmente forte surgisse, saberiam que era a pessoa procurada.

Por isso Nagisa permitiu que a rebelião se espalhasse. O governo sempre teve poder para acabar com tudo, mas, se acabasse, a Estrela continuaria escondida entre os cidadãos de Acigam. Com os rebeldes buscando novos militantes, a chance de a Estrela se interessar pelo grupo era gigante. E foi o que aconteceu. Afinal, Brenda confirmou que a Guilda está com o jovem. Essa era a notícia aguardada pelo governo para acabar com a guerra. Agora, eles podem caçar cada rebelde e matar todos, tendo a certeza de que a Estrela estará destruída entre eles.

Sento-me com as costas juntas à parede, imaginando o quanto Nagisa foi esperta e cruel. Ela usou uma cidade inteira para achar uma única pessoa. Incentivou um conflito por mais de quinze anos. Mas por que matar essa Estrela é tão importante assim? E quem é esse comparsa misterioso?

Paro de pensar em Nagisa e miro meus esforços na Guilda. Se os rebeldes estão com essa Estrela, talvez eu a conheça. Busco em minha mente a face dos magos com quem tive contato: Leran, Boom, Galek e Mael. Todos eles tiveram treinamento e não são tão fortes assim. Também temos Alb e Simus, mas não... Eles mencionaram um jovem, não pode ser nenhum dos mais velhos. Pela época em que Nagisa mencionou o nascimento, só pode ser alguém de uns quinze ou dezesseis anos.

É então que minha mente me leva ao dia da festa de formatura de Leran, na noite em que fomos surpreendidos pelos baderneiros na saída do baile. Os três foram mortos por uma energia descomunal oriunda das mãos dela, a irmã do arqueiro. Mas é claro! Agora tudo faz sentido!

Luana é a Estrela.

CAPÍTULO 23

Devo alertar Leran sobre o perigo que Luana está correndo. Nagisa não descansará enquanto não souber que ela está morta. Os silenciadores serão colocados para caçá-la. Eu serei colocada para caçá-la. O que devo fazer?

— Pensa, Judra! — digo a mim mesma.

Desço novamente ao térreo e volto para a torre baixa. Primeiro preciso devolver o disco de Milo antes que ele perceba. Subo pelas escadas até o oitavo andar e corro pelo corredor, com o intuito de alcançar o quarto de onde subtraí o item. Pouco antes de minha mão alcançar a maçaneta, alguém abre a porta por dentro. Afasto-me.

Milo sai do quarto, passando bem na minha frente. Ele não parece furioso ou alterado, provavelmente não notou a ausência do disco. Sem trancar a entrada, ele segue em direção ao elevador. Porém, dá apenas alguns passos e para, vira seu rosto e olha em minha direção. Torno-me imóvel, inclusive diminuo a respiração. Ele continua olhando por alguns segundos; aperta os olhos, como se tentasse desvendar algo, em seguida balança levemente a cabeça e vai embora. Respiro aliviada e entro no quarto com pressa. Prendo o disco no cinto, saio e fecho a porta. Desço mais cautelosa, já que agora posso ser vista, e chego ao meu andar.

No caminho até meu quarto, avisto Milo, que desceu pelo elevador. Ele me vê e se aproxima de mim.

— Onde estava?

— Respirando ar puro.

— E preferiu ir pelas escadas? — Ele arqueia uma das sobrancelhas.

— Os treinos não têm sido duros o suficiente para me cansar. Precisava de mais exercícios.

Minha resposta tem um tom jocoso que o faz recuar. Milo me fita com um sorriso desconfiado, deixando transparecer um pouco de raiva pelo fato de eu ter menosprezado suas sessões.

— Muito bem. Vou pensar em algo um pouco mais desafiador para você na próxima sessão.

— Perfeito — concluo e mudo de assunto. — Você me procurava?

— Sim. Felix quer uma reunião com os silenciadores pela manhã. Teremos um novo alvo. Ele dará os detalhes pessoalmente.

Agradeço e vou para o meu quarto. Deito na cama para aliviar parte da tensão. Era esperado que Felix não demorasse a nos mandar atrás de Luana. Mas ele ainda não sabe que ela é a Estrela. Isso me dá um passo de vantagem.

Na manhã seguinte, já dentro da sala de reunião, todos recebem as novas coordenadas sobre o conflito. Agora estamos atrás de um jovem com no mínimo quinze e no máximo dezessete anos. Nossa missão será procurá-lo no acampamento durante a invasão. Apesar de Nagisa ter deixado claro seu desejo pela morte da Estrela, Felix nos manda capturá-la viva e trazê-la para o palácio. Talvez a própria rainha queira matá-la. Já os líderes rebeldes se tornam alvos secundários, assim como alguns inimigos de destaque. Na lista, os que possuem maior importância são Simus Calveta, Babo Seranto, Gabriel Galek, Alb Pinmur, Bartolomeu Norano, Safira Bordenco e Leran Yandel.

Leran será caçado e Luana não conseguirá se ocultar por muito tempo, até porque não me lembro de muitos jovens com idade compatível à dela. Demoro um pouco até imaginar o que devo fazer, mas a saída é clara. Primeiro, é preciso convencer Leran a fugir do acampamento com Luana e ficar fora dos confrontos com o governo por um tempo. Ouvi Felix comentar que daqui a nove dias o trem com suprimentos, mencionado por Garbujo, chegará aos muros da cidade. Portanto, o arqueiro terá uma oportunidade única de sair e embarcar escondido em um dos vagões, seguindo rumo ao norte. Existe uma passagem que dá acesso aos trilhos e, consequentemente, para fora daqui. Uma vez, quando fiquei responsável por receber carregamentos de armas na fronteira, deram-me um rascunho com o mapa do local. Estou certa de que ainda o tenho guardado em algum lugar.

No meu quarto, procuro nas gavetas da cômoda até achar um pedaço de papel amassado. Nele está o desenho com a passagem pelos muros. Vou entregar isso a Leran. É a única chance que ele terá de manter Luana a salvo. O difícil será convencê-lo a abandonar os outros rebeldes no acampamento. No entanto, ele deve acatar, não tem escolha. Agora, só preciso encontrá-lo.

Saio pela sacada e olho o morro do Mirante ao longe, o acampamento rebelde, alto e protegido. Como vou falar com ele? Talvez se eu fosse até lá... Ninguém me deixaria entrar. Poderia até ser morta. Galek já deve ter contado a todos que eu sou uma silenciadora. É arriscado demais.

Passo algumas horas tentando encontrar uma saída para meu impasse até ser interrompida por um som agudo que invade o quarto. É a corneta de alarme. Significa que todos os guardas são requisitados imediatamente nas áreas externas, inclusive os silenciadores.

Visto minhas roupas de combate, prendo o cabelo para trás, encaixo as adagas na parte traseira do cinto e a Cauda do Dragão fica presa no lado direito. Vou pelas escadas até o saguão principal, onde vejo guardas correndo para fora, na direção dos portões que separam a Vila de Mármore da rua do centro. Sou a última dos silenciadores a chegar. Os demais já estão prontos e recebem instruções de Felix.

O capitão veste sua armadura completa: ombreiras pesadas de aço, proteção no tórax, braços, pernas e o cinturão de placas de metal. Todas as peças são decoradas com detalhes dourados, e o elmo semifechado, que ele segura em um dos braços, possui uma crista decorativa feita com o mesmo material duro encontrado no restante da armadura. Sua grande espada está dentro da bainha, presa ao cinturão. Vejo o punho da arma, formado por um cabo negro de entalhes rústicos e um rubi reluzente no pomo. É raro ver Felix vestido assim. Algo muito sério está acontecendo.

— Não podemos deixar os rebeldes chegarem até o quartel. Lá existem armas e dados importantes do governo. Tudo deve ser protegido.

— E os soldados do centro? — pergunta Satsuki.

— Eles não suportarão por muito tempo. O número de rebeldes é maior. Devemos reforçar as defesas. Vocês irão na frente e eu seguirei com outro grupo de soldados na sequência.

Todos concordamos e corremos em direção à praça principal. No caminho, questiono Tundra sobre o que está acontecendo e ele me explica: um grupo rebelde surpreendeu as tropas do centro e, neste momento, tenta invadir o quartel-general de Felix. Um alerta foi enviado para os soldados do palácio, visando a reforçar as defesas centrais.

Não sei por que os magos arriscariam um ataque agora, mas deduzo que seja uma forma de encurralar o governo. Com o aumento do contingente rebelde e a posição privilegiada do Mirante, eles pretendem recuar ainda mais as tropas para o palácio, cercando os governantes. O quartel seria uma perda muito grande para Felix. Sem ele, os soldados do lado oeste não teriam um ponto que os ligasse ao palácio, e seria necessário voltar para proteger o rei. Isso daria à Guilda o controle de toda a cidade. Mas não é esse o motivo que faz Felix ir pessoalmente ao campo. Ele quer achar a Estrela, mesmo sabendo que a probabilidade de ela estar em meio a um ataque é remota.

De longe, avisto altas torres de fumaça, indicando a gravidade do combate. Mais alguns minutos de corrida e todos os silenciadores alcançam os guardas que protegem a rua do quartel. Eles fazem uma barreira com seus escudos de aço e se protegem dos ataques dos magos. Do outro lado, entulhos e lixo servem de barricada para os rebeldes evitarem os tiros da Guarda Real. As rajadas passam de um lado para o outro e derrubam homens de ambas as frentes. Noto que os rebeldes não fazem mais questão de usar máscaras; o medo de mostrar o rosto acabou.

Milo faz um sinal para os outros e fica invisível. Devemos seguir separados e iniciar o combate. Tundra e Satsuki se unem aos soldados da linha de frente e preparam suas armas para atacar a longa distância. Com a besta, Satsuki se posiciona agachada atrás de uma mureta e aguarda as oportunidades ideais para atirar. Cada disparo resulta em um rebelde a menos do outro lado. Tundra permanece protegido pelos escudos da guarda, fora do alcance das rajadas de energia. Mesmo dali, sua força permite lançar as azagaias até os orientadores. A lança atinge uma velocidade tão grande que o impacto faz sua ponta atravessar as barricadas feitas com madeira e acerta os magos escondidos por elas. Dairo e Takao pulam para os telhados para alcançar outros pontos da praça de guerra. Karot e eu seguimos por trás do quartel com a intenção de chegar ao mercado.

As batalhas estão por toda parte. Enquanto o grupo maior tenta invadir o quartel, outros rebeldes combatem soldados vindos do lado oeste, que, neste momento, estão espalhados pelo centro. O número de rebeldes é realmente grande, e a habilidade da maioria deixa claro que são iniciantes na arte do controle. Magos recém-recrutados. Como poderão lutar contra os silenciadores?

Quando viramos a esquina, quatro rebeldes nos avistam e disparam raios. Consigo desviar dos primeiros e Karot rapidamente explode uma de suas bombas de fumaça, ocultando-nos. Eles atiram contra a fumaceira, porém não estamos mais lá, entramos na mercearia da rua. Pela janela, Karot lança uma de suas bolas negras com pontos metálicos, a arma treinada nas últimas semanas. Ela avança quicando pelo chão até chegar aos pés dos magos. Em vez de lançar fogo e queimar os inimigos, como as bombas tradicionais fazem, a esfera salta na vertical e gira rápido ao se ativar. Os pontos de metal da superfície se desprendem, são agulhas. Em um raio de quase dez metros, tudo fica coberto pelas hastes finas, inclusive os corpos dos rebeldes. Karot gargalha insanamente.

— Vamos — digo, fazendo-o se recobrar do êxtase causado pelo uso do novo brinquedo. Continuamos pelas ruas do mercado e entramos em vielas estreitas. Avisto um grupo de soldados dentro das lojas. Eles estão parados próximo a mais corpos de magos. Vou até eles.

— Está tudo bem por aqui? — pergunto ao entrar.

— Sim, senhorita — responde o líder. — Estes já estavam se escondendo. Covardes! — completa, chutando um dos cadáveres.

Quando abaixo a cabeça para observar os corpos, noto pequenas esferas luminosas que rolam por entre meus pés e param encostadas no braço de um dos mortos.

— O que é isso? — pergunta o soldado, que se abaixa para checar.

Recordo-me dos trilhos do trem, onde Leran usou uma dessas para incendiar a plataforma. Olho outra vez para elas e tenho certeza do que se trata.

— Corram! — grito.

Voo para fora o mais rápido que posso. Apenas Karot é ágil o suficiente para me acompanhar e sair antes da explosão. As paredes vão pelos ares, levantando poeira e fumaça. Tusso para liberar meus pulmões e, quando a visibilidade volta ao normal, me dou conta de que estamos cercados. Magos apontam suas mãos luminosas, embebidas com energia pronta para ser disparada. Estão a menos de dez metros de distância. Não tenho nem como correr. Poderia usar o anel para impedi-los, mas isso não me livraria da flecha apontada para minha cabeça. Leran sabe que sou eu. Qualquer outro já teria atirado. Vejo em seus olhos que algo o impede.

— Levantem as mãos — ordena ele.

Galek, ao seu lado, demonstra inquietação. Ele não entende a demora em atacar. Também já me reconheceu e certamente me quer morta. Porém, os magos aguardam algum comando do arqueiro.

— As mãos — repete ele, em tom mais forte. Levantem!

Karot ergue os braços devagar ao mesmo tempo em que posiciono minha mão na lateral direita da cintura. Quando seus punhos chegam à altura da cabeça, ele muda a direção dos dedos e ativa o anel do silêncio. Ao mesmo tempo, eu saco o chicote e o movimento, fazendo sua ponta se enrolar no limbo do arco, e o puxo até mim. Leran tem tempo de soltar a corda, mas meu ataque o fez perder a mira. A flecha passa entre mim e Karot antes de ficar presa em meio aos entulhos da explosão. Vejo a expressão de surpresa mesclada com decepção no rosto de Le. Agora o arqueiro está desarmado e Karot aproveita para puxar explosivos de seu cinto, arremessando-os contra os magos impossibilitados de atacar. Todos correm para evitar as bombas, e eu aproveito para sair por outra rua. Prendo o arco nas costas e guardo a Cauda do Dragão.

Pelas vielas, acompanho a movimentação de mais rebeldes que correm da praça principal seguidos por dezenas de soldados. A essa altura, Felix já chegou com mais reforços. O grupo que tentou nos render saca as armas de combate corpo a corpo e se une aos fugitivos para enfrentar as tropas. Em meio à confusão, tento achar Leran, mas não consigo. Tenho medo de que ele se torne um alvo fácil para outro silenciador, já que está sem o arco. Karot também fugiu, não vi para onde foi. Além dele, Takao e Dairo estão pelos telhados e Milo permanece invisível em algum lugar. Todos adorariam matá-lo.

Subo no topo das casas e procuro por ele de cima. Poucos minutos depois, consigo avistá-lo lutando com sua espada alguns metros à frente. Ele é ágil, continua capaz de se defender. Salto para outra casa e permaneço na espreita. Além da arma de mão, Leran retira algumas bolinhas de um saco que tem preso ao cinto e faz explosivos instantâneos por meio dos encantos. Com isso ele se livra de duas filas de soldados que cruzaram seu caminho. O rapaz se tornou um guerreiro habilidoso, digno de um bom prêmio por sua cabeça.

Cansado após os combates, o arqueiro entra sozinho em uma loja destruída. Sem que ninguém note, eu entro pelos fundos. Passo por um dos cômodos do lugar e o vejo escondido atrás de um móvel, sentado com as costas na parede. Chego mais perto.

— Acho que isto é seu — digo, com o arco nas mãos.

Minha voz o assusta e ele se vira, empunhando a espada curta.

— O que você faz aqui?

Reconheço o ódio em seus olhos. É o mesmo que demonstrou quando me viu matar Magda. O olhar de alguém traído, que sofre.

— Preciso falar com você.

— Falar comigo? — pergunta, arremedando minha voz e se aproximando com a ponta da espada em minha direção. — Como você tem coragem de aparecer diante de mim e dizer isso?

Afasto-me de sua investida, mas ele persiste.

— Responde! — grita ele, e tenta me acertar com um golpe.

Desvio do ataque e o desarmo antes de agarrá-lo por trás e posicionar sua própria arma contra o seu pescoço.

— Por que você não acaba com isso? — ele pergunta, com raiva, enquanto o mantenho preso sob o fio da espada.

Essa é uma boa pergunta. Eu realmente poderia acabar com isso agora e voltar para minha vida de sempre. Ainda ganharia muitos pontos com Felix por matar o arqueiro. Afinal, o que eu tenho a ver com Luana e com o fato de Nagisa querer matá-la? Não devo nada a ela, nem mesmo a ele. Então, por que eu não acabo logo com isso? A resposta é simples:

— Porque eu estou completamente apaixonada por você — digo, e em seguida o solto.

Leran cai sentado, sem palavras, e eu me afasto, fechando os olhos. Sinto algo que não consigo explicar. Como se um peso gigante tivesse sido tirado de minhas costas. O sentimento fraco me tomou de vez. Porque ele não é tão fraco, é muito mais forte do que eu. Não posso lutar contra isso.

— O que você quer de mim? — pergunta Leran, enquanto me olha e balança a cabeça. Ele não está mais furioso. Está triste, confuso.

Respiro fundo, concentro-me e digo:

Não podemos conversar aqui. É perigoso. Você deve reunir os rebeldes e voltar ao acampamento. Esse combate foi do governo.

Leran se levanta, pega o arco e me fita diretamente nos olhos.

— Hoje à noite, próximo à base do Mirante — diz ele, firme. — Espero que não seja nenhum truque para me enganar e matar mais dos meus amigos.

Balanço a cabeça em sinal negativo e o mando fugir.

Menos de uma hora após a fuga do arqueiro, as tropas de Felix já haviam afastado a ameaça rebelde do centro. Porém, em uma contagem rápida, não se pode dizer que houve um saldo positivo ou negativo. O número de perdas foi semelhante para ambos os lados. Apesar de Felix se sentir vitorioso por ter mantido o quartel, os ministros encararam a investida como um alarme para a necessidade imediata de desativação do acampamento no Mirante.

Durante a tarde, o conselho se reuniu novamente e Garbujo me relatou a conclusão à qual chegaram: o Mirante deve ser tomado o quanto antes. De lá os rebeldes conseguem articular muito bem os ataques. Considerando isso, foi decidido que a tomada do acampamento seria adiantada para daqui a exatos sete dias. Isso significa que o ataque acontecerá dois dias antes da chegada dos suprimentos à fronteira. Leran deve abandonar o Mirante o mais rápido possível. Ele não pode estar lá quando Felix invadir o lugar. Precisarei ser muito clara para convencê-lo.

Tão logo cai a noite, eu me arrumo para encontrá-lo. Visto uma calça escura e uma blusa preta sem mangas. Coloco alguns dos meus braceletes de prata e solto os cabelos. Será necessário ser discreta nas ruas; o uniforme de silenciador chamaria muita atenção. Escondo as adagas por dentro das botas e levo a Cauda do Dragão enrolada na lateral do cinto. Espero para ter certeza de que ninguém me verá saindo e aproveito a distração dos guardas dos portões para passar.

Antes de chegar ao ponto marcado, já posso ver Leran sentado em uma pedra me aguardando. O lugar que ele escolheu não é muito favorável para mim; estou próxima de centenas de rebeldes. Mas é uma escolha justa. Ele tem todo o direito de estar desconfiado.

Ao me ver, ele se levanta e começa a falar.

— Não pense que eu serei grato ou que esquecerei tudo só porque você me deixou fugir.

— De maneira nenhuma — respondo, séria. — Também não vim até aqui para justificar os meus atos. No fundo, não devo isso a você. — Seu semblante se fecha. Ele aparenta estar furioso, mas continua me ouvindo. — Preciso apenas dizer algo que a minha consciência manda.

— Ah, e você tem uma? — ele indaga, irônico. — Prazer, consciência da Judra — ele diz e estende a mão. — Não tínhamos sido apresentados.

Leran está mais confiante. Já o vi demonstrar muita maturidade. Ele é um homem agora. Contudo, suas atitudes às vezes me fazem pensar que continuo na frente do garoto que conheci no mercado. Eu entendo sua raiva, mas não há tempo para esse tipo de picuinha. Decido ir direto ao assunto.

— Estão atrás de sua irmã.

— O quê? — Ele se espanta e logo recobra a desconfiança. — Como vou saber que isso não é outra mentira para que eu te entregue a cabeça de mais magos?

— Nem eu sabia disso. Investiguei algumas coisas dentro do governo e não gostei do que fiquei sabendo. Os silenciadores são fantoches. Tudo não passa de uma encenação para encontrar a sua irmã.

— O que você diz não faz nenhum sentido — ele retruca e se vira.

— Presta atenção! — grito, segurando um de seus ombros e virando-o novamente para mim. — Luana é o motivo de tudo. Toda essa guerra começou por causa dela. O governo a quer morta. Fecharam as fronteiras há quinze anos, pois sabiam que ela tinha nascido. Queriam manter a menina na cidade.

Os olhos dele brilham em vermelho ao ouvir minhas palavras.

— Como você pode acusá-la?! — ele grita e me empurra. — Ela é só uma menina. O governo a quer morta como quer todos os magos mortos.

— Não. — Balanço a cabeça. — Eu vi o que ela é capaz de fazer. Ela não é um mago comum. Você também sabe disso. Ela é a Estrela ou algo do tipo.

— Você está louca. Aliás, sempre foi. Não tem amor por nada. — Leran me manda embora, mas eu insisto.

— Você deve fugir. Pegue Luana e saia de Acigam antes que seja tarde. Daqui a exatamente nove dias chegará um trem de suprimentos aos muros. Fique com isto. — Entrego-lhe o mapa. — Você poderá usá-lo para ver o local exato de onde o veículo irá partir. Depois de descarregarem, embarque escondido. Quando estiver longe o bastante, saia e vá para outra cidade. Nunca conte a ninguém quem você é ou de onde você é.

Ele continua me olhando, desconfiado. Sua raiva não permite ser racional.

— Não preciso de sua ajuda — diz ele enquanto amassa o papel que lhe entreguei. — Se realmente quer me fazer um favor, saia você da cidade. Porque, da próxima vez que cruzar o meu caminho vestida com aquela roupa maldita, não vou hesitar em atirar.

Leran joga o mapa no chão aos meus pés e me dá as costas, subindo as escadarias até o acampamento. Agacho-me para reaver a folha amassada e me preparo para voltar ao palácio. Fiz o que pude. Não tenho mais poder para convencê-lo, muito menos para protegê-lo. Estou de mãos atadas.

Na volta, ando por ruas menores e tento evitar que me vejam. Enquanto caminho próximo às casas da viela, ouço um barulho estranho atrás de mim. Viro-me, porém não vejo nada. Dou mais alguns passos para a frente e uma fisgada no abdome me faz parar na hora. Olho para baixo e noto minhas roupas encharcando-se com sangue. Tento respirar para conter a dor, mas o ar parou de entrar em meus pulmões. Minha visão escurece.

— Traidora! — Ouço a voz dele soar baixo em meus ouvidos.

A espada que me acertou se torna visível e, segurando-a, Milo se materializa à minha frente. Foco seu rosto e faço força para manter a cabeça erguida. A firmeza de meu corpo diminui a cada segundo.

— Agentes duplos não podem ter outro fim senão a morte, minha cara — continua ele. — Achou mesmo que não percebi que você roubou o meu disco? Que falou com o moleque hoje pela manhã? Tirei o meu dia para seguir você, sua pilantra! — Ele sacode a cabeça, com ironia. — Sempre depositei tanta confiança em você. Uma garota tão talentosa. Pena acabar assim.

Milo retira a lâmina das minhas vísceras e eu sinto o sangue subir pela garganta. Apoio os braços na parede externa do casebre e, aos poucos, me abaixo, perdendo a força em todos os músculos. Sento-me e deixo a cabeça cair para trás, apoiada no muro. Meus olhos permanecem abertos sem piscar, lacrimejando em uma mistura de dor e tristeza. Estou morrendo, sei disso.

— Pelo menos você me ajudou a encontrar o que Felix tanto procurava.

Balanço a cabeça enquanto as lágrimas escorrem. Ele ouviu tudo. Estava comigo desde o início. Agora sabe que Luana é o alvo de Nagisa. Eu estraguei tudo. Meu destino é o mesmo de Tamira. Traí os silenciadores. Recusei-me a matar. Agora, pago por isso.

Após ouvir os passos de Milo se afastando, todos os meus sentidos finalmente desaparecem. Por ironia, o silêncio tomou conta de mim. E, ao contrário do que eu imaginava, a sensação deste momento não é de paz. É de agonia. A impotência de falecer sem antes terminar o que eu deveria ter feito. Desculpe, Leran.

PARTE FINAL

TOMANDO O PODER

por Leran Yandel

Capítulo 24

As últimas palavras de meu avô me deixaram apreensivo. Desde sua morte, tenho mantido o foco na proteção do que restou de minha família. Principalmente Luana, que, mesmo contra a minha vontade, está cada vez mais envolvida na rebelião. Para piorar, Judra trouxe informações estranhas sobre o governo. Na hora não consegui raciocinar devido à raiva. Mas o que ela disse, de certa forma, coincide com o pedido feito pelo meu avô. Preciso proteger Luana. Talvez ele já soubesse das intenções do governo. E, nesse caso, Judra estaria dizendo a verdade. Será possível?

A pior parte é, sem dúvida, suportar tudo sozinho. Tenho medo de expor a situação de Lua para os outros rebeldes. Poderia dividir isso com minha mãe, mas só pioraria sua preocupação. Já lhe basta ficar aflita sempre que saio em missões. Ainda bem que ela se distrai com os trabalhos realizados no acampamento. Assim como fazia no Covil, aqui ela cozinha, organiza, limpa e ajuda Safira com os feridos. São as tarefas da maioria dos não controladores.

Já aqueles que têm maior afinidade com as energias são automaticamente colocados em treinamento, com a finalidade de aumentar nossa força no campo. O contingente cresce a cada dia, e até mesmo magos não tão preparados acabam indo para a batalha. Eles são os primeiros a morrer. O bom senso abandonou o grupo quando Simus deixou a liderança. Ele abdicou ao ver que suas ordens passaram a ser ignoradas, dando lugar a alguém da ala radical.

Galek assumiria se sua idade não despertasse desconforto entre os mais velhos. Com isso, o cargo passou para Babo Seranto, líder muito mais enérgico do que Simus. Seus discursos motivam pela audácia e pela força enaltecida entre os rebeldes. Muitos passaram a apoiar uma estratégia agressiva, inclusive eu. Hoje também defendo o lema de que o ataque é a melhor defesa, e, assim como Gabriel, acredito que os silenciadores podem cair. Eu provei isso.

Meu feito contra o silenciador de garras se tornou um exemplo para os outros. Passei a dar aulas de arco e flecha para alguns novatos no grupo. Uma pena não termos material suficiente para armar novos arqueiros. Muitos querem ser como eu. Querem ter o prazer de derrubar o inimigo mais temido, de superar um silenciador.

Eu até poderia considerar que já sou capaz de superá-los, se todos fossem iguais ao homem das garras que matei enquanto permanecia encapuzado. Nem vi o seu rosto. Era apenas mais um inimigo que ameaçava minha família. No entanto, existem outros silenciadores muito diferentes daquele. Em meus sonhos, eles aparecem com duas faces. A primeira é a criatura de dentes afiados com a longa língua de cobra e os olhos amarelos. Um ser abominável. Só de olhar para ele meu corpo se congela de medo. A segunda é a mulher misteriosa de olhos belos e comportamento traiçoeiro, capaz de me seduzir e me enganar. Mas a diferença entre as duas formas não importa; no final, ambas sempre me apunhalam.

Esses personagens não passam de representações de seres que de fato existem e cruzaram meu caminho: Milo e Judra. Um deles foi designado para me matar e, desde então, sua presença sempre é seguida de desgraças: o sequestro de minha mãe, a explosão que quase matou Luana e a morte de meu avô. Já a outra se ocultou atrás de uma máscara para me usar, entregou o Covil ao governo e matou magos bem debaixo do meu nariz. Quem eu devo temer mais? Qual dos dois é o mais perigoso? Essa resposta eu não tenho, mas me preparo para enfrentar ambos.

Após nossa mudança para o acampamento, passei a receber missões constantes, alternando entre caminhadas de reconhecimento em territórios dominados pelo governo, escolta de rebeldes de uma base para outra, invasões a pontos estratégicos e ataques às tropas de Felix. Para isso, os treinos continuaram. Primeiro, tive de mesclar meus armamentos; os materiais para a confecção de flechas são escassos, e minha aljava não anda mais cheia como há algumas semanas. Bartolomeu continua me fornecendo cobre, porém eu o tenho usado como granadas, na forma de pequenas esferas, deixando as flechas para ocasiões de extrema necessidade. As granadas são ótimas para derrubar grupos grandes de inimigos, principalmente depois que aprendi um novo encanto: a paralisia. Com ele, uso o cobre para emitir uma descarga elétrica não letal, capaz de imobilizar todos os músculos do corpo. Muito útil quando a intenção não é matar ou não fazer muita sujeira. Sabe como é, encantos explosivos e incendiários acabam destruindo tudo.

Como sempre, o controle do elemento tem a ver com o sentimento estimulado ao encantar. A excitação, o ímpeto e a raiva são excelentes para incendiar e explodir. Para paralisar, ao contrário, é preciso ser mais calmo, sem perder a coragem. Meu próximo desafio é aprender a ser frio, calcular, ignorar o medo, os insultos e as afrontas; permanecer estável o suficiente a ponto de encantar com o gelo. Meu avô dizia que os melhores encantadores são aqueles que dominam seus sentimentos por completo, controlando todos os tipos de energia.

Outros treinos realizados ultimamente foram os de combate em equipe. Estamos aprendendo a sincronizar nossas habilidades visando nos tornarmos um grupo mais sinérgico. Meu time para missões é formado pelos amigos mais antigos: Mael, Galek e Boom, e agora conta com dois novos companheiros rebeldes do lado leste: Fajon, um rapaz negro de cabelos raspados, especialista na modelação de água, e Sophia, uma garota de cachos claros, manipuladora de ar. É com eles que sigo para missões mais complexas, como a que enfrentaremos hoje. Aquela adiada desde a fuga do Covil.

O ataque surpresa ao centro, organizado por Babo, tinha algumas intenções. Uma delas era verificar o atual poder de combate do governo, claramente enfraquecido após nossos ataques a armazéns e depósitos de armas. Durante a investida de ontem, não vi nenhum soldado empunhando as grandes metralhadoras usadas no Covil. A outra intenção era fazer com que Felix movimentasse mais tropas do lado leste para o centro na tentativa de aumentar as defesas do quartel, o que não poderia ter dado mais certo.

Nossa missão atual é novamente entrar no observatório, que, há alguns dias, era vigiado por dúzias de soldados. Felizmente, agora, após a realocação das tropas, nem a metade disso está na frente da torre. Será mais fácil rendê-los. Para aumentar as chances de sucesso, agiremos à noite.

O sol já se pôs. Está na hora de iniciarmos a missão. Equipo minha armadura e verifico se não esqueci nada: arco e flecha? Ok. Espada? Ok. Granadas? Ok. É, estou pronto, assim como o restante do grupo. Na mochila de Galek, estão poucos acessórios: algo para comer, garrafas pequenas de água e outros objetos úteis. Todos nós temos comunicadores presos ao pulso, assim poderemos contatar uns aos outros caso nos separemos; e ainda poderemos falar com Babo, que acompanhará tudo do acampamento.

A caminhada até o observatório dura menos de trinta minutos, e logo nos posicionamos para avaliar a situação. Sophia e eu temos a visão da fachada do prédio. Galek e Boom foram pela direita. Fajon e

Mael, pela esquerda. A torre tem arquitetura antiga. É feita de grandes blocos de pedra sobrepostos, formando pequenos desníveis de um andar para o outro.

— Três guardas na frente da entrada — informa Sophia pelo comunicador.

— Vejo dois do lado esquerdo — afirma Fajon.

— Mais dois na lateral direita — complementa Boom.

E eu vejo outros dois no terraço do segundo andar, armados com pistolas. Assim que passo a informação, Galek desafia:

— Consegue derrubá-los, arqueiro?

— Sim, mas estou com poucas flechas. Temos outra opção?

— Então, deixa comigo — diz Boom.

— Primeiro vamos render os das laterais — sugere Mael.

Todos concordam. Fazem uma contagem regressiva e, depois disso, ouço ruídos de pancadas e alguns gemidos pelo comunicador.

— Esquerda limpa.

— Direita também.

— Sophia, cuide dos da frente assim que eu desarmar os de cima, ok? — diz Boom.

— Pode deixar.

Vejo a baixinha dando a volta na torre em direção à parte da frente. Galek vem logo atrás dela. Ambos olham para cima, tomam conhecimento da posição dos guardas no terraço e trocam algumas palavras. Galek se abaixa para oferecer, com as mãos, um impulso aos pés de Boom. Ele a arremessa para cima e ela se prende no lugar mais alto que alcança. Com os pequenos dedos e pés encaixados entre os blocos, Boom escala rapidamente até o segundo andar. Ao se aproximar do terraço, a baixinha usa as mãos para se pendurar na grade e impulsiona seu corpo para dentro da sacada, onde cai golpeando os guardas com seus punhos brilhantes. Ambos não têm chance de defesa, mal viram de onde ela veio. Ela entra na torre logo em seguida.

Os três guardas na parte de baixo notam a movimentação e se preparam para chamar reforços, porém Sophia já está perto o suficiente para impedi-los. Ela se concentra, junta os lábios e suga o ar para dentro dos pulmões. Logo os soldados à nossa frente colocam as mãos na garganta, agonizando por alguns segundos antes de caírem desacordados no chão. Sophia os asfixiou.

— Frente limpa.

Sua técnica é bastante agressiva. Além de treinar conosco, ela vem tendo aulas de manipulação com nosso líder, Babo Seranto. Segundo ele, o ar é o melhor elemento para vencer um adversário, pois não é preciso derrubar uma gota de sangue para matar. Presenciei isso agora.

— É melhor escondê-los — recomenda Galek, aproximando-se.

Mais alguns minutos e todos os guardas são arrastados para uma das laterais da torre. Gabriel chama Boom no comunicador.

— A porta está trancada — diz ele enquanto empurra as pranchas duplas de ferro. — Consegue abrir por dentro?

— Assim? — pergunta ela, destrancando a trava interna.

— Eficiente como sempre — Mael elogia.

— Ok. Vamos entrar — digo.

Boom diz não ter achado nada que chamasse a atenção no caminho do segundo andar para o primeiro. E ela tem razão. Há um grande salão com móveis simples, e as paredes são revestidas com o mesmo tipo de pedra do lado de fora. As luminárias presas nas laterais funcionam perfeitamente e facilitam nossa locomoção. Em um dos cantos, ao fundo, está uma escada móvel, a que Boom usou para descer. Subimos passando por uma pequena abertura no teto e temos acesso ao segundo andar, que é muito parecido com o anterior. Nos fundos, vejo o terraço com os guardas nocauteados pela nanica.

— Não pode ser só isso — resmunga Galek. — A torre tem mais de vinte metros de altura. No mínimo deve haver acessos para mais cinco andares.

Todos começam a procurar ao redor, tentando descobrir algum mecanismo ou porta, alguma passagem estreita, qualquer coisa que nos leve até outra sala ou andar. Enquanto os outros saem apalpando paredes e procurando pisos falsos, permaneço parado e observo atentamente os detalhes: cada canto, cada pedra, cada vão, cada ranhura. Não demora até eu notar algo estranho em algumas pedras na parede adjacente à escada. Percebo uma diferença sutil na profundidade do espaço em torno de uma rocha e sigo diretamente para ela. Aproximo meu rosto para ver pela fresta, mas está escuro. Tento mover a pedra e ela não sai.

— Que tal pressioná-la, cabeção? — sugere Boom, impaciente, já ao meu lado.

Olho-a de esguelha, demonstrando meu desprezo, e em seguida apoio ambas as mãos sobre a rocha. Uso o peso do corpo para impulsioná-la para a frente e ela se move, gerando um rangido que chama a atenção de todos. Paro de pressioná-la, mas a rocha continua afundando, até emitir um estalo. Acionei algo.

Todos se afastam ao notar a parede tremer logo acima da escada. Surgem buracos que estavam ocultos em tampas camufladas na rocha. Deles, canos se propulsionam para fora, formando mais degraus arqueados. Quando o último degrau se completa, já próximo ao teto, um buraco é aberto e dá passagem para o nível superior.

— Quem quer ter a honra? — digo, brincando.

Mael vai à frente e eu fico na base. Vejo-o passar pela abertura e, em seguida, desaparecer na escuridão.

— Tudo bem aí? — pergunto.

— Sim, vocês precisam ver isso! — responde ele, entusiasmado.

Galek pede licença e sobe. Sophia também vai antes de mim. Quando chego lá em cima, sinto um cheiro forte de mofo e poeira. Este lugar não é limpo há anos. Meus olhos demoram alguns segundos para se acostumar com a luminosidade mais fraca, mas, quando consigo identificar as coisas ao meu redor, fico surpreso. Pelas paredes correm fios brilhantes que emanam uma luz azul muito fraca. Eles estão dispostos paralelamente pela sala, formando listras de luzes. Ao fundo, encontro uma mesa de metal reluzindo o brilho azulado das paredes. Todos os que sobem ficam curiosos para saber o que poderiam ser essas coisas.

— É uma iluminação mais moderna — pontua Fajon. — Ouvi falar que não se usam luminárias como as de Acigam em outras cidades, mas sim aparelhos que controlam a energia e a transformam em luz.

Será? Fajon é o mais velho do grupo, certamente já teve alguma experiência com coisas vindas do exterior.

— Deve ter alguma chave por aqui — diz ele, seguindo os fios.

Todos olham atentos para os movimentos de Fajon, até ele achar uma pequena alavanca na parede, presa sobre um dos filamentos. Ele a abaixa. No ponto onde a chave está, o fio passa a brilhar mais forte e o brilho se espalha pela extensão de todo o primeiro filamento. Logo depois, os fios seguintes se iluminam da mesma forma, tanto em cima como embaixo, e os seguintes, até acender a sala toda. O processo é tão rápido que o golpe de luz me cega momentaneamente. A iluminação agora é total. Nunca tinha visto uma luz não natural tão forte.

— Não devia ter puxado tudo de uma vez — diz Fajon, coçando os olhos.

Ele sobe a alavanca lentamente, diminuindo a luz a ponto de deixar a sala mais agradável.

— Agora, sim — completa.

Com a luminosidade ajustada, consigo observar melhor o ambiente, muito menor do que o saguão de entrada e o segundo andar. As paredes possuem um revestimento de metal, feito de placas verticais. Vejo também uma porta de correr fechada ao fundo, logo ao lado da mesa, que parece de alumínio. Boom toca os filamentos de luz, tentando descobrir como funcionam, mas nada acontece. Galek, por sua vez, chega perto da bancada de metal. Ele observa os objetos dispostos sobre a superfície. Entre eles, um livro aberto chama sua atenção.

— Não está sujo de poeira — diz, passando o dedo em uma das páginas. — Nenhuma parte dele. Alguém o limpou recentemente.

— Você acha que... — inicia Mael.

— Sim, meu pai.

Galek pega o livro e o folheia, lendo atentamente algumas coisas. Todos nós ficamos em volta, aguardando algum pronunciamento, algum achado.

— É um livro de ciências de verdade! — exclama ele, surpreso.

— Já vi um desses — replico. — Meu avô tinha um em sua loja.

— Não, Leran. Não é um simples livro de teoria.

Vou atrás dele para ver o que de fato está ali. Identifico cálculos e desenhos nas páginas. Parecem resultados de algum experimento.

— Meu pai certamente leu isso. Teve de deixar aqui quando percebeu os soldados se aproximando.

— Será que ele subiu até o topo da torre? — pergunto.

— Provavelmente não. O governo deve ter descoberto a invasão e ele fugiu. Naquele dia, os rebeldes ainda não tinham o Mirante para lhes dar cobertura.

Parte do grupo de Carlos Galek deve ter ficado vigiando do lado de fora. Assim que avistaram os guardas, deram um alerta aos que estavam dentro. Eles só chegaram até aqui, leram algumas páginas do livro de experimentos e voltaram, na tentativa de avisar os outros rebeldes sobre a importância do lugar. Mas isso nunca aconteceu devido à intervenção dos silenciadores.

Chamo Babo pelo comunicador e falo a respeito do livro. Recebo ordens para levá-lo ao acampamento. Galek o fecha e o coloca debaixo do braço.

— Precisamos continuar — lembro.

Sophia para diante da porta e tenta compreender algo escrito na placa ao lado dela.

— Alguém consegue ler isso? — pergunta ela.

Chego mais perto e olho para as letras cobertas pela ferrugem. Pego a espada e raspo um pouco as escamas avermelhadas até liberar parte da escritura. Tento ver:

— Ape... Apenas... Apenas para os que acreditam? É isso?

— Parece que sim — diz Sophia.

Uma porta que deve ser ultrapassada apenas por aqueles que acreditam. Acreditam em quê? Galek parece ter a resposta.

— Vejam isto aqui — diz ele, mostrando a capa do livro.

Está escrito "Teoria da Supernova". Todos se entreolham, desconfiados, até Fajon arriscar:

— Acreditar na Teoria da Supernova?

— Talvez, mas nem sei o que isso significa! — reclama Boom.

Dou alguns passos até me aproximar da porta, toco a maçaneta e, antes de abri-la, digo:

— Estamos bem perto de descobrir.

CAPÍTULO 25

É para isso que estamos aqui, certo? E, sendo sincero, é o que busco desde a minha descoberta a respeito das energias. Vim para essa missão não somente para ajudar os rebeldes, mas também para saber a verdade. Finalmente tenho a impressão de que estou prestes a conquistá-la.

A porta nos leva a uma pequena antessala onde outra passagem é vista logo à frente. Acima dela, uma luz vermelha indica que está trancada, e eu comprovo isso ao puxar a maçaneta. Olho para trás e vejo os outros passando pela porta já aberta; acima desta há uma luz verde.

— Não dá para passar, Leran? — pergunta Galek.

— Acho que dá, mas só deve abrir se vocês fecharem essa outra — respondo, indicando a passagem aberta.

Boom passa por último e puxa a porta pelo trilho até encostá-la na parede. Agora a luz da sala anterior não ilumina mais onde estamos, e só podemos ver os dois pontos luminosos no alto de cada porta, um verde e outro vermelho.

— E agora? — pergunta ela.

O barulho da trava na porta fechada por Boom traz a resposta. Ela tenta abri-la novamente, porém já está trancada. A luz que estava verde muda para vermelho.

— Ótimo. Leran nos deixou presos — ela acusa.

— Calma, nanica — replico, olhando para a outra luz vermelha, que em poucos segundos se torna verde. O barulho na fechadura indica o caminho livre. Podemos continuar. — Viu? — Abro a segunda porta.

A situação com a luminosidade não melhora. Vou na frente, andando na escuridão total. Com passos curtos e mãos estendidas, tento evitar uma trombada com qualquer eventual obstáculo. Boom está logo atrás e usa sua técnica para fazer os punhos brilharem, assim ilumina parte do caminho com uma luz fraca.

— Não vai me tocar com isso, hein? — alerto.

— Vontade não me falta — ela responde, séria.

— Vocês não estão sentindo um cheiro estranho? — pergunta Fajon, cortando nosso diálogo amigável. Galek concorda, mas os outros dizem que não. Para mim, é o cheiro de mofo que sinto desde que subimos ao terceiro andar.

Boom permanece do meu lado, iluminando menos de um metro à frente. Andamos por um tempo sem encontrar nada até que Galek a chama para iluminar algo lá atrás. Parece ter achado a chave que liga as luzes. Sem Boom, dou mais alguns passos no escuro e logo sou parado por algo preso em meus pés. Caio sobre algumas peças de metal que emitem um barulho alto, como latas se batendo.

— Está tudo bem aí, Le?

— Sim. Meus pés encontraram algo — respondo, rindo. Todos dão risada com meu tombo, mesmo sem terem me visto.

— Aqui, Boom! — Ouço Galek, que ainda ri, indicar para onde a garota deve apontar o foco de luz.

— Pronto — diz ela, abaixando a alavanca.

Continuo deitado no chão, rindo do meu tombo imbecil, enquanto as luzes se fortalecem e iluminam a sala. Viro o rosto para o lado, com a intenção de ver o que me derrubou. Observo um objeto próximo, mas meus olhos, ainda se acostumando com a claridade, não focalizam a coisa direito.

— Parece que isso me fez cair — falo, com um sorriso nos lábios.

Mas a piada perde a graça, pelo menos para mim, quando descubro que tropecei em alguém. Quero dizer: *era* alguém. A cor é de um bege putrefato. No lugar dos olhos, dois buracos ocos. Os dentes se unem aos ossos do maxilar para formar o sorriso macabro, que parece também ter se divertido com minha queda. Se eu me aproximar mais um centímetro, posso até beijar os ossos. O susto da descoberta me faz gritar. Arrasto-me na tentativa de afastar o esqueleto preso em minha perna.

— Mas que porcaria é essa? — pergunto, indignado, tirando os restos mortais do indivíduo de cima de mim.

Os outros também estão chocados, mas não com o esqueleto no qual tropecei, e sim com todos os outros espalhados pelo grande salão. Conto mais de quinze. Todos vestem armaduras muito parecidas com as dos soldados do governo, porém mais antigas.

— Pelo visto não somos os primeiros a entrar aqui — diz Fajon, que permanece rindo de um jeito estranho.

— Meu tombo não tem mais graça.

— Nem estou rindo mais disso.

— Então, tá rindo do quê?

— Não sei — responde ele, sem se aguentar, com as costas apoiadas na parede.

Minha vontade é sacar uma flecha e perfurar a cabeça desse idiota. Como ele pode rir de mim? Como pode achar tanta graça? Em seguida, vejo Boom chorando, sentada em um canto. Isso também me irrita. Essa menina é uma covarde imprestável. Vive me atazanando e agora vai chorar?

— Tá com medo, agora? — pergunto, com rispidez.

— Olha quanta gente morta! — ela exclama.

— Pessoal, o que está acontecendo aqui? — pergunta Sophia.

— Não importa! — responde Galek, também irritado.

— Para com isso — Mael intervém.

— Ou o quê?

Ele avança para cima de Mael, fazendo suas mãos se incendiarem. Seus olhos estão diferentes, muito mais agressivos do que o normal. Fajon, por sua vez, já gargalha a ponto de se dobrar no chão.

— Vai atacá-lo? — chamo Galek e preparo minha flecha.

— Vou. E você é o próximo.

— Isso se ele conseguir passar por mim — diz Mael, evocando suas ilusões. Todas sacam machados.

— Vocês são patéticos! — agride Galek.

— E você não tem a menor chance — retruco. — Farei com que caia aos meus pés, assim como o silenciador fez com o fraco do seu pai.

Vejo as chamas saindo de seus punhos enquanto ele fecha as mãos com raiva. Galek se prepara para me atacar e eu aponto minha flecha na direção de sua cabeça. Eu realmente o quero morto. Enquanto continuamos trocando ameaças, Boom coloca as mãos nos ouvidos e grita, pedindo para pararmos. Seus berros me deixam mais nervoso, só não são piores do que as gargalhadas de Fajon, cada vez mais altas. Vou matar todos eles.

Antes que eu solte minha flecha, sinto uma brisa fresca passando pelo meu rosto. Ela me acalma. Galek também mudou seu semblante e agora me olha com estranhamento. É Sophia quem manipula o ar. Ela movimenta seus braços, fazendo a brisa se espalhar por toda a sala, e, em seguida, direciona tudo lentamente para os buracos nas tubulações do teto. Sophia bate as palmas de suas mãos e libera uma rajada de vento que fecha todas as portinholas das saídas de ar. Em seguida, abaixa a cabeça, ofegante devido ao esforço realizado.

Percebo minha flecha mirada para Galek. Ele continua me olhando, porém com os punhos já livres da energia flamejante. Balança a cabeça, sem entender o motivo pelo qual aponto em sua direção. Na verdade, eu também não vejo mais sentido nisso. Guardo a flecha na aljava e pergunto:

— Estão todos bem?

— Sim, mas meu abdome está doendo — responde Fajon, com lágrimas nos olhos de tanto rir.

— Era o ar — diz Sophia. — Tinha algum tipo de veneno sendo exalado pelos tubos de ventilação. Ele afetou o estado emocional de todos vocês.

Tudo parece fazer sentido: a graça que vi ao cair, as risadas de Fajon, minha ira sem motivo, o choro de Boom, o descontrole de Galek. Estávamos todos afetados por um tipo de gás.

— Mas como ele não te afetou? — questiono, impressionado.

— Assim que nós subimos pela passagem secreta, notei o forte cheiro de mofo e as partículas de poeira. Tenho alergia a essas coisas. Para me proteger, manipulei o ar ao redor do meu nariz e da minha boca na intenção de filtrar tudo o que respirava. O gás não me afetou porque eu não o respirei. Por outro lado, vocês estavam expostos desde que entramos nesta sala.

— Ainda bem que você está aqui — diz Mael.

Ele tem razão. Se não fosse por Sophia, teríamos matado uns aos outros, assim como os soldados fizeram. Com mais calma, posso ver que eles foram mortos pelas armas dos colegas ou pelas próprias armas. O esqueleto no qual tropecei tem as mãos presas a uma lança contra o próprio peito. Esse gás nos levaria à completa loucura.

— É melhor sairmos logo daqui — aconselha Galek.

Sem questionarmos, seguimos até a outra porta nos fundos da sala. No caminho, coloco meu braço ao redor de Galek e lhe peço desculpas.

— Sinto muito pelo que disse a respeito do seu pai.

— Não tem problema. Não foi sua culpa.

— Amigos? — pergunto, oferecendo minha outra mão para um cumprimento.

— Sim — ele diz, sem muita firmeza.

Esse conflito não tem sido fácil para ninguém. Como pude usar a maior fraqueza de Galek contra ele? O que eu disse foi cruel. Nem me reconheci.

Galek se afasta sem dizer muito e logo assume a frente do grupo, levando todos até uma escada em caracol rumo ao quarto andar. Ele tenta, novamente, contato com Babo no acampamento, a fim de alertar sobre a armadilha encontrada, mas os comunicadores parecem ter deixado de funcionar assim que passamos pela primeira porta. Sem sucesso no contato, nos resta continuar até o topo da torre e encontrar o máximo de informação possível.

O pequeno salão ao qual chegamos já está iluminado pelo mesmo sistema de filamentos horizontais das salas anteriores. Ele serve para antecipar uma porta de metal contornada pelos fios azuis. Galek a abre e eu vejo, por cima de seus ombros, um corredor estreito, no qual os fios correm pelo teto. Ao fundo, avisto outra porta. Ele se dirige até ela, porém não consegue abri-la.

— Trancada? — pergunto.

— Sim. E agora?

Olhamos ao redor e Boom percebe um pequeno painel de vidro com botões na parede lateral, cada um com algarismos diferentes. Não sabemos ao certo para que servem, mas ela decide apertar um deles e ver o que acontece.

— Nada.

— Tente outros — sugere Galek.

Boom aperta o segundo, o terceiro e depois vários de uma só vez. Quando tira a mão do painel, um ruído alto é acionado, como uma sirene. Com o susto, ela salta para trás e eu olho para cima, notando os filamentos do teto, que passaram a brilhar em vermelho, alternando a tonalidade de forte para fraco. Agora, toda a luz do corredor está piscando.

— O que você fez, Boom? — pergunto.

— Só apertei os botões, oras!

— Tenta de novo para ver se para.

Ela volta seus dedos para o painel e tenta outra sequência. Depois, mais uma.

— Me deixa tentar. — Tomo a frente, enquanto os outros ficam observando. Mesmo que eu aperte tudo o que posso, o barulho continua.

— Pessoal — ouço Galek com a voz temerosa —, acho melhor vocês desligarem isso logo.

Viro-me para ele e tento entender o que o assusta tanto. Galek está pálido, olhando para o outro lado do corredor. Lá, algo brilha nas paredes, um círculo luminoso em cada lado. Poucos segundos depois, um clarão toma a sala no momento em que a imensa descarga elétrica passa de um ponto para o outro e faz repercutir o estrondo de um trovão. Olho para os outros e todos estão de boca aberta.

— Uau — diz Sophia, chocada.

— O que foi aquilo? — pergunta Fajon.

— Não sei — responde Mael. — Mas estou com um pressentimento ruim.

Continuamos olhando atentamente até que mais dois pontos surgem e novamente um raio é disparado de um lado para o outro.

— Esse foi mais perto? — pergunta Boom, assustada. Galek acena com a cabeça sem nem fechar a boca.

— Ahhhh! — grita Sophia, assustando-se com o terceiro clarão, ainda mais perto de nós.

— Estamos com problemas, certo? — digo.

Vejo o quarto clarão, o quinto e o sexto. O tempo entre eles está diminuindo, e, a cada raio, o som do trovão é mais alto. Sétimo, oitavo, nono, décimo... Este já está no meio do corredor.

— Desliga isso! — grita Boom. — Desliga, desliga, desliga!

— Como!? — grito de volta.

Décimo primeiro, segundo, terceiro... E já começamos a nos espremer, próximos à porta, tentando nos afastar ao máximo dos raios.

— Não quero virar churrasco hoje — chora Boom.

— Ninguém ia querer comer essa carne velha mesmo — retruco. Agora é a vez de ela me olhar de esguelha.

— Se isso não te matar, eu mesma vou ter esse prazer — diz Boom, me agarrando pelo colarinho.

— Parem com isso vocês dois! — ordena Galek. — Fajon, você consegue danificar o dispositivo?

— Posso tentar.

Ele se aproxima do painel e ergue uma das mãos para arregaçar a manga comprida, liberando o punho e quase todo o antebraço. Fecha os olhos para se concentrar; seus dedos passam a se mover de uma forma estranha. Logo, todo o braço faz o mesmo, como se vibrasse, ondulasse. Parece que sua pele perdeu a firmeza e está ficando mole como geleia. Em poucos segundos, seu braço perde a tonalidade escura e se torna translúcido, até virar uma torrente de líquido fluindo para cima.

Décimo sétimo, décimo oitavo e já sinto o calor dos raios queimando meu rosto. Fajon coloca sua mão em forma líquida sobre o painel e faz toda a água entrar no aparelho, iniciando uma pane no sistema. Décimo nono. Antes que o vigésimo raio nos acertasse, a porta se destranca e é aberta pelo peso de nossos corpos sobrepostos a ela.

Todos caem na próxima sala e Fajon vem por último, puxado por Galek. Sua mão, ainda em forma de líquido, jorra para todos os lados e molha tudo ao nosso redor. Olho para o corredor e vejo faíscas pulando do painel. As luzes dos filamentos se apagaram por completo. Tudo pifou. Fajon se levanta, abrindo e fechando a mão após ela voltar ao normal. Ele está se certificando de que está tudo bem com seu braço. Os outros, aos poucos, se levantam do chão molhado.

— Não molhou muito — diz Galek, chacoalhando o livro. Já Boom, está ensopada.

— Cara, o que você fez nos salvou — diz ela, ficando de pé. — Mas foi a coisa mais nojenta que eu já vi em toda a minha vida!

— Boom! — Galek chama a atenção.

— O quê? Tenho partes do Fajon por todo o corpo.

— É só água — defende-se ele, sem dar muita importância.

Boom se vira e sai resmungando, enquanto Galek parabeniza o rapaz pelo que conseguiu fazer. Fajon, como todo bom modelador, é excelente em controlar a forma das coisas. Sua especialidade é verter o próprio corpo em água, o que lhe confere uma habilidade bastante exótica. Apesar de treinarmos juntos, essa é a primeira vez que o vejo transformar o braço inteiro.

— Tivemos sorte de o painel controlar a energia elétrica — diz Fajon, modesto.

De volta à exploração do observatório, nos encontramos em uma sala um pouco maior do que a anterior. Aqui, os filamentos azuis funcionam perfeitamente, sem terem sido afetados pelos danos ocorridos atrás da porta.

Em uma das paredes, vejo um grande mapa colorido em tons de roxo. Não parece ser de Acigam. Chamo os outros para me ajudarem a decifrar.

— Onde será isso? — questiona Sophia.

— Não sei ao certo, mas estamos aqui — diz Mael, colocando um dedo sobre uma parte do mapa.

Ele tem razão. No quadro há uma representação da torre do observatório, porém é a única construção desenhada. O restante são indicações do relevo, como montanhas, rios, descampados e um grande mar à esquerda. Ele mostra parte do mundo à nossa volta. Aquele que nunca tivemos a oportunidade de visitar.

— Parece enorme — diz Galek, impressionado.

— Mas por que essas diferenças nas cores? — pergunta Mael. — Não coincidem com a variação do terreno.

Boom olha para o canto inferior do quadro e percebe uma legenda.

— Talvez quanto mais escura a cor, menor a visibilidade de algo. Não consigo entender.

A torre está localizada em um dos lugares com o roxo mais claro, indicando que aqui é onde a visibilidade é mais alta.

— Mas visibilidade de quê? — pergunta Galek.

— Do céu — respondo, prontamente. — Construíram isto aqui para olhar mais longe quando apontassem para o céu.

— Faz sentido. Afinal, por que trariam tudo isso para uma cidade como Acigam? — diz Fajon.

Pela época em que o observatório foi construído, a cidade não sofria com perseguições. Isso permitiu aos cientistas décadas de trabalho tranquilo. Só questiono como, naquele tempo, já conseguiam preparar armadilhas tão elaboradas como a dos raios, que quase nos matou há pouco. Isso mostra o quanto o mundo lá fora é diferente deste que temos aqui. Esta torre não é perigosa para o governo apenas por possuir estudos sobre as energias, mas também por dar exemplos do que é possível fazer com elas. É irônico algo tão avançado estar de pé dentro de Acigam.

Enquanto continuo observando o mapa, os outros seguem para a próxima porta, à direita da sala.

— Vamos, Le.

Corro para alcançá-los e, juntos, seguimos pela passagem livre. Agora estamos em um lugar repleto de bancadas com objetos curiosos e mais figuras espalhadas pelas paredes. Vejo representações da grande esfera de rocha feita pelo deus Terra, assim como o sol e a lua. É o nosso mundo retratado em desenhos e maquetes. Nas paredes, pequenas setas indicam a direção dos movimentos de cada corpo celeste. Algumas das representações trazem estrelas e outros ícones desconhecidos.

— Essas figuras estão no livro também — pontua Galek.

— São exatamente iguais? — pergunto.

Ele concorda com a cabeça.

— Então não precisamos perder tempo aqui.

Nos fundos, vejo uma escada em caracol que daria acesso ao quinto andar. Porém, pelo tanto que subimos, tenho a impressão de termos pulado um dos níveis. Ao final, alcançamos um hall, separado da sala seguinte por portas de ferro e paredes de vidro. Tento abrir as portas, mas também estão trancadas. Afasto-me, com medo de ativar outra armadilha. Em uma das paredes de vidro há um painel que não contém teclas, mas sim uma frase:

Dentre todos, sou o único capaz de passar para o outro lado.

— O que isso significa? — questiona Boom.

— Parece uma charada — sugere Fajon.

— Acho melhor não tentarmos nada antes de estarmos certos da resposta — alerta Boom. — Não quero ser surpreendida por habilidades excepcionais de nenhum de vocês novamente — diz ela, olhando para Fajon.

— Mas quem poderia passar? — pergunta Sophia.

— Quem tem a chave — responde Boom, em tom jocoso.

Paro de prestar atenção na conversa deles e tento me concentrar para entender a charada. Quem pode passar por portas de metal e paredes de vidro? Olho ao redor em busca de alguma pista, qualquer coisa que me ajude. Nada nas paredes ou no piso, nem nos filamentos luminosos do teto. Mas é do outro lado do vidro que algo me chama a atenção. Enxergo um ponto brilhante. Ao me mover, ele se move também. Meu comunicador está refletindo a luz dos filamentos para dentro da sala; ela passa pelas paredes transparentes e, lá dentro, forma um círculo de claridade. É isso! De todos os elementos, a luz é a única capaz de passar pelo vidro. Essa é a resposta.

Aproximo-me novamente do painel e digo:

— Luz.

— O que você está fazendo? — pergunta Boom.

— Calma — e repito mais alto: — Luz!

— Le?

Logo depois murmuro:

—Luuuuuz? — Nada.

Tento de novo:

— Lu-uz? — E nada novamente.

— Para com isso — diz Boom, sem paciência.

— Mas essa é a resposta. Por que não abre?

Após ver minhas tentativas patéticas, Mael se aproxima do vidro e projeta sua imagem para dentro da sala. Ele cria uma cópia bem à sua frente, mas do outro lado do vidro, como se fosse seu reflexo no espelho. Ele anda até a porta e a réplica imita seus movimentos. Agora, Mael está de frente para a passagem fechada, enquanto sua criação está do outro lado, oculta pelas placas de metal. Ele fecha os olhos, se concentra e estende a mão direita em direção à maçaneta, mas não a alcança. Fecha o punho, como se a tivesse agarrado, e puxa o braço. Ao mesmo tempo em que sua mão se afasta do puxador, a porta é aberta pela cópia do outro lado. Ele conseguiu.

— Você a solidificou? — pergunta Galek, surpreso.

— Acho que os dedos, pelo menos — responde ele, bem cansado.

— Parabéns, Mael! — diz Boom, abraçando-o. Ele apenas sorri, sem graça.

Mael está sempre se superando. Sua dedicação ao desenvolver as réplicas é inspiradora. Solidificar luz não é uma tarefa fácil. Ele acabou de demonstrar grande evolução.

Em nosso caminho, a cópia de Mael se desfaz e vira pequenos pontos luminosos que pairam no ar antes de sumir por completo. O piso aqui é diferente de tudo o que vimos até agora. Grandes lajotas quadradas estão dispostas lado a lado pela galeria comprida. Na outra extremidade está uma escada, e, de acordo com as contas de Galek, ela deverá nos levar até a cúpula do último andar. Só precisamos atravessar mais esta sala.

Começamos a travessia com cuidado, dando passos curtos. Todos estão receosos com as armadilhas. Porém, só andamos alguns metros para que Mael, mais à frente, abra os braços e nos mande parar:

— Cuidado com o piso!

— Por quê? — pergunto.

— Me empresta uma de suas bolinhas de cobre? — pergunta Mael.

Abro o saquinho e pego uma delas. Mael a recebe, dá um passo para a frente, ficando no limite da lajota sobre a qual ele está de pé, estende o braço e solta o cobre, deixando-o cair sobre a próxima placa do piso. Para minha surpresa, a esfera não para no chão: passa direto pela lajota e desaparece.

— Viram? — pergunta ele. — É uma ilusão. E não é das melhores. Dá pra ver a imagem oscilar após a passagem do objeto.

Tirando o fato de ele ter acabado de desperdiçar uma de minhas granadas, que bom que entende de ilusões.

— Consegue indicar o caminho? — questiona Galek.

Mael responde que sim e começa a nos orientar, ziguezagueando pela sala. O circuito complexo que ele faz deixa clara a quantidade de ilusões. Andando devagar, conseguimos alcançar a metade da sala. Próximo à escada, o piso é diferente, formado por lajotas do mesmo tamanho, porém de cor mais escura.

— Talvez ali a zona das armadilhas acabe — concluo.

— Provavelmente. Basta continuarmos com calma que chegaremos — acrescenta Mael.

Ele continua a nos guiar para mais perto da escada quando um barulho diferente nos chama a atenção. Ouço um "clique" atrás de nós, então outro e outro. Vários ruídos de algo se travando, ou melhor, destravando. Vejo que alguns dos pisos firmes pelos quais já passamos se abrem e se revelam alçapões. Buracos vão aparecendo em todo o percurso que deixamos para trás. Uma a uma, as lajotas caem, até vermos uma delas se desfazer bem ao nosso lado.

— Corram!

Mael dispara na frente, saltando de lajota em lajota para desviar dos buracos, ainda camuflados pelas ilusões. Nós o seguimos. Sophia e Boom estão por último e tentam escapar dos alçapões que se abrem logo atrás de seus passos.

— Rápido! — alerto.

Alcançamos a parte segura, e Galek e Fajon estendem as mãos para ajudar as meninas. Sophia consegue passar. No entanto, o último buraco se abre antes que Boom nos alcance. Ela desaparece diante de nossos olhos.

CAPÍTULO 26

— Boom! — grita Galek, jogando-se de bruços à beira do buraco. — Boom? — pergunta em seguida, surpreso.

— Por que não me ajuda aqui em vez de ficar só olhando?

Alinho meu corpo ao de Galek e vejo a nanica agarrada à parede, em um desnível alguns metros abaixo.

Tiro a mochila das costas de Galek e pego uma corda. Ele dirige uma das pontas a Boom enquanto Mael e eu seguramos a outra para puxá-la. Depois de um pouco de esforço, conseguimos trazê-la para cima.

— Baixinha mas pesada — provoco.

— E a dona Laura, vai bem, Leran? — pergunta ela, após me fitar fulminantemente.

— Sim. Por quê?

— Porque gorda é a sua mãe!

Sua resposta me deixa desconcertado. Dou um sorriso amarelo para disfarçar.

— Vocês dois se amam, não é? — diz Galek, rindo. — Parem logo com isso. Já perdemos tempo demais.

Todos sobem as escadas e Sophia fica no andar de baixo, terminando de enrolar a corda, como havia se disposto a fazer.

“Clique”. Ouço novamente.

Todos olham para baixo e vemos Sophia parada, nos observando de volta, receosa em se mexer. O piso sob seus pés se abre em segundos e ela cai, gritando. Pelo visto ali não era tão seguro como imaginei. Talvez os degraus da escada tenham ativado a nova armadilha.

Fajon chama por Sophia e ela responde. Está viva.

— Pode escalar? — pergunta Galek, sem conseguir vê-la. O buraco parece fundo, está muito escuro.

— Não. Acho que quebrei a perna.

— Calma! — ele grita. — Estamos pensando em um jeito de tirar você daí. — Galek tenta voltar para o piso, mas, ao encostar o pé na primeira lajota, ela também se abre e ele é obrigado a projetar o corpo novamente para a escada. Não é possível pisarmos lá novamente.

— Ai! — O grito de Sophia ressoa pelo buraco.

— O que foi?

— Alguma coisa me picou — ela responde, chorosa.

— Consegue ver o que é? — pergunta Fajon.

Alguns segundos se passam e não obtemos resposta.

— Sophia? — ele a chama. — Sophia?!

Ouço um ruído estranho, que parece o bater de agulhas na pedra, não sei ao certo. Vem do buraco em que Sophia caiu.

— O que é isso? — pergunta Mael.

— Não tenho ideia.

O que sai pelas beiradas do alçapão esclarece nossa dúvida. São dezenas de insetos peçonhentos. Ou melhor, centenas. Assemelham-se a aranhas, mas foram modelados por magos. O tamanho é descomunal, cinco ou seis vezes maior do que um inseto comum.

— Subam! — Galek ordena.

— Mas e Sophia? — diz Fajon.

— Não podemos fazer nada por ela agora.

As criaturas se movimentam rápido e vão tomando os degraus abaixo de nós. Enquanto corremos, tentamos afastá-las com nossas energias. Galek concentra as chamas e lança labaredas para fritar grande parte dos insetos, mas logo os mortos são substituídos por outros, que continuam subindo. Na minha vez, pego duas esferas de cobre, encanto-as e solto as granadas para trás. Elas explodem e liberam a energia paralisante que faz os bichos se retorcerem, parando de nos seguir por alguns instantes. Com isso, conseguimos tomar distância. A escada termina em outra porta. Assim que passo por ela, fecho-a, deixando as criaturas para trás.

Todos se sentam para descansar da correria enquanto Fajon usa o comunicador para contatar Sophia, mas o aparelho ainda não está funcionando. Infelizmente, acho que ela não teve chance de escapar viva. Aquelas feras eram terríveis.

— Sinto muito — digo, aproximando-me dele.

Fajon fecha os olhos e deixa escorrer algumas lágrimas. Ao nosso redor, todos nos olham tristes, sentindo a dor do companheiro. É natural que Sophia e Fajon fossem mais ligados. Já se conheciam antes de entrar em nosso grupo.

— Não podemos parar — ele diz. — Sophia ia gostar que terminássemos isso.

— Todos concordam e se levantam.

— Vamos até o fim, amigo! — diz Galek, apertando a mão de Fajon. — Por Sophia.

As escadas nos levaram a uma cabine instalada na lateral de uma sala ampla e redonda. À minha direita estão roupas cheias de poeira, muito velhas, todas penduradas nas paredes: aventais e jalecos usados em laboratórios. Era aqui que os cientistas faziam as maiores experiências. Não necessariamente dentro dessa cabine, mas no restante da sala. Acabamos de chegar à grande cúpula do observatório.

— Vejam — digo, enquanto aponto pelos vidros da cabine.

Do lado de fora, é possível ver a luneta direcionada para a parte retrátil da cúpula. Saio pela porta de vidro e olho para o alto, tentando observar o lado interno das placas curvas que fecham todo o teto.

— Espere, Leran! — exclama Galek. — Vamos andar juntos para evitar novas armadilhas. — Eu concordo e aguardo.

Mael mostra uma mesa próxima à porta de vidro. Nela um esqueleto repousa sentado. Pelo jaleco sujo que veste, trata-se de um dos cientistas que trabalhavam por aqui. Mais duas ossadas são encontradas por Boom e Galek nos arredores da cabine. Pego um pequeno caderno sobre a mesa, na frente do cadáver, e leio as últimas páginas. É um diário. O seguinte trecho chama a minha atenção:

> *Eu e minha equipe já estamos há duas semanas sem comida. Temo não aguentarmos até amanhã. Meus estudos serão interrompidos, contudo o que conquistei já está guardado no cofre. O pergaminho não será destruído. Ficará seguro até outros estudiosos alcançarem este lugar. Estando o cofre aberto, todas as armadilhas da torre ficarão desarmadas, garantindo uma passagem segura de volta.*

Só pode ter sido o próprio Willian Khun quem escreveu isso. Ele guardou algo muito importante no cofre da torre, um pergaminho. E esse cofre deve estar aqui, no lugar mais alto. Nos trechos seguintes, Khun cita a pressão crescente do governo, que exigia o fechamento do laboratório. Todos de sua equipe tiveram a prisão decretada; muitos acabaram capturados na cidade e nunca mais voltaram para o observatório. Os que restaram decidiram se fechar na torre ao lado de Khun, trazendo alguns mantimentos capazes de suprir as necessidades deles por poucos meses.

Outras frases falam sobre as armadilhas que enfrentamos, como a câmara de gás da loucura, o corredor elétrico e o fosso preenchido por insetos modificados e muito venenosos. Todos os cientistas não eram somente estudiosos das energias, mas também bons praticantes do controle.

Como foram criados obstáculos mágicos, Khun acreditava que apenas controladores conseguiriam passar pelas armadilhas e chegar até aqui. E ele estava certo: os soldados que tentaram entrar morreram na primeira sala. Pelo visto, somos os primeiros a subir toda a torre desde a morte do cientista. Agora poderemos disseminar os conhecimentos que ele gerou para o resto do mundo. Precisamos achar e abrir o cofre, pegar o pergaminho e descer a torre sem nos preocuparmos com as armadilhas novamente.

Após ouvir o que li no diário, Galek me mostra uma alavanca próxima à parte retrátil da cúpula. Antes de movê-la, ele pede atenção, caso uma nova armadilha dispare. E então começa. O rangido do metal enferrujado machuca nossos ouvidos, mas Galek continua até vermos as grandes janelas de aço se abrirem no teto, dando visão ao lindo céu estrelado.

— A vista daqui é ainda mais bela que a do Mirante — diz Boom.

E ela tem razão. O brilho das estrelas é tão forte que a luz do céu ilumina todo o interior da cúpula. É mais intensa do que os filamentos luminosos, já acesos antes. Fajon se arrisca colocando o olho na parte ocular da luneta e se impressiona.

— Não é possível que haja isso lá em cima.

— O quê? — digo, ao tomar seu lugar.

Abaixo-me para ver e espero posicionado até enxergar algo. Aos poucos, as imagens se focam e eu visualizo uma membrana luminosa que flutua na escuridão. Não parece que estou apontando para o céu. Jamais vi isso lá em cima. É lindo! As cores se misturam e dão formas diferentes a um manto que parece cobrir nosso mundo. Será essa a forma original das energias que deram origem ao lugar onde vivemos? Seria lá que buscamos a força para controlar? Apenas olhar para cima não responde às nossas questões. Temos de achar os estudos.

Enquanto os outros se revezam para observar o céu, vou para as demais partes da sala e tento encontrar o cofre citado no diário. Mais ao fundo, alguns pedaços de metal estão jogados ao chão. Logo atrás deles, vejo uma porta pequena e redonda, fechada por hastes verticais de aço. Só pode ser ele.

— Aqui! — grito. — Achei o cofre!

— Onde? — questiona Boom, correndo na minha direção. Em seguida, todos os outros nos alcançam.

— Vejam — diz Fajon. — Mais painéis de vidro.

São dois, um de cada lado da porta redonda. O primeiro é liso, com algumas palavras escritas; o segundo tem teclas, mas não como as do painel encontrado no corredor com eletricidade. São símbolos estranhos. Em uma primeira análise, não identifico o que querem dizer.

Fajon os observa com calma e rapidamente dá a resposta:

— São os elementos primários.

Ele está certo. Seis teclas com desenhos que remetem a Fogo, Água, Luz, Trevas, Ar e Terra.

— Por que não tentamos uma combinação aleatória? — pergunta Boom.

Olhamos todos indignados para ela, que fala:

— Calma, gente, é brincadeira.

— Que tal utilizar os dois em conjunto? — sugiro, apontando para o outro painel.

— O diário diz como abrir o cofre? — pergunta Galek, virando-se para mim.

— Não, até onde eu li.

— Talvez haja alguma pista em outras partes.

Ele tem razão. Há uma pista:

— Khun disse que apenas outros estudiosos poderiam chegar até aqui. Ele queria que magos achassem o pergaminho. Portanto, como magos, nós devemos saber a resposta para abrir a porta.

— O que diz do outro lado, Mael? — pergunta Galek.

— "Gelo", "Metal", "Eletricidade" e "Cura". São elementos secundários — conclui Mael.

— Isso! — Fajon comemora. — Devemos indicar com as teclas quais são os elementos primários que formam cada uma das palavras.

— Qualquer mago deveria saber isso, certo? — diz Boom.

Nós nos olhamos e concluímos que não temos a resposta. Nunca estudei a fundo os tipos de elementos. Sei apenas o necessário para conseguir encantar. Com os outros aconteceu a mesma coisa: estudaram assuntos específicos.

Talvez por meio da união de nossos conhecimentos tenhamos as respostas. Busco em minha mente pessoas capazes de dominar cada um dos elementos secundários citados. Recordo-me de Magda Selartin e de sua técnica para orientar a energia congelante. O temperamento calmo e sua persistência dão a dica de que preciso.

— Ar e Água — digo, desvendando a primeira palavra.

— Tem certeza?

— Sim, Galek. As características de Magda eram predominantemente desses elementos.

Fajon digita as duas primeiras respostas e uma luz verde contorna a palavra "Gelo" no outro painel.

— Bartolomeu é mestre no controle dos metais — afirma Mael. — Ele é um homem corajoso e muito firme. Portanto, a resposta para a segunda palavra deve ser Fogo e Terra.

— Isso. E acho que Boom sabe a terceira — digo, virando-me para ela. — Sua técnica é derivada da eletricidade, certo?

— Sim, eletricidade é Luz e Fogo — responde ela, como se fosse óbvio. — É minha obrigação saber.

Fajon toca as outras quatro teclas e mais duas palavras se acendem em verde.

— E, por fim, Safira... Tranquila, altruísta e muito inteligente. Água e Luz? — pergunta Galek.

— É isso — pontua Fajon quando finaliza a combinação.

A cor de ambos os painéis muda e nós passamos a ouvir o som das barras de metal subindo. Assim que elas se retraem, a porta se movimenta para o lado e dá passagem para uma pequena sala. Conseguimos! O cofre está aberto. Dentro dele, avisto um pedestal no centro. Sobre a peça está um estojo cilíndrico que certamente abriga o pergaminho de Khun. Galek entra e retira o estojo do pedestal. Ele destampa um dos lados e sacode o objeto para deixar o documento cair. Nada desce. Ele olha para dentro do canudo antes de concluir:

— Está vazio!

— O quê?

Galek confirma. Alguém chegou aqui antes de nós. Quem teria passado por todas as armadilhas?

— Só um mago poderia ter chegado até aqui. Khun projetou as armadilhas para isso — digo.

— Terá sido o seu pai? — Mael pergunta a Galek.

— É impossível. Subir até aqui exigiria muito tempo, algo que ele não teve. Já estamos na torre há horas.

— Então tivemos todo esse trabalho para nada? — questiona Boom.

— Pelo menos temos o diário e o livro — consolo a ela e a mim mesmo.

— É, vamos sair logo daqui — diz Galek.

Após guardar o diário na mala, Mael a coloca nas costas e todos seguem novamente para a cabine. Eu fico para trás, certificando-me de que não estamos deixando nada. Olho todos os cantos do cofre novamente e, quando me afasto dele, percebo uma iluminação diferente no meio das peças de metal que vi quando encontrei a porta redonda. São dois montes de peças velhas e enferrujadas, mas tem algo sob elas que brilha, e isso prende minha atenção.

— Esperem — chamo-os de volta.

— O que é isso? — pergunta Fajon, notando o mesmo brilho.

O que acontece em seguida indica que talvez eu devesse ter ignorado tudo e fugido. Uma corrente de energia elétrica emana da fonte luminosa de cada monte e passa por todas as peças, fazendo-as levitar em um turbilhão. Devido a algum tipo de magnetismo, os pedaços se aproximam, formando pernas, braços, tronco e cabeça. As partes não chegam a se encostar, flutuam lado a lado, o que dá movimento às articulações das criaturas. Duas delas, com quase seis metros de altura, agora se animam bem à nossa frente. Quando os olhos se acendem, sabemos que estão aqui para não nos deixar sair.

— Você não disse que ao abrir o cofre desligaríamos as armadilhas? — pergunta Boom, correndo para a cabine.

— Não fui eu, foi o diário! Não tenho culpa se ele mentiu.

— Corram! — Galek grita, nos deixando passar.

Ele se coloca entre nós e a primeira criatura, concentrando suas chamas em uma grande esfera de fogo. Quando a energia fervente está pulsando, Galek libera labaredas consecutivas, que se desprendem da bola em chamas e voam na direção do inimigo. O ataque continua até a esfera desaparecer. O calor de sua investida foi tamanho que partes do corpo do monstro ficaram rubras como a lâmina de uma espada na forja. Aproveitamos a oportunidade para correr em direção à cabine, mas somos impedidos pela segunda criatura, que salta diversos metros e cai à nossa frente, onde afunda o piso. Estamos cercados.

Após receber os ataques de Galek, o primeiro gigante abre uma boca do meio das partes metálicas que formam seu rosto e cospe um raio concentrado que derrete as placas de aço do chão. Cada um de nós corre para um lado diferente. Boom rola para a esquerda e logo tem de se preocupar com o outro inimigo. Ele se movimenta e tenta esmurrá-la de cima para baixo. O impacto de seu punho amassa ainda mais a estrutura sobre a qual pisamos. Boom fica espantada ao ver a força do monstro.

Tentando ganhar tempo, Mael gera réplicas de si mesmo e confunde as sentinelas de metal. Elas ficam, por alguns segundos, desorientadas ao tentar acertar tantos alvos diferentes. Uma esmurra as cópias ao mesmo tempo em que abre crateras no piso e derruba partes da parede. A outra atira seu raio para diversos lados, derretendo inclusive parte da cúpula do teto.

— Como vamos parar essas coisas? — ele pergunta, sabendo que não poderá segurá-las por muito tempo.

É então que, em meio às peças de ferro flutuantes no tórax da primeira criatura, avisto uma esfera brilhante. Deve ser a fonte da energia que a controla. Sempre que lança seu raio destruidor, ela para por um ou dois segundos e abre o tórax, como se tomasse ar antes de atacar. Essa é a minha chance.

— Mael, tente segurá-lo só mais um pouco — digo, apontando para o meu alvo.

Atendendo ao meu pedido, Mael coloca mais réplicas na frente do gigante. Quando ele se posiciona para atirar, lanço minha flecha entre os pedaços de metal do tórax, estilhaçando a esfera brilhante. O objeto explode e libera a energia elétrica pela sala em um brilho que me faz fechar os olhos. Quando os abro novamente, os pedaços de metal estão espalhados pelo chão.

Ainda não acabou. O segundo monstro permanece de pé e tenta esmurrar as cópias de Mael. Neste eu não consigo ver a fonte de energia. As partes do tórax estão mais próximas. Precisamos encontrar outra solução.

Todos se posicionam ao redor da criatura e atacam de lados diferentes. Boom esmurra o ar, lançando esferas elétricas; Galek repete as labaredas e Fajon usa as duas mãos para jorrar água no inimigo. Nada surte efeito. O gigante revida com murros e pontapés que passam rasantes pelos nossos corpos. Ele segue Boom até ela passar por baixo da luneta, porém isso não o para. A criatura pega a grande peça de metal com uma das mãos e a usa como porrete, golpeando tudo o que vê pela frente. Ela destrói bancadas de estudo, derruba mais paredes, abre diversos buracos no piso e até acerta uma parte da cúpula de metal, que se desprende e cai para fora da torre, gerando um enorme estrondo ao atingir o solo, dezenas de metros abaixo de nós.

— Precisamos pará-lo ou ele vai derrubar a torre com a gente dentro — digo.

— Acho que sei como — anuncia Galek. — Vamos impedi-lo de se mover.

Mael volta a distrair a criatura e Fajon, que logo entende a ideia, se posiciona ao lado de Galek. Outro ataque com chamas é iniciado, e desta vez se concentra nas pernas do monstro. Galek coloca mais energia para garantir o aquecimento do metal até o ponto de brasa, quase fundindo. Quando ele termina, Fajon lança um potente jato na parte inferior da criatura, resfriando instantaneamente as peças de metal, que endurecem e grudam umas nas outras. Sem o movimento das pernas, o gigante cai, estremecendo toda a sala.

— Sua vez, Le! — grita Galek.

Corro para perto da criatura, tomando cuidado para não ser acertado pelos braços, que ainda se mexem na tentativa de esmagar as vítimas mais próximas. Retiro uma bolinha de cobre do saco e a coloco no chão à minha frente. Uso os braços para ajudar no fluxo de energia, que puxo com a respiração. A cada golpe de ar que adentra meus pulmões, parte da força alocada no monstro se desloca para o cobre. O gigante se retorce e emite grunhidos como se sentisse dor, até definhar e desmontar. Suas peças rolam por todo o piso deformado.

Quando a energia termina de ser transportada, agarro a bolinha com pressa e a arremesso para fora da torre, podendo vê-la explodir no ar em uma gigante forma luminosa. Em seguida, me ajoelho, arfante, e tento recuperar as forças. Esse tipo de encanto sempre me deixa exausto. Após derrubarmos os inimigos, todos se olham aliviados e Galek diz:

— Vamos embora daqui.

A descida foi realmente mais fácil. Segundo Khun disse em seu diário, todas as armadilhas estavam desarmadas e nós passamos sem dificuldade pelos andares até a saída da torre. Infelizmente, não tivemos sinal de Sophia durante o percurso. Fajon tentou contato novamente com a garota pelo comunicador, além de gritar seu nome diversas vezes nos arredores da sala dos alçapões, mas não houve resposta.

Não demorará muito até o governo descobrir que alguém subiu a torre. Isso se já não tiver descoberto. O barulho de nossa luta com os gigantes de metal certamente foi notado a centenas de metros daqui. Além disso, o estrago na cúpula é visível de longe.

No caminho de volta ao acampamento, temos a impressão de que falhamos em nossa missão. Perdemos um dos nossos e, apesar de termos em mão documentos relevantes, como o Livro da Supernova e o Diário de Khun, não conseguimos a peça mais importante: o pergaminho. Quem poderia ter pegado isso antes de nós? Além do mais, quem colocou aqueles dois gigantes no topo da torre? Não deveria haver outra armadilha ali. Não acredito que eles tenham sido obra do cientista. Por fim, saímos do observatório com mais perguntas do que respostas.

Enquanto ando atrás do grupo, tento esclarecer algumas das dúvidas que me incomodam. Fecho os olhos e deixo a brisa fria da madrugada refrescar meu rosto em uma tentativa de acalmar os pensamentos inquietos.

— Você não parece bem — observa Galek.

— Só um pouco cansado. Triste também.

— Não é só isso. Parece distraído. Não sei.

— Estou pensando em várias coisas. Acho que preciso de um pouco de ar.

— Isso é sempre bom — Galek concorda. — Fique mais um tempo por aí. Este lado da cidade está calmo. Eu subo com os outros e enfrento a primeira bateria de perguntas de Babo. Pelo menos livro você disso.

— Obrigado, amigo — digo, dando um tapa em suas costas.

— Se cuida — ele conclui.

Galek alcança os outros e todos sobem para o acampamento, deixando-me na base do Mirante. Respirar um pouco de ar puro sempre ajuda na tomada de decisões, mas não é isso o que eu quero agora. Devo ver uma pessoa. Isso sim vai me ajudar a responder algumas perguntas.

Volto para o subúrbio próximo ao Mirante e sigo pelas ruas até uma pequena casa de portas escondidas, onde entro pelos fundos. Cruzo a cozinha vazia até o corredor escuro que me leva ao único quarto. Na porta, encontro a senhora Bordenco sentada em um banquinho de madeira.

— Deu tudo certo? — pergunto.

— Sim. A infecção já diminuiu bastante. Vai estar muito melhor pela manhã.

— Que bom ouvir isso, senhora. — Respiro, aliviado. — Fico te devendo mais esse favor.

— Meu querido — diz ela, pegando minhas mãos. — Já te disse inúmeras vezes para me chamar de Safira. E você não me deve nada; fiz isso porque era a coisa certa a fazer. Faria por qualquer um.

Sorrio em retribuição a toda a gentileza. Safira é pura bondade. Beijo uma de suas mãos e, em seguida, agarro a maçaneta do quarto.

— Está acordada — diz a senhora enquanto se levanta.

— Ok. Pode voltar ao acampamento, descanse. Eu assumo a partir de agora.

— Nos vemos amanhã — ela fala sorrindo e deixa o casebre.

Respiro fundo e crio coragem para abrir a porta. Concentro-me, mudo a expressão. Tenho de demonstrar seriedade e indiferença enquanto entro. Sobre a cama, eu a vejo, com os pés cobertos por um lençol branco e, no abdome, os curativos limpos. Sua cor já está voltando;

se recuperou de todo o sangue que perdeu. Aproximo-me, deixando que ela perceba a minha presença. Ela vira o rosto, ainda apoiado no travesseiro, e me oferece um sorriso discreto.

— Eu sabia que você estava por trás disso.

Mantenho minha postura firme. Entrefecho os olhos e os conservo fixos na direção dela.

— Safira achou você, não eu. Você deve muito a ela por não ter contado isso a nenhum outro rebelde além de mim.

— E você veio aqui por quê? — ela indaga.

— Porque precisamos ter um conversa definitiva.

Ela tenta se sentar após minha frase, mas uma pontada na ferida a impede. Ao ouvi-la gemer de dor, dou alguns passos para alcançá-la, em uma tentativa de oferecer conforto. Meu movimento me tirou da posição de indiferença, e eu me pego perto o suficiente para segurá-la em meus braços, tentando posicioná-la melhor na cama.

— Você está bem? — pergunto, preocupado.

— Já tive dias melhores — ela diz, sorrindo.

Seus olhos buscam no fundo dos meus a minha alma. O aroma doce é o mesmo que preencheu minha imaginação no dia em que nos conhecemos. Aos poucos, nossos lábios se aproximam e, antes que eu possa fazer algo para impedir, eles se tocam, fazendo-me esquecer, mesmo que só por alguns instantes, tudo o que Judra fez.

CAPÍTULO 27

Esquecer não é fácil. A morte do meu avô, a do pai de Galek e a de diversos outros colegas foram direta ou indiretamente causadas por ela. Judra é cruel. Sinto um arrepio sempre que imagino a possibilidade de ser usado outra vez. Não a quero brincando com meus sentimentos. Não de novo. É por isso que interrompo o beijo e me afasto.

— Me desculpe — diz ela. — Eu não devia...

— Chega — corto. — Não vim aqui para isso.

— Então?

— Você ficará aqui até se recuperar. Depois sairá da cidade. Espero nunca mais vê-la.

Judra me encara, parecendo duvidar de minhas palavras. Talvez eu não tenha colocado muita confiança na voz. Talvez eu não queira que ela vá. Mas qual opção ela teria, se não pode mais voltar para o governo e jamais será aceita na Guilda?

— Não irei embora. Você precisa de mim. Felix e Milo me consideram morta. Estamos em vantagem.

Ela se ajeita na cama, procura uma posição quase sentada e continua:

— Eles virão atrás de Luana. Milo sabe que ela é a Estrela.

— Iremos protegê-la.

— Não será tão simples assim. Eles são perigosos. Felix está planejando invadir o acampamen... — Judra muda sua expressão, fica assustada. — Há quanto tempo estou aqui?

— Cinco dias.

Ela recebe minha resposta com desconfiança e conta algo nas pontas dos dedos até chegar à sua conclusão:

— Felix vai atacar o acampamento amanhã!

— Como você pode ter certeza disso?

— Eu tinha fontes no conselho. Eles querem acabar com o conflito o mais rápido possível. Além disso, todos os silenciadores têm instruções claras para buscar um adolescente com a idade de sua irmã. Irão encontrá-la.

— Não saberão que é ela. Podemos escondê-la.

— Eu já disse! Milo sabe. Ele nos ouviu conversar naquele dia. Irá procurar pessoalmente por Luana. Se eu o conheço bem, talvez nem divida essa informação com os outros, assim poderá ficar com todo o mérito se capturá-la.

— Isso é um problema. Ele a conhece, sabe qual é a sua fisionomia.

— Então, você acredita? — ela indaga, também com o olhar.

Judra não tem mais nada agora. Se o que ela diz é realmente verdade, sou o único capaz de acolhê-la. Mas não sei se ela merece isso. Muito menos se eu conseguiria dar a ela outra chance.

— Você tem de acreditar — ela insiste. — Tentei ser forte. Lutei contra os meus sentimentos e perdi. Você me venceu, Leran... Me venceu por dentro. Não consigo ser sua inimiga. Eu preciso que você acredite em mim! — Seus olhos se enchem de lágrimas.

A frase toca o meu peito de uma forma estranha. Antes eu vivia uma paixão de adolescente, uma espécie de amor idealizado. Era intenso, mas eu não imaginava que poderia ter tanto potencial. Agora é diferente. Todo esse tempo no qual a considerei minha oponente, em que me senti enganado e, por consequência, a odiei, só intensificou meu sentimento por ela. Ouvi-la dizer que venci de alguma forma faz com que eu me sinta vingado, principalmente ao vê-la sofrer com isso. Pode parecer egoísta, mas é a pura verdade.

Eu ainda gosto dela, mas a confiança é algo que jamais irei recuperar. Não vou arriscar cair no mesmo truque novamente. Por isso, ouço com cuidado toda a história que ela conta. Um pouco do seu passado, de como virou silenciadora, por que se envolveu comigo, o que descobriu no palácio sobre Felix e a rainha, e a história da Estrela nascida em Acigam, no caso, Luana.

Temos um dia para preparar o acampamento. Logo sofreremos um ataque poderoso de Felix. Apesar de os rebeldes se dizerem preparados, será impossível impedir outro banho de sangue. A posição privilegiada do terreno permite uma defesa mais eficaz, porém temos menos homens treinados nessa base do que tínhamos no Covil. O acampamento acomoda muitas famílias e pessoas que não sabem lutar.

Mesmo em recuperação, Judra não consegue ficar parada.

— Onde estão minhas armas? — Ela procura ao seu redor.

— Para que você as quer?

— Para lutar, oras. Eu ajudo você a proteger sua irmã.

— Não. Você não tem condição nenhuma de participar disso. Não acredito que os rebeldes permitiriam sua ajuda. Galek mataria você. Levarei essa informação para Babo e organizaremos nossas defesas. Enquanto isso, você estará segura aqui.

Ela torce o nariz, porém não tem escolha. Mesmo que os remédios milagrosos de Safira surtam efeito até amanhã, ela ainda estará debilitada para enfrentar os outros silenciadores. Seria loucura.

— Durma e descanse o máximo que puder. Precisará de energia para deixar a cidade — digo e saio do quarto sem dar tempo para seus resmungos.

Não poderei impedi-la de sair daqui, e, sabendo disso, restou-me fazer o que estava ao meu alcance. Pedi que Safira guardasse as armas e as roupas de Judra nas gavetas da pequena cômoda. Estarão lá para quando ela precisar. Chego ao acampamento já sob o brilho dos primeiros raios de sol. Vou direto para a tenda de Babo, a fim de alertá-lo sobre o possível ataque ao Mirante.

A Guilda se estabeleceu bem por aqui. As tendas foram fixadas com mastros, gerando um espaço interno interessante. Cada barraca tem cama, alguns móveis para guardarmos roupas e até fogões a lenha. A parte mais difícil é manter a higiene de tudo. Diferentemente do Covil, aqui não há banheiros; temos de nos virar com os reservatórios de água e as fossas improvisadas nos fundos do acampamento.

A barraca de Babo é a maior de todas. Ao contrário de Simus, o novo líder aprecia certas mordomias e itens que deixam clara sua posição e seu status. Quando entro, vejo-o limpando obsessivamente a areia que costuma invadir as tendas por aqui. Devido à altura do lugar, o vento é forte e carrega partículas de poeira até para debaixo dos lençóis. Eu já me acostumei, mas Babo, com sua mania de perfeição e limpeza, se incomoda muito. Sua sorte é ter o controle do ar, o que torna a tarefa muito mais fácil. Por sinal, acabo de ser coberto pela ventania repleta de areia soprada por Babo, lá de dentro.

— Desculpe — diz ele ao me ouvir tossindo. — Não suporto essa sujeira toda. A gente vira as costas e já está tudo empesteado novamente.

— Não se preocupe — digo, alternando as palavras com a tosse. — Você tem um minuto?

— Claro, Leran. Sente-se.

Babo puxa uma das duas cadeiras posicionadas sob a mesa e se acomoda; faço o mesmo. Conto partes do que Judra me disse. Sobre o possível ataque, as intenções misteriosas da rainha e, principalmente sobre a suposta Estrela, que seria Luana. Babo demonstra surpresa, mas tenta me tranquilizar quanto à segurança do Mirante. Segundo ele, ninguém poderá subir e raptar minha irmã. No entanto, prefiro ser mais cauteloso.

Sugiro retirá-la do acampamento, levando alguns magos para protegê-la. Babo, depois de pensar alguns minutos, recusa. Ele quer escondê-la aqui mesmo, longe do acesso pelas escadarias, em uma barraca aos fundos. Poderei ficar com ela se desejar, mas, como sou um atirador, ele acha que o ideal é focar meus esforços para impedir a subida dos guardas até o topo do morro. Segundo ele, outros rebeldes ficarão com Luana em uma tenda discreta, a fim de mantê-la imperceptível. Concordo com as sugestões de Babo e vou até a minha barraca para descansar, mesmo que seja por poucas horas. Ele cuidará de tudo com relação às defesas; apenas quer que eu esteja disposto no momento do ataque.

A preocupação me permite apenas um cochilo breve, que só alivia parte do cansaço corporal. Assim que me levanto, decido procurar Galek e ver se ele conseguiu avanços com os documentos trazidos. Apesar de a prioridade agora ser Luana, não posso deixar de lado o que conseguimos no observatório. Pode haver algo lá capaz de ajudá-la.

Por sorte, encontro todos com Simus e Alb. O antigo líder da Guilda sugeriu que a equipe descansasse antes de iniciar a avaliação do material, por isso estão todos reunidos somente agora. Ele, junto com o senhor Pinmur, passou as últimas horas estudando os documentos, assim seria mais fácil explicá-los. Já que está excluído da tomada de decisões estratégicas, Simus gasta seu tempo lendo mais sobre o controle. Babo o tem boicotado.

Por sinal, não vejo nosso atual líder aqui.

— Babo não vem? — pergunto.

— Ele não demonstrou muito interesse nisso — pontua Galek.

— Parecia preocupado com outras coisas — diz Mael. — O senhor Seranto estava estranho esta manhã.

Faz sentido. Babo agora se concentra no ataque que acontecerá em menos de vinte e quatro horas. A pressão tem sido tanta nos últimos dias que ele mal comentou ou lamentou a perda de Sophia, sua mais recente discípula.

Quando cheguei, interrompi Simus, que parecia fazer a leitura de uma parte relevante do livro. Sento-me e ele continua.

— Como eu dizia, essa Teoria da Supernova explica com detalhes a criação do mundo, assim como a lei do equilíbrio, responsável por organizar as energias.

— Já ouvi falar sobre essa teoria — reflete Alb em voz alta, enquanto olha para cima.

— Poderia nos ajudar a entender melhor? — pergunta Simus.

— Entender, compreender, inferir, elucidar. — Ele ri. — É para isso que servem os estudos e...

Por um momento, imagino a tortura que será acompanhar os pensamentos desconexos desse velho. A coisa já começou bem. Enquanto Alb divaga e teoriza sobre a capacidade do entendimento humano, noto as pessoas distanciando suas mentes. Boom já fechou os olhos e parece dormir.

— Mas querem saber de uma coisa?! — ele grita, fechando o livro. — Eu não preciso deles!

Com o susto, Boom chacoalha a cabeça e volta a prestar atenção, assim como todos os outros. Inclusive eu.

— Lembram-se da história dos deuses e da criação do mundo? — pergunta ele, matreiro.

— Claro. É o que mais aprendemos na escola — digo.

— Pois essa história é real.

— Como? — Fico irritado. Isso não faz sentido. Alb logo esclarece.

— Só que ela retrata a criação de uma forma metafórica. Não é nada mais do que o mundo surgido a partir das seis energias primárias. Isso realmente aconteceu. Cada uma delas sozinha jamais poderia criar algo tão complexo e maravilhoso. Foi a combinação do poder de todas que resultou em energias novas, enriquecendo o mundo de detalhes.

— As energias secundárias — complementa Simus.

— Isso. Ar e Fogo, por exemplo, criaram a Fumaça, enquanto Trevas e Água resultaram no Veneno. Dessa forma, todas as energias se combinaram, criando doze novas forças. Apenas três combinações foram impossíveis de serem feitas: Fogo com Água, Terra com Ar e Luz com Trevas. Eram energias opostas, incapazes de se misturar novamente.

— Novamente? — pergunta Boom.

— Exato. Essa é a parte omitida pelos livros de Acigam.

Alb faz uma pausa dramática, enquanto todos se entreolham.

— As energias têm uma origem. Os deuses têm uma origem, e é isso que os estudos descritos no livro mostram.

Alb abre mais uma vez o documento e lê cada palavra com calma, o que nos permite pensar a respeito de tudo o que diz:

Após décadas de estudo e observação do céu, foram encontrados indícios de energias muito antigas, pairando em zonas distantes do universo. Tais resquícios indicaram três fontes primitivas que viveram no limbo há bilhões de anos. Eram tão distantes umas das outras que seus brilhos não competiam entre si. Foram astros poderosos capazes de reger todo o fluxo energético ao seu redor.

Eles podiam engolir tudo o que se aproximava, destruíam qualquer outro corpo celeste invasor de seus territórios. Dotados de energias tiranas e dominadoras, eram imensamente poderosos.

Porém, tal poder cresceu muito, e o corpo físico que o sustentava não foi capaz de suportar. Após uma reação no centro de um dos astros, ocorreram explosões que despedaçaram o corpo celeste, criando uma massa gigantesca de energia que se espalhou por todo o universo, inclusive invadiu o domínio das outras duas fontes poderosas. O efeito da primeira manifestação gerou uma cadeia e levou os demais corpos semelhantes a se partirem. Ao fim do processo, três ondas potentes flutuavam pelo limbo, espalhando destruição por todo o raio no qual viajavam. Tudo foi varrido. Restou o completo vazio. O fenômeno foi nomeado como Supernova.

Após a leitura de mais alguns trechos, descubro que houve uma área de convergência entre as três manifestações de Supernova. Esse lugar foi banhado ao mesmo tempo por todas as energias. O livro diz que, de acordo com as coordenadas do nosso mundo, estamos exatamente no centro dessa área. A criação aconteceu devido à mistura do poder dos três astros antigos. No entanto, falta entender o que são essas energias capazes de gerar tamanha destruição em um primeiro momento e, logo em seguida, criar um mundo inteiro do nada. Após questionar Alb sobre isso, ele vira algumas páginas do livro e lê outra parte:

> *Estudando o fluxo das energias primárias, descobriu-se que elas tiveram suas origens nas Supernovas. Cada explosão gerou duas delas. O primeiro astro a se despedaçar, nomeado Praga, libertou pelo espaço a energia do Fogo e da Água. O segundo, Caos, resultou em Luz e Trevas. Por fim, Tormenta se dividiu em Ar e Terra.*

— Então existiram três energias supremas? — questiona Boom, coçando a cabeça.

— Talvez, bilhões de anos atrás — responde Alb. — O estudo trazido por vocês deixa claro que as energias contidas nos três astros eram muito instáveis e completamente destrutivas, por isso acabaram evoluindo para as que existem hoje.

Todos ficam espantados com a descoberta. Mael nem pisca enquanto espera a leitura de outros trechos. Agora que sabemos como o mundo foi criado, Alb procura mais informações no livro. O velho lambe as pontas dos dedos e folheia o documento até encontrar o que busca. Então, continua:

— Outro ponto importante na Teoria da Supernova é o equilíbrio que se formou entre as energias. Por um processo natural, o fluxo energético ao redor do nosso mundo passou a concentrar mais energia em alguns pontos, visando à estabilidade.

Ele volta para a leitura:

O mundo se iniciou como um amontoado de matéria instável, flutuando no mesmo lugar por bilhões de anos. Não tinha forma, cor ou tamanho estabelecido; era somente uma massa disforme. Toda a instabilidade perdurou até o fluxo energético se fixar e, assim, impedir que as energias se dispersassem. Para conquistar esse equilíbrio, as energias se concentraram em pontos específicos de matéria, criando polos energéticos para cada uma das forças primárias.

É inacreditável como a natureza pensa em tudo. Esses polos surgiram para manter as energias opostas o mais distante possível uma da outra. Desse modo, elas não poderiam se anular ou, pior, se fundir novamente a fim de destruir tudo. O polo Fogo se formou no lado oposto ao polo Água, e isso aconteceu com as outras quatro energias também. Com o estabelecimento dos seis polos, o mundo se fixou em três eixos perpendiculares, dando forma tridimensional à matéria, até então amorfa.

O equilíbrio veio com o tempo. Durante milênios o lugar manteve um lado extremamente quente e outro extremamente frio; um lado sem luz e outro com forte iluminação; um lado sufocado no vácuo, repleto de poeira, e outro com vendavais incontroláveis. Aos poucos, as energias se espalharam e foram equalizando o ambiente, sem deslocar seus núcleos energéticos estabelecidos em cada um dos polos.

A distância entre as energias opostas permitiu estabilidade suficiente para surgirem outras combinações, e, a partir delas, a vida se tornou possível em nosso mundo. De acordo com as datas contidas no livro, demorou milhões de anos para que aparecessem os primeiros seres capazes de pensar. Estes passaram a interagir ainda mais com o ambiente. Eram criaturas complexas, possuíam desejos, necessitavam de muitos recursos e aprenderam a manipular os elementos. Com o tempo, as energias secundárias se desestabilizaram e o mundo voltou a ruir. Por ironia, a vida, que só foi possível por meio do equilíbrio, passou a ameaçá-lo.

A solução encontrada pela natureza foi ousada e deu aos próprios seres vivos uma função importante no equilíbrio do mundo:

> *Para garantir a continuidade da vida, as energias secundárias também se concentraram, porém em polos dinâmicos. Por se tratar de combinações frágeis, as doze forças buscaram os seres vivos como foco, pois estes tinham estruturas mais robustas e podiam absorver melhor a energia oscilante. Assim, além dos seis polos fixos, o equilíbrio passou a contar com doze receptáculos de energia, também chamados de Estrelas Vivas.*

— Pelo que entendi, as doze energias secundárias se concentraram em pessoas. Correto? — questiono quando Alb termina de ler.

— Segundo a teoria, sim, afinal somos os seres de estrutura mais complexa. Assim, o mundo voltou a garantir o equilíbrio, pois só um ser domina por completo cada energia.

— Mas o que é esse domínio completo? — insisto. — Nenhuma pessoa, mesmo treinando muito, pode chegar ao nível de uma Estrela?

— O fato é que as Estrelas possuem núcleos energéticos em seu interior. Consequentemente, seus corpos contêm muito mais energia do que os dos seres vivos comuns. Isso as torna mais inteligentes, mais rápidas, mais fortes. Potencializa qualquer habilidade, além de lhes permitir uma forma de controle que nenhum outro ser vivo pode exercer.

— Como assim? — pergunta Galek, curioso.

— Nós podemos encantar, orientar, modelar e até manipular as energias. Fazemos isso usando nosso corpo na captação dos elementos ao nosso redor. Uma Estrela Viva também é capaz disso. No entanto, a fonte de poder interior lhe concede algo a mais. Para ela, basta pensar e o controle será supremo sobre a energia que foi polarizada em seu corpo. Não precisa de técnica, concentração nem nada do que aprendemos. O controle para ela é mais do que natural. Faz parte de sua construção.

— Mas como manter o equilíbrio se as pessoas morrem?

— Muito simples, Mael. O termo "polo dinâmico" significa algo que possui um ciclo de vida: nasce, cresce e morre. Quando um padece, a energia acumulada se dispersa e, então, se concentra em outro ponto.

— Esses pontos são aleatórios? — Procuro entender um pouco mais.

— Era isso o que Khun queria descobrir, menino Leran — diz Alb, gargalhando. — Você matou a charada. Tudo o que li até agora foi só um levantamento de informações feito pelo cientista antes de iniciar os estudos. A criação do mundo é algo conhecido entre os humanos há séculos. Khun buscava outra coisa em seu observatório. Ele queria saber como os tais polos dinâmicos se deslocavam. Quais eram as variáveis que determinavam a escolha de um novo receptáculo. Sua intenção era prever onde nasceriam as próximas Estrelas... — Alb conclui a frase e deixa um ar de mistério.

— E será que ele conseguiu fazer isso? — Fajon faz a pergunta óbvia.

— Só com o pergaminho para ter essa resposta, meu caro. — O velho ri e fecha o livro de uma vez.

— Infelizmente, alguém o pegou antes de nós — diz Mael.

— É realmente uma pena — lamenta Simus, balançando a cabeça. — A pessoa que o tem talvez saiba onde procurar pelas Estrelas Vivas.

Mas quem teria interesse em saber onde as Estrelas nasceriam? Basta fechar os olhos e lembrar os últimos acontecimentos para ter a dica dessa resposta. É claro, o que Judra disse só pode ser verdade. Apenas uma pessoa poderia ter roubado esse pergaminho. É quem hoje faz uso dele para caçar a minha irmã.

A rainha Nagisa Cadorcia!

Capítulo 28

É a única forma de ela saber que a Estrela está em Acigam. Não imagino como a mulher subiu até a torre, mas o pergaminho está com ela.

Nossa reunião acaba deixando o grupo um pouco frustrado por não saber ao certo se os estudos de Khun deram resultado. Mas eu sei, Nagisa e Felix também sabem e, de alguma forma, meu avô sabia. Não foi à toa que ele me fez jurar proteção a Luana. Era isso que ele tentava me dizer antes de morrer.

Durante o resto do dia, faço questão de acompanhar Babo nos preparativos da defesa. Controladores especialistas em atirar a longas distâncias ficarão ao meu lado na beira do morro, derrubando os soldados que tentarem subir. Galek e Mael estão em um segundo grupo, preparados para o combate corpo a corpo caso nosso ataque falhe em manter todos os guardas longe. Por fim, Boom e Fajon estão responsáveis por proteger os que não podem lutar. Foi difícil convencer Luana a ficar separada dos outros em uma das tendas ao fundo do parque. Ela só aceitou quando descobriu que Lucas Salazar irá permanecer lá também.

Antes de o sol se pôr, todos já estavam em suas devidas posições. Não demorou muito até vermos a movimentação das tropas de Felix pelas ruas do centro. Em menos de uma hora, centenas de soldados fizeram formação em frente às escadarias do Mirante. Agora, já sob a luz da lua, eles começam a subir.

— Preparem-se! — grito, alertando os atiradores.

Assim que os inimigos ficam sob nosso alcance, começamos a disparar. Vejo relâmpagos, raios de fogo, rochas e até estacas de gelo. Porém, todos os ataques param em escudos erguidos pelos soldados. Eles formam um enorme casco de aço sobre suas cabeças. Até mesmo minhas flechas serão inúteis.

— Continuem — ordeno.

Não podemos parar, ou eles subirão mais rápido. Decido preparar uma flecha de cobre e opto pelo encanto de paralisia. Lanço o tiro alguns metros à frente do grupo e consigo atingir, com a descarga elétrica, pelo menos os dez que seguiam na dianteira. Os magos aproveitam a deixa para fuzilar os de trás e derrubam mais algumas dúzias de soldados. Mas eles são muitos. Felix deve ter mandado o exército todo para esse ataque. Não conseguiremos impedi-los de subir.

Quando passam da metade das escadarias, alguns dos soldados largam os escudos e sacam pistolas, dando início ao tiroteio. Os magos atingidos caem ao meu lado e simplesmente rolam escada abaixo.

— Recuar!

Não podemos contra esse poder de fogo. Corro para trás e alerto Galek. Os soldados já estão perto do acampamento. Quando o primeiro grupo de guardas alcança o topo do Mirante, Galek ordena mais um ataque a distância e os magos começam a disparar. Agora observo técnicas mais poderosas sendo usadas a uma distância menor dos inimigos. Tempestades, ventanias, tremores e bolas flamejantes seguem em direção aos soldados. Eles revidam com tiros.

Após uma gigantesca torre de fogo evocada por Galek, inimigos em chamas saltam do Mirante em uma tentativa desesperada de se livrar da agonia. Com minhas flechas, derrubo mais quatro antes de lançar um quinto tiro, que explode e arremessa outros guardas de volta ao nível das ruas de Acigam. Mesmo assim, não é possível conter o avanço das tropas.

— Saquem as armas, magos! — grita Galek ao ver que não adianta mais atirar.

Espadas, cajados, lanças, machados e clavas. Todas empunhadas para o combate corpo a corpo. Os rebeldes avançam contra as tropas, e a entrada de nosso acampamento se transforma em uma grande arena de guerra. O som dos metais se chocando é ouvido por toda parte. Os guardas já andam tão perto que meu arco dá lugar à espada, e eu também inicio a troca de golpes com os inimigos. Mael, já multiplicado, reforça nossa defesa e enfrenta diversos soldados ao mesmo tempo.

O grupo que estava no interior do acampamento aparece para nos ajudar, e finalmente conseguimos fazer os soldados recuarem um pouco. Simus e Alb demonstram toda a sua perícia ao controlar seus respectivos elementos. Os raios de Simus acertam inúmeros alvos, enquanto os tremores do senhor Pinmur desestabilizam o solo das escadarias e fazem mais inimigos rolarem para baixo. Junto com Boom, Galek e Mael, trato de seguir os soldados que passaram pelos magos e agora correm pelo acampamento atirando em pessoas indefesas.

Tentamos pará-los em meio ao tumulto de crianças, mulheres e idosos. Muitas tendas estão em chamas devido aos tiros dos inimigos. Os guardas destroem tudo o que podem, levando os campistas ao desespero. Derrubo três deles à base de flechadas enquanto Mael, Galek e Boom pegam o restante. Antes de voltarmos para a entrada, ouço alguém me chamar:

— Leeee! — É Lucas, que vem dos fundos do acampamento.

Corro até ele e, assim que o alcanço, sou obrigado a puxá-lo para o chão, nos protegendo de uma lança arremessada.

— Silenciadores — alerta Galek.

— Como chegaram até aqui? — pergunto.

—- Subiram por trás do morro — esclarece Lucas. — Estão vasculhando todas as tendas no fundo do acampamento.

— Luana — digo, desorientado.

Deixo o garoto e disparo na direção da barraca onde a deixei. No entanto, o silenciador grandalhão se coloca no meu caminho e levanta sua espada gigante. Passo por ele após driblá-lo, mas seus braços enormes me alcançam e eu sou agarrado pela parte de trás do colarinho. Galek vem em meu auxílio e dispara bolas de fogo na direção do inimigo. Ele é obrigado a se defender dos ataques com seu facão. Com isso, o punho que me segura se afrouxa e permite minha fuga. Um de seus dedos permanece preso na corrente do meu amuleto e ela se arrebenta. Ignoro o objeto que cai no chão; no momento minha irmã é muito mais importante.

— Darei cobertura a vocês! — grita Galek, enfrentando o silenciador.

Corro entre as barracas, seguido de Boom e Mael. Tenho tempo de escutar Lucas gritando meu nome outra vez:

— Le! Peguei sua joia.

Ele poderá me devolver depois. Agora não posso parar. Continuamos até o parque, onde encontro os magos que supostamente deveriam proteger minha irmã. Todos estão mortos, com lâminas presas em seus corpos.

— Cuidado! — Mael grita, defletindo uma faca com seu machado. Ela estava endereçada ao meu peito.

O brilho amarelo no escuro indica a posição do silenciador. Ao perceber que se trata do atirador de facas, Mael se multiplica novamente e tenta confundi-lo. Ele avança e se coloca diante do inimigo, dando espaço para Boom e eu continuarmos. Quando tentamos dar os primeiros passos, nosso oponente lança lâminas no solo rente a nossos pés. Mael o força a prestar atenção apenas nas cópias e as envia para o ataque. Com mais facas em suas mãos, o assassino se movimenta pelo terreno. Ele salta, rodopia e revida os ataques das réplicas de Mael. Enquanto luta, arremessa lâminas para todos os lados, acertando somente ilusões.

Todas as cópias fazem sinal para que sigamos, e Mael as coloca lado a lado, na forma de um círculo, ao redor do inimigo. Ele agora está cercado pela potente ilusão de Mael, não pode nos impedir de continuar. Entretanto, o homem das vestes negras saca um trunfo da manga. É uma faca torta. Ele a joga com um movimento diferente e, em pleno ar, a lâmina desenha uma trajetória curva para passar cortando diversas cópias, uma após a outra, até acertar, entre elas, o verdadeiro alvo.

— Mael! — chama Boom, aterrorizada.

Com o impacto da arma, ele cai sentado e coloca a mão no ombro, próximo ao lugar onde a faca está presa. Mael perde a concentração devido ao golpe e o restante das réplicas desaparece. Parado ali, ele será um alvo fácil para o próximo arremesso. Armo uma flecha e tento ajudá-lo. Acerto o braço do silenciador no exato momento em que ele lança sua lâmina. Mael fecha os olhos esperando o pior, mas a faca passa de raspão por sua cabeça, onde abre um corte fundo. Por sorte meu tiro atrapalhou o movimento do inimigo.

Ferido, o silenciador corre e desaparece em meio às tendas do parque. Boom vai em auxílio a Mael e eu sigo até a barraca de Luana, alguns metros mais ao fundo.

— Luana! — grito, entrando pela passagem frontal.

— Aqui — responde minha mãe.

Encontro as duas sentadas em um dos cantos, minha mãe com muito medo e Lua bastante impaciente. A tenda onde estão é grande, possui diversos móveis e duas entradas: uma pela frente e outra na lateral.

— O que aconteceu?

— Babo saiu para despistar os silenciadores — diz minha mãe, aflita. — Alguém precisa ajudá-lo.

— Antes temos de garantir a segurança de Lua.

— Estou cansada de ser protegida. Você sabe muito bem que posso enfrentar esses imbecis.

— Não vamos discutir isso agora. A senhorita não vai sair daqui. Ficará escondida.

— Escondida de quem? — pergunta uma voz desconhecida, vinda de trás. Sinto um frio na espinha.

Viro-me e encaro mais dois silenciadores, parados na passagem por onde entrei.

— Este é o arqueiro que matou Bhor? — pergunta um deles ao outro. Não sei a quem ele se refere.

— Sim — responde o da direita. Pela voz, deve ser uma mulher. — Eu cuido dele. Você pega a garota — conclui ela.

— Isso é o que vamos ver — respondo, sacando o arco.

A silenciadora mostra sua besta e então me recordo de quem se trata. É o inimigo que enfrentei no Covil e depois foi arremessado contra um dos pilares por Luana. Naquele dia, seus tiros derrubaram diversos magos com uma pontaria fatal.

Quando vê os dois se preparando para nos atacar, minha irmã se levanta e fica ao meu lado. Eu a afasto com meu braço.

— Mãe, tira ela daqui — ordeno em voz baixa.

Luana reluta, minha mãe insiste e a puxa. Ao notar que minha família se move para a saída lateral da tenda, o silenciador da esquerda vai em direção a elas. Eu disparo uma flecha bem na frente dele, fazendo-o parar.

— Você não vai a lugar nenhum, amigo.

— Eu sou sua adversária, arqueiro — a outra me alerta. — É melhor prestar atenção em mim!

Após o grito, a silenciadora inicia disparos e eu sou obrigado a me jogar atrás de um móvel para evitar os dardos, que ficam presos na madeira do outro lado. Minha mãe e Luana conseguem correr para fora, mas o outro silenciador as segue. Não posso ficar aqui. Tenho de vencer essa maldita rápido ou minha irmã não terá chance.

Da última vez que me escondi dos tiros dela, fui surpreendido com um golpe na cabeça; ela quase me matou. Não vou repetir o erro. Retiro uma bolinha de cobre e a encanto com eletricidade, visando a paralisar a inimiga. Arremesso a esfera por cima do móvel e ela explode próximo à entrada. Logo em seguida, me levanto e miro na direção em que a assassina estava, mas, como suspeitei, ela já se moveu. Corro até a saída da frente no momento em que ouço o gatilho da besta armada à minha esquerda. Os tiros passam perto do meu corpo e rasgam a lona da tenda. Alcançando a passagem, salto para fora e escapo dos últimos disparos.

Lanço mais duas granadas no interior da barraca. Desta vez a intenção é incendiar tudo. Em segundos, as chamas sobem e tomam a cobertura inflamável, forçando a silenciadora a sair. Ela se livra dos panos negros, que também pegam fogo.

— Seu rato irritante! — ela berra, mostrando seu braço queimado. — Vai pagar muito caro por isso.

Porém, o estrago foi um pouco maior. Sem a capa preta e o capuz, posso ver seu rosto; o olhar é raivoso. Os cabelos longos estão danificados pelo calor do fogo e seu corpo tem queimaduras em outras partes também. Antes que ela passe das ameaças à ação, corro novamente. Uso as barracas do parque para me esconder dos tiros; de tempos em tempos, alguns varam as tendas logo atrás de mim. Ela está furiosa, já não atira com a calma de antes.

Enquanto me segue, a mulher grita e dispara para todos os lados. Depois de correr alguns metros, passo a ouvir seus gritos mais distantes até desaparecerem em meio aos outros ruídos da batalha na entrada do acampamento. Ando na direção do gramado do parque, que é uma área mais aberta, sem árvores ou barracas. Encontro corpos de aliados e inimigos. Os soldados já chegaram até aqui.

Com cautela, sigo até o outro grupo de tendas do lado oposto. Ao chegar lá, sou surpreendido por um golpe que vem de trás de uma delas. Pela força da pancada que atinge meu rosto e principalmente pela dor que sinto, sei que meu nariz está quebrado. Dou alguns passos para trás e tropeço, caindo sentado.

— Como alguém tão burro pode ter matado um silenciador? — pergunta ela, indignada, apontando a besta para mim.

Passo a mão acima da boca e sinto o sangue escorrer das narinas. A dor faz meus olhos lacrimejarem, os dentes rangem involuntariamente. A silenciadora vira o rosto ao perceber o outro assassino chegar segurando Luana. Ele a mantém em sua frente e usa a foice contra o pescoço dela.

— Parece que sua irmãzinha não vai poder ajudá-lo desta vez — diz ela, voltando os olhos para mim.

— Mas eu vou!

Uma corda vem zunindo ao cortar o ar e acerta a besta. Minha inimiga foi desarmada. Trata-se de um chicote, a arma de Judra. Aproveito a deixa para me levantar e salto sobre a silenciadora, derrubando-a no chão. Enquanto tento segurá-la, Judra movimenta sua arma e avança sobre o outro adversário, que larga Luana para se defender.

O silenciador estende a corrente de sua foice e a gira no ar, evitando que as chicotadas de Judra o alcancem. Ambas as armas rodopiam no alto e se encontram ocasionalmente, gerando estalos e faíscas. Eles se locomovem pela área aberta do acampamento enquanto trocam investidas.

Continuo na tentativa de manter a mulher no chão. Apesar de eu ser mais forte, seus movimentos são rápidos e muito treinados. Ela se desvencilha de minha fisgada e me acerta novamente o nariz. Relembro a dor aguda que senti há pouco. Rolo para o lado e coloco a mão no rosto, na tentativa de aliviar a agonia. Ela aproveita para se levantar e me desferir chutes. Consigo me defender de um deles e puxo sua perna, fazendo-a cair novamente.

Levanto-me com as mãos apoiadas nos joelhos; ela usa os braços para impulsionar todo o corpo para cima e para de pé diante de mim. A mulher arma sua pose de luta, com as mãos abertas diante do tronco e as pernas flexionadas. Saco minha espada e avanço para atacá-la. Ela bloqueia meu golpe segurando a lâmina entre as palmas de suas mãos.

Com o girar dos pulsos e em seguida do corpo, a assassina me desarma com tremenda facilidade e acerta uma cotovelada no meu tórax. Fico sem ar. Seu joelho continua a sequência de ataques e acerta meu estômago, fazendo-me envergar o corpo. Ela aproveita a minha cabeça abaixada e acerta um chute em minha testa. O golpe me arremessa e eu caio totalmente atordoado no chão.

Ao me ver deitado, ela põe a mão para trás e retira a espada da bainha. Viro-me, na tentativa de arrastar o corpo para longe, e, com as mãos, tateio o chão em uma procura desesperada por qualquer coisa que me ajude. Avisto algo brilhante ao lado de um corpo. Estendo o braço para alcançar o objeto bem na hora em que sinto as mãos da assassina em meu ombro. Ela me puxa, volta meu corpo para cima e se prepara para enfiar a espada em minhas entranhas. Simplesmente aponto e disparo a pistola que peguei do chão. O tiro a atinge entre os olhos amendoados. Com eles ainda abertos, a silenciadora cai desfalecida para o lado. Eu respiro aliviado.

— Satsuki! — grita o outro silenciador, vendo a parceira morta.

Judra aproveita sua distração e consegue amarrar o chicote no pescoço do adversário. Ele solta a corrente e faz um sinal que demonstra rendição. Judra inclina a cabeça para o lado, aprecia o estado de total domínio em que se encontra e sorri, sádica. Seu gesto me lembra o dia em que a vi matar os magos naquele beco. Um ar cruel, sedento por sangue.

— Judra — tento ganhar sua atenção. — Não faça isso!

Mas ela puxa o cabo do chicote para trás e a arma rasga o capuz negro ao mesmo tempo em que dilacera o pescoço de seu oponente. O sangue respinga no chão antes de o corpo desabar. A cabeça rola até os pés de Luana, que solta um grito histérico.

— Isso não era necessário — digo, me aproximando de Judra.

— Você não os conhece. Eles não merecem piedade.

— Eu dei uma chance a você. Por que ele não merecia o mesmo?

— E ela? — pergunta Judra, rude, apontando para o corpo da mulher morta. — Ela também não merecia?

— Foi diferente...

— Encare os fatos, Leran — ela me interrompe. — Nós somos mais parecidos do que você imagina. — E, então, completa, aproximando seu rosto do meu. — É por isso que sempre nos demos tão bem.

Judra se afasta enquanto enrola sua arma e a prende no cinto, totalmente livre de qualquer culpa ou remorso. Fico parado e olho os corpos ao meu redor. Não sou igual a ela. Não posso ser. Minha situação com a silenciadora era diferente. Se eu não atirasse, ela me mataria. Judra tinha a luta sob controle e mesmo assim optou por matar.

— Vamos — ela interrompe meus pensamentos. — Milo ainda está por aí. Trate de ficar muito atento.

Pego meu arco, que deixei cair ao ser surpreendido perto das barracas, e vou para o lado de Luana, que ainda está em choque.

— Onde está a mamãe?

— Não sei, acabamos nos separando quando vimos mais guardas. — Ela começa a chorar. — Eu tentei enfrentá-lo, mas ele me imobilizou. Achei que fosse morrer.

— Você está bem agora — digo e a abraço.

— Por favor, Le. Quero que isso acabe.

Fecho os olhos e continuo segurando minha irmã entre os meus braços. Seu estado me comove. Contudo, não há nada que eu possa fazer. Mais silenciadores estão soltos pelo acampamento, e procuram por ela. Isso ainda não acabou. Não enquanto Cadorcia, Felix, Nagisa ou seja lá quem for o responsável continuar vivo.

Entro com Luana em outra tenda e a levo para os fundos, onde ela se senta e retrai o corpo, abraçando os joelhos. Fico próximo à entrada com Judra, vigiando qualquer movimento estranho do lado de fora. Passado algum tempo de silêncio, pergunto:

— Por que está fazendo isso?

— O quê?

— Nos ajudando. Deixei você livre para fugir, para começar uma vida nova. Por que veio até aqui se arriscar?

Judra balança lentamente a cabeça enquanto diz:

— Você não entende mesmo, não é? Eu preciso disso, Le. Eu nasci para lutar. Luto desde sempre. Não existe nada para mim lá fora. Não tem vida nova. A única que eu tenho é esta.

— Não. Não é assim.

— Mudei de lado nesta guerra por você. Caso contrário, estaria com os outros silenciadores neste momento e já teria apanhado a sua irmã. O resto continua igual — diz ela, me olhando nos olhos. — Quando isso acabar, acharei outro motivo para permanecer lutando, até morrer assim. É o meu destino.

Aceito suas palavras ao perceber que não existe argumentação. Judra tem a alma perturbada. Não sei como ajudá-la. Na verdade, nem sei se quero fazer isso. Permanecemos evitando olhares pelos minutos seguintes, até que algo entra e quica pela porta da barraca. Judra fica alerta.

— Prenda a respiração! — ordena.

O objeto começa a liberar uma fumaça escura que toma toda a tenda.

— Luana! — grito ao ouvi-la tossir.

— Não respire isso — Judra ordena novamente, mas é tarde. Sinto fraqueza e caio com o corpo mole.

Ouço o som de algo que corta a lona e os passos de Judra correndo para os fundos, em auxílio a Luana.

— Leeeee! — O grito de minha irmã soa distante, pouco antes de os meus sentidos desaparecerem por completo.

Agora estou perdido dentro de uma névoa densa. Ouço minha irmã gritar, mas, por mais que eu corra, não a alcanço. As vozes de Milo e Felix me dizem que Luana está morta. Enquanto seus risos ecoam pelo lugar, eu me desespero e caio no chão, aos prantos. Escuto em seguida a voz de meu avô, que me pede força para resistir e continuar na luta.

— Levante-se, Le! — ele grita. — Agora!

Fico em pé e sinto algo aquecendo meu peito. Coloco a mão por dentro da roupa e retiro o amuleto, que está brilhando. A joia indica a direção na qual devo ir. Ela voltou para mim.

— Sua irmã precisa de você — meu avô me lembra. — Corra! — Começo a correr e vejo o brilho da joia se intensificar.

— Corra.

Corro mais.

— Mais rápido!

Corro ainda mais. Até que o brilho se torna tão intenso a ponto de me cegar. Quando a luz diminui, finalmente abro os olhos.

— Graças aos deuses! — diz Safira Bordenco ao me ver respirar.

— O que houve? — indago, com a voz fraca.

— Quase não consigo trazer você de volta. Você inalou muito veneno.

Veneno? Ao meu redor, estão outros rebeldes feridos dentro da tenda que serve de enfermaria. Eles me fazem lembrar da invasão do acampamento. Lembro-me dos silenciadores me perseguindo. Lembro-me de Luana.

— Onde ela está? — pergunto, levantando-me bruscamente.

Safira balança a cabeça e fica em silêncio. Do outro lado da barraca, vejo Galek de braços cruzados e expressão séria. É ele que se encoraja a me dar a resposta:

— Eles a levaram.

CAPÍTULO 29

Corro, corro, quase alcanço... Quase. É como se o chão se abrisse debaixo dos meus pés e me tragasse para o centro do mundo. Justamente na hora em que eu estava tão perto de conseguir protegê-la. Lutei tanto para nada?

Desço da cama, ainda fraco, e ignoro as recomendações de Safira. Saio da tenda e procuro um lugar mais reservado para sofrer em paz. Ao encontrar, ajoelho-me e começo a esmurrar o chão com toda a força enquanto penso quão incapaz fui de proteger minha família. Primeiro meu avô, agora Luana. Meus punhos começam a doer, mas não antes de se enterrarem na grama, cavando-a em mais de dez centímetros. Continuo esmurrando ao mesmo tempo em que grito e libero toda a minha raiva. Faço isso até cair exausto para o lado, fecho os olhos e respiro fundo, na busca por qualquer indício do que eu devesse fazer agora.

— Vamos salvá-la — diz Galek, chegando ao meu lado.

— Como? — pergunto, irritado. Ele não pode me ajudar.

— Babo está organizando um contra-ataque à Vila de Mármore neste exato momento. Ele quer aproveitar que derrotamos os soldados. Agora as defesas de Felix estão muito enfraquecidas. É tudo ou nada.

As palavras de Galek acendem uma luz no fim desse túnel sombrio no qual entrei. É realmente tudo ou nada.

— Isso — digo, me levantando. — Enquanto vocês invadem a Vila, eu entrarei no palácio e poderei resgatá-la. Só preciso de uma pessoa.

— Quem? — pergunta ele, já suspeitando de quem seja. — Não, Leran! Você não se refere a Judra.

— Sim. Onde ela está?

— Presa, é claro. Será julgada pela morte do meu pai, de Magda e de diversos outros magos. É uma assassina. Eu poderia tê-la matado quando a encontrei, mas testemunhas disseram tê-la visto ajudando você. Simus achou mais justo um julgamento. Assim que tudo acabar, ela pagará pelo que fez.

— Você não entende! Judra é a única que conhece o palácio a ponto de me guiar até Luana. Eu preciso levá-la.

— E ela terá a chance de fugir. É obvio que o trairá de novo! — grita Galek, furioso. — Como você pode ser tão idiota?

Na situação em que me encontro, os insultos são a gota d'água.

— Quem é você para me dizer o que fazer? — digo e o empurro. Ele me empurra de volta.

— Não vou deixar você cometer esse erro.

Eu o empurro mais forte e então iniciamos a briga. Trocamos socos e pontapés enquanto rolamos pelo chão, até sermos separados por Boom e Fajon.

— Que porcaria é essa? — ela questiona, indignada. — Quantos anos vocês têm? Hein?

Depois da bronca, Galek, ainda muito irritado, sai acompanhado de Fajon e eu permaneço no chão, tentando colocar meus pensamentos em ordem.

— Venha — diz Boom, estendendo-me a mão. — Hoje vamos acabar com isso de uma vez por todas.

A caminho de minha barraca, vejo muitos corpos, entre rebeldes e soldados. Noto em um dos cantos três pessoas vestidas como silenciadores. Duas foram as que Judra e eu matamos; o terceiro é o grandalhão enfrentado por Galek. Pelas minhas contas, restam três agora: o atirador de facas, ferido pela flechada, o especialista em bombas e o covarde do Milo. Mesmo com poucos soldados para defender o palácio, os silenciadores que restaram representam ameaça suficiente para me preocupar.

Enquanto arrumo algumas coisas na mochila, tento tranquilizar minha mãe. Digo que trarei Luana de volta a todo custo. Preciso de roupas mais leves e discretas. Escolho vestes pretas e opto por usar apenas as partes vitais da armadura, como a proteção de tórax. Vou invadir o palácio. É necessário que eu esteja leve para ser o mais silencioso o possível.

Ao me reunir novamente com o grupo, que se prepara na entrada do acampamento, descubro que, além de Luana, Lucas também foi capturado em meio à confusão. Isso prova que Milo não dividiu nenhuma informação a respeito de Lua.

Pego Galek me olhando, mas ele logo disfarça. Vejo-o trocar algumas palavras com Babo, outras com Fajon, e depois o perco de vista em meio aos rebeldes. Boom também está pronta, mas não encontro Mael. Ela me diz que ele não participará. Safira ainda não conseguiu curá-lo por completo. Por falar em Safira, ela fez um belo trabalho no meu nariz. Está dolorido, mas muito melhor do que antes.

Quando os rebeldes iniciam a descida rumo à Vila de Mármore, faço questão de ser o último e, assim que tenho a oportunidade, volto ao interior do acampamento. Procuro em algumas tendas até encontrar Judra, amarrada por correntes presas a ganchos fincados no chão.

— Ora, ora — diz ela. — Achei que fosse me deixar aqui.

— Preciso da sua ajuda.

— Eu sei. Se formos rápidos, conseguiremos chegar ao palácio antes de Nagisa matar a sua irmã.

Solto as correntes com a chave que estava sobre uma das mesas e entrego a ela suas armas.

— Vista isso — digo, entregando a ela roupas escuras.

Ela levanta a camiseta para tirá-la, mas, antes de terminar, nota que a estou olhando e ordena que eu me vire. Obedeço e aguardo poucos instantes até ela estar pronta.

— Vamos.

Ao sairmos da tenda, somos surpreendidos por Galek, empunhando sua espada.

— Eu tinha certeza de que você voltaria para soltá-la.

— Não temos tempo a perder com esse moleque, Leran — provoca Judra.

O calor ao redor de Galek se acende com a raiva e ele movimenta a espada para lançar fogo em nossa direção.

— Você está louco? — pergunto, após me esquivar e ver a tenda atrás de nós em chamas.

— Você é quem está ao deixar essa assassina fugir.

— Olha quem fala — ela rebate. — Quantos você já matou, garotão?

— Matei os que mereciam morrer.

— Eu também — diz ela, rindo.

— Você assassinou o meu pai, sua desgraçada! — grita ele, e avança para cima de Judra.

— E você acabou de matar o meu único amigo — diz Judra, séria, armando-se com as adagas. — Estamos quites. Mas, se quiser insistir, posso acabar com isso muito rápido. E desta vez não irão salvá-lo.

— Parem agora com isso! — grito.

Porém, não adianta. Galek voa para cima de Judra e ela defende suas espadadas enquanto anda para trás. Não sei o que fazer para impedi-los. Galek está tão furioso que sua arma se acende em chamas.

Judra é pega de surpresa pela força dos golpes. Ainda fraca devido ao ferimento no abdome, ela perde o equilíbrio, e, depois de duas espadadas, Galek consegue desarmá-la. Ele a derruba no chão com um golpe de ombros e coloca a espada contra o pescoço dela.

— Chegou a hora de pagar pelo que você fez — ele diz, demandando justiça.

Sentada, Judra se arrasta alguns centímetros, mas ele continua a apontar a lâmina.

— Acaba logo com isso — pede ela.

Sei que ele não hesitará. E não posso deixar Judra morrer. Só ela é capaz de me levar até Luana. Mas esse não é o único motivo. Eu ainda sinto algo por ela. Não posso perdê-la.

Sem pensar, puxo uma de minhas flechas de cobre e a encaixo no arco. Evoco a energia elétrica sobre ela e a disparo na direção de Galek. A flecha se prende na armadura dele, pois a intenção não é matá-lo, nem mesmo feri-lo. Quero pará-lo. Logo que a energia do cobre se libera, Galek é envolvido por um campo elétrico que o paralisa e o desarma. Enquanto treme sob o efeito do encanto, ele olha para mim, descrente do que acabei de fazer. Deve me considerar o maior traidor do mundo. Só que ele não entende. Eu preciso de Judra. Não é justo colocar nossa amizade à prova por causa disso.

Aproximo-me para tirar a garota dali, mas, antes que eu chegue perto, ela alcança sua adaga caída e se levanta, golpeando Galek no estômago. Não satisfeita, força a arma, introduzindo toda a lâmina em sua carne.

— Judra... Não! — grito com toda a minha força, correndo até eles.

Ela puxa o punhal e Galek despenca no chão, já sem o efeito do meu encanto.

— O que você fez? — pergunto, sem acreditar no que está acontecendo.

— Só me defendi desse imbecil — responde ela, enquanto se afasta.

Sem perder tempo, abaixo-me até Galek e pego sua mão.

— Ei, amigo! Perdoe-me, por favor — digo, desesperado.

Galek levanta a cabeça e ri, antes de cuspir um pouco de sangue.

— Você fez a sua escolha. — Ele tosse e deixa escorrer o líquido vermelho de sua boca. — Espero que pelo menos consiga matar o assassino do seu pai... Completar a *sua* vingança.

Seu olhar se perde no céu e o pescoço amolece para repousar a cabeça no chão.

— Por favor, diga que me perdoa! — insisto, mas sem sucesso. Ele já está morto.

Fico ali, revoltado com minha atitude, culpando-me por ter matado meu amigo. Judra coloca a mão no meu ombro.

— Vamos. Não podemos perder tempo com ele.

— O quê? — Levanto-me com raiva, enquanto aponto o dedo na cara dela. — Como você pode ser esse monstro?

— Você fez o que era certo. Não escolheu entre mim e ele. Escolheu entre sua irmã e ele — diz ela, calmamente, neutralizando minha ira. — Se eu tivesse morrido, suas chances de salvá-la seriam nulas. E Galek jamais permitiria que eu acompanhasse vocês.

Por mais cruel que isso possa parecer, ela está certa. Afinal, Galek também fez sua escolha. Preferiu levar a vingança às últimas consequências. Apesar de me sentir culpado, não posso fazer nada senão correr o mais rápido possível até o palácio.

Na Vila de Mármore, os rebeldes já tomaram grande parte das casas. Eles revidam o que sofreram no mercado e destroem tudo. Mansões são saqueadas e incendiadas. É o limite entre a justiça e o vandalismo. Os soldados restantes estão agrupados e protegem a entrada do palácio, cercado pelos membros da Guilda. Judra diz conhecer uma passagem lateral capaz de nos levar até os fundos do castelo.

Talvez tenhamos de escalar os muros de um dos blocos do nível inferior, mas é melhor do que sermos notados entrando pela frente.

Damos a volta e chegamos ao lugar mencionado por ela. Deparo-me com uma zona de treinamento completamente vazia. As portas dos fundos estão trancadas, mas os muros não são tão altos desse lado. Dois guardas andam pela passarela sobre as paredes. Devemos subir sem alertá-los.

Retiro uma corda da mochila e a amarro em uma de minhas flechas. É com ela que subiremos. Acerto o tiro entre os pequenos pilares do guarda-corpo, onde a flecha fica presa. Verifico a firmeza da corda e a ofereço para Judra iniciar a subida, já que ela é mais leve. Vejo-a alcançar a passarela e, logo em seguida, ela salta para dentro. Segundos depois, os dois guardas são puxados para baixo e desaparecem de minha visão. Ela reaparece para retirar a corda da flecha e a amarra na pilastra, garantindo sustentação para minha subida.

Conseguimos entrar no palácio e seguimos diretamente para a torre mais alta, lugar onde Judra acredita que Luana esteja.

— Tem certeza de que eles a trouxeram para cá?

— Sim. Felix certamente levaria a Estrela para os aposentos da rainha. Ela é a maior interessada na captura de sua irmã.

Pelas escadas, demora alguns minutos até alcançarmos o andar mais alto, onde ficam os aposentos reais. Andamos pelo corredor largo, cheio de luxos, até encontrarmos o primeiro quarto.

— É aqui? — indago, em um sussurro.

Ela faz sinal de que não sabe. Conto até três com os dedos e ambos entramos preparados para lutar. Porém, não vejo ninguém no primeiro golpe de vista. Meu coração dispara ao notar uma poça de sangue que escorre por detrás da cama e eu corro, falando o nome de minha irmã até chegar ao cadáver. Não é ela. Trata-se de um homem gordo, assassinado com uma faca em seu abdome.

— Evandro? — diz Judra, espantada, ao parar ao meu lado.

— Você o conhece? — pergunto, sem me dar conta.

— É o rei.

— Como assim? É completamente diferente da estátua da... — Simplesmente paro de falar. Isso não tem a menor importância agora.

— O que está acontecendo aqui? — pergunta-se Judra, desorientada.

Eu definitivamente não sou a pessoa que tem essa resposta. Tudo o que quero é achar minha irmã e sair deste lugar nojento.

Deixamos o corpo como o achamos e seguimos até os próximos quartos. O lugar é enorme, possui diversas salas e aposentos inúteis. É saindo de um deles que damos de cara com um grupo de soldados. Eles procuram pelo assassino do rei.

— Foram eles! — grita um dos guardas.

Judra avança sobre o que nos acusou e corta sua garganta em um movimento muito veloz. Os outros sacam as armas e iniciam a troca de golpes com ela. Pego minha espada e a ajudo. Enquanto derrubo um soldado com muito esforço, ela mata os outros seis.

Antes que continuássemos pelo corredor, ouço o som de algo vindo em nossa direção. Judra usa sua adaga para rebater a lâmina arremessada pelo silenciador.

— Vá atrás de sua irmã. Eu cuido dele.

Temo pela segurança de Judra, mas não tenho escolha. Quando o silenciador salta para atacar, eu corro e Judra o impede de chegar até mim. Olho por alguns instantes os dois rebaterem seus punhais e, assim que ele me percebe ainda no corredor, arremessa outra faca na minha direção. Judra se vê obrigada a sacar o chicote e acertar a lâmina no ar, derrubando-a antes de me atingir.

— Vai logo! — ela grita.

Enquanto me afasto, continuo ouvindo o estalar das batidas de facas. A luta é feroz lá atrás.

É necessário percorrer mais duas retas inteiras checando quartos e salas para, finalmente, ouvir uma conversa. O som vem da última porta, semiaberta. Agacho-me na entrada e avalio o espaço formado por três paredes. A porta dá de frente para o lado curvo da sala, que é repleto de janelas de vidro e contém um terraço no centro com vista para a guerra na parte dianteira do palácio. Lá fora está Felix, que olha para baixo. Na outra parede, perpendicular à que estou, avisto Luana e Lucas, ambos pendurados pelos pulsos, com os pés amarrados e as bocas amordaçadas. Na frente dos dois está uma mulher alta e elegante. Só pode ser a rainha Nagisa.

— Precisamos acabar com isso logo — diz Felix, saindo do terraço. — Temo não conseguirmos impedir a entrada deles aqui.

— Não se preocupe, Felix, está tudo sob controle.

— Já decidiu qual dos dois você matará? — ele indaga. — Se algo der errado lá embaixo, seria bom ter pelo menos um deles vivo para servir de moeda de troca pela nossa anistia.

— Pare de ser tolo. Já disse que ficaremos bem.

— Então, mate logo os dois.

— Não costumo ser sanguinária, capitão. Matarei somente quem for preciso.

— Como saberá quem é?

— Simples. — Ela revela uma joia presa em seu pescoço. — Meu farol dirá. A rainha retira a peça e a segura, pendurada pela corrente. Estende o braço na direção de Luana e a joia passa a brilhar. Ela repete o gesto próximo a Lucas, então a pedra se acende dez vezes mais. Nagisa ri.

— É ele. Veja se ele carrega algo no pescoço.

Felix se aproxima do garoto e enfia a mão por dentro de sua camiseta para puxar o cordão que ele carrega.

— Seria isso? — ele questiona, mostrando a joia brilhante.

— Exato. Olhe, está aceso também. É o farol da Estrela.

Lucas balança a cabeça para negar o que estão dizendo e Luana assiste a tudo muito assustada. Olho com mais atenção para o objeto e vem a surpresa: esse é o meu amuleto, dado pelo meu avô antes de morrer. Eu tinha me esquecido de que Lucas o pegou no acampamento. Mas por que está brilhando dessa forma? Qual o significado de isso ser um farol?

Antes que eu possa entender essa maluquice, a rainha retira um punhal da bainha presa em sua cintura e esfaqueia a barriga de Lucas. Meus olhos se arregalam ao ver tamanha monstruosidade. Luana tenta gritar mesmo amordaçada, mas o som sai abafado. Enquanto assisto perplexo ao garoto morrer, Nagisa gargalha e comemora a morte da suposta Estrela.

Ela só não sabe que acabou de matar a pessoa errada. Na verdade, esse amuleto é de Luana. Agora entendo por que meu avô o carregava e depois o deu para mim. Ele indica quem é a Estrela. Lucas não deveria estar com isso.

— Convocou a reunião extraordinária com os ministros? — pergunta ela.

— Sim — responde Felix. — A esta hora já devem estar na sala de encontros esperando por novas diretrizes. Eles estão muito assustados com o contra-ataque dos rebeldes.

Aproveitarei a distração deles para salvar Luana. Armo uma flecha e disparo na direção de Felix, contudo a rainha percebe meu movimento e, em uma demonstração anormal de reflexo, coloca seu cetro na frente do tiro e faz a seta ricochetear. Ambos me olham, surpresos.

— Senhor Yandel? Inoportuno como sempre — diz ele.

— Acabe logo com isso — ordena a rainha.

Felix saca sua enorme espada de metal negro e corre em minha direção. Tenho tempo de atirar outra flecha, mas ela para na armadura pesada, sem deixar sequer um arranhão. Quando ele me alcança, tenta inicialmente um golpe horizontal e eu me abaixo, deixando sua espada presa no batente de madeira. Ele desprende a arma e logo se vira para me golpear outra vez. Sou obrigado a largar o arco para empunhar minha espada com as duas mãos, assim suporto a força de seu ataque. Ele é tão forte que sinto em meu braço toda a pressão da pancada. Felix balança a arma e me faz recuar para dentro da sala, até conseguir me desarmar. Ele então usa o imenso pé e me acerta um chute no peito, empurrando-me para o canto, ao lado de Luana. Tento me levantar, mas logo sua espada está contra o meu pescoço. Estou rendido. Felix só não termina o serviço devido a um guarda que chega ao quarto e lhe conta a respeito da morte do rei.

— O quê? — ele pergunta, abismado. — Quer dizer que você matou o rei? — E se vira outra vez para mim.

— Claro que não. — responde Nagisa prontamente. — Fui eu. Ele era um porco.

— Mas, Nagisa, não foi esse o combinado.

Antes de Nagisa responder, o guarda próximo à porta é tomado por uma espécie de crise e se retorce na tentativa de respirar. Arranha a garganta com os dedos antes de cair sufocado. Conheço esse truque.

— O que está acontecendo aqui, Nagisa? — pergunta Felix, irritado.

— Você não contou a ele? — A voz familiar vem do corredor. Não pode ser.

Pela porta, surge o senhor Seranto, que passa pelo guarda caído. A técnica da asfixia é uma de suas especialidades.

— Babo? — digo, espantado.

Ele apenas ri, menosprezando minha presença.

— Como você subiu até aqui? — pergunta o capitão.

Em seguida, se volta para a rainha e grita:

— Nagisa, me explique agora o que esse velho faz aqui!

— É que eu não preciso mais de você — diz ela, afastando-se de Felix e caminhando na direção de Babo.

— Como?

— Isso mesmo, capitão — confirma Babo. — Seus serviços não são mais necessários.

— Desculpe, Felix — fala Nagisa. — Pretendemos começar uma nova fase para Acigam. Você não está incluído nela.

— Os ministros jamais permitirão isso. Mesmo você tendo matado o rei, eles devem obediência a mim.

— Que ministros? Ah... — ela complementa, irônica. — Eles também não farão parte do novo governo.

— Por sinal, acabei de matar todos eles em uma sala alguns andares abaixo — Babo completa.

— Não é possível. Você está me traindo, Nagisa? — Ele está inconformado.

— Sinto muito mesmo. Você foi sempre tão fiel, meu comandante. — Lentamente, ela se aproxima de Felix. — Uma pena precisar morrer para que o meu plano tenha sucesso.

— O quê? Você não pode!

Felix se afasta na direção do terraço enquanto Nagisa caminha para cima dele.

— Posso ter a honra, minha rainha? — pergunta Babo. Nagisa apenas dá espaço e oferece a vítima com um gesto.

— Não — Felix geme ao ver Babo tomar a frente.

— Eu sempre quis fazer isso com você, sabia? Morra, desgraçado!

Um vendaval forte é lançado sobre o capitão e o arremessa muitos metros para fora do terraço. Felix despenca torre abaixo, sem chance de defesa. Posso ouvir o barulho de sua armadura ao atingir algo lá fora.

— Onde estávamos mesmo? — pergunta Nagisa, voltando-se para nós.

— Por que não matou a Estrela? — questiona Babo.

— Eu matei, veja. — Ela aponta para Lucas.

— É a garota, não ele!

— Mas ele segurava o amuleto.

— O amuleto é dela. Não sei por que estava com esse pivete. O arqueiro costumava carregá-lo.

— Droga! Terei de matá-la também — diz a rainha, pegando mais uma vez o punhal e se encaminhando para Luana.

Coloco-me à frente e tento protegê-la com meu corpo, porém só faço os dois rircm.

— Como você pôde? Eu confiei em você!

— Leran, eu o agradeço muito por isso. Afinal, por sua causa foram confirmadas minhas teorias a respeito de Luana. Nossa conversa ontem foi muito proveitosa.

— Você me usou. Facilitou as coisas para que os silenciadores a capturassem, não foi?

Ele concorda com a cabeça, enquanto mantém a pose de superioridade e vanglória.

— Pense pelo lado positivo — continua ele. — O sacrifício de vocês será fundamental para transformar Acigam em uma república livre, na qual a magia será permitida. Serão heróis. Mandarei fazer uma estátua para cada um na praça principal. Que tal? Ficará muito melhor do que a do velho Cadorcia.

Eles planejam isso há muito tempo. Os dois tomarão o poder e governarão plenamente a cidade. Não terão nem mesmo a interferência dos ministros.

— Tudo faz sentido agora — digo, enquanto os fatos começam a se esclarecer em minha mente. — Você estava contra a Guilda desde o início, não é, Babo? Iniciou o conflito ao controlar energia contra os soldados, fomentou a rebelião, usou Gabriel para enfraquecer o poder de Simus e traiu a confiança da minha família.

— Nenhuma dedução brilhante, mas você está certo — diz ele.

— Mas não é só isso! — complemento, entendendo outras coisas que aconteceram. — Foi você quem entregou Carlos Galek aos silenciadores. Estava com ele no dia de seu assassinato.

— Agora, sim, estou abismado com sua sagacidade, Leran. Como descobriu isso?

— Não foi Galek que leu o livro da Supernova na torre. Foi você. O único manipulador de ar capaz de limpar a poeira usando o controle. Como não pensei nisso antes? Sua paranoia por limpeza... Só você poderia se preocupar com a poeira do livro.

Minhas palavras o surpreendem. Sua face muda, demonstrando uma insegurança crescente.

— Juntando isso ao seu desinteresse pelas explicações de Alb — continuo com o objetivo de ganhar tempo —, e ainda sua suposta saída da tenda onde Luana estava para despistar os silenciadores. Fica fácil deduzir sua traição. Qual será a reação dos outros membros da Guilda ao saberem disso? Será que o apoiarão como novo líder de Acigam?

— Não seja tolo — diz Babo. — Quem acreditaria em você?

Apesar de sua resposta evasiva, sei que ele está preocupado. Talvez esteja se questionando quem mais poderia ter deduzido isso. Mas ele muda o rumo da conversa:

— Sabe de uma coisa? Isso não faz diferença nenhuma agora. Você vai morrer mesmo.

— Ok, eu posso servir de mártir para a sua guerra, mas, por favor, deixe Luana em paz. Por que querem matá-la?

— Sinto muito, meu jovem — emenda Nagisa, com a fala cheia de sarcasmo ao se aproximar de Lua. — Ela é a Estrela. Precisa morrer. É uma ameaça muito grande.

— Mas como você pode ter certeza disso? — pergunto.

— Porque, como você desconfiava, Le, foi ela quem roubou o pergaminho — diz Judra ao entrar. Ela segura uma pistola apontada para a cabeça da rainha. Na outra mão, o suposto documento: o pergaminho.

— Onde conseguiu isso? — questiona Nagisa, enfurecida.

— Acabei de pegá-lo em sua sala secreta no topo do palácio. Agora, por favor, afastem-se dos dois. — Ela movimenta a pistola em um gesto de ameaça.

— Acha que nos intimida com essa arma inútil? — debocha Nagisa.

Judra encara os inimigos, sorri e abaixa a pistola.

— Muito bom. Agora, me dê o pergaminho — demanda a rainha.

— Você não entendeu quem está no comando aqui, Nagisa? — continua Judra, e simplesmente volta a arma contra o documento. — Se eu apertar este gatilho, tudo será queimado.

Com raiva, Nagisa morde os lábios e permanece quieta.

— Era esse o estudo do cientista? Um mapa que mostra onde as Estrelas nascem? — continua Judra.

— Não seja tola — repreende-a rainha. — Esse pedaço de papel não tem valor nenhum.

— Então, você não se importa se eu fizer isto. — E dispara de raspão, queimando uma ponta do pergaminho.

— Não! — Nagisa deixa escapar um grito.

— Como imaginei. — Enquanto sorri triunfante, Judra anda até o meu arco, caído embaixo de uma janela, perto da entrada. — Vocês se afastarão deles? Sim ou não? — Nagisa olha para Babo e acena. Ambos dão alguns passos e seguem para o meio da sala. — Melhor assim. Solte-a, Le.

Desamarro Luana enquanto nossos inimigos nos observam. Tiro a mordaça de sua boca e peço que ela fique quieta, atrás de mim.

— O que você quer, silenciadora? — pergunta a rainha. — Temos dinheiro, joias. Diga seu preço e suma de Acigam. Ninguém sentirá sua falta. Pode deixar que eu e Babo resolveremos a situação.

O convite de Nagisa faz Judra pensar, mas ela recusa:

— Sua riqueza não me interessa. Vocês me usaram. Usaram todos os silenciadores.

— Na verdade, usamos a cidade toda — Babo ri. — Não foi nada pessoal.

— Claro que não foi... Afinal, você manipulou até mesmo seus companheiros, entregou Brenda para que ela confirmasse o paradeiro da Estrela.

— Sempre desconfiei de que Bretor e os outros líderes da Guilda me escondiam algo. Só não imaginei que seria tão óbvio.

— Escondiam porque meu avô conhecia o seu caráter — digo, irritado.

— Mas não adiantou — diz ele, enquanto se volta para mim. — Você mesmo me disse a verdade, moleque imbecil!

— E assim que Leran contou tudo vocês seguiram com o plano para tomar o poder. — Agora, Judra fita a rainha nos olhos e a provoca. — É ruim governar pelos bastidores, não é, Nagisa? Sua vaidade não permite isso. Você quer ser reconhecida como a líder de Acigam, como a maga mais poderosa de toda a cidade.

— Do que você está falando? — ela pergunta, irritada.

— Tomei a liberdade de avaliar esta mercadoria com certo cuidado — diz, levantando o pergaminho. — E sabe o que descobri, Leran?

Respondo que não com a cabeça, sem entender aonde ela pretende chegar.

— Descobri que outra Estrela nasceu em Acigam há algumas décadas.

Nagisa demonstra surpresa.

— É você, Nagisa, a outra Estrela? — A rainha não responde. — Quer matar Luana porque teme que ela se torne mais poderosa do que você, não é? Por isso a garota é uma ameaça.

— Subestimamos nossos convidados, Babo. Você sem dúvida é a melhor silenciadora que Felix conseguiu. Corajosa, cínica e muito petulante. — Em resposta aos elogios da rainha, Judra arqueia os lábios.

— Você invadiu a torre, se casou com Evandro, fechou os muros e, em paralelo, Babo a ajudou usando a Guilda. Agora, falta apenas matar a sua rival e assim ninguém poderá impedir que você se torne a deusa suprema por aqui.

— Você está certa — diz Nagisa, cheia de si.

— Mas por que você participou disso, Babo? — pergunto, inconformado.

— Eles são irmãos — Judra responde. — Descobri há alguns dias o nome de solteiro da rainha: Nagisa Seranto. Só não me dei conta de que existia um membro da Guilda com o mesmo sobrenome.

— Esplêndido. A cada minuto fico mais surpreso com esta conversa — diz Babo. — Assim como você, Leran, eu tive a sorte de ter uma irmã mais nova dotada de poderes excepcionais, porém decidimos nos aproveitar disso. É mesmo uma pena que você não viva para usufruir das vantagens de ter um familiar deste nível.

O tamanho da maldade dos dois me enoja. Imaginei que as Estrelas existissem no mundo para torná-lo melhor, porém as pessoas se aproveitam do fato de terem sido escolhidas e usam esse poder para o mal. Como uma delas pode ser tão vaidosa e cruel como Nagisa? É o claro exemplo da metáfora da criação que aprendemos na escola, representando as trevas arremessadas sobre o mundo quando o último deus criou o equilíbrio.

— Plano perfeito, não, Babo? — indaga a rainha, virando-se para o irmão.

— Sim. E, como todo plano perfeito, vocês não nos deterão.

Babo se volta para mim e a rainha levanta seu cetro, lançando um raio que desarma Judra. Sem o trunfo da pistola, ela chuta o arco na minha direção.

— Le, pega!

Apanho a arma, mas Babo é mais rápido e inicia sua técnica de asfixia. O ar para de entrar, começo a perder os sentidos. A visão fica turva, a força do meu corpo some e eu caio ajoelhado com as mãos na garganta. Lua sente os mesmos sintomas e logo desmaia. Noto que Judra também é afetada pela manipulação, no entanto ela conhece algo que pode nos salvar. Levanta o dedo até os lábios e sopra o silêncio sobre Babo. O chiado cancela instantaneamente a asfixia e devolve o ar aos meus pulmões. Em meio ao som, armo uma flecha e consigo acertar a perna dele, fazendo-o abrir a boca na tentativa de gritar, mas a voz já não sai. Estamos todos silenciados e, neste cenário, temos total vantagem.

Nagisa fica furiosa, provavelmente porque Judra retomou o controle da situação. Contudo, a rainha mostra que estou enganado. Ela olha para a silenciadora, aponta o indicador e, sem ter sido afetada pelo silêncio, dispara um novo raio que perfura o peito da loura e estoura os vidros atrás dela. Judra tira o dedo da boca e coloca a mão sobre o tórax, expressando espanto e agonia. Ela não consegue falar nem reagir, apenas dá alguns passos para trás, perde o equilíbrio e, ainda agarrada ao pergaminho, despenca pela janela.

Capítulo 30

— Judra! — meu grito quebra o silêncio da manipulação. — Ela não pode morrer! — digo a mim mesmo enquanto corro até a janela, ignorando Nagisa e Babo. Olho para baixo e vejo à minha esquerda o corpo de Felix, estirado sobre as telhas do bloco térreo. Já na direção da janela, por onde Judra caiu, noto somente o grande fosso com água que circunda parte do palácio. Dela não há nenhum sinal.

— Essa infeliz caiu com o meu pergaminho? — Nagisa indaga, descrente. — Não pode ser!

Eu apenas abaixo o rosto ao me ajoelhar, desolado.

— Você estará com ela em breve, arqueiro, não se preocupe.

Enquanto permaneço sem reação, Nagisa ergue seu cetro, acumulando energia elétrica entre sua mão e a grande esfera vermelha na ponta da arma. Ela me aniquilará. Pelo menos será uma morte rápida. Fecho os olhos e coloco os braços na frente para me proteger da melhor forma possível. Sinto a luminosidade aumentar, no entanto a dor não vem. Quando abro os olhos, percebo que não é Nagisa atacando, mas sim Luana, já recuperada da asfixia e de pé do outro lado da sala. Ela enfrenta a rainha. Uma aura de energia brilha de forma intensa ao seu redor, e a cor púrpura dos ataques preenche o ambiente.

Nagisa é obrigada a usar seu cetro para se defender das ondas de energia impostas por Luana. As duas iniciam uma troca de ofensivas. Raios elétricos para um lado, ondas púrpura para o outro. A estrutura da torre começa a trincar devido à força dissipada. Babo, ainda com a flecha presa em sua perna, arrasta-se para longe e tenta evitar os raios que rebatem, acertando lugares aleatórios.

Por mais poderosa que Luana pareça, a rainha é mestra no controle. Aos poucos, seu poder subjuga o de minha irmã, obrigando-a a transformar seus ataques em uma barreira que a protege da crescente tempestade de raios liberada pelas mãos de Nagisa. Se eu não fizer nada, ela vai morrer. Escolho na aljava uma flecha de cobre e direciono a ela o máximo de energia que consigo. A ponta da seta se acende em um rubro vivo até quase explodir, ainda presa ao meu arco.

— Ei, bruxa! — grito para ter a atenção da rainha enquanto deixo o tiro voar.

Ela se vê obrigada a virar o cetro e interpô-lo na direção da flecha, que explode instantaneamente com o impacto. Havia tanta energia acumulada naquela ponta que a explosão arremessa Nagisa para longe, fazendo-a atravessar a parede lateral da sala até o corredor, onde cai, inconsciente.

Corro até Luana, pego sua mão e a puxo para fugirmos.

— O amuleto! — ela berra, e volta para pegar a peça que Felix jogou sobre o corpo de Lucas.

Babo tenta nos impedir com seus ventos, porém saímos da sala a tempo de escapar. Sinto a rajada de vento pelo corredor; ela nos impulsiona de leve para frente.

— Por aqui! — grito, indicando as escadas.

Rapidamente alcançamos o solo e, em seguida, a parte dos fundos do palácio, onde não encontro nenhum sinal de guardas. Neste momento, todos lutam contra os rebeldes que tentam invadir o lugar. Nem imaginam o que acabou de acontecer na torre.

Quando passo pela ponte sobre o fosso, olho atentamente para ver se encontro Judra ou qualquer indício de que ela esteja viva. Não vejo nada.

— Vamos — diz Luana, com a voz terna, colocando a mão sobre o meu ombro.

Eu sei o que ela quer dizer. Não há chance de alguém ter sobrevivido a uma queda daquelas, principalmente com o ferimento sofrido por Judra.

— Vamos — repito e enxugo as lágrimas. — Precisamos chegar até a saída. Sigo na frente e guio Luana até avistarmos a passagem por onde entrei. Tento alcançá-la, mas algo toma forma na minha frente. Trata-se do último monstro com vestes negras. O homem que fará de tudo para impedir nossa fuga.

— Aonde pensa que vai, arqueiro? — diz ele, com suas espadas prontas para a luta.

— Saia já da minha frente. Acabou, Milo!

— Nunca! — ele grita, demonstrando sua insanidade. — Não acabou, Yandel! Só acabará quando você estiver morto. Você e sua querida irmã. Essa é a minha missão.

Luana vem ao meu lado furiosa, e se prepara para lutar, entretanto eu a mando para trás. Essa briga é minha!

— Você vai pagar pelo que fez ao meu avô — digo, enquanto armo minha flecha na direção de seu peito.

— Continua tão ingênuo, Leran. Realmente acha que pode me vencer com isso? Desta vez não terá como escapar. Será mais um Yandel que eu mandarei para a cova.

Sua frase me tira a concentração, e eu sei que ele percebeu isso. Estou confuso.

— O que você quer dizer, seu cretino? — Mordo os lábios de ódio.

— Pobre garoto. Eu fui o primeiro silenciador. Eu matei as primeiras vítimas. Entre elas, o seu querido papai... *Fui eu!*

Sua satisfação me deixa perplexo. A raiva ferve o meu sangue. A ponta da flecha se acende e eu pretendo enviá-la direto no coração do assassino.

Antes de soltar a corda, uma lembrança toma minha mente e traz as palavras do meu avô: "controle seus sentimentos", "coloque o seu interior em harmonia com as energias que rodeiam você". Não posso esquecer esses ensinamentos. Foram eles os responsáveis por eu chegar até aqui. Serão eles que me ajudarão agora. Preciso fazer um encanto perfeito. Só assim serei capaz de parar Milo.

Enquanto o ar preenche meus pulmões, meus batimentos desaceleram. Não vou deixar suas palavras me desequilibrarem; é justamente isso o que ele quer. Fico mais calmo, olho para o rosto do inimigo e percebo seu sorriso cruel. Ele espera meu ataque com ansiedade. Pois bem, é o que terá.

— Você só se esqueceu de uma coisa, Milo — digo, com muita firmeza. — Eu não sou mais um garoto.

Dentre as inúmeras lições que aprendi com essa rebelião, sem dúvida a maior delas foi ser frio o bastante para enfrentar inimigos como Milo. Precisei amadurecer e ser cada vez mais forte, a ponto de superar a dor de perdas importantes em minha vida. Passei por tarefas muito difíceis para vir até aqui e, sinceramente, enfrentá-lo agora não é a mais dura delas.

Ele ri e zomba de minha determinação, mas logo sua postura muda. Vejo-o dando alguns passos para trás, como se algo o surpreendesse. E eu sei o que é. São os meus olhos... Agora eles brilham como nunca brilharam antes. A frieza em minha mente é tanta que me permite sentir cada filete de energia ao nosso redor. Posso vê-la, ouvi-la e até sentir seu cheiro. Quando respiro fundo, trago tudo o que preciso para a ponta de cobre. O brilho, antes vermelho flamejante, passa para um azul-claro menos chamativo, porém não menos perigoso. O ar sai gelado dos meus pulmões e forma uma pequena névoa diante dos lábios. Estou pronto.

Assim que solto a seta, Milo tenta desaparecer para se esquivar, mas eu conheço essa técnica, antecipei-me ao seu movimento furtivo. Mesmo invisível, a flecha o acerta e fica parada no ar, como se flutuasse. Em seguida, o silenciador reaparece com minha seta presa no ombro esquerdo.

— Belo disparo — diz ele, soltando suas espadas. — Mas você sabe que isso não encerra a nossa luta.

Com a mão direita, ele agarra o cabo da flecha e experimenta tirá-la. Logo na primeira tentativa, vejo sua expressão sádica se transformar em dor aguda. Milo me encara enquanto seu ombro começa a congelar, fruto do encanto depositado na flecha. Ele retorce seu braço esquerdo, que, em poucos segundos, enrijece e fica duro como pedra. O gelo vai se expandindo pelo tórax e abdome, chega também ao pescoço e força meu inimigo a virar o rosto para cima, tentando manter sua face a salvo. Mas o gelo não o envolve só por fora. Todo o seu interior, neste momento, já deve estar congelado.

Quando termina, Milo está na minha frente de boca aberta e com os olhos virados para o meu rosto. Sei que em questão de minutos o gelo irá parar todo o seu sangue e o coração já não baterá. A não ser que eu faça algo para salvá-lo.

Peço que Luana me aguarde, coloco o arco nas costas e caminho em direção à estátua de gelo. De perto, posso notar um pouco de vida nas pupilas dilatadas, como se me fitassem na busca de ajuda ou talvez de vingança. Seus olhos estão cheios de ódio e maldade. Ele não merece viver. Mas quem sou eu para julgar isso? Sou apenas um garoto que quer vingança, como Galek? Não. Sou um homem decidido, que sabe distinguir o certo do errado, que sabe fazer escolhas. E já fiz a minha.

Com as pontas dos dedos, toco o peito da estátua, respiro fundo para ter certeza do que estou prestes a fazer e, lentamente, a empurro para trás, deixando tudo cair violentamente no chão. Milo termina sob meus pés, estilhaçado em inúmeros cacos de gelo.

— Cidadãos de Acigam. — A voz ecoa em toda a praça. — Após anos de luta, de sofrimento e de privação, finalmente conquistamos a liberdade. A partir de hoje, a vida aqui será diferente. Reavemos nosso direito de ir e vir, nosso direito de escolher o que queremos fazer ou não, o direito de escolher o que queremos aprender. Nossos inimigos estão mortos. O rei Cadorcia caiu! — Os aplausos se misturam com gritos de euforia e felicidade.

— Vencemos o exército de Felix e seus temidos silenciadores. Ninguém mais irá perseguir os praticantes do controle. Como maior exemplo disso, libertamos a rainha Nagisa, que vivia aprisionada no palácio pelo simples fato de ser maga. Hoje, nossa rainha é como eu e como todos nós. Livre!

Em meio aos milhares de palmas, Babo desce do palanque enquanto acena. Ele ainda manca por causa da perna ferida. Eu, que assisto a tudo de longe, disfarçado com capuz e capa, sei que é hora de partir.

No caminho para o ponto de encontro com Simus, avalio os acontecimentos dos últimos dois dias, após a tomada do palácio. Acigam, apesar de tudo, finalmente conquistou a paz. O conflito entre a Guilda e o governo acabou. O número de mortos? Milhares. O estado da cidade? Deplorável. Vencedores? Nenhum dos dois lados, mas sim um terceiro, que usou ambos para benefício próprio.

As fronteiras serão reabertas; a perseguição à magia cessou, o que extingue qualquer motivo para o descontentamento da classe comerciante. Apesar de nem todos apoiarem Babo, a cidade caminha para algo muito melhor do que vivia sob o comando de Cadorcia. Ninguém hesitou em nomeá-lo o novo líder de Acigam. Muito menos questionaram o motivo pelo qual Nagisa foi considerada aliada e não inimiga. Simplesmente acreditaram que ela era tratada como escrava no palácio apenas porque é uma autêntica controladora. É claro que ninguém conheceu os aposentos luxuosos nos quais ela vivia.

Ela, antes desconhecida, passou a ser o símbolo de uma nova era. Uma era na qual os controladores são livres para fazer o que quiserem. Nagisa permanece no topo, mas com uma singela diferença: agora é idolatrada e venerada pelo poder que tem.

Em outro acontecimento simbólico, alguns magos se reuniram na praça principal e, juntos, usaram o controle para derrubar a antiga estátua de Cadorcia. É neste lugar que Babo faz seu discurso, ao lado da rainha, comemorando a reabertura do mercado e a reativação dos trens. No Mirante ainda será erguido outro monumento, desta vez em homenagem ao guerreiro Gabriel Galek, morto após ser traído pelo amigo. A flecha presa ao seu corpo indica o assassino.

Eu poderia alertar meus antigos colegas quanto às tramoias do velho Seranto, dizer que não fui o responsável pela morte de Galek e assim abrir os olhos de todos para a bruxa que é Nagisa. Mas quem acreditaria em mim? No fundo, Babo estava certo. Ninguém. Mesmo tendo minha irmã como testemunha, não adiantaria. Afinal, ela é uma garota louca e problemática que invadiu o palácio e assassinou os ministros. E eu, um arqueiro traidor que matou o amigo no próprio acampamento e ainda atentou contra a vida do líder da Guilda. Pelo menos é nisso que a maioria na cidade acredita. Essas são as palavras escritas nos cartazes com o nosso retrato. Hoje eu sou o inimigo número um de Acigam. Nem mesmo Mael, Boom ou Fajon acreditariam em mim.

Quando chego ao lugar combinado, encontro Luana, minha mãe e Simus. Todos preocupados com a demora.

— Eu já tinha pensado o pior — diz minha mãe.

— Eu precisava ouvir todas as mentiras que aquele crápula ia dizer.

— Infelizmente, não podemos fazer nada quanto a isso agora, Le — diz Simus.

— Você acredita em mim, não acredita? — pergunto.

— É claro que sim — diz ele, fitando-me nos olhos. — Você fez o que era preciso para salvar a sua irmã. Seu pai e seu avô estariam muito orgulhosos agora.

Fecho os olhos e sinto um aperto no peito ao me lembrar deles. A lágrima que estava prestes a escorrer pelo meu rosto é recolhida pelo dedo indicador de Luana.

— Preciso que você continue sendo forte — pede ela.

Seguro com delicadeza sua cabeça e lhe dou um beijo na testa.

— Eu serei — digo, firme. — Nós vamos superar isso, você vai ver — completo, abraçando-a.

Minha mãe, que até então só observava, olha para Simus e pergunta:

— Eles precisam mesmo fazer isso?

— Não temos outra opção, Laura.

Ela se emociona e também nos abraça.

— E você? — pergunto a ela.

— Fique tranquilo, Leran — diz Simus. — Eu cuidarei da mãe de vocês. Babo não tentará nada contra ela.

Dou um beijo em seu rosto e a deixo nos braços de Simus.

— Não se esqueça — avisa ele. — Assim que alcançar Mabra, procure por Quiroon. Mostre o amuleto. Ele poderá ajudá-los.

Aceno com a cabeça enquanto pego a mala com as poucas coisas que tenho e a coloco nas costas, junto do arco e da aljava. Olho novamente para o mapa que havia ficado na casinha perto do Mirante, onde Safira cuidou de Judra antes do ataque ao acampamento, e me certifico de que estamos no lugar certo. Guardo o rascunho no bolso, respiro fundo e, ao lado de Luana, atravesso os muros de Acigam pela passagem até os trilhos externos.

Do outro lado, encontro um trem moderno, feito de metal brilhoso e muito vidro. Não é como os daqui. Ninguém está por perto, nenhum guarda ou tripulante. Entramos escondidos no vagão de carga. Sento-me no chão, atrás de algumas caixas que estão próximas a uma abertura com vidro que me serve de janela. Luana encosta sua cabeça no meu ombro e eu a ouço chorar baixinho antes de cair no sono. Ela também sabe que esse caminho não tem volta.

Olho para fora e tenho uma noção do tamanho dos muros que nos separavam do mundo. Mundo esse em que estou prestes a mergulhar de cabeça. Vou iniciar uma vida nova com a minha irmã, e faço questão de deixar para trás tudo o que aconteceu aqui. Quero que as lembranças ruins fiquem trancadas do outro lado, para sempre.

Alguém fecha a porta do vagão, sem nos notar escondidos ao fundo. Alguns minutos depois, o trem começa a se mover e eu sinto um frio na barriga. Fecho os olhos e respiro. Olho novamente para o meu lado e vejo Luana, tão forte e ao mesmo tempo tão frágil. Consegui salvá-la, mas paguei um preço muito alto por isso. Sempre estive disposto a fazer o que fosse preciso, só não achei que seria tão difícil assim.

Pelo vidro, posso ver Acigam se distanciando e ficando cada vez menor em meio às montanhas. Encosto a cabeça na janela e relaxo ao observar a paisagem: as árvores altas se espalham pelo gramado por onde corre o trem; o lindo verde dos campos contrasta com o azul límpido do céu no horizonte; as poucas nuvens brancas têm formatos diferentes, e acho até que estou vendo o mesmo urso que costumava imaginar do meu quarto. Permaneço olhando, distraído e tranquilo, até que o sol refletido no vidro ofusca a minha vista e minha atenção se volta para dentro de mim mesmo.

Eu poderia estar com medo agora. No entanto, pela primeira vez desisti de especular sobre o futuro. Ele virá, eu sei. Virá na mesma velocidade com que este trem corre, e quando eu menos esperar estarei frente a frente com inúmeros novos desafios. Afinal, como meu avô disse: "Isto é só o começo". Do quê, eu ainda não sei. Mas estarei pronto para enfrentar o que vier.

Aos poucos, o cansaço dos últimos dias faz minhas pálpebras pesarem e lentamente entro no mesmo estado em que Luana se encontra: em sono sereno. Meus sonhos são a prova de eu ter deixado para trás as coisas ruins. Eles trazem apenas cenas felizes que vivi em Acigam: vejo meu pai segurar Luana no colo, minha mãe me dando broncas carinhosas, meu avô me ensinando encantos, colegas do colégio se divertindo em festas, Luana irritada ao ver meus modos à mesa. Vejo também os bons momentos com a Guilda: as conversas que viravam a noite no quarto com Mael e Galek, as brincadeiras com Boom e os conselhos sábios de Simus. Todas essas lembranças estarão para sempre guardadas comigo, não importa para onde eu vá.

No entanto, a última parte do meu sonho é curiosa: vejo Judra sentada ao meu lado no banco do Mirante. Ela veste as roupas negras da assassina fria que protagonizou muitos de meus pesadelos. E, mesmo sabendo quem ela é, eu seguro seu rosto e lhe ofereço um beijo suave antes de acordar.

Um pouco assustado, viro-me para checar se Luana está bem e, em seguida, percebo que já é noite. O trem agora passa por uma região deserta, em que a lua ilumina a areia com sua luz azulada.

Ponho a mão no bolso e puxo o rascunho dobrado, que guardei até aqui. Não precisarei mais do mapa, mas não é por causa dele que mantive o papel comigo. Ainda o tenho porque notei nele um sinal que não existia quando o vi pela primeira vez. E é este sinal que faz Judra reaparecer nos meus sonhos, preenchendo meu coração de ansiedade, angústia e esperança. Sinto um enorme desconforto na boca do estômago, mas, mesmo assim, crio coragem para desdobrar a folha amassada e admiro outra vez o que foi deixado recentemente em um de seus cantos.

Ao ver a marca do beijo estampada, meus batimentos disparam, fico com medo e a única coisa que consigo fazer é suspirar aliviado e sorrir.

Fim do Livro I

APÊNDICE

Apêndice I

Personagens

— por ordem de aparição —

Leran Yandel: neto de comerciantes e aprendiz de encantos. Rapaz habilidoso no manuseio do arco.

Laura Yandel: viúva de Caio, mãe de Leran e Luana.

Professor Cortez: mestre de Leran na arte da arqueria.

Bretor Yandel: avô de Leran e poderoso encantador. Um dos membros antigos da Guilda.

Silenciador das adagas: assassino cruel que mata magos na frente de Leran.

Luana Yandel: irmã mais nova de Leran.

Evandro Cadorcia: rei de Acigam. Uma estátua em sua homenagem foi erguida na praça principal da cidade.

Alb Pinmur: amigo de Bretor, dono da maior alfaiataria de Acigam. Idoso levemente senil.

Simus Calveta: um dos homens que se encontram com Bretor no porão de sua loja.

Carlos Galek: homem assassinado pelo silenciador das adagas.

Sandra Galek: esposa de Carlos Galek, mãe de Gabriel.

Caio Yandel: pai de Leran, um dos primeiros líderes do movimento comerciante contra o governo.

Babo Seranto: outro dos membros mais velhos da Guilda, especialista na manipulação do ar.

Brenda Rabeli: modeladora poderosa, também foi membro original da Guilda dos magos.

Judra: garota misteriosa por quem Leran se apaixona.

Lui Servante: ministro das comunicações do governo. Responsável pelos eventos sociais e pelos discursos dos governantes.

Felix Barolfen: capitão da Guarda Real que serve ao rei Cadorcia.

Safira Bordenco: vizinha dos Yandel e dona da farmácia no Bairro das Oliveiras.

Magda Selartin: controladora procurada, proprietária de um bar próximo ao Mirante.

Bartolomeu Norano: o ferreiro mais famoso de Acigam; suas armas e armaduras são obras-primas.

Milo: assassino sob o comando de Felix.

Gabriel Galek: filho de Carlos Galek. Jovem habilidoso na arte da orientação. Almeja vingar-se do assassino de seu pai.

Coiote: membro da Guilda, colocado próximo à casa dos Yandel para espionar Laura.

Boom: baixinha e esquentada, embebe os punhos com energia, sendo capaz de desferir socos poderosos, paralisando assim os inimigos.

Mael: ilusionista amigo de Galek; sua técnica permite a automultiplicação.

Lucas Salazar: garoto inteligente, filho do dono da maior livraria de Acigam.

Willian Khun: cientista estudioso das energias. Viveu no antigo observatório por décadas antes de morrer.

Clei: explorador de menores, presente nas lembranças de Judra.

Bhor: perdeu os pais em um acidente com o controle.

Tamira: amiga de Judra no passado.

Karot: tímido, porém insano. Especialista em bombas.

Dairo: um dos mestres de Judra.

Satsuki: assassina fria, perita na arte da tortura. Irmã de Takao.

Takao: irmão de Satsuki. Guerreiro habilidoso no uso da corrente.

Tundra: abandonado pelos pais, cresceu buscando alento em qualquer grupo que o acolhesse. Tornou-se um homem forte e muito grande.

Nagisa Cadorcia: rainha de Acigam. Esposa misteriosa de Evandro.

Ministro Garbujo: um dos ministros do conselho de Acigam. Teve o filho mais velho morto em um incidente com magia.

Sophia: discípula de Babo, pertence ao grupo de operações especiais da Guilda.

Fajon: modelador de água. Outro membro do grupo de operações especiais.

Apêndice II

Guia de Acigam

— assuntos locais e pontos de interesse —

Bairro das Oliveiras: local onde se concentram as casas de boa parte dos indivíduos de classe média da cidade.

Bargio: bairro que fica na parte leste de Acigam. Sua economia é concentrada na agricultura, que é a principal fonte de alimentos da cidade.

Cidade Velha: bairro pobre, moradia da grande massa dos trabalhadores urbanos.

Covil: base militar onde os rebeldes se escondem.

Genisky: bebida típica das Terras do Sul. Seu gosto forte lembra suco de maçã e uísque.

Guilda: grupo de controladores que se opõe ao governo de Acigam.

Ministros: membros do conselho presidido por Felix Barolfen. Elaboram a legislação que rege a cidade.

Mirante: parque construído no alto das montanhas na parte sul de Acigam. De lá se pode ter uma visão panorâmica de toda a cidade.

Rebeldes: controladores que se opõem à ditadura do rei Cadorcia.

Silenciador: soldado especial do governo de Acigam, treinado para matar controladores.

Silêncio: principal arma dos silenciadores. Afeta o controle dos adversários, além de eliminar o som do ambiente.

Vila de Mármore: bairro aristocrata, lar dos ministros e do rei Cadorcia.

APÊNDICE III

A Ciência das Energias

— conceitos básicos para controladores iniciantes —

Afinidade: termo que define qual tipo de controle uma pessoa pode exercer. A afinidade é definida quando se nasce e não pode ser alterada. Ela também influencia o elemento com o qual o controlador terá maior facilidade.

Artefatos controladores: itens que exercem controle por si só. Geralmente são criados por manipuladores ou encantadores. Por meio deles, os nulos também podem controlar.

Cauda do Dragão: arma poderosa em forma de chicote. Sua estrutura feita de escamas permite ao usuário partir objetos maciços, além de decepar inimigos.

Ciência: estudo das energias e do controle.

Controlador: praticante do controle, também conhecido como mago.

Controle: arte de controlar as energias que regem o mundo. Técnica derivada dos estudos das energias, vulgarmente conhecida como magia em Acigam.

Deuses: representação metafórica das seis energias primárias responsáveis pela criação do mundo.

Disparador: objeto ou parte do corpo utilizada para iniciar o controle.

Elementos primários: forma na qual as energias primárias se materializam no mundo: Ar, Terra, Fogo, Água, Luz e Trevas.

Elementos secundários: forma na qual as energias secundárias se manifestam no mundo, entre elas Gelo, Cura, Metal, Eletricidade, Fumaça e Veneno.

Encanto: tipo de controle que consiste no armazenamento de energias em objetos ou corpos. Um encantador é capaz de deslocar a energia do ambiente para um simples artefato e, então, armazená-la por determinado período de tempo. Objetos encantados podem liberar a energia em doses pequenas ou de uma única vez, causando explosões, por exemplo.

Energia: força responsável por tudo o que existe. Está em todos os lugares, formando a matéria dos corpos.

Energias primárias: oriundas do grande fenômeno da Supernova, ocorrido há bilhões de anos.

Energias secundárias: derivadas da combinação das seis energias primárias.

Especialidade: técnica específica na qual um controlador se concentra durante a vida. Um ofício.

Estrela Viva: controlador supremo, polarizado como um dos doze elementos secundários. Existe apenas uma Estrela por energia secundária. No passado, as Estrelas Vivas foram responsáveis por restaurar o equilíbrio do mundo.

Farol: joia enigmática que pode emitir um brilho forte.

Fetiche: item utilizado por orientadores para disparar seus ataques. Comumente encontrado na forma de cajados, varinhas e cetros.

Manipulação: tipo de controle que consiste na alteração de energias em áreas de efeito. O manipulador pode influenciar todo o ambiente ao seu redor por meio dos elementos nele presentes.

Metralhadora: artefato controlador capaz de disparar centenas de bolas de fogo por minuto. Funciona da mesma maneira que as pistolas, com cristais encantados que produzem os projéteis.

Modelação: tipo de controle que consiste na criação ou alteração da forma. Modeladores podem mudar o formato de objetos e de seus corpos. Também são capazes de criar, com as energias, desde simples artefatos inanimados até seres inteligentes.

Molda: objetos ou criaturas feitos a partir das energias.

Nulo: pessoa incapaz de exercer o controle por conta própria.

Orientação: tipo de controle que consiste no deslocamento de energias na forma de ataque. Orientadores podem orientar os elementos a partir de seus corpos e, assim, criar ofensivas poderosas.

Pistola: artefato controlador usado pelos soldados de Acigam. Dispara pequenas bolas de fogo que perfuram o corpo humano, causando severos danos. Ao atingir regiões vitais, a morte é certa.

Polo: ponto fixo onde a energia de um elemento primário se concentra. Existem seis polos energéticos espalhados pelo mundo.

Polo dinâmico: receptáculo de uma energia secundária, também conhecido como Estrela Viva.

Supernova: explosões ocorridas há bilhões de anos. Levaram à destruição os três astros mais poderosos do universo: Praga, Tormenta e Caos.

Capítulo Extra

Caçada Silenciosa

por Judra

[Meses Atrás]

Todos estavam dentro do prédio quando a bomba explodiu. A construção ficou em pedaços. Eles estão em pedaços. Não sobrou nada que sirva para identificar os corpos.

Não posso dizer que não me agrada ver magos assim, mas o que aconteceu foi prejudicial ao nosso objetivo.

— Isso era mesmo necessário? — pergunto.

Em resposta, Karot ri com certo prazer enquanto revira os escombros. De todos os silenciadores, ele é o mais incompreensível. Eu nunca soube se está conosco por ideologia ou por pura loucura. A segunda opção, é claro, faz mais sentido.

— Achou algo?

— Uma mão queimada. Serve? — ele fala, levantando o que sobrou de um dos magos.

Em resposta, apenas torço o nariz.

— Ótimo. Como saberemos se Sartoro também foi pego pela explosão?

— Se não foi, vai dar as caras em breve.

— Felix não vai gostar disso.

— Não seja estraga-prazeres, Judra. Foi divertido.

Diego Sartoro era o alvo de nossa missão. Trata-se de um mago influente na região do Bargio, dono de uma grande feira de hortaliças, grãos e outros produtos agrícolas. Segundo informantes do governo, ele vem articulando greves com os fazendeiros, o que afetou o fornecimento de comida e outros produtos importantes para a Vila de Mármore. O capitão Barolfen decidiu nos enviar para resolver o problema de uma vez por todas.

Devíamos ter nos infiltrado em uma reunião que ele faria com outros magos e tê-lo matado da forma mais silenciosa possível. Porém, Karot preferiu uma abordagem um pouco mais extravagante. Após implantar seus explosivos na estrutura do prédio, ele garantiu que os magos estivessem lá dentro antes de mandar tudo pelos ares. Havíamos visto Sartoro entrar, mas não sabemos se ele se safou.

— Vinte, pelo menos — Karot fala, com ar de satisfação, após passar pelos corpos queimados.

Enquanto avalio os escombros, ouço um ruído vindo da parte de trás do prédio. Faço um sinal para que Karot fique atento. Com uma das mãos, mando-o dar a volta na parede traseira da construção, que continua de pé. Ele vai. Sigo pelo outro lado.

Os passos de um silenciador têm peso de plumas. É impossível nos ouvir andar. Nossa chegada é sempre uma surpresa para a vítima. Mas, se alguém estava escondido, certamente nos escutou conversar enquanto revirávamos os escombros em busca de Sartoro. Nesse caso, perdemos o principal elemento de uma caçada: o silêncio.

Paro de andar e espero Karot chegar ao outro lado. Então ouço um estrondo. Como imaginei, o inimigo estava nos esperando do outro lado. Salto com o auxílio das botas e alcanço o topo do que sobrou da parede. Vejo Karot se recuperando de um golpe de energia enquanto um rapaz foge na direção da estrada. Ingenuidade dele pensar que pode correr de mim.

Se eu tivesse chegado ao outro lado junto com Karot, ele também teria me acertado e provavelmente conseguiria escapar. No entanto, para seu azar, hoje é o dia do caçador.

Após um novo salto, caio a poucos metros do fugitivo e emendo o pouso na corrida. O rapaz olha de relance para trás e me nota em seu encalço. Assustado, ele apressa o passo, mas sua velocidade não se compara à minha. Em poucos segundos eu o ultrapasso e lhe meto uma rasteira, fazendo-o rolar no chão de terra.

Paro ao seu lado e o ouço gemer. Seguro-o pelo colarinho e viro seu rosto esfolado na minha direção.

— Onde está Sartoro? — a pergunta é precisa e minha voz o assombra.

— Não sei. Por favor. Por favor.

— Está implorando pelo quê? — questiono.

— Não me mate, por favor. Eu não queria nada disso. Só vim ajudar um amigo. Não quero fazer mal a ninguém. Por favor.

Seu rosto deixa transparecer o sentimento mais podre de todos. Ele está tremendo, suando frio. Seu olhar arregalado busca em meu rosto qualquer traço de piedade. Como alguém assim pode ser perigoso? Chega a ser patético.

— Qual o seu nome, garoto? — pergunto em tom mais amigável, oferecendo empatia.

Ele hesita.

— Vamos, me diga. Não tenha medo.

— Thomas... Thomas Garin.

Após ouvir o nome, aproximo-me de seu ouvido:

— Prazer em conhecê-lo, Thomas.

Ele dá um sorriso tímido que logo se transforma em lamento de dor. O rapaz leva as mãos até o abdome, o lugar onde minha adaga está cravada. Seus olhos me encaram como se eu o tivesse traído. Vejo decepção, dor. Sentimentos que possuem muito mais valor do que o medo. Com eles nós crescemos, evoluímos. Uma lição que Thomas acaba de aprender.

A lâmina deixa seu corpo e é seguida por uma golfada de sangue. Ele balança a cabeça, desiludido, e tomba o rosto para trás, de olhos abertos e sem brilho.

— Escória — falo ao me levantar.

— Ele me acertou! — Karot pragueja ao se aproximar.

— Você irá se vingar.

— Como? Você o matou. Devia tê-lo deixado vivo. Eu queria torturá-lo — ele fala, irritado. — E depois matá-lo.

— Não se preocupe — respondo com calma. — Ele me deixou um nome.

Um sorriso sinistro brota no rosto do silenciador das bombas.

— Um nome?

— Isso. Você terá uma família inteira para torturar.

Não gosto das missões na região leste. Apesar de ser um lugar distante e dependente de atividades agrícolas e pecuárias, o Bargio nunca esteve livre dos magos. E a presença deles deixa tudo ainda mais sujo.

Meu retorno ao centro é tranquilo. A cidade está vazia. Quieta demais. Tenho a impressão de que algo está para acontecer. Felix vem se articulando na surdina, mesmo longe dos olhos dos silenciadores. Não sei quais intenções ele tem, mas farei a minha parte. Quanto menos magos restarem em Acigam, melhor.

Logo que chego ao palácio, vou até a sala que serve de escritório para o capitão quando ele não está no quartel. Ao me aproximar, ouço-o conversar com Milo.

— Eles estão cada vez mais abusados — Milo diz.

— Sim. Se continuar desse jeito, teremos que iniciar uma investida ainda mais dura.

— O que o senhor sugere?

— Vamos fazer alarde entre a população. Colocá-la contra os magos. Uma guerra civil não será boa para nenhum dos lados, mas, se os magos insistirem, eu garantirei que não tenham apoio algum de outros setores da cidade.

Escuto uma leve risada vinda de Milo.

— Com o final do ano letivo, conseguiremos mais soldados. Poderemos aumentar a repressão. E, caso alguém saia da linha, vocês se encarregam de corrigir o problema.

— Perfeito, capitão. Manterei os silenciadores atentos.

Ouço os passos de Milo em direção à porta e me afasto. Ele me encara, surpreso, assim que sai.

— Bisbilhotando? — pergunta, cínico.

— Na verdade, acabei de chegar.

— Como foi no Bargio?

— Karot explodiu tudo — falo, com certa decepção na voz.

Milo ri, despreocupado.

— Alguém viu vocês?

— Ninguém que tenha ficado vivo. E já alertei os guardas para darem um jeito de acobertar o que aconteceu. Acidente com gás.

— É por isso gosto de você, Judra. É esperta.

Minha boca encena um sorriso de canto, malicioso.

— Onde está Karot?

— Foi atrás de outra família de comerciantes envolvida com as greves.

— Ótimo. E Sartoro?

— Não sei. Ele estava no prédio, mas pode ter fugido. Não achamos o corpo. Foi isso que vim avisar ao Felix. Ele não vai gostar da notícia.

— Deixe o capitão comigo — Milo diz. — Pelo menos vocês se livraram de grande parte dos magos de lá. Vá descansar.

Faço um sinal com a cabeça e sigo até o elevador. Realmente quero dormir.

Já no quarto, tiro as roupas negras, tomo um banho quente e visto uma confortável camisola antes de me deitar. Reviro-me nos lençóis por alguns minutos; o sono não vem. Em minha mente, continuo vendo o rosto assustado do rapaz que matei. Por mais que queira esquecer seu nome, ele é pronunciado diversas vezes em minha cabeça, como se o defunto repetisse as palavras ao pé do meu ouvido.

Odeio saber o nome deles. Essa é a verdade. Magos devem ser tratados como cachorros de rua. Sem nome, sem raça. Não são gente. Quando os conheço, mesmo que por um instante, suas faces medíocres me perseguem. Eu os vejo em minha cabeça implorando pela vida. E, mesmo nessas lembranças, todos continuam patéticos. Voltam apenas para que eu tenha o prazer de me imaginar matando-os outra vez. No final, até que é divertido.

Depois de degolar o moleque mais de cinco vezes em minha mente, decido ignorar o sono e me levanto. Coloco um casaco por cima da camisola e saio do palácio na direção do jardim. Ar puro talvez me faça bem.

As vielas por entre as plantas e cercas-vivas estão escuras. Mesmo sendo uma silenciadora, algo na escuridão me incomoda desta vez. Não consigo explicar. Enquanto ando, tenho a impressão de que alguém acompanha meus passos, me observa. Paro por alguns segundos e olho ao redor. Não vejo nada de diferente. Estou cansada. Só pode ser isso.

Quando resolvo voltar ao palácio, a sensação piora. Não pode ser. Ninguém ousaria espionar um silenciador. Será Milo? Ou outro de nós? O que querem comigo? Ativo as lentes amareladas e amplio minha visão no escuro. Noto apenas um tronco a alguns metros, no meio da grama e das flores, restos de uma árvore morta.

Olho para outras direções, buscando qualquer coisa suspeita. Não há nada diferente. Assim que me volto para o tronco, tomo um susto. Não se trata do resto de uma árvore, mas sim de uma pessoa, parada e de costas para mim. Dou alguns passos involuntários para trás e meu coração dispara.

Quem será? Por que está ali parado?

Tento ver melhor. Mesmo com as lentes, não posso identificar a pessoa nessa escuridão. Parece estar encapuzada. Após me recuperar do susto, vou até ela. Terá que me explicar o que faz aqui.

Enquanto me aproximo, percebo que as roupas que veste são negras com pequenos detalhes dourados. É o traje dos silenciadores. O que faz aqui a esta hora? Será Satsuki me seguindo? Ou alguém querendo me pregar uma peça?

— Ei, você! — chamo.

Mas não tenho resposta. Apresso os passos e alcanço o indivíduo. Toco seus ombros.

— Responda. O que faz aqui?

Ao ser tocado, o silenciador vira o rosto e seus olhos amarelos me encaram. Porém, não vejo a face de nenhuma pessoa que eu esperava. Trata-se de um jovem que me fita com seriedade. Total apatia.

— Quem é você? — questiono, me afastando.

Como ele ousa vestir as roupas de um silenciador? Onde conseguiu isso?

— Não me reconhece, Judra? — o jovem responde, seco.

— Como sabe meu nome? — pergunto, entre surpresa e fúria. — Quem é você?!

— Thomas... Thomas Garin.

As palavras me fazem arregalar os olhos.

— Impossível! Você está morto.

Ele se aproxima e eu me afasto. Procuro minhas armas, mas elas não estão comigo. O jovem estende uma das mãos para me alcançar. Dou mais alguns passos para trás e tropeço em um galho. Fecho os olhos.

Sinto suas mãos me tocarem.

— Vou te matar de novo! — grito. — Suma daqui!

— Calma, Judra, sou eu. — Ouço uma voz familiar.

— Tundra? — pergunto, confusa.

— Você está bem?

— Onde ele está?

— Quem? — Ele olha ao redor.

Busco o rapaz usando a roupa de silenciador e não o encontro. À minha frente está apenas o tronco morto, inerte e preso ao chão.

— Nada — digo, disfarçando — Só preciso dormir.

— Venha, vou te acompanhar até o seu andar.

Despeço-me de Tundra no elevador e sigo para o meu quarto.

— Boa noite, pequena. Qualquer coisa, grite — ele diz, de longe.

Apenas aceno e entro. Tiro o casaco e, ainda perturbada com tudo, me deito. Cubro-me com os lençóis até o pescoço e continuo com os olhos abertos, observando cada centímetro do quarto.

Não posso estar com medo. Ninguém me mete medo. Esse rapaz, Thomas, está morto. Assim como sua família já deve estar também. E, como um morto, merece ser esquecido.

— Thomas? — repito para mim mesma antes de dormir. — Eu não conheço nenhum Thomas.

Diversas semanas se passaram tranquilamente após a explosão do prédio no Bargio. O incidente reprimiu os magos da região por um tempo, mas não extinguiu o problema. Ontem recebemos informações de que novas greves estão se articulando entre os fazendeiros. Pelo jeito, Sartoro não morreu. Nossas fontes garantem tê-lo visto em meio aos grevistas. Considerando isso, Felix exigiu que o trabalho fosse feito de uma vez por todas.

— Bhor irá te acompanhar — Milo avisa, chamando o silenciador para a sala onde estamos. — Já informei os detalhes a ele. Precisaremos de uma ação cautelosa e sem rastros.

Sem dúvida, Bhor é uma ajuda bem-vinda. Depois de Milo, ele é o mais habilidoso na arte de se infiltrar. A nova missão será muito diferente da que enfrentei com Karot.

— Sem falhas desta vez — Milo alerta. — O capitão quer a cabeça de Sartoro.

— Fique tranquilo — respondo.

— É — Bhor completa. — Vamos trazê-la em uma bandeja.

Decidimos seguir para o Bargio durante a tarde. Será uma caminhada de algumas horas. Nossa intenção é surpreender Sartoro ainda esta noite. Vamos disfarçados, sem as roupas de silenciadores, caminhando naturalmente em meio aos civis. Enquanto anda, Bhor pergunta:

— Esse Sartoro é perigoso?

— Ele é experiente e um dos magos mais poderosos — respondo, ainda caminhando, sem me virar para ele. — Se não fosse, Felix não faria tanta questão de vê-lo morto.

— Já se encontrou com ele?

— Se tivéssemos nos encontrado, acha que ele ainda estaria vivo? — retruco, enfática.

Bhor ri.

— Qual elemento ele controla?

— O fogo — respondo, com desdém.

— Um mago clássico — ele ri outra vez. — Será mais fácil do que imaginei.

Talvez o maior defeito dos silenciadores seja a arrogância. Nunca nenhum de nós foi derrotado. Isso nos enche de orgulho e, às vezes, de imprudência. No entanto, não posso culpar Bhor. Será fácil mesmo.

— É aqui — falo ao chegarmos a uma fazenda, já no Bargio.

O lugar não é mais usado pelos donos. O terreno, agora seco, servia para a plantação de soja e milho. Restaram algumas máquinas, a casa e um grande celeiro onde os grãos eram armazenados. É aqui que a nova reunião dos grevistas vai acontecer. E, como líder, é provável que Diego Sartoro chegue primeiro.

Entro na casa principal seguida de Bhor. Ele tira a mochila dos ombros e a abre para retirar nossas vestes e armas: minhas adagas e as garras dele. Nos vestimos e aguardamos no andar de cima, olhando pela janela, em busca de qualquer movimentação suspeita. Após algumas horas de espera, Bhor me alerta:

— Ali. Alguém chegou ao terreno.

Avisto um homem de barba, com jaleco preto e chapéu, próximo às cercas. Ele anda lentamente, com cuidado, e olha para trás diversas vezes. Deve estar com medo de ter sido seguido.

— Sartoro? — Bhor pergunta

— Só pode ser.

O homem entra no celeiro. Antes que desçamos, mais dois indivíduos, aparentemente mais jovens, surgem do mesmo caminho de onde veio o primeiro. No entanto, em vez de entrarem no celeiro, eles vêm na direção da casa. Um deles veste uma camiseta clara e o outro, uma regata.

— Droga — digo.

— Vamos nos dividir — Bhor sugere. — Eu dou conta dos dois. Você vai até o celeiro.

A ideia parece boa. Bhor sai do cômodo onde estamos e desce. Eu abro a janela e salto para fora. A noite ajuda a ocultar meus movimentos. O local é extremamente escuro. A única fonte de luz é uma lamparina, acesa dentro do celeiro. Em vez de usar as largas portas de madeira, subo por uma das paredes laterais e entro pelo alçapão que serve para ventilar o espaço. Caio entre montes de feno velho e sacas de grão mofado. Estou no piso elevado interno. Daqui, posso ver o homem mexer em algumas ferramentas presas na parede. É o momento de surpreendê-lo.

Pulo para o chão e pouso silenciosamente atrás dele. Acho mais prudente ter certeza de que se trata de Sartoro antes de matá-lo.

— Diego Sartoro — falo, disfarçando a voz.

Ele se vira de forma natural. Não se assustou com minha presença.

— Sim? — responde, fitando-me dos pés à cabeça.

Sua reação é estranha. Não está com medo? Não se surpreende ao ver um silenciador? Que mago é esse? Como pode ser tão ousado? Não vou perder mais tempo. Vou acabar com isso agora.

Preparo um ataque e tento avançar, contudo um mal súbito me afeta. Gotas de suor escorrem da minha testa. Sinto-me sufocar dentro das vestes negras, um calor insuportável. Alargo o colarinho da roupa e busco engolir saliva para reduzir a sensação ruim da garganta seca. Porém, minha boca já está totalmente áspera. A língua gruda nos dentes. Mal consigo respirar. Acabo caindo de joelhos, tentando puxar o oxigênio com calma.

— Sente-se mal, silenciador?

O que esse desgraçado fez comigo? Que truque é esse? O interior do celeiro está cada vez mais quente. Posso ouvir os montes de feno crepitarem com o calor; alguns já estão em chamas. Estou suando demais, praticamente derretendo. Minhas luvas pingam de tanta água que meu corpo elimina. Se continuar assim, vou desidratar até a morte.

Sartoro me encara como se tivesse me apanhado em uma armadilha. Ele não é um simples controlador de fogo. É um manipulador traiçoeiro. Está usando as energias para mudar o ambiente a nossa volta. Esse calor, o ar seco. É tudo obra dele. Agora não tenho dúvidas de como ele escapou da explosão de Karot. O calor é um aliado de Sartoro. Maldito. Tenho que eliminá-lo o quanto antes.

Levanto a mão até a boca, visando ativar meu anel do silêncio, mas ele é mais rápido. Recebo um chute e caio.

— Sem truques de silêncio hoje. Sei que Felix enviou vocês para me caçarem, por isso fiquei. Não vou arriscar a vida de mais ninguém. Essa reunião era uma farsa. Somos apenas eu e você. Vamos acabar com isso agora.

Eu rio.

— Do que está rindo? — ele pergunta e me acerta outro chute.

— Você não veio sozinho — respondo, com a voz arranhando a garganta.

A expressão no rosto de Sartoro ganha um tom de surpresa e preocupação. Isso demonstra que ele sabe quem o seguiu e que se preocupa com aqueles rapazes.

Sartoro me deixa no chão e corre para a saída do celeiro. Aproveito para ativar o silêncio. O chiado faz o mago cair, atordoado.

A sensação claustrofóbica melhora aos poucos. Enquanto o ambiente continua silencioso, Sartoro se levanta e vai até a parede de ferramentas. Ele saca uma lâmina de colheita enferrujada e a lança com força em minha direção. A arma curvada, em formato de meia-lua, vem rodando rapidamente. Impeço que ela me acerte rebatendo-a com a adaga, e a lâmina do inimigo acaba cravada na madeira da parede. Sabendo que me distraí com o arremesso, Sartoro pega mais duas armas e corre para fora.

Saio e o vejo distante, já quase na casa. Flashes de luz vistos pelas janelas deixam claro que Bhor enfrenta os ataques dos outros magos. Deve estar se divertindo.

Ainda sinto os efeitos da manipulação, por isso não consigo alcançar Sartoro. Pareço ter corrido por horas. Meu corpo está exausto, fraco. A sensação de calor não passou por completo. Preciso de mais tempo para respirar. Nem mesmo minhas vestes conseguiram me proteger. Se ele tivesse atirado fogo em minha direção, seria fácil evitar os ataques, mas, com alterações no ambiente, é impossível escapar das consequências da técnica.

Escorada na lateral externa do celeiro, avisto o mago entrar na casa principal da fazenda. Segundos depois, um dos rapazes é atirado pela janela, quebrando parte do parapeito. Bhor salta para fora e cai ao lado do mago ferido. Este tenta escapar se arrastando, porém o silenciador o pega pela regata e prepara um ataque decisivo com as garras.

— Coiote! — o outro rapaz grita da janela e atira um poderoso raio com uma das mãos.

Para se proteger, o silenciador larga o rapaz caído e cruza as garras diante do ataque de energia. Com o impacto, Bhor é lançado contra um trator velho que está no meio do terreno, entre a casa e o celeiro.

Sigo até meu colega e o ajudo a se levantar.

— Você está bem? — pergunto.

Ele limpa a terra da roupa, estrala o pescoço e me olha antes de falar:

— Pelo jeito, melhor do que você.

— O cretino é um manipulador de ambiente. Precisamos do silêncio para vencê-lo.

Antes de Bhor responder, Sartoro e o outro mago saem da casa e vão em auxílio ao rapaz ferido.

— O que vocês estão fazendo aqui? — o manipulador pergunta, furioso, aos rapazes.

— Eu não ia deixar você fazer isso sozinho — o tal Coiote responde, apoiando-se no outro jovem.

— Tentei impedi-lo, senhor Sartoro... — diz o rapaz de camiseta clara.

— Saiam já daqui. Não era para terem me seguido — Sartoro corta e se coloca de costas para os rapazes, prestando atenção em nós.

— Não vamos embora, pai! — o rapaz responde.

— Não é uma discussão — ele enfatiza, virando o rosto para o filho, e se volta para nós, empunhando as armas.

— Acho que temos uma vantagem — Bhor diz em meu ouvido.

Eu arqueio os lábios.

Sartoro inicia sua manipulação, porém, desta vez, assopro o anel do silêncio antes de sermos afetados pelo calor. Bhor corre na direção dos rapazes e eu saco as adagas para enfrentar Sartoro.

Alcanço-o enquanto ele ainda está atordoado pelo breve efeito do anel e o acerto com uma joelhada. Após dar alguns passos para trás, ele se recupera e rebate meu segundo ataque com suas foices. Saem faíscas do encontro de minha adaga com as lâminas enferrujadas que ele usa. Seguimos trocando mais golpes.

Sartoro não é um adversário qualquer. Seus movimentos são ágeis e demonstram experiência em combate. Porém, ele não está com a atenção totalmente voltada para mim. Insiste em olhar para os rapazes, que sofrem na luta contra Bhor. Cada um deles usa uma espada, e, mesmo juntos, não conseguem atingir o ágil silenciador, que se esquiva, defende e ainda contra-ataca, deixando cortes nos braços e pernas dos jovens. Claramente não possuem um terço da habilidade de luta que Sartoro demonstra. Bhor está brincando com eles. Não vão durar nem mais um minuto.

Percebendo a desvantagem dos protegidos, o manipulador recorre a outra técnica, ateando um círculo de fogo que separa os dois jovens de Bhor.

— O que está fazendo?! — o rapaz de regata grita.

Sartoro não separou apenas os dois de Bhor; o círculo que ele criou também cercou a ele e a mim. Ele se prendeu junto a dois silenciadores. É maluco.

— Sumam, daqui, agora! — ele ordena, mais uma vez.

É claro que isso não nos impediria de ir atrás dos rapazes, mas nossa missão é Sartoro. Bhor me olha e ambos nos armamos. Passamos a andar de um lado para o outro, encarando o mago. Ele faz o mesmo e espera um primeiro movimento vindo de nós.

O silêncio que ativei há alguns minutos ainda afeta o mago. Apesar de ter criado todas essas chamas, o calor não é suficiente para nos incomodar. Ele não terá como controlar o ambiente outra vez.

Bhor avança primeiro. Ele tenta um golpe por cima e Sartoro se abaixa. O segundo ataque é evitado por uma das foices do inimigo. Garras e foices se rebatem diversas vezes, emitindo ruídos agudos. Avanço logo em seguida, fazendo o mago recuar para perto do muro de fogo. Ele não pode com os dois ao mesmo tempo e sabe disso. A luta ainda dura alguns minutos. Sartoro não baixa a guarda, mas sua concentração começa a cair. As chamas ao nosso redor diminuem e seus golpes ficam mais lentos.

Com uma das garras, Bhor engancha as foices do mago e as joga para longe. Sem piedade, eu acerto o abdome do inimigo com uma forte estocada de adaga.

— Pai! — o rapaz grita do lado de fora do círculo.

— Vão embora! — ele insiste, com uma das mãos no ferimento. Com a outra, me empurra.

— Vamos sair daqui! – O outro rapaz puxa o filho de Sartoro, que reluta em ir. Por entre as chamas, posso vê-los indo para a estrada.

O silenciador das garras avança para o golpe final, visando decepar a cabeça do mago. Sartoro desvia, mas as lâminas acertam o lado direito de sua face. Três cortes profundos rasgam sua pele, dilacerando uma das bochechas. A orelha simplesmente voa para longe e um rastro de sangue segue a arma de Bhor quando ele a recolhe do ataque.

Sartoro cai na terra, deixando sob si uma poça de sangue. Ainda vivo, ele se arrasta para perto das chamas e usa o que restou das forças para aumentá-las. O fogo engole o manipulador e, ao mesmo tempo, nos ofusca.

— Ele está tentando fugir — alerto assim que me recupero do clarão.

— Está ferido demais para isso — Bhor fala.

Mas eu estou certa de que ele tem uma carta na manga. Salto por cima das chamas e, assim que caio do outro lado, avisto Sartoro entrar no sobrado da fazenda. Ele se apoia na porta, muito fraco; ainda não desistiu. Corro até lá.

Entro após chutar a porta de madeira. Olho para os dois lados da sala e não o acho. Existe apenas um rastro de sangue indo para debaixo das escadas que sobem ao segundo andar.

— Esse é durão — Bhor fala ao me alcançar.

— Fique atento — aviso.

Faço sinal para que Bhor me acompanhe até as escadas. Assim que saímos de perto da porta, uma labareda toma a passagem e nos prende dentro da casa. Em segundos, tudo fica em chamas. Encontro o mago ajoelhado sob os degraus, concentrado. Está usando as energias para destruir a casa com a gente dentro dela. Quando nos percebe ao seu lado, ele abre os olhos e fala, extremamente fraco:

— Morrerão comigo.

Bhor o segura pelo colarinho e aponta a garra da outra mão, visando acabar de uma vez com o homem, porém eu seguro seu punho.

— Deixe-o aí. Vai queimar sozinho.

Puxo Bhor e corro para o segundo andar. O calor é insuportável. A madeira do sobrado já não aguenta. Enquanto corremos, parte da parede da escada desaba. Salto por degraus quebrados e chego ao segundo andar. Procuro por uma janela, porém a mais próxima fica depois de um corredor tomado pelo fogo. Bhor aponta para uma portinhola no teto.

— O sótão — diz.

Pulo e agarro a corrente que prende a porta. Após abri-la, uma pequena escada se desdobra para baixo. Com pressa, ambos subimos. Bhor usa as garras para abrir uma passagem pelas telhas e o fogo sobe pela entrada do sótão. Com a abertura feita, saímos para o telhado e pulamos juntos para longe da casa. Caio rolando no chão e Bhor aterrissa de pé, como um gato.

Diante de nós, o sobrado desmorona em chamas, deixando uma enorme torre de fumaça se erguer no céu.

— Missão cumprida — falo, limpando a fuligem do rosto.

— Agora, um descanso merecido — ele diz. Eu concordo.

Quando volto ao palácio, minha intenção é achar Felix para informá-lo sobre o sucesso da missão. Poderei dormir um pouco depois disso. Encontro-o com Milo no Salão das Armas. Eles estão agitados e discutem um assunto importante.

— Judra — o capitão fala ao me perceber —, onde esteve?

— Estava atrás de Sartoro...

— Sartoro? Esqueça esse verme — ele fala, furioso.

Olho para Milo sem entender o que acontece. Felix continua.

— Alguns magos invadiram a torre do Observatório. Quero todos os silenciadores atrás deles. Não podem sair vivos!

E eu achei que os problemas de Felix iriam diminuir com a morte de Sartoro. Pelo visto, essa história está apenas começando.

Livro II

A Estrela dos Mortos

TR-23k

Polo Terra

Por Leran Yandel

Já faz horas, um dia inteiro talvez. O sol forte e o calor intenso não me permitem pensar muito. Luana segue ao meu lado, quase caindo de cansaço. Estamos exaustos, famintos, sedentos por qualquer coisa que nos molhe a garganta. Para todos os lados que olho, só posso ver areia. Nem mesmo as miragens dão as caras por aqui. O amarelo do solo se mistura com o céu quase bege devido à areia que paira no ar. Parece que o vento não sopra para nenhuma direção, aumentando ao extremo a sensação de estarmos dentro de um gigantesco forno. Este calor todo deve servir para preparar nossa carne para os abutres, que, aos montes, já sobrevoam nossas cabeças. Se não acharmos água nas próximas horas, estaremos mortos.

Enquanto caminho, meus pés, mesmo calçados com as botas de material leve forjadas pelo senhor Norano, afundam na areia fina, o que dificulta a locomoção neste deserto imenso. De todos os lugares do mundo que eu gostaria de conhecer, certamente este não era o primeiro deles, muito menos nesta situação.

Penso em meu pai, em meu avô e em minha mãe. Na promessa feita a eles. Tenho de proteger Luana a todo custo, mas veja para onde eu a trouxe. Bastaram alguns dias longe de Acigam para que nos metêssemos em uma enrascada muito pior do que aquela armada por Babo Seranto e Nagisa. Talvez enfrentar o julgamento pela morte de Galek e pelos outros crimes absurdos de que fui acusado fosse menos perigoso. Chegar a Mabra será muito mais difícil do que imaginei.

O plano inicial era cruzar o deserto com o trem. Mas tivemos um pequeno imprevisto.

Mesmo Simus tendo nos alertado sobre a duração da viagem, após três dias de acomodação precária, calor excessivo e alimentação deficiente, já estávamos de saco cheio. Luana se levantou e seguiu pelas portas que separavam nosso vagão, o último, do restante do trem. Queria descobrir o que era transportado. Decidi ir atrás, carregando meu arco. Durante toda a viagem ninguém tinha aparecido nos fundos, o que nos dava certa segurança para acreditar na ausência de muitos tripulantes. Os que existiam certamente estavam concentrados nos carros dianteiros.

Os vagões não continham nada. Seja lá o que carregavam, tudo ficou em Acigam. Depois de vasculharmos mais quatro carros e termos a certeza de que não encontraríamos nada, resolvemos voltar para os fundos. No caminho, senti o trem frear repentinamente e ambos fomos arremessados contra as paredes do vagão. Paramos.

Levantei-me e corri para o vidro do último carro, tentando ver o que acontecia, mas apenas o deserto árido estava à vista. Não demorou até ouvirmos vozes cruzando as portas dos carros à frente:

— Eu te disse que não estamos carregando nada. Você perdeu a viagem, amigo.

— Melhor você ficar quietinho — o outro sugeriu. — Se estiver mentindo vai sobrar para você.

Corremos para nos esconder nos fundos. Quando eles entraram no último carro, depararam com o lugar vazio; apenas algumas caixas permaneciam abertas, sem nada dentro. Era atrás de uma delas que estávamos. De lá, eu podia observar os dois pela fresta das tábuas.

— Pelo visto, você disse a verdade — o primeiro falou.

— É. Não foi dessa vez que um saqueador safado conseguiu boas mercadorias, não é mesmo? — O maquinista riu.

Saqueadores. Deveria ser algo normal nos trilhos. Sabendo que os trens carregam produtos diversos, devem ficar à espreita para roubar cargas valiosas.

Olhei com atenção para o assaltante. Ele vestia um grande casaco marrom, calça preta, botas, colete de couro e um chapéu de abas com uma fita escura em volta da parte superior. No pescoço tinha amarrado um lenço vermelho, e o cinto guardava duas pistolas, uma de cada lado, semelhantes às dos guardas de Acigam, um pouco mais modernas, talvez. O rosto sujo demonstrava traços rústicos: barba há dias por fazer, queixo largo e pequenos olhos desconfiados.

Vendo que o homem continuava parado a observar o vagão, o maquinista disse:

— Meu amigo, saia logo daqui. Preciso seguir viagem.

Mas o bandido se ateve a algo caído no chão. Abaixou-se e recolheu uma das garrafas de água que Luana e eu usamos. Estava vazia, mas dava a ele uma pista do que procurava.

— O que é isto? — perguntou ele, quase enfiando a garrafa nas fuças do maquinista.

— Sei lá o que é isso. Não é meu.

— Vocês não carregam apenas mercadorias?

— Sim — respondeu o maquinista, sem entender aonde o saqueador pretendia chegar.

— Então o que uma garrafa de água vazia faz aqui?

— Não tenho ideia, amigo.

— Mas eu tenho — disse ele, amenizando a voz firme, e tocou o maquinista no ombro. — Só preciso te dizer duas coisas, *amigo*. Primeiro, você não viajou sozinho.

— Como?

— Exatamente o que você ouviu. Segundo, eu odeio esse tipo de intimidade.

Antes que o maquinista reagisse, o ladrão sacou uma das pistolas e apertou o gatilho. O tiro à queima-roupa saiu abafado, e a vítima caiu imóvel. Luana, que também assistia a tudo, soltou um gemido com o susto do disparo e acabou entregando nossa posição.

— Que maravilha! Muito mais fácil do que imaginei — disse o bandido, enquanto se movia até os fundos do trem.

Apontei para a saída e mandei Luana correr. Não sabia o que aquele homem queria, mas tive certeza de que não eram mercadorias valiosas.

Lua se dirigiu à porta e eu segui em seu encalço. Ele teve tempo de sacar a outra pistola e iniciou disparos alternados que perfuraram as caixas até atingirem a lataria do vagão. Luana saltou para fora após puxar a porta e eu escapei por pouco dos tiros ao fazer o mesmo.

— Keon, Terandi. Eles estão aqui. — Ouvi-o dizer, provavelmente em algum comunicador.

Assim que descemos, tentamos correr, mas não tivemos tempo para ir muito longe. Algo veio da parte dianteira do trem com uma velocidade enorme e levantou a areia do solo batido enquanto se aproximava. Assim que passou por nós, a poeira nos fez tossir e, à minha frente, surgiu uma mulher de cabelos muito curtos com a franja colorida e estatura mediana. Pude encará-la por alguns segundos. Ela era magra, com olhos castanhos, sendo o esquerdo cortado verticalmente por uma cicatriz antiga. Vestia ombreiras pequenas de couro, top amarrado por tiras, luvas reforçadas, calça de montaria vermelha e botas até os joelhos.

— Olá, gatinho. — O elogio veio antes de um golpe certeiro em meu rosto. Em seguida, ela se moveu de forma incrivelmente rápida para o lado e me acertou uma rasteira. Quando me dei conta, sua lâmina já estava apontada para o meu pescoço. Caí sobre o arco e a aljava, presos em minhas costas. O tombo também fez com que algumas bolinhas de cobre rolassem para fora do saco preso ao meu cinto.

— Cuidado, Terandi — disse o homem, descendo do vagão. — A recompensa é para a captura com vida.

Naquela hora ficou claro que não se tratava de saqueadores. Eram caçadores de recompensa à nossa procura. Eu não sabia quais eram as influências de Nagisa do lado de fora dos muros de Acigam, mas percebi que não eram pequenas. Ela havia estendido o prêmio pela nossa cabeça para outras cidades. A fuga pelo trem era óbvia demais.

— Só bati um pouquinho — disse a mulher, sorrindo. — Ele é forte, aguenta bem.

Luana tentou me ajudar, mas, assim que se posicionou para atacar nossos inimigos, seu corpo ficou estranhamente ereto e seus braços se abriram em forma de cruz. Permaneceu parada com um olhar assustado, sem mover um músculo.

— Não controlo o meu corpo — ela exclamou, com certo desespero.

— Que falta de delicadeza a nossa — falou o bandido, tirando o chapéu e colocando-o apoiado sobre o tórax. — Nem nos apresentamos. Me chamo Balko, um humilde homem de negócios. Esta mulher veloz é Terandi. — Ela permaneceu apontando a lâmina para mim e piscou um dos olhos. — Devo pedir desculpas por seus modos. Ela costuma bater antes de conversar.

Balko colocou a mão aberta na lateral da boca, como se fosse contar um segredo, e falou em voz mais baixa:

— Este é o jeito de ela demonstrar carinho. — Terandi se limitou a rir.

O caçador se aproximou de Luana e, ao ver que ela estava totalmente indefesa, apresentou o outro membro do grupo:

— Não posso me esquecer de Keon. Ele não fala muito, sabe? Mas é gente fina.

Após a fala do bandido, o terceiro membro se revelou, saindo de trás do vagão. Ele era da minha altura, bem jovem e seu rosto tinha traços mais delicados. As sobrancelhas grossas davam destaque aos olhos castanhos. Sobre o nariz e parte das bochechas, tinha traçada uma faixa de tinta preta, quase uma marca de guerra. Os cabelos escuros e curtos ficavam para cima, no formato de uma pequena crista. A pele clara do torso era protegida apenas por uma couraça amarrada às costas. Braços e abdome, à mostra, traziam mais marcas de tinta na mesma cor do traço na face, tatuagens em formatos geométricos, principalmente círculos. Também usava ombreiras de placas metálicas e um cinto que prendia suas armas: dois discos vazados, próprios para o arremesso.

O que mais me chamou a atenção no inimigo foram os aparatos metálicos presos aos punhos. Eles se iniciavam em um bracelete e seguiam pelas mãos em filamentos fibrosos até terminarem enrolados nos dedos. Bem no meio da palma, um pequeno cristal azul de formato circular estava incrustado. Keon apontava uma de suas mãos abertas para Luana e a pedra azulada estava acesa, demonstrando que ela era a fonte que mantinha minha irmã presa.

— Acho que vocês já notaram que não poderão fugir — completou Balko. — Será inútil tentar. As luvas de Keon ampliam sua manipulação telecinética. Ele pode acabar com os dois sem nem ao menos tocá-los. Além disso, minha pontaria, modéstia à parte, é a melhor que conheço. Os tiros lá dentro foram apenas um alerta. Se fugirem de mim novamente, acertarei suas pernas para que nunca mais corram de ninguém.

Ele se moveu para o lado da mulher e trocou um sorriso com ela antes de continuar:

— E mesmo que, por um milagre, vocês dois consigam escapar daqui — usou um tom jocoso —, Terandi vai alcançá-los e eu não estarei lá para protegê-los. Sabiam que ela pode correr mais rápido do que este trem?

Começo a me dar conta de que os desafios que enfrentei em Acigam foram fichinha. Os silenciadores eram habilidosos, mas no resto do mundo todos têm acesso ao conhecimento das energias. Muitos dominam técnicas avançadas de controle. Supervelocidade, telecinesia e armas destruidoras são só uma amostra.

— E aí, arqueiro? O que me diz? — Ele estendeu a mão para me ajudar a levantar. — Vamos. O caminho de volta para Acigam é longo.

— Sabe o que é? — respondi, com um muxoxo. — Acho que vou recusar o seu convite.

Antes que ele dissesse algo mais, olhei para o lado, visualizando as bolinhas de cobre caídas. Em segundos, a energia elétrica estava armazenada e eu rolei para longe, deixando a explosão pegar Balko e

Terandi. Ambos ficaram paralisados e eu pude me levantar para disparar contra Keon. Com a mão livre, ele parou o projétil no ar; a flecha ficou flutuando bem à sua frente. Mas, ao fazer isso, sua concentração em Luana diminuiu e ela pôde atacá-lo com uma esfera de energia. O impacto do ataque o lançou contra o vagão, fazendo-o cair desacordado.

— Vamos — eu disse, puxando Luana. — A paralisia não vai durar muito.

Corremos o máximo que pudemos para longe da linha de trem e, sem perceber, adentramos o deserto. A ideia era seguir em paralelo aos trilhos, contudo meu senso de direção ficou afetado. Para todos os lugares que eu olhava, via a mesma coisa: o enorme vazio amarelado. A areia flutuante no ar dificultava a visão a longas distâncias. Nós nos perdemos. Mesmo que Terandi pudesse correr atrás de nós, ela não era louca de se afastar da linha do trem e perder a direção que os trilhos forneciam. Estávamos seguros dos caçadores, mas apenas deles.

Continua no Livro II de SUPERNOVA: A ESTRELA DOS MORTOS